NOSSA GRANDE CHANCE

Também de Felipe Cabral
O primeiro beijo de Romeu

FELIPE CABRAL

NOSSA GRANDE CHANCE

1ª edição

Rio de Janeiro-RJ / São Paulo-SP, 2025

VERUS
EDITORA

Diagramação
Abreu's System
Capa
Douglas Lopes

ISBN: 978-65-5924-374-7

Copyright © Felipe Cabral, 2025
Todos os direitos reservados.

Nenhuma parte desta obra pode ser reproduzida ou transmitida por qualquer forma e/ou quaisquer meios (eletrônico ou mecânico, incluindo fotocópia e gravação) ou arquivada em qualquer sistema ou banco de dados sem permissão escrita da editora.

Verus Editora Ltda.
Rua Argentina, 171, São Cristóvão, Rio de Janeiro/RJ, 20921-380
www.veruseditora.com.br

CIP-BRASIL. CATALOGAÇÃO NA PUBLICAÇÃO
SINDICATO NACIONAL DOS EDITORES DE LIVROS, RJ

C118n

Cabral, Felipe
  Nossa grande chance / Felipe Cabral. – 1. ed. – Rio de Janeiro : Verus, 2025.

  ISBN 978-65-5924-374-7

  1. Ficção brasileira. I. Título.

25-97389.0
CDD: B869.3
CDU: 82-3(81)

Gabriela Faray Ferreira Lopes – Bibliotecária – CRB-7/6643

Revisado conforme o novo acordo ortográfico.

Seja um leitor preferencial Record.
Cadastre-se no site www.record.com.br e receba informações sobre nossos lançamentos e nossas promoções.

Atendimento e venda direta ao leitor:
sac@record.com.br

Para quem segue duvidando de si.
Confia.

Vai dar ruim, dar bom, ou tanto faz.

— "Chega", Duda Beat, Mateus Carrilho e Jaloo

8
SEMANAS PARA A ESTREIA

Deixa estar
Só o mistério vai te guiar.

— "Deixa estar", Liniker, Lulu Santos e Pabllo Vittar

Cinco e meia da manhã.

Pela milésima vez, aquele maldito horário. A tela acesa e rachada do celular indicava que era "Segunda-feira, 8 de abril" enquanto eu me revirava na cama, surpreso com o fato de que uma simples postagem pudesse estar me afetando daquele jeito.

Como em uma sessão de cinema à qual fui forçado a comparecer, memórias indesejadas passavam ininterruptamente diante dos meus olhos, me recordando do motivo por que ninguém ocupava o travesseiro ao meu lado.

O melhor amigo pelo qual eu não devia ter me apaixonado, o colega de trabalho que preferiu não misturar as coisas, o fã que havia me idealizado, o *sugar daddy* que me incentivava a largar a carreira e, por fim, meu ex-namorado — com quem achei que passaria o resto da vida depois de sete anos juntos — que postou, feliz, uma foto com o atual marido, celebrando a nova vida em Portugal.

Era óbvio que eu não deveria fuxicar mais seu Instagram, já bloqueado há meses, mas a carência — e uma boa dose de autoflagelo — nos faz cometer os erros mais básicos, como desbloquear por alguns minutos o perfil do ex só para matar a curiosidade.

Não era que eu não desejasse que ele fosse feliz. Eu desejava. Mas havia um desconforto em testemunhar todos ao meu redor conseguindo viver suas lindas histórias românticas, enquanto minha vida amorosa era o equivalente a montar um quebra-cabeça com uma peça sempre faltando.

No escuro do meu quarto, tive certeza: o amor não era para mim.

E me odiei por isso.

De: marci.nho@yagproducao.com.br   seg 08/04/2024 09:24
Cco: patrickrosa.rj@gmail.com

Querida equipe do *Verão yag*,

    É com o coração apertado que venho comunicar que precisamos interromper nossa sala de roteiro. Devido às recentes mudanças no comando do Superplay, nosso purpurinado projeto foi paralisado até que as novas diretrizes do player sejam definidas. Eles estão segurando "investimentos mais ousados". ☹ Espero reencontrá-los em novas aventuras! #regulamentaçãojá

Abracinhos já saudosos,
Marcinho
Produtor Executivo Sr.

A Vida acordou nesta segunda-feira e decidiu: "Vou foder o Patrick". Só que eu não queria ser fodido pela Vida.

Eu queria ser fodido gostoso por um grande amor, enquanto uma linda comédia romântica viada passava na TV da sala e nós virávamos a noite numa consentida selvageria sexual regada a um excepcional (e barato) vinho tinto chileno.

Mas não havia vinho.

Não havia grande amor.

Nem pequeno amor.

Nem médio.

E o pior: não havia mais televisão.

Pouco depois de ler o e-mail que me deixou mais atordoado que o Simba diante da mortal debandada de gnus, minha querida — e ainda com parcelas a pagar — TV de sessenta polegadas entrou em curto-circuito.

Uma série cancelada e uma TV queimada: o "segundou" que eu precisava.

Incrédulo diante do meu laptop, a cara inchada pela noite maldormida, encarei a placa decorativa com a frase "The dog days are over" apoiada sobre a prateleira acima da falecida TV. Certamente *the dog days* não estavam *over*.

A série na qual eu tinha apostado todas as minhas fichas, pela qual ansiei enlouquecidamente e com a qual atravessaria os próximos meses sem me preocupar com grana, havia sido cancelada antes mesmo de começar, e ainda por cima através de um mísero e-mail.

Primeiro: vai se foder, Marcinho da produção. Quem dispensa uma equipe inteira de roteiro com apenas um parágrafo e "abracinhos"?

Segundo: o que caralhas significa "investimentos mais ousados"?!

Nossa série era só mais uma comédia romântica sobre três amigos vivendo loucuras amorosas. A "ousadia" se devia aos protagonistas gays? Pelo amor da deusa, estava difícil ser feliz até na ficção.

Eu poderia responder àquele e-mail com uma extensa lista de projetos aprovados pelo Superplay que tinham a mesma estrutura que o nosso e jamais foram considerados "ousados" por conta de seus galãs heterossexuais.

Não respondi, claro.

Eu não era maluco de fechar aquela porta para futuras oportunidades, ainda que a estivessem batendo com força no meio da minha cara.

Babacas.

Como eles achavam que eu pagava as minhas contas? Abanando um leque e gritando "a lôca!" para a fatura do cartão de crédito?

Minha vontade era entrar no escritório do Superplay e rebater ponto a ponto aquele absurdo, como faria minha musa Erika Hilton. Uma pena eu não ter a eloquência e a elegância da diva, tampouco a cútis perfeita e a aura de celeb.

O jeito seria abrir uma live e desabafar sobre quão cagado era ser um roteirista gay tentando emplacar projetos viados. Quão exaustivo era quicar de freela em freela, economizando aqui e ali.

Mas o que eu ganharia com meu grito virtual de revolta? Nada.

O primeiro comentário seria: "Descansa, militante!" O segundo diria que eu estava mamando nas tetas da Lei Rouanet e, no fim das contas, eu só receberia mais um direct sobre o jogo do tigrinho e um block do Superplay e da produtora.

Calado vence. Ou, pelo menos, não perde tudo de uma só vez.

Eu não estava quebrado, ainda.

Meu saldo dava para segurar o aluguel e as contas até o fim de maio, mas quem quer viver com a corda no pescoço, sem perspectiva? Pois é.

O *Verão yag* era um projeto empolgante.

A ideia original da série não era minha, mas isso pouco importava. O projeto era uma criação de Valentim Andrade, autor gay carioca que eu admirava fazia anos e que tinha, delicadamente, enviado outro e-mail bem mais sensível lamentando o fim do seriado.

O cancelamento foi um balde de água fria que destruiu toda a minha felicidade em contribuir com aquela narrativa. Uma comédia brasileira protagonizada por viados, com direito a beijos, trepadas, piadas bobas e cenas românticas.

Uma semana atrás, eu receberia outro e-mail do Marcinho da produção informando que aquilo não passava de uma mentira idiota de 1º de abril.

Eu ficaria louco de ódio, pelo susto e pela ideia merda de enviar uma palhaçada daquelas para a equipe inteira, mas perdoaria o Marcinho. A série estaria de pé. Meu cachê seguiria intacto.

Mas não era mais 1º de abril.

Nem mentira.

Era uma desgraça bem real.

Faltando pouco mais de um mês para meu aniversário de quarenta anos, minha única certeza era a de que eu entraria na nova idade com o aluguel de junho atrasado.

As soluções não eram óbvias nem imediatas. Meu apartamento tinha uma dependência com sofá-cama que eu poderia alugar para turistas, certo? Errado. O síndico havia proibido a prática de sublocação em todo o prédio.

Os leitores sempre me pediam para ministrar cursos de escrita, tanto literária quanto audiovisual. Isso poderia me dar dinheiro? Sim, mas não a curto prazo.

Editais públicos para desenvolvimento de roteiros? Viáveis, mas até que o dinheiro entrasse...

Implorar por uma vaga de colaborador em novelas na maior emissora do país? Na teoria, sim. Eu já havia trabalhado como roteirista numa novela por lá, e foi uma experiência impagável. Ou melhor, superpagável. O ótimo retorno financeiro foi o que me ajudou a sair da casa dos meus pais no Ingá, em Niterói, e vir para Ipanema. Um quarto e sala nada extravagante, mas a duas quadras da praia e na cara do metrô. Morando sozinho pela primeira vez.

Voltar para a teledramaturgia era um caminho, então? Nem tanto. Eu tinha sido bastante enfático nas redes sociais sobre a censura do novo chefão da empresa contra beijos gays e lésbicos nas novelas, o que, sem dúvida, me eliminava da lista de futuros roteiristas daquela emissora.

Minha última alternativa era o streaming. Repleto de séries e filmes LGBTQIAP+. Cheio de vontade de investir na produção nacional, só que senta lá, Cláudia. Esse mesmo player que se dizia aliado en*gay*vetou o meu *Verão yag*, e nada me indicava que projetos com protagonismo queer entrariam em produção nos próximos meses.

A semana mal tinha começado e já parecia um imenso pesadelo. Pior, um roteiro mal escrito e de baixo orçamento no qual a gay millennial, frustrada e desiludida no amor, leva uma nova rasteira da vida e fica a ver navios numa ilha deserta com uma bola de vôlei Wilson e contas a pagar.

Não eram nem dez da manhã e eu já me sentia exausto. Sem conseguir pensar em qualquer coisa que me tirasse daquele buraco e preenchesse o rombo que a série me deixaria.

Eu não tinha plano B. Nem C. Meu plano A era ir com tudo no *Verão yag* e curtir meu 2024 com money no bolso, saúde e sucesso.

Só que, diante do novo contexto, eu não me sentia nada confiante.

Pelo contrário.

Naquele *Titanic* afundando, eu era o Jack congelando no mar enquanto o Superplay debochava de cima da porta: "Sorry, não tem espaço pra você".

Encarando meu reflexo na tela da TV pifada, eu só conseguia pensar: *Patrick, você é um fracasso.*

— Fodeu.
— Não vai me dizer que aquele moleque reapareceu querendo,
— Não, amiga, cancelaram a minha série.
— Quê? Aquela,
— Pro Superplay.
— Mas não tava tudo certo?
— Tava, do verbo não tá mais.
— Mas você passou meses numa negociação maluca.
— Passei.
— E eles só,
— Cancelaram. Por e-mail.
— Amigo… [suspiro] Como é que você tá?
— Puto. Querendo ir lá na produtora fazer barraco.
— Óbvio. Eles deram algum motivo?
— Era muito "ousado".
— Ousado?
— Era viado.
— Puta que pariu.
— Eu tô num ódio que não sei nem te dizer. Eu tava contando com essa bagaça pros próximos meses. Agora eu tô aqui,
— Que foi, amor?
— Hã?
— É o Patrick!
— Clau?
— Desculpa, amigo, é a Isa aqui chamando. Tá te mandando um beijo.
— Manda outro.
— Tá te mandando outro, amor. Tá bom, vai lá. Eu vou ficar aqui com o Pat, cancelaram a série dele. Pois é. Não, nem… Amigo, chegaram a gravar alguma coisa?
— Nada, a gente ia começar a escrever os roteiros.
— Gravaram nada, amor, ainda ia começar. Quê? Amigo, vou te passar pra Isa, ela quer falar contigo.

— Tá bom.
— [tempo] Alô?
— Oi, Isa.
— Amigo, já soube de vários projetos cancelados. O sonho do streaming acabou.
— Tô ligado.
— Mas escuta só. Lá no Dulcina caiu uma pauta ontem. Era pra estrear em 31 de maio e seguir junho. Sexta a domingo. Uma releitura rock 'n' roll da *Megera domada*, mas a atriz que fazia a Catarina teve burnout e, como eles não têm sub, preferiram cancelar.
— Caralho.
— É, um caralho de asas. Mas então, você não tem alguma peça pra botar lá?
— Peça?
— É, algum projeto seu. A gente ainda não encaixou nada no lugar.
— Não, amiga, tenho nem dinheiro pra levantar peça.
— Nem monólogo? Você escreve, faz sozinho. Equipe pequena. Tem tempo.
— Que é isso, Isa, eu não atuo há anos. Meu lance agora é escrever.
— Bom, se você lembrar de algum projeto… Eu ia amar ter um texto seu lá.
— Pode deixar. Se eu pensar em algo te falo.
— Tá, pensa mesmo. Agora eu vou dar uma volta com a Lola e a Filó, que elas tão me olhando como se estivessem em cárcere privado.
— [risos cansados]
— E fica bem. Tu é talentosão demais. Eles que tão perdendo.
— É sobre.
— Toma aqui, amor…
— [tempo] Pronto, voltei, amigo.
— Enfim, amiga, não tem muito o que fazer.
— Quer sair agora à noite? Vem aqui pra Glória, a gente senta no Ximeninho.
— Miga, vou passar. Minha cabeça ainda tá girando. Quero tentar dormir direito.
— Claro, é uma porrada, mas você vai dar um jeito.
— Tenho que dar.
— Vai sim, amigo, confia.

Cinco e meia.

Não era possível que eu nunca mais conseguisse dormir.

Eu já tinha bloqueado novamente o meu ex-namorado e sua vida perfeita em Lisboa em todas as redes sociais. Isso não deveria, pelo menos, aliviar parte daquela insônia? Amenizar aquela sensação angustiante de não ter ninguém segurando a minha mão agora que eu estava fodido e mal pago? Ou pior, não pago.

Eu provavelmente estava exagerando. Deixando a ansiedade embaraçar meus pensamentos. Ainda faltavam algumas semanas até as novas contas chegarem. Os boletos de março já estavam pagos. O Superplay podia mudar de ideia e retomar nosso projeto. Enviar um novo e-mail se desculpando e dando o green light para a nossa história.

Só que nunca.

Eu sabia que aquilo não ia rolar.

Que aqueles filhos da puta cheios da grana, sentados em cadeiras chiques nas suas salas com vista para a Lagoa, com casa própria, cobertura com piscina, crossfit no almoço, pré-estreia no Odeon, border collie adestrado, ou golden retriever, ou vira-lata com perfil próprio e vinte mil seguidores, jamais recuariam da decisão de afogar meu *Verão yag* e evaporar com meu salário de uma hora para a outra.

Eu podia me revirar na cama até a morte, mas precisaria aceitar, de um jeito ou de outro, que essa era a minha nova realidade.

Não tinha mais previsão de entrada de dinheiro.

Não tinha papai e mamãe para ajudar o nepobaby.

Não tinha mais caralha nenhuma.

Só que eu não queria ficar acordando naquela merda de horário para sempre.

Eu tinha que descansar a cabeça.

Relaxar.

Pensar com calma.

Dormir.

- **ATV**

Hoje

oi. a fim de chegar pra fuder?
21:15

Ipanema tb?
Lida 21:19

Copa
21:20

manda o end
Lida 21:21

Cinco e meia.
   Caralho, Patrick.
Nem com chá de camomila.

- **LoveSmell&Suck**

Hoje

Tô a fim de lamber saco suado,
virilha de macho, sentir cheiro e gosto de mijo.
Mamar pra caralho.
22:40

tem local?
Lida 22:42

Se não se importar com hétero
gritando no futebol no bar da frente.
Quarta é foda
22:45

a gente grita mais alto
Lida 22:46

Meio-dia.
    O segredo era dormir às seis.
E chá de pica.

Eu ainda não tinha escapado daquele merdel pós "job que nem job foi", mas já tinha me movimentado. Atualizado meu LinkedIn. Enviado mensagens dizendo que estava disponível para novos trabalhos. Trocado minha foto de perfil no Insta.

Minha terça, quarta e quinta tinham sido regadas a choro, masturbação e sexo.

Em um daqueles surtos de "eu mereço", desci até a padaria da esquina no fim da tarde e me dei de presente cinco garrafas de vinho chileno. No crédito.

Já passava das duas da madrugada e da quarta garrafa, mas nem o cansaço nem a bebedeira conseguiam me desacelerar.

Fritando na sala, me lembrei de quando participei de uma live com o dono de uma das maiores produtoras do Brasil, e o crápula teve o atrevimento de dizer que faltavam projetos LGBTs no mercado simplesmente porque faltavam boas histórias.

Eu fiquei tão chocado que rebati dizendo como era bizarro jogar nos roteiristas LGBTs a culpa pela falta de diversidade no audiovisual e que, talvez, o que estivesse faltando mesmo fossem LGBTs nos cargos de comando para que essa realidade mudasse.

Ele se calou.

A mediadora se calou.

E a conexão da live caiu.

Agora eu me questionava se aquele miserável não estava certo. Se minhas histórias não eram, no fundo, um grande lixo.

Autodepreciação nunca faltou por aqui. Bastava um empurrão para que eu rolasse essa ladeira abaixo.

Só que, nesta madrugada, eu não queria rolar ladeira nenhuma porque sabia o que me esperava no fim: voltar a morar com meus pais no Ingá. Sim, tudo certo com Niterói, e sei que é um privilégio ter para onde voltar e blá-blá-blá, mas eu não ficaria nem um pouco feliz em abrir mão do meu canto e voltar a dividir uma casa com seu Zé e dona Miranda. Sair da esquina da praia e voltar para o outro lado da baía de Guanabara.

Ao contrário da minha avó materna, Joana, que, do auge dos seus noventa anos, soltaria fogos de artifício só de imaginar meu *comeback* ao nosso antigo quarto, eu detestava aquela ideia.

Na reta final da minha estadia em Niterói, eu já não tinha um quarto só meu. Com a morte do meu avô, que também morava conosco, meus pais e eu entendemos que seria menos sofrido para minha vó se ela dividisse o cômodo comigo.

A perda da minha privacidade foi logo substituída pelo prazer de estar mais próximo dela. Quem já teve a sorte de maratonar *The Walking Dead* com a avó e vê-la empolgada com zumbis sendo destroçados? Pois eu tive.

Então, sim, eu sabia que dona Joana ficaria feliz com a minha volta, assim como meus pais. Mas eu estava determinado a não chegar naquele ponto.

Eu já tinha gravado curtas-metragens, publicado um livro, escrito peças.

Eu não era uma fraude.

Porra, eu morava sozinho, perto da praia.

Já tinha sido recorde de audiência.

Minha novela, indicada ao Emmy Internacional.

Claro que eu tinha talento.

Que ia ser chamado para algum novo projeto.

    Que esse não era o fim da linha.
        Que era só o começo.

Um recomeço.
Uma virada de chave.
    Uma guinada.

The beginning of the rest of...

                                      Eita.

    Porra.

O vinho estava batendo.

        Ótimo.
        Ia me fazer dormir.

Nem tudo estava perdido.

        Eu conseguiria levantar uma grana.

Um bom salário.

Um ÓTIMO salário.

        Ó-TI-MO!

Eu iria provar que há espaço para o que eu escrevo.
E, se não tivesse, eu criaria o meu espaço.

My space.

        Mi espacio.

Sei lá como.
        Sei lá com quem.

Mas eu não ia morrer
        nessa praia.

        Nem fodendo.

- **J.23** 😈

Hoje

e ae? de bobeira?
02:43

largado no sofá
de onde?
Lida 02:46

Bota, mas tô em Ipa
02:47

tô aqui no general
Lida 02:48

????
02:48

na general
na praça General Osório
corretor deu ruim
Lida 02:50

Galeria Café
02:51

tamo perto
Lida 02:51

A fim de q?
02:55

sexo e vc?
Lida 02:56

Vc 😋
02:58

curte o q?
Lida 03:00

Sou mais atv
03:01

deu match rs
Lida 03:02

Encaixou? Kkkkk
03:02

vai encaixar kkkkk
Lida 03:03

Tem local?
03:06

só chegar
Lida 03:07

afim.ipa compartilhou sua localização.

Tô indo.
Junior aqui
03:10

prazer!
Patrick 🔥
Lida 03:11

Novinhos nunca mais. Era o que eu tinha prometido a mim mesmo depois de levar no cu — de um jeito nada bom — de dois garotos "trinta menos".

Mas lá estava eu, três da madrugada, esperando o J.23 entrar pela porta e me comer até o amanhecer. Um viva às minhas contradições.

Eu podia me fazer de sonso e fingir que o 23 do seu nome no Grindr não correspondia à idade, mas aos centímetros do pau. Só que, sinceramente, eu preferia um gatinho de vinte e três anos a um membro de vinte e três centímetros. Garganta profunda não era comigo. Que dirá lá atrás.

A Claudinha me mataria se soubesse que eu estava saindo com um garoto dessa idade outra vez? Com certeza. Mas, felizmente, ela não saberia de nada, por motivos de "eu não abriria minha boca".

Além do mais, era só uma trepada. E eu merecia uma boa trepada. Para que ficar acordando às cinco e meia, fritando de ansiedade, se eu podia virar a noite sendo chamado de delícia e gozando até o sol raiar? Insônia resolvida.

Era preciso aproveitar aquele fogo no rabo que nós, gays, temos para transar com desconhecidos no meio da madrugada. Nem que eu tivesse que passar as próximas semanas dando toda noite para conseguir dormir.

Eu merecia algum carinho no meio daqueles dias de merda, e as fotos do Junior eram irresistíveis.

Ele não era sarado no estilo Ken da Barbie, felizmente. Deus me livre de um padrão bombado que me comesse enquanto se olha fixamente no espelho.

Não que eu não trepasse com padrões ou fosse recusar o Ryan Gosling de Ken na minha cama. Algumas noites, eu só queria um tanquinho para me jogar. Mas não naquela.

Naquela noite eu queria alguém me comendo com vontade de me comer, que me achasse gostoso e me desse a atenção que eu merecia.

Para a minha sorte, o J.23 era de uma gostosura mais real. Um metro e setenta e seis de altura, dois centímetros mais baixo que eu, cabelos pretos cacheados, pele branca como a minha, queimadinho de praia, meio falso magro, olhos castanhos e um sorriso que realmente... venha me comer. Um gostoso que não merecia pagar o pato por causa dos meus últimos traumas.

TRAUMA 1

O Trauma 1 — como eu e a Claudinha decidimos chamá-lo — era um leitor meu de Belo Horizonte e tinha vinte e cinco anos quando resolveu vacilar comigo em pleno Carnaval.

Eu poderia dizer que não pegava meus leitores, mas seria mentira. Era difícil resistir a gostosos que elogiavam minha escrita e me respondiam com foguinho nos stories.

Eu era uma piranha vaidosa.

Com o Trauma 1 não foi diferente. No ano anterior, em plena capital mineira, me deparei com ele na fila de autógrafos de um evento literário com seu exemplar de *Os meninos de Icaraí*, meu único livro publicado, em mãos.

E que mãos. E que boca. E que peitoral.

O Trauma 1 era um tesão.

Então, dedicatória dada, Instagram adicionado, mandei um direct do tipo: "Adorei te conhecer. Vamos se ver antes que eu volte pro Rio?"

Ele, safado, me enviou a localização do bar onde estava.

Eu, mais safado, fui até lá.

Quinze minutos depois, estávamos nos beijando com vontade naquele boteco e, logo depois, no seu apartamento, onde viramos a noite transando.

Ele me comia bem e amava meu livro, ou seja, voltei de BH emocionaaaaado.

Até que, perto do Carnaval, resolvi convidá-lo para ficar aqui em casa durante o feriado. Ele se animou, confirmou que viria, mas disse que ficaria na casa de um amigo.

No sábado de folia, já no Rio, avisou para qual bloco iria e, horas depois, lá estávamos os dois, em pleno Aterro do Flamengo, aos beijos no meio da farra. Comprando ingressos para uma festa. Dividindo latão de Heineken. Decidindo em qual bar nos sentaríamos depois. Até um boy se aproximar e começar a beijá-lo.

Estranhei, mas menti para mim mesmo que tudo bem todo mundo se divertir no Carnaval. Até eles darem as mãos e me perguntarem para onde iríamos. Os três.

Com a cara de cu que fiquei, continuei por alguns segundos.

O Trauma 1 seguia de mãos dadas com o bofe no melhor estilo "somos um casal", e eu que lidasse com as minhas expectativas.

Nenhum dos dois entendeu nada quando eu simplesmente me virei e vazei para o metrô mais próximo, morrendo de raiva dele e de mim.

Por que eu não podia apenas sorrir, achar tudo engraçado e engatar num beijo triplo com eles? Terminar a noite num ménage incrível? Largar o foda-se e só me lançar na pegação? Por que eu precisava ser tão ridículo a ponto de me sentir rejeitado por um bofe que não era nada meu? Por que eu precisava ser tão carente? Tão monogâmico? Tão imbecil?

Ainda no metrô, recebi um áudio do Trauma 1 explicando que aquele cara era só um "amigo" e que não imaginava que os dois ficariam de casal só porque estavam dividindo a cama.

Sim, o bofe do Aterro era quem estava hospedando o Trauma 1. Ele veio ao Rio para ficar com aquele cara e não comigo. Então ele que fosse feliz com o seu bofe anfitrião na puta que pariu.

Passado o Carnaval, o Trauma 1 pediu desculpas, postou no Twitter que era um boy lixo, voltou ao Rio, me procurou, disse que eu era foda e que gostaria de tentar uma relação comigo, mesmo morando em outro estado.

Trepamos novamente — sou desses —, mas, depois que o peso da culpa foi tirado de seus ombros, ele perdeu o interesse e sumiu.

Decidido a esquecer que eu tinha me encantado por aquele garoto, silenciei o Trauma 1 das minhas redes, voltei a malhar, cortei o cabelo e, dias depois, fui curtir a noite na Pink Flamingo, em Copacabana, onde esbarrei com o

TRAUMA 2

Gato, vinte anos, já tinha me dado condição no Grindr, e ali, finalmente, me beijou com tudo no meio da pista, com uma pegada que era difícil resistir.

Na sequência, tirou as chaves de casa do bolso e me convidou para irmos até lá.

Eu teria ido se o Trauma 2 não estivesse tão bêbado.

Quando cheguei em casa, vi sua mensagem no meu direct: "Gostoso". Então, marcamos de sair outro dia. E outro. E muitas vezes mais pelos dias seguintes.

Para além do sexo, criamos uma intimidade e, no final, foi o que nos separou. O Trauma 2 estava numa relação aberta, e o namorado dele começou a se sentir o "outro", a se sentir exposto quando postei um vídeo fofo com o Trauma 2 nos stories.

Foi difícil escutar que ele precisava "preservar" sua relação e que nós não podíamos continuar com "aquilo". Que ele mesmo não estava mais conseguindo ficar comigo só por ficar. Que eu também tinha deixado de ser apenas um sexo qualquer.

Assim, o Trauma 2 preservou seu namoro, enquanto eu precisei lidar com minhas crises de ansiedade.

Claro, eu jamais jogaria nas costas dele ou de quem quer que fosse a culpa por minha insônia ou aperto no peito. Eu tinha me metido naquela enrascada sabendo a merda que podia dar. Otário eu, no fim das contas.

Depois daquela sequência dupla carpada de decepções, me prometi que geração Z nunca mais. O Patrick dali em diante seria uma bicha romântica piranha. Porque piranhas também amam e ninguém se apaixona pela bicha romântica no fim das contas.

Ou talvez o mundo inteiro soubesse como amar "direito" e eu fosse o único idiota que se perdia no meio de tanto afeto.

O último romântico que ainda não sabia como se preservar depois da maior decepção amorosa de sua vida.

Quando a campainha tocou e eu me levantei para abrir a porta, torci: *Por favor, J.23, não seja meu Trauma 3.*

— Tiro o tênis?
— Não precisa.
— Daqui a pouco a gente vai tirar tudo mesmo, né?
— [risos] É verdade — respondi, fechando a porta de entrada.

Eu não era dos passivos mais versáteis, mas quando o J.23, ou melhor, o Junior passou por mim foi impossível não reparar naquela bunda gostosa.

— E aí? — disse ele, sem avançar muito para dentro da sala.

E aí que já eram três e meia da manhã daquela sexta e nenhum de nós queria adiar nosso objetivo em comum. A delícia dos encontros viados.

Sem mais uma palavra, coloquei a mão por trás de sua cabeça, entrelaçando os dedos em seus cachos, e puxei com firmeza sua boca para a minha enquanto ele me pressionava contra a porta pela qual passara segundos antes.

— Caralho, você é muito gostoso... — Junior sussurrou no meu ouvido, enquanto minha mão direita apertava sua bunda e puxava seu corpo na direção do meu.

Quanto mais colados ficávamos, mais eu sentia seu pau crescendo por baixo da calça. E, quanto mais duro ele ficava, mais excitado e louco de tesão eu me sentia para que ele me virasse e me comesse ali mesmo, de pé.

Então, naquele ritmo frenético que dois corpos entram quando querem se engolir, Junior deu um passo para trás e tirou a camisa, me incentivando a fazer o mesmo.

Sem demora, seguiu adiante e tirou a calça, deixando à mostra o pau ereto que quase arrebentava a cueca branca da Calvin Klein.

Puta merda. Como eu queria aquele caralho todo dentro de mim.

Eu estava prestes a tirar minha cueca quando ele voltou a me agarrar, me envolvendo num beijo suado até cairmos no sofá. Com o corpo quente de Junior sobre o meu, cruzei as pernas ao redor de sua cintura, pressionando ainda mais seu pau contra o meu.

Eu não queria parar de beijar aquele garoto nunca.

— Caralho, você é muito gostoso — ele repetiu, ofegante.
— Sou, né?

— Porra, tá doido.
— Você que é. — Voltei a beijá-lo, arrancando a minha cueca e a dele. Caralho, que caralho lindo.

E o melhor: um caralho médio, amém, Senhor.

Nada contra nenhum pau, mas o pau médio tinha um lugar especial no meu coração. E no meu rabo. Não doía e também não sumia lá dentro, como se não existisse.

De todo modo, nem tive tempo de cair de boca naquela delícia porque Junior logo começou a me chupar. E puta que pariu, que boca gostosa.

Ativo que chupa!

Aquele garoto estava cumprindo todo o meu checklist de "boas fodas".

Segurei sua cabeça e fodi com carinho aquela boca macia até ele se afastar para recuperar o fôlego, levantar minhas pernas e descer com a língua direto para onde sabia que eu ficaria doido.

— Isso, me fode, vai — pedi.
— Tá bom?
— Tá ótimo.
— É? E assim? — ele perguntou, enfiando com carinho o primeiro dedo.

Eu gemi e agarrei com força as almofodas — digo, almofadas — do sofá, enquanto rebolava devagar.

— Tá gostando, né, seu puto?
— Aham... — Eu não conseguia nem formar palavras.

Quando chegamos na parte de "Todos os dedos, todos os dedos, onde estão? Aqui estão!", coloquei a camisinha e o lubrificante nas mãos de Junior, e partimos para a próxima fase.

Assim que sentei em cima dele, Junior me deixou no controle até que eu me acostumasse com seu pau por inteiro e conseguisse relaxar de vez.

Então, não paramos mais.

Quiquei naquele gostoso com vontade, me deliciando com sua cara de tesão enquanto observava meu entra e sai.

Quando fiquei de quatro, Junior me comeu sem pressa, puxando meu cabelo de leve e me abraçando por trás. Ele metia e eu só queria continuar dando para ele até o amanhecer. Rebolando naquela pica para sempre. Como se o tempo pudesse nos congelar naquela foda e eu nunca mais precisasse pensar em boletos e projetos e,

— Vira pra mim? — Ele interrompeu meus pensamentos bestas.

Obediente, me deitei no sofá e abri as pernas.

Eu também queria olhar nos seus olhos enquanto ele me fodia.
A cada estocada, meu desejo escalava mais um pouco.
A temperatura subia.
E, quando a velocidade aumentou, ele foi o primeiro a avisar:
— Vou gozar.
— Eu também.
Eu não estava mais me aguentando.
Quando fiz menção de tocar uma punheta, Junior afastou minha mão e começou, ele mesmo, a me masturbar, ainda metendo.
Entregue, joguei os braços para cima e me deixei ser conduzido.
O movimento ficou mais intenso, os gemidos acentuados, os corpos retorcidos, até gozarmos juntos, com ele ainda dentro de mim.
Cuidadoso, Junior tirou a camisinha, cheia, e se deitou ao meu lado. Minha barriga encharcada de porra.
— Quer tomar um banho? — ofereci. — Eu pego uma toalha pra você.
Mas, antes que eu pudesse me levantar, Junior me puxou para mais um beijo.
— Adorei — disse ele, sorrindo.
— Eu também.
Era verdade.
Tinha sido ótimo.
Eu só não iria me encantar por aquela aventura de vinte e três anos.
Não, novinho.
Nunca mais.

— **Q**uer vinho?
— [risos] Nesse calor? — Junior terminou de vestir a calça.
— Tá gelado. — Enchi minha taça, quase ofendido por ele ter desdenhado da minha oferta. — Tem esse branco e mais um rosé lá na geladeira. Da Concha y Toro.

Eu sabia o protocolo a seguir naquele momento. Oferecer uma bebida, ser cordial, mas deixar o assunto morrer até ele perceber que era hora de cair fora e nunca mais voltar.

— Eu aceito uma cervejinha. — Ele sorriu, se sentando no outro canto do sofá.

— Pior que não tenho. — Aproveitei a deixa.

Ele não queria vinho, eu só tinha vinho.
Ele queria cerveja, eu não tinha cerveja.
Perfeito.
Tchau.

— Nem uma Colorado? — Junior insistiu.
— Que específico.
— Disse o rosé da Concha y Toro — ele retrucou, sorrindo. — Ou você prefere mais leitinho?

Merda, lá estava eu achando graça dele.

— Por quê, Junior? Você tem mais aí?
— Ih, aqui é sócio da Parmalat!
— Ah, não! [gargalhadas] Chega, já tá baixo nível demais.

Patrick, Patrick, você sabe muito bem que não pode embarcar na dele.

— É mesmo, Patrick Rosa?
— Patrick Ro,
— Eu adoro seu livro — Junior se antecipou. — *Os meninos de Icaraí.*
— Peraí,
— Sou fã — ele completou.
— Puta merda — pensei em voz alta.

Quais eram as chances de eu estar, novamente, diante de um moleque daquela idade que era meu leitor e ainda me comia bem? Que morte horrível.

— Que é isso?! Eu fiz a melhor "resenha" agora pra você — Junior se gabou, cheio de duplos sentidos. — Cinco estrelas, admite.

— Você tá falando sério?

— Super. Eu tava começando a faculdade quando conheci seu livro. Na real, eu vi numa livraria em Icaraí. Aqueles garotos segurando os remos na capa, o César e o Guto no meio, apaixonados.

Ele conhecia mesmo o meu livro.

— Você é de Niterói?

— Sou. Era. Enfim. Eu estava voltando da casa dos meus pais, em Itacoatiara. Sabe aquela livraria na Paulo Gustavo?

— Sei. — As palavras me escapavam.

— Foi nela. E, depois que eu li, minha vida… mudou.

Ele estava com os olhos marejados?

— A gente pode transar de novo recitando alguns trechos do livro — Junior brincou, disfarçando a emoção.

— [risos] Por favor, não!

A cada segundo, ficava mais improvável que eu conseguisse me livrar dele.

— Eu sei que você gostou. — Junior esticou as pernas em cima do meu colo, dengoso. — Não gostou?

O que eu poderia falar?

Que a nossa foda tinha sido uma delícia, que ele era uma graça e que eu ficaria emocionado por semanas se ele não sumisse da minha frente naquele instante?

— Gato, foi uma delícia, mas acho melhor a gente ficar por aqui — falei, tirando com jeitinho suas pernas de cima de mim.

— Cê jura? — Ele não botou muita fé.

— Juro. — Sorri meu sorriso mais amarelo.

— Porque eu falei que sou seu fã?

Por que ele simplesmente não se levantava e partia como tantos outros?

— Não, é só que,

— Você não fica com fã? — Ele seguiu no modo flerte.

— [risos] Pior que fico — confirmei, sem jeito.

— E não é de boa?

— Bom, um deles eu chamo de Trauma 1.

— [risos altos] Esquece! — Junior se afundou no sofá, cada vez mais à vontade.

— É só que você é muito novo — tentei justificar. — E eu tô evitando ficar com,

— Mas eu gosto de homens mais velhos.

Ai, doeu.

— Sempre falam que eu sou muito maduro pra vinte e três.

— É que, — Eu ainda estava preso no "homens mais velhos". — Já são quase,

O relógio do meu celular indicava "05:15".

Pelo menos eu não acordaria às cinco e meia naquela sexta.

— Tudo bem. — Ele voltou a se sentar direito no sofá. — Tranquilo.

— Você quer uma dedicatória? — Tentei um prêmio de consolação.

— Hã? — Junior achou graça, já pegando sua camisa largada no chão.

— Eu tenho uns exemplares dos *Meninos de Icaraí*. Posso te dar uma dedicatória. Já te dei tanta coisa hoje — brinquei.

— Não precisa. — Ele sorriu, tristonho. — Eu não vim aqui te stalkear, não.

— Não, eu sei.

— Não quero nada, não. Só tava sendo legal contigo.

— Sim, eu sei, todos vocês são.

— [risos] Todos?

— Os meus fãs.

— Ah, é? — Ele pareceu surpreso. — Todos loucos por uma dedicatória? Ele estava debochando da minha cara?

— Um pouco — respondi, ácido. — Mas, certamente, noventa por cento chegam na rodinha e falam que me comeram pra tirar onda. Depois somem e cagam na minha cabeça.

— Hã?

— Eu só não quero mais entrar nessa. Não é nada pessoal. Só tô me protegendo.

— Se protegendo? [risos descrentes] De mim?

— Não, sei lá. Foi ótimo, tá tudo certo, de verdade. Eu só quero dormir.

— Você não tá falando nada com nada. — Ele começou a calçar o tênis.

Realmente, Junior, eu só falava merda, minha série era uma merda, minha carreira era outra merda e minha conta bancária logo estaria na merda.

— Você quer uma foto? — Eu tinha descoberto como tirá-lo da minha frente.

— Quê? — Ele parou de amarrar o cadarço, atônito.

— Uma selfie? — perguntei, debochado.
— Por que você tá falando assim comigo?
— Falando como? — devolvi, sonso. — Com sono?
— Fala sério. — Junior revirou os olhos. — Não pensei que você fosse assim.

Sim, bonitão, também não pensei que eu fosse essa bagunça.
— Então me deixa com os meus boletos e vai lá curtir a Taylor Swift.
— Hã?
— Você não é geração Z?
— Do que você,
— Geração Z curte Taylor, vai lá curtir sua Taylor. — Me larguei no sofá.
— Que babaca... — ele resmungou, antes de abrir a porta e desaparecer de vez.

Ótimo.

Trauma evitado.

Seis e meia da noite.
　Aí sim, sextou.
Ainda dava para,

- **Brother**

Hoje

Eu só queria um passivo para colocar de 4, linguar e muito o cuzinho dele, dar uns tapinhas na bunda dele, lamber os sacos e mamar, até ele ficar implorando para eu deixá-lo gozar.
18:49

tem local?
Lida 18:50

• 🔥

Hoje

Oi
06:12

e ae
bom dia
Lida 06:13

Curto punhetar caras machos
No sigilo
06:14

pode vir
Lida 06:15

afim.ipa compartilhou sua localização.

- **ADESTRADOR DOT**

Hoje

Eae fmz? A fim de uma curtição hj? Mulher tem plantão to a fim de dar um perdido 😈
20:12

só vem
Lida 20:23

afim.ipa compartilhou sua localização.

- **Atv Marreta**

Hoje

Estou a muito tempo querendo
fuder contigo
09:11

Beleza?
Lida 12:13

Tamo perto
15:10

Atv Marreta compartilhou álbum.

A ressaca não era apenas física, era moral.

Passado o fogo no rabo, me vi sem vontade alguma de me levantar da cama naquele domingo à tarde. Até porque, no breve instante em que entrei no banheiro do quarto e me encarei no espelho acima da pia, tomei um susto tão grande com minhas olheiras que só quis voltar para debaixo do lençol e fingir que o problema era o reflexo e não meu péssimo humor e falta de sono.

Tinha sobrado até para o J.23, coitado, que veio comer seu autor favorito e saiu daqui querendo jogar meu livro fora.

Houve um destempero da minha parte, mas também não era como se eu fosse reencontrar o J.23 de novo por aí, de qualquer jeito.

Ainda assim, era fofo que ele tivesse gostado do meu livro.

Quando o dinheiro aperta e a gente fica sem trabalho, é fácil esquecer a nossa estrada. Duvidar do que fizemos. Era injusto comigo, no entanto, passar uma borracha na minha história. Principalmente em *Os meninos de Icaraí*, meu único filho literário.

Lançado em 2020, ele se tornou um marco na minha carreira. No início daquele ano, frustração e tristeza. A pandemia de covid interrompendo nossos planos. Sessões de autógrafos, Bienais, eventos em livrarias: tudo cancelado. Meu romance divulgado apenas em Zooms e Google Meets e YouTubes. Um horror. Mas, então, veio o boom do TikTok.

Eu nunca imaginaria que essa rede social explodiria as minhas vendas, mas, com a garotada presa em casa, os índices de engajamento se multiplicaram como gremlins no meio de um temporal. Numa aleatoriedade algorítmica que eu não tinha a menor ideia de como funcionava, o livro foi alçado a queridinho do #BookTok e, depois disso, pronto. Mais Vendidos na *Veja*. Na Amazon. No PublishNews. Até chegarmos em 2022 e conseguirmos circular pelas Bienais, feiras literárias e tudo o mais.

Depois de publicado, passaram-se meses até que eu pudesse encontrar meu livro na vitrine de uma Travessa. E mais tempo ainda para que eu participasse de conversas com livreiros nas unidades da Leitura. Que pudesse abraçar os leitores que chegavam até mim pela primeira vez através daquela história. Um público, aliás, totalmente diferente do que eu estava acostumado a lidar.

Com meus curtas e peças, sempre falei para um público adulto. Mas, com *Os meninos de Icaraí*, vieram os adolescentes. Me entregando cartinhas e ilustrações dos meus personagens.

Era outra experiência. Mais próxima, mais pessoal.

Uma coisa era escrever uma novela de sucesso e ver o Twitter inteiro — eu ainda precisava me acostumar a chamar aquela rede de X — comentando e torcendo e reclamando. A resposta era imediata e cheia de alarde. Mas distante.

Agora, com meu livro... éramos só nós. Meus leitores apaixonados e eu. Nas cartinhas, nas mensagens por direct, nas resenhas, nas collabs. Mesmo no virtual, tudo era direcionado a mim. E eu não conseguia negar: amava aquele carinho.

Sem falar no dinheiro que entrava a cada semestre por conta das vendas. Sim, era algum dinheiro, mas, não, não dava para só viver daquela grana.

De todo modo, o livro me abriu portas. Com minha passagem pelo audiovisual, lá fui eu atrás de uma adaptação para minha obra. Cheio de esperança. Me inscrevendo em rodadas de negócios e pitchings. E caindo do unicórnio mais rápido do que poderia imaginar.

Emplacar a adaptação de um romance de época sobre um clube de regatas viado exigia um orçamento que nenhum player estava disposto a investir. Teria muita externa. Muita pós-produção. Muita viadagem, no fim das contas.

Já era 2023 quando entendi que era melhor deixar no armário o sonho de ver meu livro virar filme. Minha editora me sondava para um segundo romance. O primeiro tinha dado certo, qual seria o próximo? Mas o cinema e a televisão me ocupavam em demasia, a ponto de me deixarem sem tempo para esboçar outra obra literária.

Assim, por mais cagada que aquela madrugada de sexta tivesse sido, foi bonito lembrar que meu livro tinha importância para certas pessoas. Esse quentinho no coração eu ficaria devendo para o J.23.

Os meninos de Icaraí estava, de fato, num canto especial da minha jornada. Uma história leve, divertida, de um tempo quando parecia que eu não tinha nada a perder escrevendo a galhofa que quisesse.

Um Patrick menos desiludido e mais corajoso, talvez.

Não à toa, era um romance jovem-adulto, com protagonistas mais novos, naquela fase da vida em que o mundo está diante de nós e tudo o que enxergamos são possibilidades.

O romance entre César e Guto, integrantes do Clube de Regatas Bicharaí, havia me marcado tanto que, mesmo cansado de tentar transformá-lo em longa-metragem, ainda brinquei com aquele universo por um tempo.

Encarei aqueles meninos apaixonados e suas competições de remo e esbocei músicas para algumas partes daquela história. Se não dava para transformar o livro em filme, então que ele virasse um musical. Muito mais simples e fácil de montar.

Risos risos.

Na verdade, acho que nunca tinha comentado sobre aquela adaptação com quem quer que fosse. Meu musical viado devia estar no fundo de alguma gaveta ou perdido em algum HD externo que eu nunca mais veria na vida.

De ressaca na cama, gargalhei me lembrando de quão ingênuo eu era. Ou estúpido. Ou muito duro comigo mesmo, como diria minha analista que eu não podia mais pagar.

A ideia de escrever aquela adaptação musical não tinha surgido do nada, afinal. Foi nos palcos onde me entendi artista pela primeira vez, como ator e depois como dramaturgo. Como um contador de histórias.

Natural que eu voltasse de vez em quando para aquele Patrick amante das artes cênicas. Até porque eu não tinha escrito aquele musical pensando em realmente arregaçar as mangas e levantar uma produção teatral. Eu só queria continuar me divertindo com aquela história. Sonhando. Imaginando minhas bichas remadoras dançando e cantando diante de um Teatro Carlos Gomes com bilheteria esgotada. De um João Caetano entupido de gente.

Talvez eu estivesse com saudades daquele Patrick.

Que tinha ânsia de conquistar o mundo.

Que acreditava nas próprias ideias.

Que confiava que tudo ia dar certo.

É, talvez eu precisasse marcar um encontro com aquele Patrick. Perguntar o que ele faria agora, quando tudo parecia ruir ao seu redor.

O Patrick de outrora seria mais racional? Me aconselharia a buscar um emprego formal fora da minha área, pela estabilidade financeira? Me puxaria para um canto e me daria um esporro por ser tão pessimista?

Me lembraria que só começaram a me chamar para novelas e séries depois que eu produzi meus próprios curtas? Que eu só,

Peraí.

De fato, todos os projetos que me deram grana e me inseriram no mercado só apareceram em decorrência dos meus projetos autorais. Minhas ideias, quando produzidas, sempre me renderam convites do mercado, credibilidade e money.

Primeiro, eu produzia na raça. Depois, todo mundo me assistia e, na sequência, me convidavam para algum trabalho remunerado, onde eu acabava ressarcido pelo meu investimento e ainda ganhava muito mais.

Só que — caralho! — com que cabeça eu conseguiria começar do zero qualquer nova ideia? Ainda mais com o pouco tempo que me restava até ficar sem grana nenhuma?

Só se eu pegasse aquela…

Não, não fazia o menor sentido. Só que, se eu tivesse que escolher alguma história para me apresentar novamente ao mundo, era aquela. Remos, trampolins, vestiários, atletas, bichas.

Meu lado racional sabia que era uma completa loucura. Um devaneio. Uma ideia estúpida, boba, ridícula. Eu teria que pensar no orçamento, no cronograma, nas audições, na equipe, nos cachês, nas coreografias, nos equipamentos de luz, no operador de som. Eu nunca teria grana para levantar um musical.

Mas o meu lado revolts com o mundo gritava: "Bicha, pelo menos cai atirando". De que adiantaria ficar enfurnado em casa esperando o mundo acabar? Nenhum dinheiro cairia do céu, e o pouco que eu tinha na conta não me levaria a lugar algum depois de dois meses. Era uma contagem regressiva para o fim e eu precisava movimentar a roda.

Talvez aquela fosse a minha grande chance.

Isadora Magal

Amiga, segura aquela pauta no Dulcina!
Eu já tenho nossa estreia. 05:30 ✓✓

OS MENINOS DE ICARAÍ _ SINOPSE

No início dos anos 1950, para desespero dos preconceituosos, o clube dominante nos campeonatos de remo do estado do Rio de Janeiro era o Clube de Regatas Bicharaí, de Niterói. A equipe, formada por oito bichas niteroienses, tinha em seu treinador Walter o exemplo de família e espírito coletivo. Ainda assim, era César, o jovem de vinte anos com cabelos cacheados e sorriso atrevido, quem liderava seus parceiros de vara, quer dizer, de remo. Com a chegada repentina de Guto, afilhado de Walter, César sente aquele frio na barriga com que sempre sonhou. O coração do líder do Bicharaí balança, mas Guto não curte… afeminados. Na verdade, o bofe recém-chegado é daqueles que não rebola, fala grosso e esmaga a mão de quem cumprimenta, tamanha a necessidade de demonstrar sua "masculinidade". O problema, porém, vai além disso. Com a falta de entrosamento de Guto com a equipe, o Bicharaí começa a perder as regatas seguintes, deixando César com uma difícil tarefa: para recuperar o prestígio do clube, ele precisa resolver a questão "Guto". Um romance improvável, certo? Mas nada como uma boa dose de ficção e um clima musical (sinônimo de viadagem) para tudo se ajeitar.

7
SEMANAS PARA A ESTREIA

I may be facing the impossible
I may be chasing after miracle
And there may be the steepest mountain to overcome
But this is step one.*

— "Step One", Kinky Boots

---

* Tradução livre: "Eu posso estar diante do impossível/ Eu posso estar perseguindo um milagre/ Ainda pode existir a montanha mais íngreme a superar/ Mas este é o primeiro passo".

Se antes já estava difícil dormir, a nova descarga de adrenalina liberada no meu sangue tornaria impossível tirar sequer um cochilo.

Eu precisava me relembrar daquela história. Conferir as músicas escritas, os personagens incluídos na adaptação, o tamanho daquela maluquice. Até para que, quando a Isadora me confirmasse a pauta, eu já pudesse lhe enviar o texto com os dizeres: "SEGUE O NOVO HIT DA BROADWAY!" Ou melhor, do Dulcina. Da Cinelândia.

Felizmente, a busca foi simples. Bastou digitar *Os meninos de Icaraí* no meu e-mail para localizar o arquivo da peça, esquecido ali fazia mais de um ano.

Já passava das sete horas da manhã quando me peguei sorrindo de orelha a orelha ao revisitar aquela dramaturgia. Sim, meu estado ainda era deplorável, mas não importava: aquele texto seria meu bote salva-vidas. E, modéstia à parte, que musical maravilhoso.

O Clube de Regatas Bicharaí tinha tudo para cair nas graças da plateia carioca. Era debochado, leve e romântico, como se pudesse juntar a gayzice de *Hairspray* com o brilho de *Kinky Boots* e o coração de *Rent*. Uma mistura gostosa à beira da Guanabara, com a Cidade Sorriso em foco e um mergulho no romance entre César e Guto.

Eu só precisava que alguém pilhasse aquela aventura comigo.

Isadora Magal

Claro!! A pauta é sua!
Qual o projeto?
Bom dia!!! 08:30 ✓✓

                                                Os meninos de Icaraí!! 08:30 ✓✓

O livro? 08:31 ✓✓

                                Eu tenho uma adaptação pra musical 08:32 ✓✓

😮
Kd esse texto?????? 08:33 ✓✓

                                                     Passa o e-mail 08:34 ✓✓

E a ficha técnica? Já tem?
Patrocínio? 08:34 ✓✓

                                                    CALMA, ISADORA 08:35 ✓✓

De: patrickrosa.rj@gmail.com   seg 15/04/2024 09:03
Para: magal_isadora@dulci.na.com

Amiga, ANIMADO DEMAIS para esta pauta!!! Vai sair do meu bolso, mas vamo nessa! O texto tá em anexo e vou levantar a ficha técnica ainda esta semana. Mandando também a estrutura com a ordem das músicas + a sinopse se já precisar.
    Você consegue me passar um cronograma de ensaios do teatro? A gente monta a luz na semana da estreia? Tem espaço pra ensaio lá? Me passa também o tamanho de banner da entrada, o rider de luz do teatro etc.? Sim, mesmo detestando, vou produzir, rs.

Beijos,
Patrick

Sinopse_Os meninos de Icaraí.docx
Os meninos de Icaraí_Estrutura.docx
Os meninos de Icaraí_texto final revisado 2023.docx

Quarenta e seis dias até a estreia. Era esse o meu prazo.

Sentado sobre minha canga azul, de óculos escuros e sunga cavada preta, encarei aquele mar cristalino e esverdeado. Sem ondas e tão vazia quanto se espera de uma praia em plena segunda-feira à tarde, Ipanema parecia mesmo um cartão-postal.

Pequenas piscinas formadas antes da arrebentação davam o tom ainda mais paradisíaco para aquele cenário, com o morro Dois Irmãos na ponta direita, depois do Leblon, e a pedra do Arpoador no lado oposto.

Era para lá, na altura da Vinicius de Moraes, perto do Posto 9, que eu costumava fugir sempre que precisava relaxar ou ajeitar as ideias como naquele instante.

Minhas mãos tremiam, a ansiedade ainda presente, mas agora havia uma luz no fim do túnel. Ou melhor, agora eu havia encontrado uma lanterna para me ajudar a escapar daquela escuridão.

Não era muito tempo até a estreia, mas também não era um prazo impossível. Eu precisaria arrumar profissionais que topassem embarcar nessa sem receber, e entender o quanto eu conseguiria investir de fato. O que seria possível dentro dos meus limites. De todo jeito, eu não seria louco de afundar ninguém comigo num plano ensandecido.

O dia estava lindo, a decisão estava tomada e tudo daria certo.

Controlando a tremedeira, me levantei no impulso. Tirei os óculos, os apoiei em cima da canga e avancei em direção ao mar.

Ao som de "Olha o mateeee!", mergulhei.

De: magal_isadora@dulci.na.com   seg 15/04/2024 20:56
Para: patrickrosa.rj@gmail.com

 Amigo querido, eu que estou nas nuvens com essa notícia! Nem acredito que você tinha esse projeto na gaveta. Já comecei a ler aqui e estou apaixonada!
 De todo jeito, não se preocupe, vou alinhar tudo aqui para entender o cronograma do teatro. Sobre a montagem de luz e cenário, sim, conseguimos segurar o teatro na semana da estreia para montagem, ensaio geral etc.
 Nós temos lá em cima, subindo uma escadinha depois do último balcão da plateia, uma sala enorme que usamos para ensaios. Posso tentar reservar pra vocês.
 Sei que vai ser um investimento do seu bolso, mas, Patrick, é assim que a roda gira. Vamos lotar esse Dulcina pelo Mês do Orgulho todo, você vai ver.

Beijos,
Isa

S ete e quinze da manhã.
    Melhor.

Fazia um mês e meio que eu não pegava as barcas para Niterói. Um filho e um neto desnaturado, eu sabia.

Minha última passagem pela casa dos meus pais tinha sido no Carnaval, em meados de fevereiro. Depois do Trauma 1, me enfurnei debaixo da asa da mamãe e fiquei ali até a Quarta-Feira de Cinzas passar. Tomando sol na praia de Camboinhas e maratonando a segunda temporada de *The White Lotus* só pelo meme da Tanya: "These gays are trying to murder me".

Funcionou. O resto do meu Carnaval foi perfeito. De coração partido, sim, mas pronto para depositar todas as minhas energias no lindo *Verão yag*, que só me traria alegrias e um buquê de flores do Superplay me parabenizando pelo belo trabalho.

Risos risos.

No entanto, ali estava eu, nem tão firme nem tão forte, mas dando meu próximo passo rumo à Vida Que Merecia. Saltando das barcas na Praça Arariboia e seguindo a pé em direção ao Ingá.

Em poucos minutos, cheguei ao meu antigo lar doce lar, próximo à praia das Flechas e ao Museu de Arte Contemporânea, o MAC, famoso por seu design semelhante ao de um disco voador, além de ter sido projetado pelo próprio Oscar Niemeyer.

Nossa casa, uma das últimas a resistir aos avanços da especulação imobiliária naquela rua, era cercada por um muro de pedra e um portão de ferro que dava direto em nosso jardim. No centro do terreno, uma casa de paredes amarelo-claras, com uma varanda que circundava as janelas da sala e do meu quarto com minha avó.

Avó essa que prontamente largou a vassoura com a qual varria as folhas do quintal ao me avistar abrindo o portão.

— Não acredito! — Dona Joana sorriu, vindo em minha direção com seus passinhos de tartaruga.

Lúcida e ainda muito ativa, minha avó mantinha a tradição de varrer pela manhã todas as folhas caídas da mangueira centenária que se destacava em nosso jardim. Com seus cabelos grisalhos e baixa estatura, ela não parava nem para tomar banho e tirar o pijama antes de limpar tudo. Seu compromisso inadiável de todo dia.

— E aí, vó, tudo bem? — Retribuí sua alegria abrindo os braços.

— Melhor agora — disse ela, me abraçando. — Menino, mas você emagreceu.

— [risos constrangidos] Eu?

— Você tinha os braços fortes — dona Joana se justificou, preocupada.

— Ah, vó, só tô sem ir na academia faz uns dias. — Esbocei um sorriso, sem graça.

Não era como se eu não soubesse do que ela estava falando. Sem malhar, sem dormir e sem me alimentar direito, eu tinha consciência que não estava com a melhor das aparências.

— Seus pais estão lá dentro. — Minha avó mudou de assunto enquanto andávamos em direção à casa. — Eles sabiam que você vinha?

— Não. Eu vim de surpresa.

— Não morreu ninguém, né?

— Não, vó. [risos] Não morreu ninguém.

— Graças a Deus. [suspiro aliviado] Ontem deu no jornal que tá muito perigoso lá no Rio. Um menino foi esfaqueado só porque queriam levar o celular dele no Centro.

— Fica tranquila, tá tudo bem comigo.

— Você também tem uma cara emburrada, os bandidos não iam querer te assaltar.

Oi?

— Patrick! — Minha mãe surgiu na porta da sala, impedindo que minha autoestima fosse destruída por completo.

— E aí! — disse, já pela varanda. — O bom filho à casa torna.

— Veio sem avisar por quê? — Dona Miranda franziu a testa, do alto de seus quase dois metros de altura.

— Não morreu ninguém, filha — vovó logo disse.

— Quem morreu? — Minha mãe se confundiu, os braços abertos para me abraçar.

— Parou, vocês duas! — Me lancei entre os braços de mamãe. — Ninguém morreu. Pelo contrário, tem alguém querendo renascer aqui, isso sim.

— Que papo é esse? — Dona Miranda afastou-se, desconfiada. — Que foi que houve?

— É dinheiro? — minha vó palpitou. — Eu tenho cem reais lá na bolsa.

— Gente, calma — interrompi o interrogatório. — Cadê meu pai?

— Tá lá no quarto dando aula, filho. Coitada, a menina parece um bezerro morrendo. Ainda bem que não é presencial, o celular abafa um pouco o som.

— Que é isso, mãe? [risos impróprios] A garota tá aprendendo.

— É porque você não ouviu — vovó completou. — Parece uma cabrita degolada.

Sim, minha família tinha um senso de humor peculiar. Digamos que minha mãe e minha avó se concediam certos momentos de juradas malvadas, como se estivessem em um reality show musical. Quando os alunos do meu pai chegavam para suas aulas de canto, elas os recebiam com sorrisos e ofertas de água. Mas bastava que abrissem a boca para cantar que mãe e filha faziam de suas línguas, chicotes.

— Desembucha, Patrick — minha mãe insistiu. — Tá com essa cara por quê?

Eu devia estar mesmo uma assombração ambulante.

— Deixa o papai terminar a aula e a gente conversa, pode ser?

Como duas fofoqueiras de novela de época das seis, Miranda e Joana reviraram os olhos, vencidas.

Elas não sabiam, mas não era tão simples dizer o que eu gostaria.

Meu lado do quarto seguia praticamente intacto.
Minha estante com livros, um espelho de corpo inteiro, uma cama de casal com mesinha de cabeceira ao lado e um boneco de pelúcia do Link, personagem da Nintendo. Tudo ainda no mesmo lugar de antes da minha saída. Como se eu tivesse entrado em uma máquina do tempo e ainda estivesse com doze anos, deitado naquela cama com medo de sair do armário e com tesão nos alunos babacas da escola.

Diferente de quando morava ali, porém, a cada nova visita eu agora era um hóspede de honra. Roupa de cama limpa, sabonete novo no banheiro, comida na mesa, mimado até dizer chega.

Apoiado na janela em frente à minha cama, observei o jardim, tentando afastar da cabeça aquela voz maldita que me provocava dizendo que, se tudo degringolasse, era para lá que eu voltaria. Sem privacidade, sem boy do Grindr na madrugada e com o broche de Deu Tudo Errado pendurado no peito.

Não era uma provocação justa. Aquele imóvel estava longe de ser o fim dos tempos. Roseiras, magnólias, lírios-da-paz, azaleias, orquídeas e espadas-de-são-jorge ornamentavam o jardim e davam as boas-vindas sempre que chegávamos da rua.

Foram infinitas as vezes que fiquei deitado na rede da varanda, lendo algum livro ou cochilando, curtindo aquela calmaria. Sem falar na delícia que era acordar com aquele aroma de jasmim que perfumava o nosso quarto. Ver os beija-flores voando por ali dia sim, dia também.

Era verdade: eu tinha um apreço enorme por tudo que já tinha vivido naquela casa. Por saber que ela havia sido construída pelos meus bisavós maternos, que aquela mangueira gigantesca no jardim havia sido plantada pelo meu bisô. Não era uma casa qualquer.

Por anos e anos, vi minha mãe sair para dar aulas de vôlei de praia bem cedo e voltar à noite, recordando seus tempos de atleta, meu pai celebrar, durante um de nossos jantares, a conquista de um aluno, enquanto meus avós insistiam que Mineirinho era o melhor refrigerante do mundo.

Mas também era verdade: eu não queria voltar para lá. Não queria voltar a perder horas da minha vida naquela ida e vinda ao Rio, a me organizar para evitar engarrafamentos na Ponte Rio-Niterói, a ficar longe dos meus amigos, a ouvir piadas de que o melhor de Niterói era a vista para o Rio.

Retornar ao Ingá significava perder meu quarto, minha sala, minha cozinha, meu banheiro, meu espaço. Era dar tchau ao apartamento que eu tinha decorado centímetro a centímetro, a quase todos os meus móveis, ao meu lar.

Eu não poderia mais andar pelado pela casa, lavar a louça no meu tempo, sair e chegar sem dar satisfação, viver no meu ritmo e do meu jeito.

Sem contar a humilhação de voltar a pedir dinheiro para seu Zé e dona Miranda. De perder minha independência. De ter que justificar os meus gastos. De ter que dizer aos amigos que eu tinha voltado para a casa dos meus pais.

Talvez fosse aquilo o que mais estivesse me deixando apavorado. Um sentimento cafona de vergonha e fracasso. Como se eu estivesse assumindo a minha derrota profissional naquela selva que era o mercado artístico.

Não tinha dado certo como ator, não tinha sobrevivido como roteirista, não estava com uma nova peça para estrear, nem com livro novo para lançar, nem com projetos na manga para apresentar. Não tinha nada e não era mais nada.

Não, eu não queria nada daquilo, de jeito nenhum. Nem que eu precisasse abrir um OnlyFans para viver da venda de packs de pezinho.

Não, obrigado.

Eu preferia continuar ali como apenas um convidado de honra.

— Deixa eu ver se eu entendi, filho. Você tá sem dinheiro?
— Quase, ainda dá pra uns dois meses.
— E você quer pegar o que tem e investir num,
— Musical.
— Do seu livro?
— Que tem vários personagens.
— Que cantam e dançam.
— Parece loucura, mas,
— Não, não parece loucura.
— Ninguém falou isso.
— Pai, eu consigo ver sua cara, você sabe, né?
— Eu não tô fazendo cara nenhuma.
— É loucura, eu sei.
— Calma, filho,
— Ninguém vai me chamar pra projeto nenhum agora. A série foi cancelada,
— Não tem algum edital pra teatro?
— Sesc? Sesi? Alguma empresa que possa patrocinar?
— Isso leva tempo, gente. E não é tão fácil.
— E você quer que eu e sua mãe,
— Me ajudem. Não é com grana.
— Pode ser com grana. A gente se aperta um pouco e,
— Você não pode ficar sem pagar o aluguel.
— Seu pai pode dar mais aulas. Sua avó tem uma reserva que,
— Não, eu não quero dinheiro. Eu quero um diretor musical. Você, pai.
— Eu?!
— Você já fez preparação vocal de elencos, conhece o livro, vai saber transformar minhas letras em melodias.
— Mas eu não faço algo assim há séculos.
— Eu também não faço teatro há milênios. Musical, então, nunca nem fiz.

— Claro que seu pai aceita!
— Miranda.
— Você não ouviu o garoto, Zé? Ele precisa de ajuda.
— Sim, mas vai me tomar tempo e eu tenho minhas aulas,
— Remarca. Desmarca.
— Meu amor, não é assim. É o meu trabalho.
— Tá tudo certo, pai.
— Não, Patrick, calma. Eu não estou dizendo que,
— Eu posso tentar outro jeito.
— Vai ter cachê pro seu pai?
— Não sei. Pode ter.
— Não precisa, filho, pelo amor de Deus. Eu faria de,
— Posso tentar uma ajuda de custo pra,
— Não, Patrick, esquece isso, por favor. Eu posso,
— Não vão ser muitos ensaios, vão?
— Falta fechar o cronograma, mas não tem muito tempo pra estreia, então,
— Pra quando é?
— Pra junho.
— Junho?!
— Na real, estreia 31 de maio, uma sexta. No Dulcina, na Cinelândia.
— Mas isso é daqui a...
— Quarenta e cinco dias.
— Pra levantar um musical?!
— As músicas já estão escritas, Zé.
— Mas ainda tem que fazer as melodias, meu amor.
— Mas como é pro seu filho, você vai dar um jeito. Já tem elenco, Patrick?
— Eu vou abrir as audições essa semana, pra escolher na semana que vem.
— Não é pouco tempo?
— Pouquíssimo.
— ...
— Zé?
— ...
— ...
— Eu topo.

— Sério?
— Claro, filho. Não sei como isso vai funcionar, mas conte comigo.
— Caralho, pai, obrigado!
— Ai dele se não te ajudasse.
— E você, mãe?
— O quê?
— Rola pegar uns uniformes das suas aulas pro figurino?
— Os de vôlei de praia?
— É.
— Mas o livro não é sobre uma equipe de remo?
— Eu só preciso dessas gays com um shortinho e uma regata. Você não tem vários sobrando?
— Sobrando não, mas,
— Ela vai dar, sim, Patrick. Se eu posso ajudar, ela também pode.
— É claro que eu vou, Zé. Eu só tava,
— Então tá tudo certo. E pode me mandar essas músicas que eu já quero pegar nelas hoje mesmo.
— Eu te encaminho por e-mail.
— As audições são semana que vem? É pra eu tá lá?
— Com certeza.
— Onde vai ser?
— Ainda não sei.
— Que música você vai dar pra eles cantarem?
— Não tem como ser da peça porque não tem melodia de nada, né?
— Vai ser livre?
— Acho que sim. Talvez interpretar o trecho de uma cena também.
— E de resto, quem vai dirigir?
— Então, eu pensei na…

— Eu?!

Claudia me encarou como se eu tivesse acabado de fazer a proposta mais indecente do universo. O que, de fato, chegava perto.

— Quem mais, Clau? — insisti, dando outro gole no meu chope.

— Sei lá, amigo. Eu ainda tô em choque que você aceitou essa pauta.

— Que escolha eu tinha? Daqui a pouco chega o fim do mês com mais boletos, o dinheiro vai sumindo e eu vou ficar,

— E esse musical vai te dar dinheiro?

— Não exatamente, mas,

— Se o dinheiro tá acabando, como é que você vai investir tudo que tem num musical? Você sabe a trabalheira que é isso?

Eu sabia muito bem, mas, se parasse para analisar os detalhes friamente, desistiria de tudo e voltaria a chorar diante da minha falecida TV. Uma opção bem tentadora, aliás.

Eu não estava diante de nenhuma iniciante com tempo para se meter em enrascadas, então sabia que, para convencê-la a embarcar comigo em uma jornada não remunerada, só me restava ser o mais direto possível, sem floreios.

Como uma mulher preta retinta com seus quarenta anos, Claudia já tinha ralado muito para conquistar seu espaço na cena teatral carioca como diretora. Eu tinha plena noção do quanto ela havia suado para ser respeitada, ganhar editais públicos, receber indicações ao Prêmio Shell e conquistar o troféu de Melhor Direção da Associação de Produtores de Teatro do Rio de Janeiro.

Seria um luxo tê-la assinando a direção do meu musical, e por esse motivo eu precisava ser o mais sincero possível desde o início. Pela nossa amizade e por respeito à sua trajetória.

— Ontem eu fui lá em Niterói visitar meus pais. Seu Zé aceitou ser meu diretor musical e minha mãe vai doar uns uniformes da escolinha dela pros figurinos. Eu sei que é pedir demais, mas a gente já fez mil trabalhos sem grana e,

— Há séculos.

— Sim, mas agora eu tô sem grana de novo.
— Eu sei, mas você quer que eu dirija essa peça pra junho? Faltando, sei lá,
— Quarenta e quatro dias.
— Pelo amor de Deus, Patrick...
— Estreia 31 de maio, na real.
— E você ainda não tem nada? [risos nervosos] Sério, eu vou pedir mais um chope pro seu Francisco! — ela exclamou, certamente me achando a bicha mais inconsequente de toda a galáxia. — Foi por isso que você me chamou pra beber aqui?
— O quê? — disfarcei mal.
— Bicha, não faz a maluca. [risos] Aqui no Amarelinho, na esquina do Dulcina!
— Ih!
— Você é muito sonso! — Claudia revirou os olhos, já conseguindo pedir seu novo chope com as mãos.
— Tem lugar melhor pra você aceitar ser a minha diretora? — Tentei tornar aquele convite algo despretensioso.

Era óbvio que a escolha daquele bar tinha sido estratégica. Além de ser um point tradicional na região, com seu toldo amarelo e suas mesas e cadeiras de madeira, o Amarelinho da Cinelândia ficava a pouquíssimos metros do Teatro Dulcina. Num pedaço do Centro recheado de opções culturais como o Cine Odeon, um dos raríssimos cinemas de rua ainda em funcionamento, o majestoso Theatro Municipal, o Centro Cultural da Justiça Federal e, bem na esquina do Dulcina, o histórico Teatro Rival.

Eu não via a hora de passar meus dias naquele miolo, saindo do Dulcina para o Amarelinho, do ensaio para o bar, do palco para o camarim, até o dia da estreia.

— Tem que ser você, Clau. Quem mais aceitaria embarcar nessa comigo?
— Ah, é só por isso? — Ela fez seu charme. — Por falta de opção?
— Não, né, Claudia, não me faz drama agora.
— Eu não tô fazendo drama. Eu também preciso pagar conta, Patrick. As duas vira-latas lá de casa só comem ração da boa, sabia?
— [risos] Eu sei.
— A gente não é mais moleque. — Ela nem precisava me lembrar. — Você tá me propondo a direção de um musical, sem grana e pra ontem.
— Mas não seria perfeito? — apelei. — A gente estrear um musical viado com texto meu, direção sua, no teatro que a Isa tá ocupando. Você

vive falando que quer fazer uma parada mais comercial, menos cabeçuda. Então?

Um dos benefícios de convidar minha amiga era já conhecer seus anseios profissionais. Nada mais justo que aquele projeto também fosse bom para sua carreira.

— Sim, eu quero, mas pra ganhar mais dinheiro, né? — Claudia pontuou. — Ficar mais pop, sair dessa caixa em que me colocaram de diretora cult.

— Clau, você conhece o meu livro, é divertido, teve uma boa repercussão. Da Glória pra Cinelândia você não vai gastar muito de transporte, dá pra vir de bike.

— Ai, que delícia — ela debochou.

— [risos nervosos] Para, amiga. Tem metrô também, vai. Eu vou tentar arcar com esses custos. Ainda preciso ver com a Isa se a gente consegue ensaiar no Dulcina. Vão ser só algumas semanas de ensaio.

— Exatamente, amigo. Socorro.

— Mas tem seu lado bom. Piscou a gente estreia.

Eu era muito cara de pau.

— E você vai pagar elenco como? Equipe?

— Vou tentar uma ajuda de custo, mas tô propondo receber bilheteria depois.

— Bilheteria?! Amigo, bilheteria nunca dá nada.

— Sim, mas,

— Essa história não tem um bando de personagens?

— São dez atores e uma atriz.

— Dez?! — Ela quase se engasgou com o resto de seu chope.

— Oito do Bicharaí, mais o treinador e os pais do Guto.

— E os remadores da equipe rival? Eu me lembro que no livro,

— São os mesmos atores que revezam. Não é tanta pira.

— Claro que é!

Claudia disfarçou o espanto quando seu Francisco se aproximou lhe trazendo um novo chope.

— Aceita, amiga, por favor.

Não me restavam mais opções. Era apelar para nossa amizade, fazer a cara do Gato de Botas do *Shrek* e torcer para que fosse o suficiente. Ou enrolar aquela conversa por mais algumas rodadas de chope até que minha amiga concordasse com tudo, bêbada, e não pudesse mais voltar atrás. Sim, muita sordidez da minha parte.

— Vamos fazer o seguinte — ela começou. — Se eu aceitar,
— Pode falar. — Tentei conter a empolgação.
— Eu quero escolher a equipe técnica também.
— Claro.
— "Claro" não, que você já chamou seu pai pra diretor musical.
— É que,
— Eu sei, é seu pai. É ótimo, é fofo, é tudo de bom. Mas, se eu for dirigir, quero ter voz no processo criativo. Chamar quem eu confio. Pro cenário, iluminação,
— Sem problemas — assenti.
— Amigo, eu tô falando sério. É o seu projeto, mas você tá me chamando pra dirigir. Se eu tiver uma visão e você tiver outra,
— A gente conversa.
Eu mal podia acreditar que a Claudia estava entrando naquela comigo.
— Nas audições, eu quero escolher o elenco — ela continuou. — Ter peso nas decisões.
— Beleza. — Eu só concordava.
— Tem certeza? Depois eu escolho um ator que você acha que não parece o César ou o Guto, e aí?
— Amiga, você é uma puta diretora, tá louca? Eu tô te chamando porque confio totalmente no que você vai fazer.
— Então, eu aceito — ela soltou como quem não quer nada, virando em um só gole o chope que mal tinha chegado.
— Sério?!
— Puta que pariu. — Ela recuperou o fôlego, devolvendo o copo vazio à mesa. — Ô, seu Francisco, traz mais um chope pra mim, sem colarinho!
— Pra mim também, Chico! — gritei, animado.
Aquilo ainda parecia surreal.
— Você não vai se arrepender. E você terá voz ativa em tudo, prometo. Eu só tenho mais uma pessoa com quem eu já tinha marcado amanhã pra conversar sobre,
— Pra peça?! — Claudia fechou a cara. — Eu acabei de falar que quero montar minha equipe.
— Juro que é a última pessoa que eu chamo antes de você chamar quem você,
— Patrick, não me irrita,
— É pra ser a nossa coreógrafa! Você vai amar!
— Quem foi que você chamou?

— A Madonna!!
— Como assim?
— O prefeito acabou de confirmar. A gata vem fazer show na praia de Copacabana!
— Não.
— Sim! E de graça! Dia 4 de maio. Pra comemorar os quarenta anos de carreira. O encerramento da turnê mundial. Vai ser babado!
— Caralho, Ari, isso é surreal.
— [risos] Surreal é o que a gente vai propor pra ela agora.
— Para, Clau.
— Para de enrolar, Patrick.
— Como assim, gente?
— Então, amiga, você sabe o quanto eu te admiro, né?
— Ih, quando começa assim,
— Não, é de boa,
— Desembucha logo, baby, que eu acabei de soltar a notícia do século sobre a rainha do pop e vocês tão com essas caras.
— É que eu vou estrear um musical aqui no Dulcina. Uma adaptação de *Os meninos de Icaraí*, o meu livro.
— Desenvolve.
— E agora eu tô montando minha equipe. Sem grana. Quer dizer, com a grana que eu tenho. Investimento meu.
— Sei.
— Eu convidei a Claudia ontem à noite pra dirigir. Ela aceitou.
— Eu aceitei.
— Também já falei com meu pai pra ser diretor musical, ele aceitou.
— Aham.
— E eu queria muito que você fosse a nossa coreógrafa.
— Entendi...
— [risos] Eu tive a mesma reação, amiga.
— Pra quando?
— Pra 31 de maio.

— Sem patrocinador?
— Mas com muito amor.
— [arquear de sobrancelhas] Amor não paga boleto, né, amado?
— Sim, mas,
— Já entendi, amore. Tá me chamando pra perrengue, né?
— Tô.
— Ele tá.
— E você tá de cúmplice dele, Claudinha?
— Me tornei.
— Vai dirigir?
— Vou.
— E o seu *daddy* vai ser o diretor musical?
— Vai.
— E o elenco é um monte de bofinho de shortinho e regata? Pagando de remador?
— Por aí.
— Bicha, a senhora é muito maluca, né?
— Desesperada.
— E pra que tu quer gastar grana num musical?
— Porque não tenho saída.
— Ah, tem! Eu duvido que tu não arruma um *sugar daddy* por aí.
— Para, amiga, é sério. Eu levei uma rasteira do mercado. Fiquei sem nada.
— Bicha, e a senhora não se planejou?
— Amiga, cancelaram minha série do nada. É foda guardar dinheiro quando você tá quicando de projeto em projeto.
— Não, gay, foda é viver de festa em festa, dando show, batendo peruca.
— Você não vive assim há anos, amiga, para.
— Mas já vivi. E tô cheia de mana vivendo no corre feito maluca.
— Então pronto, eu tô no corre agora também.
— Tá fodida, né?
— [risos] É sério, Ariella!
— O que você acha, Claudinha?
— Que minha vida ia ser muito mais fácil com você junto.
— Isso com certeza.
— Ari, se você fizer essas coreografias, o musical vai ser um sucesso, amiga. Você é destruidora.

— Desenvolve.

— [risos] É verdade. Você ainda traria mais um nome de peso pra ficha técnica. Quantos musicais você tem feito no eixo Rio-São Paulo?

— Muitos, graças à deusa.

— Então, o meu é aqui no Dulcina. Você vive no Rival, é um do lado do outro. Não tem perrengue.

— Calma, bicha, que só tem perrengue nessa história! Mas,

— Mas...?

— Eu tô com a agenda livre pra maio.

— Você topa?!

— E o que eu ganho com isso?

— Bilheteria.

— Quê? Bicha, isso vai dar trinta reais pra cada uma.

— [risos tristes]

— Eu sei, amiga, eu fico até,

— Se você escrever uma peça pra mim, eu tô dentro.

— Uma peça?

— É, baby. Eu não vou ajudar um monte de gayzinho agora? Depois você escreve uma peça cheia das travestis pra eu levantar. Que tal?

— Fechado!

— Então pode me enfiar nessa ficha técnica que eu vou botar essas bichas pra rebolarem.

— Sério?!

— Ué, não é isso que vocês querem? Senão eu pego minha lace e vou-me embora desse Amarelinho agora!

— Cala a boca, mona! Claro que a gente quer!

— E como vai ser a seleção? Eu quero estar na banca.

— Mas é claro. Sentadinha do meu lado, amor.

— Eu vou abrir as inscrições amanhã, sexta, ou, no máximo, sábado. Tem que ser na semana que vem, de qualquer jeito.

— Vai ter cachê teste?

— Eu vou tentar um lanche. Uma banana, um suco, uma água.

— [risos] Meu Deus, que pobreza.

— E vamos torcer pra aparecer um povo legal, senão vai tudo por água abaixo.

— Pensamento positivo! Tem muita gente começando que quer uma experiência legal de trabalho.

— E bota mais equipe trans nesse rolê. Não quero ser a única travesti trabalhando aqui não.

— Claro, amiga. Também quero mais.

— Então é isso.

— É isso. Lá vamos nós.

— Anda, Patrick, tá esperando o quê?

— O quê?

— Paga uma rodada de chope pra gente, gay. É o mínimo!

— Ah, claro!

— E uma porção de batata frita com bacon e queijo.

— Eu já falei que te amo, Ariella?

— Meu amor, se é no perrengue, vamos começar brindando certo, pelo menos! Ao nosso musical!

— Ao nosso musical!

— Pede logo esse chope, bicha.

- **ATIVO DOTADO RJ**

Hoje

Bom dia guerreiro curte ter os pés chupados por outro homem no sigilo?
05:39

que Xou da Xuxa é esse?
Lida 05:40

Cinco e meia da manhã, não fazia sentido.
　　Eu já tinha conseguido um diretor musical, uma diretora, uma coreógrafa. Não devia estar ainda acordando naquela hora merda. Na real, era para estar feliz e saltitante, abrindo as cenas do piloto do *Verão yag*, me divertindo com minha equipe do coração até a sala de roteiro acabar e cada um ir para o seu canto e se reencontrar na casa de alguma diretora milionária que assinaria a série e nos convidaria para uma sessão especial em sua cobertura com direito a champanhe e selfies com atores famosos e alegria e sucesso e promessas de novos trabalhos.

Mas não. Eu não ficaria preso naquela espiral de frustração e revolta, remoendo aquele cancelamento. Não, não, não, não, não. Meu "sextou" não seguiria por aquele caminho.

Na força do ódio, fiz meu café, tomei uma ducha fria e me sentei diante do notebook. Sem verba, o jeito era esboçar, eu mesmo, uma arte de divulgação para as audições de *Os meninos de Icaraí*. Jogar nas redes e torcer para que o algoritmo me levasse até os melhores atores do mundo. De preferência, com muita disponibilidade para trabalhar somente por amor à arte.

Antes de partirmos do Amarelinho, a Ariella havia confirmado que poderíamos contar com o palco do Rival para as seleções. Meu pai já tinha remarcado suas aulas. Minha mãe, se oferecido para ajudar na produção. A Claudinha, separado as datas para estar presente. Só faltavam os candidatos às vagas.

Com duas horas de trabalho, confirmei o que já sabia: o dom do design gráfico eu não tinha. E olha que estava criando no Canva, com modelos predefinidos, só mudando uma cor aqui e outra ali para ficar mais colorido e viado.

De todo modo, estava feito. O "vem aí" que os meus leitores jamais suspeitariam que viria estava bem diante dos meus olhos, pronto para cair na rede.

Bastava postar o cartaz. Clicar em "avançar". Transformar aquele surto em realidade. Liderar uma equipe. Puxar a carroça. Aguentar o tranco. Resolver os pepinos. Não surtar. Entrar em cartaz.

Puta que pariu, Patrick, que dificuldade era aquela de simplesmente postar a porcaria de um cartaz no Instagram?!

Minha mão direita tremia, segurando o mouse. O dedo hesitante no clique. Afinal, uma coisa era ter uma ideia maluca, outra era colocá-la em prática.

Quem seriam os atores que dariam vida aos meus remadores? Ao César? Ao Guto? Como ficariam as melodias criadas pelo meu pai? E as coreografias da Ariella?

Só tinha um jeito de descobrir.

AUDIÇÕES
OS MENINOS DE ICARAÍ

*Uma adaptação do sucesso literário
de Patrick Rosa*

Procuram-se atores e atrizes que cantem e dancem
para montagem profissional nos seguintes perfis:
Rapazes de 18 a 25 anos
Homens de 35 a 45 anos
Mulheres de 35 a 45 anos

São bem-vindes para os testes: artistas trans,
não bináries, cis, de todas as raças, etnias e corpas.

Estreia prevista: 31 de maio
Temporada até o fim de junho, sexta a domingo,
no Teatro Dulcina, Cinelândia, RJ.

Audições de canto: 23/04 – Terça-feira às 10h
Callback para cenas: 24/04 – Quarta-feira às 10h
— As audições ocorrerão no Teatro Rival, Cinelândia —

Enviar currículo para patrickrosa.rj@gmail.com
até segunda (22/04), às 10h.

- **Dominador 45**

Hoje

Bonitão
Gatão
Gostosão
Lindão
Vc tem cara de safado
16:11

acertou
tem local?
Lida 16:13

- **PMcomedordecu**

Hoje

Oi. A fim de sentar na Pica de um macho ativao com pegada?
21:55

sim
tem local?
Lida 21:58

Seis e dez da manhã.

Era um recorde pessoal ficar tanto tempo sem entrar no Instagram, sem abrir o e-mail e sem espiar o WhatsApp. Mas era o jeito. Eu só precisava ganhar tempo e fingir que nada estava acontecendo antes de abrir as redes sociais e entender o tamanho da furada ou da loucura em que eu estava me metendo.

Naquela manhã de sábado, eu me revirava na cama só de pensar em abrir meu Insta e constatar que o post tinha sido um flop total.

E tudo bem.

Aqueles eram os limites e as estratégias que eu havia criado para não surtar mais do que já estava surtando. Seriam só mais algumas horas daquele detox virtual.

Apenas mais um dia sem olhar.

Só mais um pouquinho até entender o que estava rolando a partir daquele anúncio.

- **26**

Hoje

E aí cara, tranquilo?
06:22

pilho, sim
Lida 06:23

???
06:23

só vem
Lida 06:24

afim.ipa compartilhou sua localização.

- **Sigilo lc**

Hoje

Curte scat?
15:34

não sei o que eh isso
Lida 15:43

To procurando rola pra cheirar, rola suada, mijada
15:59

curto sim
Lida 16:01

afim.ipa compartilhou sua localização.

- **ATIVO DOTADO RJ**

                                Hoje

Bom dia guerreiro curte ter os pés
chupados por outro homem no sigilo?
07:18

                                                    de novo?!
                                                    Lida 07:19

Sete e dez da manhã e bom dia, porra!!!

Superando minhas expectativas, o post deu certo. Com o cabelo bagunçado e zero glamour, me ajeitei na cama e rolei freneticamente os comentários no post das audições. Não só os leitores se animaram, como compartilharam o anúncio.

Aliviado, curti os comentários, mandei emoji de coração para geral e gravei stories agradecendo, seguindo a cartilha das redes. Em seguida, corri para o WhatsApp e respondi todo mundo que tinha ficado no vácuo desde sexta. Expliquei que estava tão ansioso para saber como o anúncio seria recebido que preferi ficar offline até o limite do suportável, mas que já estava de volta na pista.

Abrindo o app do Gmail no celular, conferi o resultado daquele engajamento. Para minha alegria, tínhamos recebido, até aquela manhã de domingo, vinte e duas inscrições.

Como o prazo se estendia até segunda-feira às dez da manhã, ainda havia tempo para que mais pessoas enviassem seus currículos.

Eu sabia que o correto seria analisar cada arquivo e dar uma filtrada, mas queria mais era que todo mundo fosse para as audições. Correndo contra o tempo, não cabia reduzir as minhas chances de encontrar bons atores, mesmo que tudo virasse um episódio tragicômico do *The Voice*, com um cantor mais desafinado que o outro naquele palco.

Com um ânimo que não sentia há dias, vesti minha sunga rosa cavada, separei boné, protetor solar, ecobag e parti para o meu ensolarado Posto 9.

Deitado na canga com a bunda virada pro sol, segui navegando pelas redes sociais, achando graça da minha própria loucura. Eu estava mesmo levando aquilo adiante. Meu musical teria audições no Teatro Rival!!

Será que havia chegado O Grande Momento, A Grande Virada, O Grande Projeto, O Grande Reconhecimento? Será que as portas do sucesso finalmente se abririam e me levariam ao lindo mundo da Estabilidade Financeira Eterna, junto ao meu Grande Amor?

Minha sunga cavada me valorizava como nunca, e aquela praia estava entupida de gostosos. Então, antes que minha rotina virasse uma espiral de ensaios, eu precisava fazer bom proveito daquele domingo.

Assim, depois de um belo mergulho, entrei no Grindr, dei *tap* em vários perfis, conferi um álbum aqui e outro ali, atualizei minhas fotos e desci o feed até me deparar com "J.23 a 352 metros de distância". Ops.

Sentando discretamente na canga, como se ele pudesse me ver caso eu fizesse algum movimento brusco, busquei meu novo desafeto pela areia. Será que ele também costumava curtir a praia naquele ponto? Ou seria apenas um acaso?

Eu só não podia clicar no seu perfil e deixar rastros. Nem mandar um "Foi mal pelo outro dia". Até porque aquele garoto já devia ter deixado de me seguir, me silenciado, me bloqueado ou até mesmo denunciado o meu perfil.

Uma pena. Eu só estava num mau momento naquela noite.

De todo modo, eu já tinha vivido o suficiente para saber que se apaixonar por qualquer boyzinho com menos de vinte e cinco anos era uma furada das brabas. Do tipo "nem pensar, Patrick". Cai fora. Esquece.

Felizmente, eu não precisava perder tempo pensando no J.23 ou no quanto tinha sido escroto com ele.

A gente nunca mais ia se ver.

AS BICHAS DO BICHARAÍ (tema geral)

Nós somos bichas, e aí?
As bichas de Icaraí
Nós somos bichas, e aí?
As bichas do Bicharaí

Bichas, bichas, bichas
Bichas, bichas, bichas
Bichas, bichas, bichas
Bichas!
Bichas!

A pintosa de Santa Rosa
O maricas de Charitas
A dadeira da Cantareira
O quá-quá do Gragoatá

A desvairada de Itacoatiara
O bunda seca do Fonseca
A pega ninga de Piratininga
O teu cu de Itaipu

Bichas, bichas, bichas
Bichas, bichas, bichas
Bichas, bichas, bichas
Bichas!
Bichas!

Guto — *Tá certo! Mas precisa de tudo isso?*
César — *Precisa, gatinho! Qual parte das pintosas maricas dadeiras quá-quá você não entendeu?*
Guto — *Não, eu entendi, mas...*

César — *Okay, gays, todas agora em formation! O bofe precisa absorver de uma vez por todas quem são as bichas do seu novo clube!*

A gente pega no remo
A gente pega na vara
A gente rema sem medo
A gente senta na cara

Para ganhar, é preciso dar
Venha com garra e para de marra
Para vencer, você pode comer
Uma equipe de bichas, não há nada a temer

Nós somos bichas, e aí?
As bichas de Icaraí
Nós somos bichas, e aí?
As bichas do Bicharaí

Aqui no clube, você pode usar rosa
Seja pintosa, sua grande gostosa
Seja guloso, seu grande gostoso
Seja o maioral, e chupa o meu/

Mas se você quer azul, tá tudo cool
Só fique ligado e proteja o seu/
Aqui não tem curva, o papo é reto
Ajeite a postura e não seja discreto

Guto — *Mas isso aqui é uma putaria!*
César — *É, sim, gatão, só fica quietinho que a música ainda não acabou!*

Bichas, bichas, bichas
Bichas, bichas, bichas
Bichas, bichas, bichas
Bichas!
Bichas!

Nosso clube regatas tá cheio de gatas
Nossa equipe tem fã, pense no amanhã
Reme com força, sem pensar demais
Que um novo campeonato vem logo mais

Treinando com tudo, sem encher a cara
Vamos brilhar lá na Guanabara
Mais velozes que um catamarã
Subindo no pódio, a equipe campeã

César — *Lembra quando o catamarã se chamava Jumbocat?*

Nós somos bichas, e aí?
As bichas de Icaraí
Nós somos bichas, e aí?
As bichas do Bicharaí

Nós somos bichas, e aí?
As bichas de Icaraí
Nós somos bichas, e aí?
As bichas do Bicharaí

E aí?

6
SEMANAS PARA A ESTREIA

Too late for second-guessing
Too late to go back to sleep
It's time to trust my instincts, close my eyes and leap
It's time to try defying gravity.*

— "Defying Gravity", *Wicked*

---

* Tradução livre: "Tarde demais para repensar/ Tarde demais para voltar a dormir/ É hora de confiar nos meus instintos, fechar os olhos e saltar/ É hora de tentar desafiar a gravidade".

De: marci.nho@yagproducao.com.br   seg 22/04/2024 10:10
Para: patrickrosa.rj@gmail.com

Patrick, meu querido, olha euzinho aqui de novo!

    Como você está? Trago novidades fresquinhas e calientes direto de São Paulo.
    Você conhece a Mel Salomé? É uma escritora paulistana, já foi semifinalista do Jabuti e está bombando com um podcast novo. Ela tem uma série com a gente que acabou de ser aprovada no Superplay e, na última reunião, ficou sabendo o que houve com nosso *Verão yag*. ☹ Como a Mel é um amorzinho, ela perguntou se alguém do *Verão yag* poderia entrar para este projeto dela e nós pensamos em te indicar! A sala de roteiro será remota, então você poderia ficar no Rio, mesmo com a maior parte da equipe de SP.
    É um suspense erótico ambientado em São Paulo chamado *Poderosa Consolação*. Eu sei que não é a sua praia, mas são meses de contrato, cachê por entrega e uma boa grana. Precisamos repassar os nomes da equipe logo pro Superplay aprovar. O que acha?

Abracinhos na torcida,
Marcinho
Produtor Executivo Sr.

De: patrickrosa.rj@gmail.com   seg 22/04/2024 10:18
Para: marci.nho@yagproducao.com.br

Marcinho querido! Bom dia!

    Que bom receber notícias suas!
    Tudo indo por aqui, mas agora tudo muito melhor! rsrs
    Que lindo vocês pensarem em mim para mais esse projeto. Fico muito feliz, de coração. Pra mim o que importa são boas histórias. Super conheço a Mel e acho o máximo me lançar nessa jornada com ela. Pode me indicar total. Estou disponível para começar quando quiserem. Agora vai! 🙂

Beijos,
Patrick Rosa

Eu não podia acreditar que aquilo estava acontecendo.

Que duas semanas depois de tudo desabar sobre mim, seria justamente o Marcinho quem me traria boas notícias. Boas não, excelentes.

A possibilidade de um novo projeto audiovisual cair no meu colo mudava tudo. Se eles já queriam aprovar meu nome com o Superplay, era um sinal de que talvez os trabalhos iniciassem em maio, o que me permitiria investir no musical sem medo, sabendo que logo mais entraria um novo cachê.

Não era um projeto viado, não era nosso *Verão yag*, mas, na situação em que me encontrava, eu me lançaria naquela *Poderosa Consolação* num piscar de olhos. Engoliria meu ranço e fingiria que o Superplay era totalmente a favor da diversidade e amava nosso "povo animado".

Claro, jamais entraria na minha cabeça que uma série policial cheia de putaria fosse menos "ousada" do que a minha comédia romântica viada com três gayzinhos se apaixonando em Búzios no verão, mas deixa quieto.

Se tudo desse certo, em pouco tempo eu estaria de volta às redes sociais tirando onda e divulgando que, em breve, todos poderiam conferir um projeto incrível pelo qual eu era muito grato em fazer parte; postando fotos com nossa equipe de roteiro feliz em seus quadradinhos no Zoom e gravando um reels, emocionado, agradecendo ao Superplay, à produtora e à Mel Salomé pela experiência. Tudo com as hashtags #VemAí e #Gratidão, já que a nova etiqueta profissional era sempre postar que estava feliz trabalhando. E grato. E bonito. E sendo amado por toda a equipe. Sempre gerando conteúdo e criando uma narrativa além da ficção do projeto em si. Como se tivéssemos injetado *A substância* e dado plenos poderes às nossas "melhores" versões para que se exibissem com gosto na internet.

Inesperadamente, aquela segunda-feira estava se saindo melhor do que a encomenda. Antes de me deparar com o e-mail do Marcinho, eu tinha conferido o número total de inscrições para as audições de *Os meninos de Icaraí* na minha caixa de entrada. Nós agora contávamos com vinte e nove inscritos, um ótimo número levando em conta que não oferecíamos cachê nem éramos uma grande produção.

Aproveitando a oferta da minha mãe para me ajudar nos testes, enviei para ela a senha do meu e-mail e pedi que ela organizasse a lista com os nomes de cada candidato e seus respectivos horários na banca. Ninguém melhor que dona Miranda para mandar as mensagens mais carinhosas e profissionais para todos.

Talvez eu pudesse respirar aliviado.

As coisas estavam acontecendo.

Zé Luís

Pat, tá por aí? 19:30 ✓✓

> Oi, pai, tô.
> Chegando da praia 19:31 ✓✓

Ê, vida boa 19:31 ✓✓

> É um bom quintal de casa rs
> Fiquei relendo o texto da peça
> aproveitei o pôr do sol
> mas diga lá 19:32 ✓✓

Terminei a melodia de duas músicas! 19:33 ✓✓

> Ahhh, jura? 19:33 ✓✓

O tema geral da equipe "As bichas do Bicharaí"
E o dueto romântico do César e do Guto
"Na praia das Flechas" 19:34 ✓✓

> Pai!!
> Sério, que foda 19:35 ✓✓

Vou te enviar a base que gravei
pra você me dizer o que acha 19:35 ✓✓

> Combinado 19:36 ✓✓

Sua mãe perguntou se amanhã vai ter lanche
ou se ela leva alguma coisa 19:40 ✓✓

                        Eu vou passar no mercado
                        Comprar maçã e banana 19:43✓✓

Sua mãe acha que podem reclamar
Que nenhum ator vai cantar bem
de barriga vazia 19:44✓✓

                        Avisa dona Miranda que é peça
                        de baixo orçamento 19:45✓✓

Ela tá aqui do lado 19:45✓✓

                        Ou melhor, sem orçamento 19:46✓✓

A gente vai levar uns biscoitos 19:47✓✓

                        Tá bom, pai rs 19:47✓✓

Sua vó se ofereceu pra fazer
o pavê de manga dela 19:49✓✓

                        Não, gente hahaha
                        Pavê já é loucura
                        Eu compro fruta e vcs levam biscoito
                        A gente prepara uns sucos
                        Tem uma cozinha lá 19:51✓✓

São quantos candidatos? 19:52✓✓

                        29 19:53✓✓

Uau!
VAI SER ÓTIMO
SINAL QUE TEM GENTE INTERESSADA
EM TRABALHAR COM VOCÊS 19:55✓✓

                        Com a gente, né?
                        Diretor musical! rs 19:55✓✓

ENTÃO AMANHÃ NOS VEMOS LÁ
DESCULPA, TÁ TUDO GRANDE
APERTEI ALGUMA COISA
EU NÃO TÔ GRITANDO 19:56✓✓

Td certo, pai rs
A gente se vê lá na banca
Boa noite!
Beijos 19:58✓✓

Cinco e quarenta da manhã.

Tentando encontrar a melhor posição para afundar a cabeça no travesseiro, minha mente girava em looping: "É um dia especial!", "Você está feliz!". Mas, quanto mais eu repetia que tudo daria certo, mais imprudente me achava por envolver outras pessoas naquela contagem regressiva de trinta e oito dias até a estreia.

Meu humor alternava entre "você consegue!" e "para de ser doida!". Assim, ainda com a luz apagada, pulei da cama e cambaleei até o banheiro da minha suíte. Quem fosse ao teatro não poderia se deparar com aquela versão insone, com olheiras de defunto, do grande autor Patrick Rosa. Ninguém tinha se inscrito para uma produção do *Edward mãos de tesoura* ou da *Wandinha*. Nós estávamos levantando um musical feliz e eu precisava dar as boas-vindas a todos como uma radiante Tracy Turnblad cantando "Good morning, Cinelândia!".

Eu era o autor daquele musical.

O realizador daquela parada.

A *fucking star*.

De samba canção e sem camisa, parei diante do espelho.

Minha avó Joana tinha razão. Eu tinha perdido alguma massa muscular nas últimas duas semanas, mas meus braços ainda pareciam fortes, e se eu forçasse um pouco o peitoral ainda daria para ganhar uns foguinhos nos stories.

Minhas olheiras estavam mais destacadas do que o normal, mas nada que tirasse o charme do meu cavanhaque e do meu cabelo castanho bagunçado.

Óbvio, a exaustão estava estampada no meu rosto, mas até que eu não era de se jogar fora. Ah, mas não era mesmo. Assim que retomasse minha rotina na academia não teria para ninguém. Uma semana de agachamentos e teria fila de ativo aqui na porta.

— Escuta aqui, gay. — Fiz a Nazaré Tedesco diante do meu reflexo. — Você é um gostoso. Irresistível. Impressionante como o tempo só te valoriza.

Aquele meme era uma ótima terapia.

— Você é foda — prossegui em voz alta. — O melhor. O maior. Você é um sucesso! É sim! Não faz essa cara! Acredita, bicha! Ouviu? Repete! Você é foda! Foda! Você é foda!

Ou eu seria interditado ou estava pronto para retomar minha carreira de ator e ser indicado ao Oscar, de tão intenso que eu parecia naquele espelho.

Eu era foda.

Eu era foda.

Os outros só precisavam acreditar naquilo também.

A cena beirava a ficção.
Eu realmente estava dentro do Rival esperando as audições para *Os meninos de Icaraí* começarem. O palco por onde já haviam passado inúmeros artistas, onde eu já tinha assistido a sei lá quantas temporadas do *Dragstar*, me emocionado com o *comeback* das *Divinas divas*, entre tantas outras noites marcantes.

Com seu nome em letras neon vermelhas acima da entrada, o Teatro Rival celebrava noventa anos desde sua inauguração, em 1934. Eu nunca imaginaria realizar testes para um musical de minha autoria naquele espaço, no entanto, olha elaaaaa.

Diferente de outros teatros com palco italiano, a plateia do Rival era composta por mesas e cadeiras, como uma casa de shows. Com lotação para trezentas pessoas sentadas no primeiro piso e mais cinquenta no mezanino, as apresentações aconteciam no subsolo do local, no grande salão onde nos encontrávamos naquela manhã de terça.

De pé, encostado no proscênio do palco, eu absorvia cada detalhe daquele cenário, ainda incrédulo. Próximo ao bar em frente às escadas, alguns candidatos aguardavam sua vez, com olhares e acenos tímidos, o que me pegou desprevenido e quase tornou impossível conter minha emoção. Afinal, eu já tinha sido um deles. Saindo da faculdade de artes cênicas, virando noites ensaiando, cheio de sonhos e delírios de sucesso.

O Patrick ator de vinte e poucos anos tinha quebrado a cara muito rápido, infelizmente. Talvez os tempos tivessem mudado, mas, nos anos 2000, os principais conselhos que recebi sobre atuação eram para que eu não desse pinta em cena — nem fora dela — e que não me "restringisse" a papéis viados. Se eu quisesse seguir como ator, seria melhor não falar publicamente que era gay e tentar, ao máximo, parecer "homem" em cena. Um professor de um curso de interpretação para TV chegou a amarrar minhas mãos para dar uma "segurada no meu jeito" durante um exercício.

Quando os trabalhos vieram, as questões só aumentaram. As participações na TV eram sempre para personagens gays estereotipados. Pelo visto, se eu não conseguia disfarçar minha pinta em cena, só me restava ser a pintosa engraçada na teledramaturgia, o que não era um problema em si. Eu faria personagens afeminados eternamente, se eles não fossem tão caricatos, chapados e sem subjetividades como os que eu via na telinha.

Não fosse tudo aquilo, eu ainda enfrentava uma homofobia institucional, como na vez que estava esperando para gravar e senti o operador de som batendo com o boom no meu rosto, simulando um pau, enquanto toda a equipe de direção ria da situação.

Comecei, então, a recusar novas participações, e vi atores héteros interpretando papéis viados e sendo ovacionados pelo público. Logo depois, cansei. Nenhum ator hétero tinha o talento medido pela capacidade de interpretar um personagem gay, então por que comigo era assim? Eu só seria reconhecido como bom ator se conseguisse não dar pinta e interpretar papéis heterossexuais?

Frustrado, deixei a atuação e investi na escrita. Respirei fundo e tentei retomar a animação, mas bastou entrar para a equipe de roteiro da minha primeira novela na Hollywood brasileira, já na casa dos trinta anos, para ver que, por trás da cortina do Mágico de Oz, nem tudo era magia. Ao contrário, a engrenagem dos "sonhos" podia ser muito cruel com quem entrasse despreparado na "casa".

Claro, eu não deveria ter sido tão ingênuo, afinal, como ator, o sonho já havia sido esmagado pelas mesmas questões.

Mesmo com o dinheiro caindo na conta, foi triste entender que aquele não era um espaço onde eu poderia crescer profissionalmente se ainda quisesse contar histórias com protagonismo queer. A estrutura me colocava uma escolha de Sofia: aceite migalhas e enriqueça ou critique o que está errado e saia.

Eu reconhecia os avanços dos últimos anos. Celebrei o primeiro beijo gay que escrevi na novela da qual participei, e pude observar, de perto, o impacto de uma obra vista por milhões de brasileiros. Fiquei feliz com minha contribuição. Com a possibilidade de debater a homofobia com um país inteiro, mas... Outro beijo gay? Só no último capítulo. Trama para personagem trans? Corta. Beijo lésbico? Censura. As violências eram tantas que preferi sair. Ou fui saído.

Fora da TV aberta, voei para o streaming, cheio de esperanças, até que...
Rest in peace, Verão yag.

Por isso, naquele teatro, diante daquela garotada, foi impossível não viajar no tempo e sentir aquele turbilhão. O teatro sempre havia sido o espaço onde, verdadeiramente, eu me sentia em "casa" e tinha liberdade para contar minhas histórias.

Felizmente, aquela geração de artistas já podia contar com obras como a minha e tantas outras para se sentir representada e acolhida. Isso já fazia tudo valer a pena.

Mas não eram apenas jovens de dezoito a vinte e cinco anos que aguardavam os testes. Atores da minha faixa etária também se concentravam por ali, torcendo para conquistar os papéis de Walter, o treinador do Bicharaí, e de Jorge, o pai de Guto; além de duas atrizes, da mesma idade, que aguardavam pelo teste para Fátima, a mãe de Guto.

Na bilheteria, minha mãe seguia recebendo os inscritos, conferindo seus nomes e lhes explicando a dinâmica do dia, enquanto minha banca de jurados parecia se divertir como nunca, sentada atrás de três mesas posicionadas no centro da plateia.

De camisa social e óculos de grau, meu diretor musical de quase dois metros de altura — Professor Girafales feelings —, mais conhecido como Zé ou papai, ria de alguma baboseira que Claudinha falava, enquanto Ariella colocava açúcar em seu café.

Com sua pele negra clara, usando uma peruca loira que ia até o meio das costas, Ariella ostentava um cropped colorido que deixava sua barriga sarada à mostra. Com uma bota preta de cano alto e calça jeans, ela estava pronta para comandar aquela bicharada.

Ao seu lado, Claudinha também não deixava a desejar no quesito beleza, com suas tranças nagô ao melhor estilo boxeadora e um vestido amarelo com mangas curtas bufantes. Uma equipe técnica estilosa e talentosa.

— Patrick. — Minha mãe chegou por trás, no palco. — Já estão todos prontos.

— Ótimo. — Me virei em sua direção. — Vou falar pra gente começar, então.

— Eu vou continuar lá em cima só pra se alguém chegar atrasado ou quiser sair, tá? E merda, meu filho. Já deu certo.

— Vamos nessa. — Sorri enquanto ela se afastava.

Tudo parecia em ordem.

Os candidatos se concentrando. Meu pai, Claudinha e Ariella tricotando. Minha mãe de volta à bilheteria e eu conferindo os refletores do palco, já afinados. Um foco central branco e um contraluz azul, dando o clima intimista que tínhamos imaginado.

Era a hora do show.

Marcinho Prod

Patrick, querido, bom dia!
A Mel AMOU seu nome.
Vamos enviar hoje mesmo
sua indicação pro Superplay, tá? ☺ 10:10✓✓

                              Oi, Marcinho!
                                  Bom dia!
Tô começando uma audição
vou ficar um pouco offline
mas amei! 10:11✓✓

Arrasa aí, lindinho
já já estaremos juntos
na *Poderosa Consolação* 10:11✓✓

                                       ☺☺ 10:12✓✓

Eu fui muito ingênuo ao achar que a nata do teatro musical viria disputar um papel numa produção sem verba. Conforme as audições avançavam pela manhã, entendi que estávamos em uma montanha-russa desgovernada, com altos e baixos bem baixos, no estilo "valei-me Deus, é o fim do nosso amor, perdoa por favor, eu sei que o erro aconteceu".

Pelas duas primeiras horas de cantoria, torci para ser arrebatado por uma nova revelação musical, que não veio.

Houve quem cantasse "I Dreamed a Dream", de *Os miseráveis*, e me fizesse torcer para que a Fantine partisse logo dessa para melhor; e quem se deixasse levar pela emoção ao cantar "Meu mundo caiu", da Maysa, e abandonasse o palco aos prantos sem explicações.

A pausa para o almoço se aproximava, e nossos sorrisos ficavam cada vez mais amarelos. Não era possível que ninguém tivesse um pingo de carisma e talento naquele teatro.

Sim, não era possível. Perto do meio-dia, para nossa alegria, um rapaz transformou completamente a energia daquele salão.

Beto era um jovem negro de vinte e cinco anos, dono de um daqueles sorrisos que cativa uma multidão sem esforço. Com seu cabelo crespo raspado na lateral, o rapaz tinha olhos castanhos, barba por fazer e, visivelmente, frequentava academia todos os dias.

— Beto, querido, seja bem-vindo. — Claudia o recebeu assim que ele se posicionou no centro do palco. — Animado?

— Tremendo um pouco, mas faz parte. — Ele sorriu, agitado.

— Aproveita pra rebolar que aí já treme tudo e extravasa — Ariella brincou.

— [risos nervosos] Dá aquele frio na barriga, né? — Beto deu uns pulinhos para liberar a tensão. — Ainda mais na frente de vocês.

— Ué, mas a gente assusta tanto assim? — Ari se fez de magoada.

— É que eu sou muito fã — o garoto assumiu, envergonhado.

— Fã? — Minha coreógrafa abriu um sorriso, vaidosa. — De quem?

— Ah, de todos vocês. — Ele sorriu, sem graça.

— Não, baby, não pode ficar em cima do muro!

— É sério, eu acompanho o trabalho de vocês e me amarro no livro do Patrick.

— Obrigada, Beto. — Claudia retribuiu a gentileza. — Nós também estamos felizes de te receber aqui, viu? Só não podemos ficar mais de papo porque a fila anda.

— [risos] Claro!

— O que você vai cantar pra gente? — Claudinha seguiu com os trabalhos.

— Eu tinha preparado duas músicas, na real. Pensei naquela que a Jennifer Hudson bombou no *Dreamgirls*, "And I Am Telling You I'm Not Going".

— Ousado — meu pai comentou.

— [risos] Tô ligado. Mas eu troquei por uma que tem mais a ver com o Guto.

— O Guto? — Claudinha se interessou. — Por quê?

— Porque o Guto é o bofe que chega todo durão lá no Bicharaí, mas, quando a gente avança no livro, descobre que ele foi expulso de casa pelos pais, que sofreu uma pressão do pai pra ser o machão, pra não dar pinta, pra ser o "homem" da casa. E tem essa música "Home", que a Diana Ross cantou naquele filme *The Wiz*, que tem tudo a ver.

— É uma letra linda. — Ariella assentiu com a cabeça.

— Fala sobre voltar pra casa, que é o que o Guto quer, né? Voltar pra casa ou encontrar uma nova família, que acaba sendo o Bicharaí.

Merda, por que meus olhos estavam marejados?

— Você é fã de musicais, então? — Meu pai ficou curioso.

— Muito — o jovem confirmou. — Nunca fiz nada profissional, mas já participei de algumas montagens na Unirio. Minha mãe era fã de vários musicais, então desde pequeno ela me botava pra assistir vídeos no YouTube e eu ficava ali cantando. Só que a gente nunca achou que era possível, sabe?

— Vocês são de onde? — Ariella perguntou.

— Bangu. [sorrisão] Zona Oeste no pedaço!

— Muito bem, Beto. — Claudia se ajeitou na cadeira, animada. — Então, vamos nessa que é super possível, sim. Quando quiser.

Presença é algo difícil de se descrever. Como explicar o magnetismo? O carisma? Há um mistério no que nos atrai.

Quando aquele garoto abriu a boca para cantar, meu queixo caiu. "Home" não era uma música de *Os meninos de Icaraí*, tampouco Beto tentava construir um "Guto" enquanto interpretava aquela canção. Mas, de algum jeito, meu personagem ganhou vida pela primeira vez.

Beto cantava com emoção, transmitindo cada imagem e sentimento daquela música. Na letra, Dorothy implorava a Deus que, caso ele estivesse escutando, não tornasse tudo tão difícil. Que lhe dissesse se ela deveria fugir de Oz, ficar ou apenas deixar as coisas seguirem seu próprio rumo.

A canção se encaminhava para o final apoteótico, quando Beto brilhou ainda mais na última estrofe.

> *And I've learned*
> *That we must look inside our hearts*
> *To find a world full of love*
> *Like yours*
> *Like me*
> *Like home...**

Teste encerrado, irrompemos todos em uma chuva de aplausos. Não apenas da banca, mas dos outros candidatos também.

Aquilo daria muito certo.

---

* Trecho da letra de "Home", de *The Wiz* (1978). Tradução livre: "E eu aprendi/ Que nós devemos olhar para dentro do nosso coração/ Para encontrar um mundo cheio de amor/ Como o seu/ Como o meu/ Como a nossa casa".

Na última hora antes de sairmos para almoçar, foi como se Beto tivesse aberto a Porta da Esperança e nos abençoado com uma chuva de boas apresentações.

Tivemos Caetana, uma linda atriz travesti de trinta e sete anos, negra e alta, com uma apresentação sensível de "Geni e o zepelim", da *Ópera do malandro*; Gabriel, de vinte e dois anos, um minipadrãozinho ruivo e pintosamente hilário, mandando ver com "Dancing Queen", do *Mamma mia*; Rafael, de quarenta e um anos, branco e com porte atlético, que nos emocionou com "Fera ferida", de Maria Bethânia; Tadeu, de dezenove anos, negro, gordo e com um vozeirão gospel que fez toda a banca ficar de pé e bater palmas ao som de "Oh Happy Day", do filme *Mudança de hábito*; Johnny, de vinte anos, transmasculine, negro, vindo da comunidade Ballroom, baixinho e cheio de ritmo, empolgando com "Olhos coloridos", da Sandra de Sá; e Michel, de quarenta anos, negro, da minha altura e já conhecido no meio dos musicais, que nos arrebatou com sua interpretação rasgante de "Sangrando", de Gonzaguinha.

Depois de um início hesitante — para não dizer catastrófico —, as audições tinham engrenado de vez. Era nítido que, se dependesse da banca, nós já poderíamos selecionar os últimos sete candidatos para o nosso elenco. E que elenco seria!

Ah, o teatro.

Sempre ele.

- **casal**

Hoje

Cinelândia tbm?
13:08

Sim, trabalhando aqui no Rival
Lida 13:09

a fim de curtir agora?
13:09

po, tô na hora do almoço
Lida 13:11

a gente adora marmita rs
13:12

Hahahahaha
Lida 13:12

casal compartilhou sua localização.

chego em 5
Lida 13:13

Rapidinhas não eram muito a minha vibe, mas foi delicioso abrir uma exceção depois daquela manhã emocionante de audições.

Fingindo mal e porcamente que tinha surgido um imprevisto e que eu precisava passar na casa de uma amiga que, por acaso, morava ali na esquina, corri até o apartamento daquele casal de desconhecidos e curti meu almoço fast-foda.

Ainda faltavam quinze minutos para voltarmos ao teatro quando reencontrei meus pais, Claudia e Ariella no Amarelinho, devorando suas sobremesas.

— Não me digam que já escolheram todos! — brinquei, puxando uma cadeira e me sentando na beirada da mesa.

— Quase. — Claudinha me estendeu um guardanapo com alguns rabiscos. — Mas não tem nenhuma surpresa. Só se você for muito louco.

— Babies, quem é do babado é do babado. — Ariella estalou os dedos. — E esse elenco tá ficando um,

— Babado — meu pai completou, totalmente enturmado.

— [risos] *No fucking shay!* — Ari concordou, divertida, enquanto eu passava os olhos nos nomes que Claudinha tinha colocado naquela lista improvisada.

Clube de Regatas Bicharaí
Treinador WALTER – Rafael (41)
CÉSAR –
GUTO – Beto (25)
HERVÉ – Gabriel (22)
LINDO – Johnny (20)
FRED –
MÁRIO – Tadeu (19)
RENAN –
VITOR –

FÁTIMA (mãe Guto) – Caetana (37)
JORGE (pai Guto) – Michel (40)

— É isso, né? — concordei.

— "É isso"? — Ariella me imitou, em tom de deboche. — Querido, você levante as mãos pros céus que esse povo apareceu. Eles arrasaram!

— Super! [risos nervosos] É só porque é muita loucura pensar que a gente achou esses personagens.

— Eu queria ter visto os testes — minha mãe lamentou. — Amanhã eles voltam, né?

— Amanhã e depois, meu amor. — Seu Zé a confortou. — Você vai enjoar da cara deles até a estreia.

— Vou nada — dona Miranda rebateu. — Eu fico aqui em cima na entrada só ouvindo a cantoria. Quero assistir todas as noites quando estrear.

— Assim é que se fala — Claudinha brincou. — Nós estamos prestes a descobrir quem vai fechar esse Bicharaí. Aliás, Chico, fecha a continha aqui pra gente!

Aquela lista estava, de fato, certeira. Eu já conseguia enxergar cada um daqueles artistas com seus respectivos papéis.

— O Beto vai arrasar como Guto. — Quis aproveitar o pouco tempo que nos restava para trocar minhas impressões. — Esse garoto é um talento.

— Talento! — meu pai concordou. — Se você queria um protagonista que vai conquistar todo mundo, ganhou na loteria.

— E a Caetana como mãe dele — continuei, animado. — Com o Michel de pai. Eles mandaram muito.

— Não é maravilhoso? Uma família preta, com a mãe sendo interpretada por uma travesti. — Claudinha se empolgou. — Seu livro era muito branco, amigo. Vamos empretecer essa história.

— Acho lindo — assenti.

— E Caetana vai arrasar como Fátima, tá? — Ari exclamou, orgulhosa. — A mana mandou aquela "Geni e o zepelim" no palco que não é pra qualquer uma mesmo.

— Agora, os pais do Guto expulsam ele de casa — pontuei. — Não tem problema?

— [risos confusos] Que problema? — Ariella estranhou.

— Da gente botar dois pais pretos expulsando um filho gay de casa. — Tentei me explicar. — Uma mãe travesti de vilã.

— Eeeeepa!! — Ariella balançou a cabeça em reprovação. — Qual o problema da travesti fazer vilã? A personagem nem é travesti, é cis.

— Não, eu sei,

— Então pronto, baby. Imagina, não vai escalar a travesti porque a travesti não pode fazer uma vilã? A mana arrasou.

— Super, eu acho ótima essa escalação. Foi só um medo da galera achar,

— Que só porque a família é preta não pode ter conflito? — Claudinha me interrompeu. — Que é melhor manter a família branca que nem no livro?

— Mas eu não quero isso, não, eu,

— É assim que a branquitude não bota elenco preto — Claudia seguiu. — "Ah, mas se botar preto, vai mudar muito e eu vou ter que lidar sei lá com que…"

— Babies, teve gente chorando só porque a pequena sereia foi negra no filme. É com essa galera que você tá preocupado?

— Gente, vocês tão certas — reafirmei. — Foi uma preocupação idiota, desculpa. Eu vou amar termos um Guto feito por um ator preto, com esses pais. Mesmo!

— Claudinha, me lembra por que a gente tá fazendo esse projeto da gay cis branca? — Ariella se levantou, irônica. — Porque não é por dinheiro, né?

— [risos desesperados] Para, amiga! — brinquei, sem graça. — Eu amo essa escalação! E se alguém reclamar que a gente mudou o livro,

— Aí o choro é livre! — Ariella arrematou.

— Com certeza! — emendei.

— Ainda bem que estamos entendidos. — Claudia arqueou as sobrancelhas antes de seguir rumo ao Rival. — E bota na conta da produção esse almoço.

— Deixa comigo — respondi enquanto minhas amigas já se encaminhavam para sair do restaurante.

— Você quer que a gente pague? — meu pai se ofereceu.

— Não, pai, imagina.

— Você comeu lá na sua amiga, né? — Minha mãe se preocupou.

— Amiga? — estranhei.

— É, a que você foi visitar aqui perto — dona Miranda se explicou, inocente. — Isso aqui é maratona, filho, tem que se alimentar.

— Tá tranquilo, mãe — disfarcei. — Comi lá, sim.

— Eu estou atrapalhando?
— Não, vó, você não atrapalha nunca.
— Eu posso ligar mais tarde.
— [risos] Não, eu consigo falar um pouco. Eles estão arrumando o palco ainda.
— Deu tudo certo? Foi muita gente boa?
— Deu sim. Veio gente bacana, sim.
— Eu sabia. Sua mãe estava aqui preocupada, falando isso e aquilo, mas eu disse pra ela: "Não tem nada que o meu neto faça que não vire sucesso".
— [risos] Quem me dera!
— Mas não é verdade?
— [suspiro cansado] Eu vou torcer pra que seja como você tá dizendo.
— Eu não tenho dúvidas. Já é um sucesso.
— Vai ser, sim. Só faltam onze candidatos e a gente termina. Mas vai dar pra escolher gente legal pra peça.
— Eu tenho certeza. E pode separar um lugar na primeira fila pra mim, viu?
— Mas é claro! Você acha que eu vou deixar minha fã número um fora da estreia?
— Fã número zero! [gargalhadas] Sua mãe que diz que é sua fã número um. Mas eu sou a número zero, antes dela!
— [risos] Então é isso, a primeira de todas!
— Sua mãe que não me escute, senão ela fica uma fera. Quando você,
— Ih, vó, vai começar aqui. Eu preciso ir.
— Claro, claro, vai lá, Patrick. Depois a gente se fala.
— Tá bem. Amei que você ligou, viu?
— Também amei. Um beijo, meu neto.
— Beijo, vó.

Sentadas lado a lado, Claudinha e Ariella seguiam focadas na cantoria em cima do palco, junto com meu pai. Em comum acordo, combinamos que eu não faria parte da banca, sem interferir também nos futuros ensaios. Eu era o realizador do projeto, mas seria Claudia quem comandaria aquele barco artisticamente.

Assim, permaneci na coxia, observando o entra e sai dos candidatos. Para completar o elenco, ainda precisávamos de quatro integrantes do Bicharaí, incluindo nosso outro protagonista César, o líder da equipe. Só me restava torcer para que nossa tarde fosse tão produtiva quanto nossa manhã e que, dos onze artistas restantes, pelo menos quatro fossem tão incríveis quanto os que tínhamos pré-selecionado no almoço.

Quando esbarramos, no entanto, com três desastres sonoros, nossa preocupação voltou. Dos oito que ainda iriam se apresentar, precisávamos de um aproveitamento de cinquenta por cento.

De todo jeito, assistimos com alegria a Yuri, um ator de vinte anos, branco e tímido, encarnar com perfeição a música "Waving through a Window", do musical *Dear Evan Hansen*; e com tristeza Lúcia, uma atriz branca de trinta e cinco anos, cantar "Maria, Maria", de Milton Nascimento, e nos tornar uma gente que não vive, apenas aguenta.

Na sequência, nos empolgamos com Nicolas, vinte e um anos, branco e de óculos, bem no estilo nerd, soltando a voz com "Força estranha", de Caetano Veloso; e sofremos com Diego, trinta e seis anos, branco e saradão, que cantou "Lá fora", de *O corcunda de Notre Dame*, e nos fez torcer para que ele ficasse lá fora do teatro, para o bem de nossos ouvidos.

Nos divertimos com Thiago, dezenove anos, negro, com altura para ser jogador de basquete, cantando com molejo e graça "Não deixe o samba morrer", de Alcione; e nos decepcionamos com Maurício, vinte e quatro anos, branco, com uma energia nada contagiante, transformando "Como uma onda", de Lulu Santos, em um oceano sem ondas e sem vida.

Restavam, assim, apenas dois candidatos.

O penúltimo era Ravi, vinte e três anos, branco, marrento, estilo surfista do Leblon. Me esforçando para não julgá-lo por seu perfil, torci para que ele fosse o Grande Artista Ainda Não Descoberto que explodiria no meu espetáculo. Só que não. Ravi desafinou tanto que eu não consegui afirmar se ele tinha mesmo cantado "Do Leme ao Pontal", do Tim Maia.

Faltava, então, somente um infeliz, quer dizer, um ator para subir ao palco.

Minhas mãos suavam, minhas pernas tremiam, meu suor escorria pela nuca enquanto eu rezava para que aquele garoto, quem quer que fosse, me surpreendesse.

Logo, Ricky tomou os holofotes para si. Com dezoito anos, negro, saradinho e simpático, ele foi até o centro do palco cheio de energia.

Ricky seria o nosso César, eu podia sentir. O artista que nos obrigaria a estourar um champanhe em celebração à nova estrela dos musicais.

Que não foi Ricky.

Quando aquele doce menino começou o teste, descobrimos que calado ele era um grande cantor. Digamos que, a cada nota emitida, uma fada morria.

Educada e diplomática, Claudinha agradeceu sua participação, enquanto Ariella e Zé fingiam que anotavam qualquer coisa para disfarçar o desespero.

Não tinha mais para onde correr. Era sentar no Amarelinho e quebrar a cabeça para descobrir quem seria nosso melhor César dentro do possível.

Eu sabia aonde minha ansiedade poderia me levar em questão de segundos, e me esforcei para não embarcar em nenhuma espiral de insatisfação e desgosto. De nada adiantava bancar o perfeccionista naquela circunstância.

Mas que cagada.

César era a figura central do Bicharaí. O viadinho orgulhoso e afrontoso que inspirava todos os outros. A metade da laranja de Guto. Uma peça fundamental para aquela empreitada dar certo.

Beto poderia arrasar como Guto, mas, sem um parceiro de cena tão carismático e sensível como ele, nosso casal protagonista perderia a força. E nós precisávamos que César e Guto roubassem o coração da plateia. *Os meninos de Icaraí* era uma história de amor, no fim das contas.

— Filho — minha mãe sussurrou no meu ouvido, quase me matando de susto e me fazendo pular, alarmado, dentro daquela coxia escura. — [risos] Calma, Patrick, eu ainda não virei uma assombração.

— Desculpa, mãe. — Botei a mão no peito, me recuperando.

— É que chegou um garoto agora pedindo pra fazer o teste também.

— O quê? — perguntei, abobalhado.

— Ele só viu o post das audições hoje, mas queria participar, aí veio mesmo assim.

Em qualquer audição, aquilo jamais seria permitido, e o atrasildo seria considerado pouco profissional. Mas, naquele caso, receber mais um ator era como achar uma agulha no palheiro.

— Eu deixo ele entrar? — minha mãe quis saber. — Acho que o teatro ainda deixa a gente estender um pouco.

— Claro! — Me apressei, mais empolgado do que gostaria de demonstrar. — Se o garoto veio até aqui, né?

— É, não custa nada. Ele já tá ali em cima.

— Então pronto. Fala pra ele descer pro palco. Eu aviso a banca.

— Tá bem! — Ela sorriu, saindo em direção às escadas.

Sem perder tempo, atravessei o palco e desci para a plateia, avançando em direção aos três jurados. Ainda havia uma esperança.

— Preparado pra deliberação? — Claudinha me interpelou.

— Esse último foi foda — Ari cochichou, prendendo o riso. — O menino abriu a boca, pensei que era a menina do *Exorcista*.

— [risos impróprios] Ariella! — Meu pai não conseguiu se conter.

— Só faltou girar o pescoço! — ela continuou.

— Gente! — Minha mãe surgiu no palco, roubando o foco.

— Oi, Miranda! — Claudinha se levantou, atenciosa. — Já estamos saindo.

— Não, o menino tá aqui na coxia — minha mãe anunciou. — Posso mandar entrar?

— Menino? — Clau estranhou, se virando para mim.

— É o que eu ia contar — falei. — Chegou mais um.

— [risos] Reviravolta! — Ariella se divertiu. — Mais uma gay! Tô sentindo que é ela.

— Tomara — torci, a voz quase nem saindo de tanto nervosismo.

— Pode chamar pro palco, meu amor — meu pai respondeu para dona Miranda.

Recuperando o fôlego e a compostura, me sentei na mesa mais próxima à banca, torcendo por um *grand finale* que fechasse com chave de ouro aquela terça-feira.

As luzes da plateia se apagaram, todos ficaram em silêncio e o palco se iluminou novamente, como em todas as vezes que um aspirante ao elenco ganhava os holofotes.

Quem sabe aquele desconhecido não fosse, de fato, nosso próximo protagonista? Quem sabe aquela história não fosse a que contaríamos nas entrevistas pós-estreia? De como ele quase perdeu as audições, mas correu até o teatro e garantiu seu papel?

Então, o último candidato entrou no palco.

Pelos fundos, de cabeça baixa, ainda fora da luz.

— Venha, César. Venha, César — eu repetia, baixinho, enquanto o menino caminhava até o proscênio. — Venha, César. Venha, César...

Com o coração acelerado e, subitamente, otimista, acompanhei cada passo daquele vulto até ele entrar no foco central, levantar o rosto e nos encarar sorrindo.

Não era possível.

— [aplausos de pé] Baby do céu...
— Que é isso, gente. [mão no peito] Assim eu fico,
— Lindo, garoto. [mais aplausos] Lindo.
— Você me confirma seu nome? É,
— Junior.
— Junior. [volta a sentar] Eu tô sem palavras, Junior.
— Isso é bom?
— É ótimo! [risos] E você tem só vinte e,
— Três anos.
— [volta a sentar] Baby, que talento.
— Não é, Ari?
— Fala pra gente de onde você vem, Ju, se já fez musicais, se trabalha como cantor.
— Quem dera. [risos] Eu me formei em teatro pela Martins Penna, sou de Niterói,
— Olha Niterói aí, meninas.
— Só falta ser de Icaraí.
— Não, sou de Itacoatiara.
— Conheço, na Região Oceânica. Tem aquela pedra enorme, o Costão.
— Isso, meus pais moram lá.
— Então nós temos aqui um *quase* menino de Icaraí [risos].
— E por que essa música? Cazuza é sempre Cazuza, mas você cantando "O tempo não para" foi... Foi muito maduro, não foi, Zé?
— O interessante é que você é muito novo, Junior, cantando sobre o futuro repetir o passado, mas com essa cara de menino ainda cheio de esperança, que quer mudar o mundo. Sem falar na sua técnica vocal. Você se emocionou e, mesmo assim, não desafinou nada.
— Então, eu sou muito fã do Cazuza. E a vibe dele batia muito com o que eu imaginava do César.
— [sorriso no canto da boca] Elabore.

— O Cazuza não escondia que era viado. Ele dava pinta, rebolava, beijava. Eu sempre vi o Cazuza como um líder, um cara à frente do seu tempo. E o César é o líder do Bicharaí, né? É o personagem que não tem medo, quer dizer, óbvio que ele tem os medos dele, mas é ele quem comanda o clube, quem faz a equipe ganhar as regatas. Ele não tem vergonha de quem ele é.

— [risos cúmplices] E ele tem uma energia parecida com a sua, acertei?

— [falsa modéstia] Eu não queria dizer nada, mas,

— [gargalhadas] Já que a diretora está dizendo, melhor não contrariar!

— [risadas leves] Exatamente.

— Você, então, está familiarizado com o livro do meu filho?

— Muito. Eu até trouxe o meu exemplar pra pegar um autógrafo. Se puder, claro. Já deve ter passado um monte de leitor louco por uma dedicatória aqui, né?

— Viu só, Patrick? Temos um fã aqui.

— [cara de cu]

— Baby, parabéns. Fechamos com chave de ouro.

— "A gente te liga"?

— [risos] Exatamente.

Bitch, please.
Eu não costumava me sentir constrangido mesmo diante das situações mais embaraçosas, mas, quando Junior saiu pela coxia, eu não sabia onde enfiar a cara. Ou melhor, só queria me transformar num avestruz e desaparecer dentro de um buraco.

"Venha, César. Venha, César."

Eu precisava ter mais cuidado com o que desejava.

Quais eram as chances do J.23 se inscrever para aquele teste e, ainda por cima, ser um excelente ator e cantor? Junior não tinha medo de brincar com fogo, aquilo era certo. Ele não só cagou para o fato de que certamente me encontraria nas audições, como ainda trouxe o seu exemplar de *Os meninos de Icaraí* para me dar o troco. Eu ainda não sabia se voava no pescoço daquele moleque ou se o aplaudia pelo atrevimento.

Verdade seja dita, para além de qualquer situação prévia entre nós, aquele raparigo tinha conquistado todos naquele teatro. Sim, "O tempo não para" não nos entregava vocais arrepiantes, mas sua técnica estava lá. E o melhor, sua emoção. Eu nunca o tinha visto tão vulnerável, mesmo já tendo trocado suor e saliva com ele por uma noite inteira.

Junior tinha presença, fogo nos olhos e comandava aquele palco como um profissional. Não tinha medo de encarar a plateia ou de se recolher ao seu infinito particular quando necessário. Do segundo em que pisou no palco até a última nota, ele colocou seu coração em cena.

Eu jamais poderia supor que, de todos os viados do Rio de Janeiro, seria justo aquela gay que apareceria nos quarenta e cinco do segundo tempo para bagunçar tudo. O que eu já podia prever, no entanto, era o que a banca de jurados faria após aquela aclamação. Se nós estávamos em busca de um ator que pudesse dar vida ao líder do Bicharaí, não restavam dúvidas de quem seria escalado.

Não faria o menor sentido não escolherem Junior como nosso futuro César, e seria muito antiético se eu interferisse naquela decisão. Além do mais, por que eu faria aquilo? Ele se encaixava perfeitamente na ideia que eu tinha daquele personagem. Atrevido, sensível, afeminado, debochado e carismático. Só que porra! O candidato ideal era justamente o bofe que eu tinha escrotizado fazia duas semanas.

Enquanto meus pais e minhas amigas se preparavam para deixar o teatro, me antecipei e subi no palco, rumo aos camarins. Se aquele menino entrasse na minha vida de vez e se tornasse o protagonista do meu musical, nós precisaríamos estar na mesma página. Sem alfinetadas ou climões.

Tudo bem, eu havia enxotado o J.23 da minha casa de um jeito ridículo e infantil, mas, em minha defesa, eu estava em um péssimo dia, com meu *Verão yag* cancelado, minha TV queimada, vinho na cabeça e traumatizado com rapazes daquela idade. Ou seja, uma desculpa superplausível para ser um babaca.

Risos risos.

De qualquer forma, eu não precisava me estender muito. Bastava pedir desculpas e pronto. Ele não seria burro de sustentar um climão com o principal responsável pelo projeto, e eu não seria um babaca ainda maior a ponto de me aproveitar daquela hierarquia. No fundo, eu que era digno de pena por ter traumas com garotos de vinte e poucos anos e, ainda assim, chamar garotos de vinte e poucos anos para trepar e maltratar.

Por outro lado, eu não permitiria que ele me deixasse desconfortável na minha própria peça. Não, não, não. Eu não teria problema em baixar minha bola e reconhecer meu erro, mas ele precisava cooperar. Senão, ia dar merda. Tudo dependeria de como Junior reagiria ao meu sincero, forçado e não planejado pedido de desculpas.

O rapaz, porém, não se encontrava nem no primeiro nem no segundo camarim.

Encarando meus problemas como qualquer homem de quase quarenta anos faria, avancei rumo ao terceiro e último camarim, cuja porta, por acaso, se encontrava entreaberta, me possibilitando espiar seu interior sem ser visto logo de cara.

Como esperado, lá estava ele. Sozinho, de cabeça baixa, sentado no pequeno sofá de veludo azul diante de uma bancada com espelhos, encarando o celular.

Depois dos feedbacks maravilhosos que Junior havia recebido, eu esperava encontrá-lo dançando em frente ao espelho, eufórico. Mas não. Da minha perspectiva, Junior parecia apenas abatido, imerso em pensamentos.

— Posso entrar? — Cheguei de mansinho.

Como quem desperta de um sono profundo, Junior levantou o rosto em minha direção. Quando nos encaramos, foi difícil dizer quem ficou mais surpreso. Eu, ao reparar em seus olhos inchados e vermelhos, ou ele, por me ver.

— Ah. — Junior não disfarçou sua decepção. — Eu já tô saindo, fica tranquilo.

— Não, não, pode ficar aí. — Dei um passo adiante, permanecendo próximo à porta. — Eu não quis atrapalhar.

— Tá de boa. — Ele enxugou o rosto com as mãos. — Eu só,

— Se for melhor, eu espero lá fora.

— Hã?

— Eu posso te esperar lá em cima se você,

— Me esperar?

— Você tava ocupado com o celular e,

— Você tava me espiando? — Ele franziu a testa, confuso.

— Não! — menti. — A porta tava aberta e eu te vi encarando o celular, foi só isso.

— Saquei. — Junior deu de ombros, guardando o celular no bolso.

— Bom... — resmunguei, tomando coragem para ir direto ao ponto. — Se você não se importar, eu queria trocar uma ideia contigo.

— Comigo? — Ele não deu importância, se virando para pegar a mochila.

— É que eu não esperava te ver aqui.

Era chegada a hora do acerto de contas entre afim.ipa e J.23.

— Sei. — Junior se levantou, já de mochila nas costas, zero disponível para mim.

— Mas eu super, o que você fez, foi muito, — As palavras se embolavam na minha boca, enquanto Junior me encarava, imóvel como uma estátua viva. — Enfim, eu queria te dar os parabéns. [risos cagados] Eu nem sabia que você era ator.

— Não deu tempo de conversar muito daquela vez, né? — Ele não perdeu a chance.

— Super. — Recebi a porrada de bom grado. — E sobre isso, eu sei que fui um idiota,

— Foi.

— Fui.

— Foi. — Junior não cedeu.

— Sim. Eu tava num dia merda e acabei descontando em você. Desculpa.

— Beleza. — Ele não esboçou qualquer emoção.

— Eu me atrapalhei, você falou do meu livro, me remeteu a outros leitores que,

— São loucos por uma dedicatória?

O novinho não estava facilitando.

— Isso foi muito escroto — admiti.

— Muito.

— E eu nem me acho tudo isso.

— Pareceu.

— Sim, foi só que,

— Eu posso ir?

— Quê?

— Você já pediu desculpas. — Junior pontuou, como se me indicasse que não tínhamos mais razão para seguir com aquele papo. — E você tá no meio da porta.

— Hã? Não, você pode sair, claro. — Cheguei para o lado.

Não era como se eu quisesse segurá-lo à força ali.

— Brigado. — Junior se precipitou em direção à saída.

— Calma. — Me coloquei na sua frente, atravancando a passagem. — É só porque,

— [riso descrente] É sério?

— Não, eu não vou te prender. Eu só queria um minuto pra,

— Pra?

— Pra gente conversar. — Aquele garoto não seria meu protagonista se a gente não se acertasse antes. — Eu não queria que,

— [suspiro pesado] Cara, agora não é o momento,

— Sim, eu imagino,

— [risos irônicos] Não, você não imagina. Você nem tem ideia do que os meus,

— O quê? — Me interessei.

— Deixa pra lá, eu só quero,

— Pode falar — insisti. — Eu,

— Cara, me deixa passar? — Junior subiu o tom, perdendo a paciência.

Se eu queria levantar uma bandeira da paz, estava falhando miseravelmente.

— É só porque, — Ele recuou logo em seguida. — Tem muita coisa na minha cabeça.

— Não precisa se justificar, eu que tô invadindo seu espaço. — Também voltei atrás umas casinhas. — Mas você sabe que arrasou, né? Seu teste foi foda.

— Foi, né? — Ele baixou um pouco a guarda, os dois ainda de pé diante da porta.

— Super — reforcei. — Eu também vim aqui por isso.

— Como assim? — Ele apertou com mais força a alça da mochila.

— Calma, [risos] eu nem tô na banca. Eu,

— Você não pode me impedir de partici,

— Quê? Eu jamais,

— O que rolou fora daqui,

— Junior, calma! — interrompi, impressionado com sua reatividade. — Eu só fiquei surpreso quando te vi e não quero nenhum climão entre a gente agora que você,

Patrick, Patrick, por que você não consegue ficar de boca fechada?

— Eu o quê? — Seus olhos brilharam.

— Não. — Me apressei. — Ninguém me disse nada,

— Mas?

A expectativa nos olhos dele, socorro.

O que eu estava fazendo?

— Ah, foda-se. — Chutei o balde. — Você vai voltar amanhã, claro.

— AHHH!!!! — Junior não conseguiu segurar o grito, explodindo de empolgação.

— [risos] Quieto, garoto! — Se a Claudia soubesse que eu estava falando em nome delas, eu estaria morto. — Pelo amor da deusa, sai daqui fingindo que não sabe de nada. Até porque eu não sei de nada, mesmo.

— Mas você acha que elas podem não me chamar?

— Impossível — garanti, completamente irresponsável.

— Tá, tá. — Junior se conteve. — Eu sou um bom ator. [risos] Sei fazer o sonso.

— Ótimo. — Respirei aliviado com nossa súbita cumplicidade.

— Vocês vão ligar pra gente? — ele perguntou, o coração saindo pela boca. — Vão mandar mensagem? É às dez da manhã? Já é teste pra personagem, né?

— Respira! — brinquei. — Sim, sim e sim. Na real, amanhã é mais pra testar cada um nos papéis que a gente pensou. Sentir se rola mesmo.

— Então quem passar pra amanhã já tá dentro? — Junior quis esclarecer.

— Na real, sim — confirmei. — Só se alguém mandar muito mal nas cenas, mas, depois do que a gente viu hoje, acho muito difícil.

— Mas então... — Sua ficha começava a cair. — Eu vou fazer o musical?!

Eu deveria calar a boca e esperar que minha banca, com a qual eu tinha me comprometido a dar autonomia nas decisões artísticas, anunciasse seu veredito. Mas, diante da emoção no rosto daquele safado, digo, daquele futuro parceiro de trabalho, não consegui evitar.

— É provável — sussurrei.
— E você acha que vai rolar o,
— César?
— É.
— [tempo] Acho.
— PORR,
— Shiu! — Quase infartei. — Para de gritar. [risos] Espera a gente te mandar a mensagem hoje, você voltar amanhã, fazer as cenas. Eu nem deveria ter dito nada.
— Não, você arrasou. Foi bom saber que eu tenho chance.

Eu não fazia ideia dos motivos que o levaram a ficar prostrado naquele sofá há poucos minutos, mas estava feliz que minha boca grande havia mudado seu ânimo.

— Melhor ir embora agora, então, né? — Junior ponderou. — Senão depois vão perguntar o que eu estava fazendo com o autor da peça no camarim, e aí lá vai fofoca.
— É — concordei, sem jeito.
— Não quero ninguém falando que eu só passei porque fiz teste do sofá. Não que eu não arrase em sofás, como você sabe, mas, [gargalhadas]. Desculpa, não me aguentei.
— É, melhor a gente ir embora — desconversei, evitando aquelas lembranças.

Bastou, entretanto, que ele desse um passo em direção à porta, ou seja, em minha direção, para que eu me visse novamente na minha sala com Junior me prensando contra a parede, me beijando com aquela boca gostosa, enfiando a mão na minha calça, apertando minha bunda e me fazendo pedir,

— Posso passar, então? — Junior brincou, esperando que eu saísse da frente ou abrisse a porta do camarim.
— Ah, claro. — Voltei à realidade.

Não era hora para ereções.

Aquele garoto sairia do camarim, voltaria no dia seguinte e nós teríamos uma ótima relação profissional. E fim.

O mais importante já parecia ter acontecido. Ele não estava em clima de guerra. Depois do desastre do nosso único e último date, nosso *enemies to lovers* estava resolvido. Ou melhor, sem *lovers*. Nós éramos, no máximo, *enemies to co-workers* ou qualquer nova trope literária nesse sentido.

— Aliás — interpelei Junior no instante em que ele passou pela minha frente —, você quer a minha dedicatória, afinal?

— [risos] Quê? — Ele se deteve, a poucos centímetros de mim.

— Eu sei que era um deboche — continuei, como se nossa proximidade física não estivesse fazendo a menor diferença. — Mas se você trouxe seu livro,

— Eu não trouxe — Junior admitiu com um sorrisinho sarcástico. — Só falei aquilo porque você merecia tomar na cara.

— [risos] Justo.

— E nem sei mais se eu quero meu livro rabiscado por você — ele provocou.

— Rabiscado? — devolvi, me controlando para não deixar meus pensamentos sem-vergonha tomarem conta diante daquela boca gostosa.

— Vou até fingir que quem escreveu seu livro foi o César. Que nem vocês fazem com o livro daquela transfóbica, falando que foi a Hermione.

— [risos confusos] Vocês quem?

— Os millennials — Junior ironizou. — "Apegados ao que viveram com o Harry."

— Quem disse que eu li essa série? — me esquivei, surpreso por aquele moleque já se sentir à vontade para zoar com a minha cara.

— Não leu? — Ele se aproximou um pouco mais.

— [cara de idiota] [possível ereção a caminho]

— Esquece! — Junior sorriu, vitorioso, dando um passo para trás.

— Garoto, você,

— E não — ele finalizou, antes de cruzar a porta e sumir de vista. — Você ainda não está *totalmente* desculpado, Patrick.

Se, por um lado, eu tinha me surpreendido com a aparição de Junior naquele palco, por outro recebi sem alarde a decisão da minha banca. Encabeçando meu elenco, lá estavam meus mais novos protagonistas: Junior e Beto, isto é, César e Guto.

Clube de Regatas Bicharaí
Treinador WALTER – Rafael (41)
CÉSAR – Junior (23)
GUTO – Beto (25)
HERVÉ – Gabriel (22)
LINDO – Johnny (20)
FRED – Yuri (20)
MÁRIO – Tadeu (19)
RENAN – Nicolas (21)
VITOR – Thiago (19)

FÁTIMA (mãe Guto) – Caetana (37)
JORGE (pai Guto) – Michel (40)

Jogado no sofá da sala, olhei para aquele guardanapo rabiscado, passando por cada nome escrito e relembrando cada apresentação. Em poucos minutos, seriam eles quem receberiam a boa notícia que todo ator e toda atriz esperam receber: um lindo SIM.

Na manhã de quarta-feira, faríamos a última etapa das audições, mas, como eu tinha adiantado para Junior, ser convidado para voltar ao teatro significava praticamente já fazer parte do elenco, ou melhor, daquela equipe de bichas remadoras.

Meu Bicharaí sairia do papel através daqueles artistas de carne e osso, e eu mal podia esperar para saborear aquela história ganhando vida no palco.

Recostado sobre as almofadas, fechei os olhos e curti aquela sensação gostosa de quando, milagrosamente, a gente passa a acreditar que algo é possível. Era tudo uma grande loucura? Talvez. Mas que delícia dar uma de doido uma vez na vida.

Logo mais, aquele trem engataria sua marcha e não daria mais ré.

Sim, dava um frio na barriga, mas nunca houve uma estreia sem aquele arrepio antes das cortinas se abrirem. Tudo fazia parte da aventura que eu estava prestes a cocriar com aquelas pessoas, restando apenas abraçar o processo e as surpresas do caminho. Como Junior.

Eu podia estar me deixando levar mais pela cabeça de baixo do que pela de cima, mas aquele garoto seria um escândalo como o líder do Bicharaí. Era impossível não se apaixonar por aquela mistura do Timothée Chalamet com o Jonathan Bailey. Só que onde se ganha o pão, não se come a carne, certo?

Mais importante do que qualquer tesão que eu pudesse sentir por ele, eu precisava garantir que Junior fosse o melhor César possível. Que entrasse em cena e brilhasse até a plateia sentir necessidade de colocar óculos escuros, tamanha sua luz própria. Esse era o foco: garantir que nosso musical fosse um fenômeno.

Com a peça bombada, talvez nós conseguíssemos chamar a atenção de jurados e conquistássemos algum prêmio ou, pelo menos, alguma indicação.

Eu sabia que estava colocando a carroça na frente dos bois, já que premiações estavam fora do meu controle e só viriam depois da estreia, mas não custava sonhar.

Meu Clube de Regatas Bicharaí estava prestes a embarcar.

Junior Vieira

Oi, Junior, boa noite! Tudo bem?
Aqui é o Patrick Rosa. 😊 Parabéns!!
A banca amou sua apresentação e
gostaríamos de te receber amanhã
às 10h no Teatro Rival
pro último dia da seleção. 18:22 ✓✓

Isso significa que você está
a um remo de distância do
nosso Clube de Regatas Bicharaí.
Segue uma cena do César e do Guto
para você decorar o César, ok?
Não precisa decorar a música
porque meu pai ainda está fechando a melodia.
Qualquer dúvida, só mandar aqui.
Abraços! 18:24 ✓✓

Os meninos de Icaraí_cena.docx
Na praia das Flechas.docx 18:25 ✓✓

Beleza!!! 18:32 ✓✓

Beleza?!
 Uma mensagem fofa e só "beleza"?

Dois parágrafos e só "beleza"?

Sem emoji sorrindo ou duas mãozinhas juntas em prece, nem um simples joinha?

Beleza.

Descendo as escadas que levavam ao subsolo do Rival, me deparei com uma dezena de artistas empolgados e entrosados — como se já se conhecessem há anos.

Eu também compartilhava daquela alegria, claro, mas sabia que meu papel naquela engrenagem era diferente do deles. Estava difícil ignorar que, a partir do segundo em que oficializássemos nosso elenco, minhas responsabilidades aumentariam.

Será que eu estava dando um passo maior que a perna? Será que deveria mandar outra mensagem para o Marcinho perguntando sobre a *Poderosa Consolação*? Ou chamar minhas amigas no canto, pedir desculpas e cancelar tudo antes que eu me afundasse em dívidas e levasse comigo toda aquela gente?

Nada de trágico havia acontecido nas últimas vinte e quatro horas. Eu que precisava driblar minhas neuroses antes que elas transformassem aquele sonho em pesadelo.

Certamente existia uma gente leve e feliz, que acordava de boa, tomava seu café, comia seu pão com ovo, corria na orla e saía de casa tranquilamente para trabalhar. Então, por que eu não podia ser assim?

Era surpreendente a minha capacidade de fantasiar as maiores loucuras. O simples fato de Junior me responder na noite anterior com apenas um "Beleza!", por exemplo, já me deixava com a pulga atrás da orelha, como se fosse um sinal de que ele não queria mais falar comigo. Sim, um pensamento ridículo e preocupante. Ainda mais quando, racionalmente, eu tinha certeza de que aquele "beleza" era só a caralha de um "beleza".

Minha imaginação fértil, no entanto, logo criava um cenário em que ele só tinha me respondido daquela forma porque ainda estava chateado por ter sido expulso da minha casa e nunca mais se abriria comigo como naquela noite; ou, pior, entupia minha cabeça com mil outras maneiras pelas quais ele poderia ter me respondido, com frases longas e emojis felizes que quebrariam o nosso gelo e resgatariam uma relação cordial. Só que, Patrick: que relação?! Nós tínhamos nos encontrado uma vez na vida antes daquela audição, e eu tinha sido um completo imbecil com ele. Junior tinha mais do que o direito de me tratar do jeito que quisesse, inclusive, se preferisse, nunca mais olhar na minha cara. O que não tinha sido o caso quando nos vimos no camarim.

Eu precisava aguentar um "beleza".

De todo jeito, não demorou um segundo para que eu confirmasse que aquela angústia toda era um desperdício de energia. Quando entrei na plateia, Junior não fez carão nem pulou nos meus braços de alegria. Apenas me devolveu um "bom dia" e seguiu como qualquer ator agiria se estivesse a um palmo de realizar seu sonho: feliz.

O clima era de festa, como deveria ser, e eu não seria o responsável por estragá-lo. Pelo contrário, eu precisava urgentemente virar uma chave dentro da minha cabeça e aproveitar cada segundo daquela manhã. Não era hora para pensamentos merdas.

Respirando fundo, arregacei as mangas e ajudei minha mãe a distribuir o catering que ela tinha preparado junto com minha avó, enquanto cumprimentava cada pessoa e as parabenizava pelo incrível trabalho que tinham apresentado na véspera.

Engatados em um papo com meu pai, a parte "mais velha" do elenco: Caetana e Michel, dupla responsável por interpretar os pais de Guto, e Rafael, nosso provável treinador Walter do Bicharaí. Próximos à Claudia e Ariella, na beira do palco, seis de nossos jovens remadores: Gabriel, Johnny, Yuri, Tadeu, Nicolas e Thiago. E, por último, conversando como bons amigos, nossa futura dupla protagonista: Beto e Junior.

Com sinceridade, agradeci um a um pela confiança depositada naquele projeto e lhes dei as boas-vindas, torcendo para decorar logo aquele monte de nomes.

Na sequência, passei o bastão para Claudinha, que tomou as rédeas da situação e explicou como seguiríamos por aquela manhã.

Todos ali já haviam recebido, na noite anterior, um arquivo com a cena que gostaríamos de ver naquela última etapa de seleção. Portanto, já sabiam quais seriam seus respectivos papéis se tudo corresse como o planejado.

Sentado ao lado de minha querida banca, botei meu celular no modo avião, estufei o peito, ajeitei a postura e voltei minha atenção cem por cento para o palco. Aquele era nosso último dia dentro do Teatro Rival, e eu não queria perder um minuto daquela experiência.

Por sorte ou destino, nossas intuições estavam certas, como se tivéssemos posicionado cada peça no seu devido lugar.

Quando as duplas e grupos começaram a se apresentar, tivemos a certeza de que não estávamos em apuros. Sim, havia muito o que ser trabalhado, mas não precisávamos nos desesperar.

A cada cena, meu coração se acalmava mais um pouco e aquele aperto no peito se transformava em puro afeto. Cafona, eu sabia. Mas quem assiste a um musical sem se deixar levar por aquela cafonice gostosa? Comigo não seria diferente.

Pelo cronograma, seguiríamos até o horário do almoço, então demorei a acreditar quando minha mãe avisou que tínhamos apenas mais trinta minutos antes de entregar o teatro. Eu simplesmente não tinha sentido o tempo passar, de tão envolvido que estava com o desenrolar dos testes. Em pouco mais de uma hora, vivi uma das experiências mais loucas da minha vida.

Eu não precisava mais imaginar como cada personagem seria se fosse uma pessoa de verdade. Eles estavam vivos e falantes bem na minha frente. De um minuto para outro, meu Clube de Regatas Bicharaí se tornou real, e eu pude conhecer ainda mais daquele universo já desbravado há anos por mim.

Tudo me parecia conhecido e, ao mesmo tempo, uma grande novidade.

A cada fala, a cada entonação, a cada respiração, era como se eu não tivesse a mínima ideia do que vinha pela frente. Como se tivesse acabado de entrar para assistir a um espetáculo inédito, completamente desconhecido. Só que melhor: eu já conhecia todos aqueles personagens, mas agora eles ganhavam ainda mais camadas.

Observei, admirado, quando Walter apresentou Guto ao restante do Bicharaí e anunciou que ele agora faria parte daquela equipe também. O começo de tudo!

Achei graça no jeito bronco que Beto resolveu emprestar ao personagem, morri de rir com a liberdade do restante do elenco em dar pinta nas cenas de grupo e não contive as lágrimas quando Caetana e Michel fizeram a cena em que os pais de Guto aparecem no vestiário do Bicharaí, antes da final do Campeonato Nacional, e brigam com Walter por ter levado Guto para o "mau caminho".

Além do humor, muito presente naquela dramaturgia, nós também precisávamos que os momentos sensíveis e dramáticos tivessem a profundidade merecida.

Sobrando vinte e cinco minutos para o encerramento, seguimos, então, para a cena do primeiro beijo entre César e Guto. Na trama, Walter repreende César por sua postura após a derrota do Bicharaí no fim do primeiro ato. O treinador dispensa o restante da equipe, pede para conversar a sós com o líder do grupo e explica a César que ele não pode ficar de implicância com Guto se quiser que o clube volte a ganhar as próximas regatas.

Quando César rebate dizendo que Guto é a razão da falta de entrosamento na equipe, leva uma invertida do treinador e descobre que Guto foi expulso de casa por ser gay. Além de imaturo, César estava sendo insensível.

Walter explica que, a princípio, só iria acolher seu afilhado em casa, mas achou uma boa ideia colocá-lo na equipe para que ele convivesse com outras bichas e não se sentisse tão abandonado.

O treinador reforça que Guto aceitou competir no Bicharaí mesmo sabendo que sua decisão seria uma vergonha para seus pais. Ou seja, tudo o que Guto não precisava era que o líder do clube gritasse na sua cara que o culpado pelo time ter perdido a última regata era ele. Pelo contrário, Guto precisava ser acolhido por César no meio de todo aquele pesadelo familiar.

E era aquela cena que veríamos a seguir. O momento em que César vai até a praia das Flechas, arrependido, e pede desculpas a Guto. A primeira vez que vemos César baixando sua bolinha e se mostrando um garoto sensível.

Autorizada por Claudia, a dupla protagonista subiu no palco para concluir os trabalhos. Concentrado, Junior seguiu para a coxia da esquerda, enquanto Beto se sentou na beira do palco. Logo depois, Junior reapareceu, envergonhado, olhou para os lados, conferindo se não havia ninguém por perto, e se aproximou de Beto.

— Posso sentar? — Ele se fez notar. — Digo, posso me sentar ao seu lado?

— Ah. — Beto ameaçou se levantar. — Eu já tô de saída.

— Não está, não. Fica aí. — Junior se apressou para se sentar ao lado dele. — Eu sei que você está com raiva, Guto, mas me escuta um pouco.

— Veio gritar mais?

— Não. Vim pedir desculpas.

— Eu só quero ficar na minha, César.

— Mentira. Você quer ficar lá com a gente, mas eu atrapalhei tudo.

— Ainda bem que você sabe.

— Eu sei. Eu fui um babaca.

— Foi.

— Fui.

— Foi.

— Muito bem, já sabemos conjugar esse verbo. Agora me escuta.

Segurando o riso, troquei olhares com Ariella e Claudinha, que também pareciam estar adorando o jogo de cena entre aqueles dois.

— É só que — Junior prosseguiu — o Bicharaí é tudo que eu tenho.

— Eu também. Ou você acha que eu gostei de perder?

— Claro que não, mas você foi péssimo.

— [risos] Esse é seu pedido de desculpas? Eu não perdi sozinho.

— Sim, perdemos todos, mas,

— Então fomos todos péssimos.

— Tá bem, Guto. Mas agora eu entendi por que *você* foi péssimo.

— Do que você tá falando?

— Da sua família. — Junior foi direto ao ponto. — Relaxa que o Walter não contou pra mais ninguém. Na verdade, ele me botou contra a parede. Não como eu sonhei, mas,

— Do que você tá falando? — Beto repetiu.

— Que você foi expulso de casa, e eu peguei pesado quando deveria ter sido uma bicha compreensiva e fofa.

Pelo amor da deusa, eles estavam mandando muito bem! Eu acompanhava vidrado aquele embate, sem saber se ria com a graciosidade com que Junior fazia César ou se chorava com a dor que eu sabia que Guto sentia por dentro.

— Eu não quero falar disso — Beto recuou. — E, por favor, não conta pra ninguém. Eu não quero ninguém sentindo pena de mim.

— Fica sossegado. Minha boca é um túmulo. — Junior brincou.

— Isso é bom?

— É ótimo. Seu segredo está morto aqui dentro.

— [risos tímidos] Entendi.

— [tempo] Desculpa.

— Tudo bem. — Beto o encarou por um instante. — É só porque eu sei que posso contribuir mais com a equipe, mas minha cabeça não está ajudando.

— Na sua situação? A de ninguém estaria.

— É, talvez.

— Talvez não. Com certeza. [suspiro] Sinto muito.

Pela primeira vez, Junior se emocionava em cena.

— Obrigado. — Beto disfarçou a emoção.

Eram os dois no palco à beira das lágrimas, e eu na plateia segurando as minhas. Aquilo estava, mesmo, acontecendo a poucos metros da minha cadeira. Meu musical. Meu livro. Meus protagonistas.

Minha vontade era de correr até o palco e abraçar aqueles meninos, como se eu finalmente pudesse conhecer os meus próprios personagens.

— Eu entendo você não querer tocar no assunto, mas, bicha... — Junior mudou o tom, divertido. — A senhora é afrontosa, hein? Quem entraria pro único clube bicha da Guanabara depois de ser expulso de casa? Só uma bicha muito corajosa.

— Obrigado, mas eu não sou bich,

— Nem complete essa frase! Eu não aceito bicha que diz que não é bicha na minha equipe! É bicha, sim. Bicha bofe, bicha bruta, mas bicha. Ou aceita ou eu pego minha vara e dou na sua cara!

— [risos] Você o quê?

— Era uma ameaça, mas pode ser um convite. [sorriso safado] O que você prefere?

— [risos] Você não perde tempo, né, César?

— Ótimo, já está rindo. Missão cumprida. Agora presta atenção. Você não está sozinho, eu não estou sozinho e nenhuma bicha aqui vai ficar isolada, ouviu?

— Ouvi. — Beto sorriu, tímido.

— Nós precisamos desses braços fortes e dessas coxas grossas pra ganharmos as próximas regatas, tá?

— Tá.

— Ótimo. — Junior sorriu. — Então estamos entendidos?

— Estamos.

— Muito bem.

— Muito bem.

Assim, com os ânimos menos exaltados, Junior e Beto se encararam por um longo tempo, numa conversa silenciosa que deixou toda a plateia suspensa com eles. Como se o próximo passo fosse inevitável, nossos carismáticos atores se inclinaram um para o outro, fecharam os olhos e, pronto, o primeiro beijo!

Sem dúvida, com muita química, paixão e tesão.

Nós tínhamos apostado certo.

Ali estavam César e Guto. Frágeis, vulneráveis e divertidos. O coração de toda aquela história, garantido por aquela dupla brilhante de intérpretes.

Quando suas bocas se desgrudaram, Beto correu para fora do palco, como previsto no texto, seguido por Junior.

Era o fim das nossas audições.

Emocionado, me juntei aos aplausos da banca e do restante do elenco, enquanto Junior e Beto retornavam ao palco para agradecer a boa recepção.

Palmas, meninos.

Palmas.

Que tudo aquilo servisse para alguma coisa.

— Acho que eu já disse tudo, mas vou repetir: sejam bem-vindes aos *Meninos de Icaraí*! [aplausos] Pat, quer falar mais alguma coisa?
— Brigado, Clau. Eu só queria reforçar que é uma emoção sem tamanho estar aqui com vocês. Nesse teatro, fechando nosso elenco. [voz embarga] Ai, que ódio, eu começo a falar e já fico assim.
— É uma bicha emocionada, babies, já estou avisando!
— Sou, Ari! Sou! [enxuga as lágrimas] Mas, enfim, hoje nós podemos descansar, comemorar, que se tudo der certo os ensaios começam já na segunda-feira que vem. Eu vou conferir com a Isadora, minha amiga,
— [risos] Minha senhora.
— Esposa da Clau! [risos] E responsável pelo Dulcina, se nós teremos a sala de ensaio por lá, quais serão os horários, pra montar nosso cronograma.
— E, por favor, já vamos decorando o texto, gente. Nós temos só mais,
— Trinta e sete.
— Trinta e sete dias até a estreia. Não podemos perder tempo.
— Meu pai vai terminar as bases das músicas e eu encaminho tudo pra vocês.
— Importante também, babies: nada de enfiar o pé na jaca no fim de semana e chegar pro ensaio destruído com ressaca, ouviram? A titia aqui não vai pegar leve com ninguém na dança.
— Muito bem, Ari. Então,
— Claudia! [levanta a mão] Posso só fazer uma pergunta?
— Claro, Junior, por favor.
— A gente estreia no dia 31 de maio mesmo?
— Sim, por quê?
— É feriado de Corpus Christi.
— É o quê?!

— Amigo, eu pensei que você soubesse.
— Isadora do céu, como você me oferece uma estreia no meio de um feriadão?!
— Mas nenhum teatro fecha em feriado, Patrick. De onde você tirou isso?
— Era só o que me faltava agora, o corpo de Cristo me foder.
— Amigo, você tá pirando. Todo feriado enche teatro.
— Pirando? Amiga, você,
— Eu o quê? [risos putos] Você acha que eu escondi esse feriado? Porque se você não quiser mais essa data, é só a gente não assinar o contrato.
— Calma, amiga, eu não tô,
— Eu tô calma. Você que me ligou nervosinho.
— [suspiro] Desculpa, é só porque eu não tinha me ligado nesse Corpus Christi,
— Tá no calendário.
— Eu sei, Isa, eu só fiquei,
— Irritado.
— Sim. Foi mal, amiga, eu fui pego de surpresa. Desculpa. É que os ensaios começam semana que vem, ainda vai ter show da Madonna, eu tô,
— Então deixa eu te dar uma boa notícia. [suspiro] A sala aqui no último andar, lembra? Está disponível a partir de segunda-feira.
— Ah, jura?
— Juro, e já reservei pra vocês. Te mando amanhã os horários disponíveis pra você montar seu cronograma de ensaio, tá bom?
— Tá ótimo.
— Outra coisa, temos um piano liberado pros ensaios de música. Tá bom?
— Sim, tá perfeito.
— Na segunda, eu recebo vocês aqui, abro a sala, faço uma visita técnica pelo teatro e a gente combina as próximas semanas, tá bem?
— Tá certo.
— Pronto. Agora para e respira, Patrick.
— [respira fundo] Tá.
— Como foi no Rival? A Clau ainda não me mandou mensagem.

— [suspiro] Foi ótimo. A gente conseguiu um bom elenco. Eu até pensei que a galera ia comemorar, mas foi todo mundo embora. Eu já tô quase em casa também.

— Olha, amigo, se você quiser, eu posso tentar encaixar alguma coisa no fim de semana do feriado e você estreia no seguinte, viu?

— Não precisa, amiga, senão eu perco uma semana de temporada. Vamos apostar naquilo que você disse. Feriado enche teatro, né?

— Total. E o show da Madonna? Você vai, né?

— Nem pensei nisso. Mas acho impossível impedir a galera de ir, né?

— Com certeza. Cancela o ensaio de sábado. Aqui no Dulcina vai ser feriado forçado.

— Vocês vão fechar?

— Claro! É Madonna, não é corpo de Cristo, não! [risos] Eu vou naquela praia de Copacabana dançar "Like a Virgin" de qualquer jeito. E você também vai. Vai curtir a Madonna no sábado e dar folga no domingo.

— Vai ser o jeito, né?

— Vai. E vai ser bom pra você relaxar no meio desse batidão que vem pela frente.

— É, já foram muitas emoções por hoje, tô morto.

— Então relaxa, amigo. Chega em casa e descansa.

— Eu vou.

- **ATV**

Hoje

Omã
15:30

Que?
Lida 15:31

Omão da porra
15:33

Junior Vieira

Patrick!!! Td bem? Boa noite!!!!
Desculpa mandar msg esse horário,
É só pq quando acabou lá
no Rival eu saí com a galera
e nem me despedi direito.
O povo caiu na praia do Leme
e ficamos lá até agora rs
Ponto G, conhece?
Enfim, queria agradecer por hj.
Por vcs terem me dado essa chance
de fazer a peça e de fazer o César.
Sério, vc nn tem noção
Eu tô mt feliz!!!!!!!!
E tb não quero climão.
Não vai me expulsar da peça!! Kkkkk
Vou repetir: teu livro mudou minha vida.
Eu nem acredito que vou fazer esse musical.
Meu primeiro musical profissional
Primeiro protagonista
Tô emocionado rs
E bêbado
Não, tô não, apaga
Eskece!
Tô nada
Não me expulsaaa rsrs
E brigadu!! Tmj ☺ 23:57 ✓✓

                                                  Beleza!!! ☺ 00:02 ✓✓

NA PRAIA DAS FLECHAS (dueto César e Guto)

César — *Toc toc!*
Guto — *Quem é?*
César — *A poc poc!*
Guto — *Me deixa em paz, César!*
César — *Para de ser bruto, Guto! Abre essa porta e vamos conversar. Não tem mais ninguém no vestiário.*
Guto — *Tem você!*
César — *Sim, mas eu não mordo! Quer dizer, só se você quiser.*
Guto — *(saindo de sua cabine) Eu não quero nada. E não aconteceu nada. Aquele/*
César — *Beijo não foi nada?*
Guto — *Não teve beijo!*
César — *Língua na língua pra mim é beijo!*
Guto — *Por favor, César, eu só quero focar na próxima regata!*
César — *Tem certeza, gata?*
Guto — *Guto!*
César — *Calma, não fica puto! Se você não quer mais papo, eu encontro um substituto! É que eu acho que aí no fundo, tem um coração enorme e avantajado querendo se libertar.*
Guto — *Me deixa em paz.*
César — *Você quer melhor lugar pra se soltar do que nas areias do Ingá? Nós estamos na praia das Flechas, então saia dessa!*

Saia da margem
Venha pra Boa Viagem

Estamos em Niterói
O reino da viadagem

Saia do vestiário
Quebre nossos armários
Transforme o mundo
Num brilhante aquário

Guto — *Nós somos peixes agora?*
César — *É poesia, não amola!*
Guto — *E o que você quer que eu faça?*
César — *Que você se permita!*

Que venha comigo
Correr risco em São Francisco
Andar a sós pela Fróes
Comer jujuba em Jurujuba

Guto — *Jujuba?*
César — *Ou suruba em Jurujuba!*

Venha comigo
Meu caminho é sem dor
Quem não iria
Neste disco voador?

Venha comigo
Eu quero ir, sim, senhor
Nós dois juntinhos
Numa história de amor

Guto — *Que música cafona!*
César — *E tá sorrindo por quê, mona?*

(Guto) Eu vou contigo
O meu caminho é sem dor
Quem não iria
Neste disco voador?

Eu vou contigo
Eu quero ir, sim, senhor
Nós dois na viagem
Só na brotheragem

César — Que brotheragem?!
Guto — Ué, vamos com calma.
César — Tem brotheragem aqui não. Comigo é babado, viado. Tá me beijando, tá gostando, não tem enrolo, é namoro!
Guto — Oi?
César — Tá, desculpa, é que eu sou muito emocionado! Só vem!
Guto — Pra onde?
César — Pra nossa nave espacial!
Guto — Você sabe que ela não voa, né?
César — Confia em mim?
Guto — Eu não sou a Jasmine.
César — Eu não sou o Alladin.
Guto — Lá não tem tapete mágico.
César — Confia no viadin.

(César e Guto) Eu vou contigo
O meu caminho é sem dor
Quem não iria
Neste disco voador?

Eu vou contigo
Eu quero ir, sim, senhor
Nós dois juntinhos
Numa história de amor

Eu vou contigo
Eu quero ir, sim, senhor
Obrigado, Cupido
É a nossa história de amor

César e Guto se beijam.

5

SEMANAS PARA A ESTREIA

*Don't go for second best, baby
Put your love to the test
You know, you know you've got to
Make him express how he feels
And maybe then you'll know your love is real.**

— "Express Yourself", Madonna

---

* Tradução livre: "Não aceite o segundo lugar, baby/ Coloque o seu amor à prova/ Você sabe, você sabe que precisa/ Fazê-lo expressar como se sente/ E talvez assim você saiba que o seu amor é real".

Marcinho Prod

Marcinho, querido! Tudo bem?
Desculpe o horário rs
Passando aqui pra saber
se temos novidades sobre
o Superplay e a série. ☺
Ficamos de nos falar na semana
passada, mas não tive retorno.
Beijos! 06:21 ✓✓

Patrick, bom dia!
Tudo certinho comigo e por aí?
Pode mandar mensagem cedo
Cinco e meia eu já tô de saída pra
minha corridinha na orla rs
Sobre nossa *Poderosa Consolação*,
seguimos no aguardo do Superplay. ☹
Eles ainda estão fechando os nomes
pra sala de roteiro, mas fica tranquilo.
Assim que eles derem ok, você será
o primeiro a saber hehe 08:07 ✓✓

Perfeito! rs 08:10 ✓✓

Segura mais um pouco rsrs
Vem aí!! ☺☺☺ 08:25 ✓✓

A espera fazia parte, eu já devia saber.
Nenhum player costumava responder em poucos dias, que dirá fechar uma sala de roteiro de uma semana para outra.

Seria incrível se eles confirmassem logo a minha participação no seriado? Com certeza. Por mim, eu começava naquela segunda-feira mesmo a escrever quantas cenas me pedissem, mas não era assim que a banda tocava. Com sorte, a resposta positiva viria nos próximos dias, o contrato nas próximas semanas e o primeiro depósito na minha conta no fim de maio. Eu podia, no entanto, ser menos racional.

Não faria sentido o Superplay, que já tinha aprovado meu nome para o *Verão yag*, não me contratar agora, ainda mais com o respaldo da Mel e do Marcinho, a autora e o produtor da série. Era uma questão de dias para que tudo entrasse nos eixos novamente.

Junho começaria com a estreia de *Os meninos de Icaraí* e a escrita da *Poderosa Consolação* a todo vapor. Um projeto autoral abrindo portas no mercado e o Superplay pagando meus boletos. Tudo *divino, maravilhoso*, saindo melhor do que a encomenda.

Sim, o fim de semana tinha sido ocupado com planilhas de gastos e cronogramas de ensaios. Sim, era hora de pagar a ajuda de custo prometida à equipe. Sim, seria pix atrás de pix. Mas eu não iria encarar aquela etapa com meu pessimismo habitual.

Não, não, não, não, não.

Eu tinha mais é que estampar um sorriso no rosto enquanto pagava cada pessoa, afinal ninguém tinha me obrigado a levantar musical nenhum, e era, inclusive, um privilégio contar com aquela grana para investir no meu projeto.

Contanto que eu respeitasse minha margem de segurança e não gastasse mais do que o previsto, conseguiria levantar um espetáculo digno e ainda chegaria ao fim de maio com algum dinheiro para os novos boletos e o aluguel.

Portanto, antes de sair de casa, abri meu laptop, entrei no site do banco e transferi o valor combinado para cada membro da nossa ficha técnica. Os ensaios começariam naquela tarde, então para que adiar o inadiável?

Felizmente, os últimos dias também tiveram seus refrescos, com minhas redes sociais entupidas de carinho por parte do meu novo elenco. Quem ainda não tinha lido meu livro me avisou que já estava começando a leitura; e quem já conhecia a história agradeceu pela chance de participar daquela adaptação e de me conhecer mais de perto.

Mesmo atolado com as tarefas de produção, separei parte do sábado e do domingo para conhecer um pouco mais de cada um daqueles artistas, não só respondendo suas mensagens, mas puxando assunto, fuxicando suas redes, vendo quem tinha o perfil mais sério, mais descolado, mais influencer, mais biscoiteiro, e repostando tudo referente ao nosso projeto. Até fiz o que eu mais detestava na vida: criei um novo grupo no WhatsApp e convidei todos os envolvidos no projeto. Eu queria que fôssemos um time coeso, entrosado e que todos se sentissem à vontade para trocar comigo.

Mas a César o que é de César.

Como Junior foi breve em sua resposta quando informei que ele tinha avançado nas audições, e como também não me escreveu mais depois de sua mensagem bêbada diretamente da praia do Leme, me reservei o direito de interagir com parcimônia com meu novo protagonista.

Ele já me seguia no Insta, eu o segui de volta.

Ele postou sobre o musical, eu repostei.

O básico.

De todo jeito, a empolgação geral era nítida e contagiante.

Eu definitivamente não estava mais sozinho naquele barco.

Um pouco mais atrasado do que o planejado, bati na porta de vidro ao lado da bilheteria do Dulcina, chamando a atenção do segurança, um senhorzinho de pele branca e cabelos grisalhos, sentado na pequena mesa ao lado esquerdo do foyer do teatro. Mas, antes que ele pudesse se levantar, Isadora apareceu na escada ao fundo.

Magra e quase da minha altura, Isa era uma mulher negra de pele retinta, de quarenta e dois anos. Vestindo calça jeans e camiseta branca, com seus cabelos cacheados envoltos por um belo turbante, ela desceu para me receber.

— Deixa comigo, Moacir. — Minha amiga o tranquilizou, aproximando-se da entrada para abrir a porta. — Bem-vindo, meu autor favorito!

— E aí, amiga? — Entrei no pequeno hall.

— Como tá esse coração? — Ela fechou a porta atrás de mim. — Animado?

— Animadíssimo. [risos nervosos] Alguém já chegou?

— Há um bom tempo. [risos] A Ariella tá na sala lá em cima com o elenco. — Isa tomou a dianteira. — Vem que eu te levo.

Quem passasse distraído por sua entrada jamais diria que o interior do Teatro Dulcina era aquela lindeza. Por sorte, eu sabia a maravilha que estava prestes a encontrar.

Não era, afinal, como se eu nunca tivesse entrado naquele teatro, mas agora o contexto era outro. Pela primeira vez, eu estaria em cartaz ali e, ainda por cima, com meu próprio espetáculo.

Ao contrário do Rival, onde precisávamos descer dois lances de escada até o salão principal, no Dulcina nós deveríamos subir uma escadaria revestida por um carpete vermelho para chegar até a plateia.

Seguindo os passos de Isadora, avancei por alguns degraus até me deparar com a enorme foto de Dulcina de Moraes, atriz eternizada por aquele teatro, em destaque na parede do foyer. Ao lado de seu rosto, sua assinatura "Dulcina" dava as boas-vindas a quem ia até lá prestigiar algum espetáculo.

— Linda, né? — Isa reparou minha súbita parada no meio do caminho.

— Muito.

— Sabe o que me contaram quando comecei a trabalhar aqui? — Ela também encarou o retrato. — Que todo mundo que fica em cartaz aqui vê a Dulcina pelo teatro.

— Como assim? [risos medrosos]

— Juro. — Isadora se divertiu com meu espanto. — Disseram que várias pessoas já viram ela sentada na plateia. Ou escutaram seus passos pela coxia.

— [arrepio na espinha] Vira essa boca pra lá.

— Quem me disse isso foi o seu Moacir. E sabe o que mais ele falou?

— O quê?

— Que quando a gente entra em um teatro, mesmo com a plateia vazia, nós nunca estamos sozinhos. — Isa sorriu. — Não é bonito?

— É? — Hesitei.

— Claro que sim, Patrick. [risos] É pra gente lembrar que todo teatro já teve uma história, que já passaram muitas pessoas por ali. Que aquelas memórias permanecem naquele espaço.

— Por esse lado...

— Quem sabe a gente não esbarra com a Dulcina? — Ela cutucou meu braço, cúmplice. — Duvido que ela vá perder a sua estreia.

— Quem sabe? — Acompanhei sua brincadeira, torcendo, no fundo, para que nenhum espírito de luz aparecesse na minha frente no escuro de alguma coxia.

Em todo o caso, acompanhados por fantasmas ou não, entramos em um dos mais belos teatros que já conheci.

Com capacidade para aproximadamente duzentas e sessenta pessoas, o primeiro piso contava com poltronas vermelhas e possuía, tanto no lado direito quanto no esquerdo da plateia central, pequenas frisas e camarotes com mais assentos.

O palco, com suas cortinas roxas de veludo, tinha um pé-direito altíssimo, fazendo com que a caixa cênica parecesse ainda maior.

Mas a belezura daquele espaço não parava por ali.

Bastava olhar para cima.

Com bordas arredondadas, a plateia do segundo piso, recuada ao fundo, contornava a do primeiro andar; assim como a galeria do terceiro piso, onde podíamos ver mais poltronas e a cabine de som e luz.

Reaberto em 2011, o Dulcina havia sido inaugurado em 1935 e seguia mais vivo do que nunca. Praticamente na esquina do Rival, também no coração da Cinelândia, aquele teatro público recebia produções de todos os gêneros. Desde comédias e dramas até festivais de teatro universitário, tudo a preços populares.

Depois de anos afastado dos palcos, lá estava eu novamente. Por isso, como quem mata as saudades, admirei um pouco mais aquele espaço antes de seguir rumo à sala de ensaios, localizada no quarto e último piso.

Cada canto daquele teatro parecia estar à espera da próxima história, dos próximos personagens e do próximo elenco a dar as mãos e gritar "Merda!" antes das cortinas se abrirem. Agora era a vez da minha história, dos meus personagens e do meu elenco.

Aquele seria o cenário onde *Os meninos de Icaraí* encontrariam suas plateias. O palco que ficaria marcado na minha trajetória. O teatro onde tudo aconteceria.

— Com licença, viu? — sussurrei.

Não custava nada pedir a bênção à dona daquele teatro, ainda que eu não soubesse de onde ela me observava.

— **M**uito bem, Tadeu! — Ariella exclamou, virando-se rapidamente para me dar uma piscadela enquanto eu fechava a porta da sala. — É assim que se faz, baby!

Minha amiga não estava brincando quando tinha me prometido botar aquelas bichas para suar durante os ensaios de dança.

Em pé, com suas bermudas curtas e regatas doadas pela minha mãe, os atores que formavam a equipe do Bicharaí pareciam ter saído de uma sauna. Encharcados de suor, eles recuperavam o fôlego, enquanto Ariella seguia com suas orientações.

— Pode vir aqui pra frente. — Ela indicou um ponto na sala para Tadeu, o querido que tinha arrasado com "Oh Happy Day" nas audições. — É com essa energia que eu preciso que vocês dancem. Principalmente você, Ju.

— Tá — Junior concordou, com as mãos na cintura, compenetrado.

— É um número que tem o coro, mas você precisa estar com a energia lá em cima — Ari reforçou. — É a hora do César mostrar pro Guto como aquele clube funciona, então, se você quer que ele seja uma "bicha, bicha, bicha", você precisa estar divônico.

— Tá bem. — Ele assentiu mais uma vez, enxugando a testa.

— Vamos de novo, do começo até a parte em que o Guto reclama daquela bichice toda. Posição inicial! — minha amiga ordenou. — Johnny, também! Não segura esse vogue, não, baby, que eu sei que o senhor ganhou sei lá quantas *balls*.

— Deixa comigo. — Johnny voltou ao seu lugar já improvisando um *catwalk*.

— É isso! — Ari se animou. — Usa e abusa das mãos e dos braços, que logo mais a gente encaixa uns giros e uns *dips* pra você. São "As bichas do Bicharaí"! Vamos lá!

Pelo menos agora eu já sabia qual música estava sendo trabalhada. O momento em que César perde a paciência com Guto, recém-chegado àquele clube de regatas, e resolve mostrar a dinâmica da equipe. Ou melhor, o tamanho da viadagem esperada de todos os seus integrantes, inclusive de Guto.

Sentado em uma cadeira próxima à entrada, acenei para o elenco enquanto eles se espalhavam pela sala para recomeçar a coreografia.

— Já falo contigo — Ariella sussurrou para mim, ajustando o volume da caixa de som posicionada na mesa ao meu lado. — Se eu paro agora, eles vão esfriar e já era.

— Relaxa. — Busquei tranquilizá-la. — Vai com tudo. Eu vou ficar aqui só de olho.

E foi o que fiz.

Sem sair do lugar, observei pelas próximas horas a evolução daquela dança, a cada minuto mais complexa e divertida — como eu sabia que só Ariella seria capaz de criar.

Eu não fazia ideia como eles conseguiriam cantar ao mesmo tempo em que dançavam algo tão elaborado, mas aquele era um problema para o meu pai resolver durante os ensaios de canto. O importante era ver que, independentemente da dificuldade da coreografia, aquela garotada daria conta do recado. Isto é, se todos chegassem vivos ao fim daquele ensaio.

Mesmo com três ventiladores apontados na direção dos nossos atores, o calor beirava o insuportável. Sem qualquer janela para abrir e aumentar a circulação de ar, a solução encontrada por parte do elenco foi simplesmente tirar a camisa. Um gesto mais do que justificável perante aquele bafo infernal.

Só que, pelo menos do meu ponto de vista, quando aquela delícia descamisada chamada Junior recomeçou a dançar, a temperatura aumentou vigorosamente e o ambiente esquentou de vez. Eu me derreti todo diante daquela ardente visão. E ainda que me esforçasse para não olhar em sua direção, bastava Junior levantar os braços para que meus olhos voassem até o seu sovaco e, pronto, minha imaginação corria solta.

Quanto mais confiança ganhava, mais Junior se entregava de corpo e alma. Ele não só roubava a cena, como exalava um sex appeal a cada passo, sempre com aquele sorrisinho safado que eu já conhecia muito bem.

Estava difícil ver aquele requebrado e não lembrar da nossa fodelância de algumas semanas atrás, dos nossos corpos suados e quentes; mas eu precisava ser profissional. Aquele era apenas o primeiro ensaio, e Junior ainda rebolaria muito na minha frente.

Autocontrole, Patrick.

Autocuidado, Patrick.

Naquele projeto não cabia nenhum amor de pica.

— **D**elícia, né?

— Nem fala. — Apoiei o copo na mesa. — Tudo que eu precisava era de um chope gelado. Quase oito da noite e ainda esse calor.

— [risos] As bichas derreteram na sala. — Ariella se divertiu com a desgraça alheia.

— Não sei como você consegue segurar aquele povo dançando por tanto tempo. Eu já tava exausto só de olhar.

— Baby, você contratou a melhor coreógrafa do país. [jogada de cabelo] Eu não brinco em serviço.

— Eu vi! [risos]

— Ah, eu reparei na sua babação.

— [riso sonso] Que babação?

— A sua! — Ela se recostou na cadeira, debochada. — Em cima dos meninos de Icaraí.

— [riso nervoso] Para, Ari. Eles são meu elenco.

— E o que que tem?

— Imagina se eu entro num trabalho e o autor fica ali, parado, me secando quando eu tiro a camisa no ensaio? É nojento.

— [revirada de olhos] Ai, minha deusa. Eu não tô falando que você ia agarrar ninguém. Tô falando que você ficou,

— Eu não,

— Ficou babando, sim! — Minha amiga bateu duas palminhas como se pudesse encerrar a discussão. — Eu, hein! Não sou o Twitter, não, viado. Não vou te cancelar aqui no Amarelinho. Qual o problema de falar que eles são gostosos?

— [gargalhada] Tá bom, caralho. São. Claro que são.

— Óbvio! E relaxa que ninguém reparou. Eu que te conheço e sei que você é o maior papa anjo do Rio.

— [risos] Sou o quê?!

— É o nosso Leonardo Di Caprio. Só novinhos!

— Para! [risos envergonhados] Essa fase já acabou.

— Só sei que na primeira festinha que esse elenco der, vai todo mundo se pegar.

— Deixa eles.

— [arqueada de sobrancelhas] Você acha que vai escapar? Você é o autor do musical, baby. É ruim de ninguém se jogar em cima de você.

— Nem pensar. — Afastei aquela ideia, meu rosto enrubescendo do nada.

— [risos] Ficou nervoso?

— Ai, pronto. [risos] Com tanta coisa pra falar sobre o ensaio de hoje,

— Que ensaio? — Ariella fez uma careta, divertida. — Acabou o trabalho, baby. Agora eu quero falar de pi-ro-ca!

— [gargalhada]

— Vai, fala. [risos] Quer dar pra quem?

— Não quero dar pra ninguém, caralho. — Fiz meu charme, antes de virar o que restava da minha bebida.

— Quer dar, sim. Quer caralho, sim. Desembucha.

— Não viaja — disfarcei. — Não quero pegar ninguém.

— Ai, como você é chato... — Ariella deu mais um gole no chope, contrariada.

— Porque eu já peguei. — Larguei o foda-se.

Desprevenida, Ari quase engasgou com sua bebida, para meu deleite. Pelo menos agora eu podia rir um pouco da sua cara também.

— Não! — Ela chegou com o corpo para a frente, curiosa. — Quem? Onde? Quando?

— [risos] Você tem que prometer que não vai falar nada pra ninguém.

— E eu vou falar pra quem?

— Sei lá, eu não quero que vire fofoca de elenco,

— Vai virar fofoca nenhuma. Fala logo com quem,

— Junior.

Não era também como se eu não pudesse comentar sobre aquilo.

— *NO SHAY!!!* [gargalhadas] Que safada! Mas quando?

— Começo do mês.

— [olhos arregalados] O quê?!

— Lá em casa. — Já que ela queria a fofoca, agora eu ia me saborear com cada detalhe. — Há três semanas.

— Três?!

— Três.
— Três?!
— A gente se falou no Grindr. Ele foi lá em casa. Depois eu fui um merda, aí ele reapareceu no Rival, virou o César,
— Calma aí! — Ariella subiu o tom, como quem implora por uma pausa naquela sequência de revelações. — Você conheceu o Junior antes do Rival? [gargalhada] Falsa!! Falsa!! Quando ele fez o teste, você já conhecia ele?
— Já. [risos envergonhados] É por isso que ele não quer que a galera saiba, pra não acharem que ele só entrou por causa disso.
— Mas que besteira é essa? Ninguém vai achar isso. Todo mundo já se comeu nesse Rio de Janeiro.
— Só que ele prefere assim. E eu também acho melhor.
— Mas foi bom?
— [risos safados] Foi ótimo.
— Foi? — Ela abriu um sorrisão, adorando o rumo da conversa. — Eu quero detalhes.
— Que detalhes? — Me fiz de desentendido.
— De como foi, ué? Como é o "remo" do líder do Bicharaí?
— [risada alta]
— É bom, né? [risos] Olha esse sorriso!
— [risos tímidos] Deixa disso, garota, que saco.
— Ainda tá rolando um romance? Eu quero ser a madrinha.
— Menos, amiga! [risos] A gente só se pegou daquela vez. Eu só fui reencontrar o Junior quando ele apareceu no palco. E ainda tava um climão.
— [risos] Ai, minha deusa, o que você fez com esse garoto, Patrick?
— Merda. [risos] Caguei com tudo na primeira noite.
— Cagou como? Não fez a chuca? — ela brincou.
— Eu tava num dia fodido e deu ruim. Mas a gente já se entendeu. E agora, enfim, é trabalho. Cada um no seu canto.
— Peraí que eu conheço esse olhar. — Minha amiga se ajeitou na cadeira.
— Que olhar?
— Esse que você fez quando disse que era cada um no seu canto. Baixando a cabeça, borocoxô. Não vai me dizer que você tá apaixonado?
— Quê?! — Dei três batidinhas na mesa. — Vira essa boca pra lá, Ariella.
— Baby, você é a gay mais emocionada que eu conheço.
— Esquece. Não tem a menor chance disso acontecer.
— Bicha, [risos] tá na sua cara!

— [revirada de olhos] Ai, meu cu.

— Calma lá. — Ari deixou seu copo de lado. — Se tá emocionado e vai trabalhar junto, é outra história.

— Não tem nada disso — desconversei, já arrependido de ter falado sobre aquilo.

— Eu sou a favor da putaria, você sabe. Quer descer pro play e brincar, vai. Já foi ali e curtiu, ótimo. Quer mais? Delícia.

— Eu não quero na,

— Escuta! — Ari não me deu brecha. — Se a minha intuição não falha, e ela nunca falha, o senhor ficou mexido com essa piroca novinha, sim.

— Pra que eu fui abrir a boca?

— Eu tava botando pilha pra sacanagem, mas se você já tem um histórico com ele,

— Que histórico? Foi uma noite só.

— Baby, pra cima de *moi*? [risos] Não foi bom? Você não pegaria ele de novo?

— Eu, — A quem eu queria enganar? — Pegaria.

— Então, pronto. [sorriso vitorioso] Só abre o olho. Você sabe que aquela gayzinha é uma estrela, né? Que nasceu pra brilhar.

— Ótimo. Melhor pra peça.

— Com certeza. Só que pra você cair de amores por ele, é uma semana, baby.

— Amiga, presta atenção. Eu não vou me jogar em aventura nenhuma com moleque nenhum. Muito menos com ele. Até porque eu já sei onde isso vai dar. Comigo apaixonado e recebendo uma mensagem no WhatsApp terminando tudo.

— Calma, aí você já tá misturando as histórias. O que o seu ex tem,

— Não, amiga, não tô. — Sim, eu estava. — Foi uma delícia trepar com o Junior. Eu super daria pra ele de novo. Só que eu não tô fazendo essa peça pra arranjar boy. Eu preciso que essa merda dê certo. Tudo que eu não quero é problema com meu elenco.

— Tá bem. — Ela deu de ombros. — Então tá decidido. Sem pegação.

— Isso. Sem pegação. Vai ser melhor.

— Se você diz. — Ariella bebericou seu chope, disfarçando um sorrisinho irônico.

— Sim, eu digo. E morreu o assunto, pode ser?

— Claro, baby.

— Eu tô morta.
— Não acredito que a Ari te contou.
— Claro que ela me contou. E ainda bem que ela fez isso, pra eu já ficar de olho na merda em que você tá se metendo.
— Eu não tô me metendo em nada, Clau.
— Ah, é, desculpa. Quem tá metendo é o Junior.
— [gargalhada] Ah, pronto. Agora uma trepada de quase um mês atrás vai me perseguir.
— Por que você não falou nada quando ele apareceu no Rival? Ainda bem que você não é da banca, né? Senão ia todo mundo ficar pensando,
— Que ele só entrou porque eu tava dando pra ele?
— Você não seria o único a decidir, mas podia rolar esse burburinho.
— Mas não rolou. E se eu fosse da banca, iam ter que confiar na minha ética de trabalho.
— Que foi esconder da gente que você já conhecia ele?
— [silêncio cagado]
— Lógico, a gente teria escolhido o Junior de qualquer jeito. O menino é ótimo.
— Exato.
— E você tá apaixonado por ele?
— [risada descrente] Caralho, a Ariella entrou nessa.
— Patrick, a gente te conhece.
— Sério, eu não vou nem discutir com vocês. Eu fiquei com o Junior há semanas e só, pronto. Eu ainda pisei na bola, me desculpei,
— É disso que eu tô falando. Você teve *uma* trepada e já estava tendo DR.
— Não foi DR.
— Pelo amor de Deus, o garoto tem vinte e poucos anos, é o protagonista da nossa peça. Não vai me arrumar sarna pra se coçar agora.
— Eu não tô arrumando sarna. Eu nunca mais fiquei com esse menino.
— Ainda mais trabalhando com ele até a estreia. Pra dar merda, não leva dois dias.

— Amiga! [risos] Vocês tão fazendo uma tempestade num copo d'água.

— Não tô. Eu já vivi muitos traumas do seu lado pra saber que você se joga e depois quebra a cara.

— Sim, mas não por minha culpa, né?

— Não, mas,

— Então, pronto. Parece até que quem sempre faz merda sou eu.

— Eu não disse isso. Só tô te dizendo pra não se jogar agora.

— Eu não vou.

— Mesmo que você tenha vivido a foda do século com o Junior, não entra nessa.

— Eu não entrei e não vou entrar.

— Basta uma festinha com eles se pegando pra você ficar sofrendo pelos cantos.

— Gente, mas parece até que das últimas vezes que eu fiquei assim eu não tive motivos. Ou você esqueceu como o Trauma 0 terminou comigo?

— Não, não esqueci.

— Então, pronto. [suspiro] Tá certo, eu devia ter contado antes sobre o Junior, mas contei agora. Eu não fazia ideia que ele ia aparecer naquele teatro. Eu só tinha visto aquele garoto uma vez na vida. E não, eu não tô apaixonado. Eu mal falo com ele. Ele mal fala comigo. Eu só quero que ele arrase como César e que a peça seja um sucesso.

— Desculpa, eu não quis te deixar nervoso. É só porque misturar trabalho com,

— Clau! [risos] Eu não vou dar um tiro no meu próprio pé. Acabei de chegar em casa, vou tomar um banho pra descansar. Não tô nem pensando nisso, te juro.

— Então tá, deixa eu mudar de assunto. [tempo] Eu falei com a Lili, uma amiga cenógrafa, e ela topou fazer o nosso cenário.

— Ah, sério?

— Eu expliquei que a gente não tem muita verba, passei pra ela o texto. Ela vai me dar um retorno em breve. Mas a Lili é sensacional, então pode confiar.

— Eu confio. Sendo indicação sua, vai dar bom.

— Vai sim. Agora vou desligar pra não atrapalhar mais seu banho.

— [risos] Descansa também que amanhã é seu primeiro ensaio.

— Deixa comigo.

Para compensar o atraso na véspera, me esforcei para ser o primeiro a chegar no Dulcina naquela terça-feira.

Quinze minutos antes do horário marcado com Claudinha, eu já estava cumprimentando o seu Moacir no foyer e correndo escadaria acima até o quarto andar.

Sem tempo ou cabeça para ir na academia, pelo menos eu malharia minhas pernas com aquela subida diária. Quem sabe até a estreia eu não estivesse com as coxas tão gostosas quanto a do,

— Junior? — Me surpreendi ao vê-lo sentado no chão em frente à porta da sala de ensaio.

— E aí? — Ele sorriu, levantando o rosto com seus cachinhos molhados de quem acabou de tomar banho. — Boa tarde.

— Boa tarde — falei, levemente desconcertado por estar a sós com ele. — Não chegou mais ninguém?

— Ainda não.

Encostado na parede, Junior apoiava o texto da peça, já encadernado, sobre os joelhos dobrados. Com sua mochila ao lado, ele provavelmente só estava esperando que alguém,

— Esqueci de pegar a chave da sala. — Me dei conta. — Será que eu desço pra,

— Vai descer e subir tudo de novo? Daqui a pouco alguém traz. — Ele tinha um ponto.

— É perrengue, né?

— Porra. [risos] É quase uma escalada pra chegar aqui.

— [risos] É quase isso.

— Senta aí. — Junior indicou com a cabeça o espaço vago ao seu lado.

— Posso?

— Claro. — Ele encarou novamente o texto. — Tô só passando mais uma vez a parte que a Claudia pediu pra decorar.

— Hoje vai ser o quê? — Engatei no assunto, me sentando próximo a ele.

— Ela pediu pra gente estudar o pedaço depois da briga do Bicharaí com o Guarativa até o primeiro solo do César.

— Olha! — Me animei. — O "Pra mim eu digo sim"?
— Isso.
— Então, hoje já veremos Junior Vieira solando?
— [risos] Não sei. O Zé mandou a base da música, mas acho que a Claudia não pega essa parte do canto. A gente só deve marcar as cenas e trocar uma ideia sobre a letra.
— Já é muito.
— É, né? — Junior sorriu, com uma insegurança que até então não havia aparecido.
— Super — confirmei. — É muita coisa. Você vai pegando aos poucos.

Se eu me mostrasse mais simpático, daria para reverter minha péssima primeira impressão, certo?

— [risos] Pode crer. — Ele voltou seu olhar para o texto, cheio de anotações.

Nós tínhamos, de fato, começado com o pé esquerdo.

Ou melhor, eu tinha chutado com meu pé esquerdo qualquer chance de uma relação amigável na primeira oportunidade que tive.

Morrendo de medo de esbarrar com mais um Trauma, fui lá e quase virei o Trauma dos outros.

Um papelão.

O rapaz querendo trocar sobre o livro que havia mudado a sua vida e o babaca do autor o enxotando como quem chuta cachorro morto.

— Olha — tentei aliviar um pouco a minha culpa —, se você ainda quiser falar comigo sobre o livro, tirar alguma dúvida,
— Lógico que eu quero. — Junior nem hesitou. — Ainda mais agora.
— [risos] O que você quer saber? — Me ajeitei para encará-lo de frente.
— Esse momento na trama é bem importante pro César, né?
— Demais. Tipo — ele refletiu por um instante —, quando li o seu livro, eu tive uma visão do César, só que agora eu *sou* ele, né? [risos] Então, eu fico pensando de onde tudo isso veio, o que cada cena quer dizer, o que,
— Calma. [risos] Respira.
— [risos] É que eu piro nessa parte do livro. E essa música ficou foda. A gente vê aquele garoto que se acha o fodão, seguro, que parece não ter nenhum problema, e se pergunta como ele virou essa bicha, saca?
— Na real, essa música mostra que nem sempre ele foi essa bicha empoderada, né? Que ele também precisou de um tempo pra se encontrar, se aceitar.

— É isso. E, [voz embargada] ai, lá vou eu chorar de novo. — Ele se apressou em enxugar as poucas lágrimas que apareceram.

— Tá tudo certo. — Sorri, achando sua reação fofa. — Acho que essa parte pega os leitores porque todo mundo já passou por isso. Pelo menos a gente. De ter medo de ser quem a gente é. De como nossos pais vão nos aceitar. Esses papos.

— E você botou tudo isso nessa letra. Quando o César explica pro Guto que ele decidiu dizer sim pra ele mesmo. Porra, tá muito foda. — Junior sorriu, os olhinhos brilhando. — Sério, Patrick. Eu já era apaixonado pela sua escrita, mas essa adaptação tá surreal. Papo reto. Os leitores vão amar.

— Ah, obrigado. Espero que eles amem mesmo — agradeci, finalmente dando espaço para que ele pudesse conversar de boa comigo. — Mas não vai ser só pelo texto, né? Porque o senhor também está um arraso como César.

— Imagina. Eu só tive um ensaio ontem.

— Justo. [risos] Mas sua presença em cena é uma delícia. Digo, é muito gostoso te ver. — Bela escolha de palavras, Patrick.

— Você acha? — Junior gostou do feedback. — Por quê?

— Ah, porque você prende a minha atenção. — Boa, querido. — Tipo, a nossa. A da plateia. De quem for assistir. Sua figura é muito atraente.

— [risos] Ah, é?

— É. [risos] No sentido de que atrai o foco. — Por que eu não calava a boca?

— Legal.

— Super. [risos merdas] Enfim! — Me apressei para mudar o rumo da conversa. — Ainda bem que você apareceu lá no Rival pra fazer o teste, né?

— Nossa, aquele dia foi bizarro. — Ele se empolgou, deixando seu texto no chão e ficando cara a cara comigo. — Eu só vi o seu post chamando pros testes porque um amigo compartilhou nos stories. Foi muita sorte.

— Foi um dia intenso.

— Demais. Quando acabou eu só queria, sei lá.

— O quê? — perguntei, curioso, me lembrando de quando o encontrei no camarim depois da audição. — Eu nem sei se eu devia perguntar e nem precisa responder se não quiser. É só que, quando os testes acabaram, tava na cara que você tinha arrasado. Mas quando eu fui te procurar, você parecia tão triste naquele sofá.

— Ah. — Ele pareceu surpreso que eu trouxesse aquele momento à tona.

— Eu pensei que ia te encontrar mais animado, sabe? Mas não precisa falar sobre isso se não quiser.

— Não, não tem problema. — Junior deu de ombros. — Eu só estava na dúvida se ligava pros meus pais ou não.

— Pra falar do teste?

— É. [sorriso melancólico] Eu também saí do palco achando que tinha mandado bem. Então queria contar pra eles. Tipo, "Tô conseguindo!", "Acho que vai dar certo agora!", essas coisas.

— Claro. E você ligou?

— Hum. — Ele olhou para cima, como quem busca uma resposta. — Não. Não liguei.

— E você,

— A gente pode trocar de assunto? — Junior me cortou, delicado. — [risos] É só porque daqui a pouco o ensaio começa e eu queria me,

Mas antes que Junior pudesse completar a frase, outra voz tomou o salão.

— Não fomos os primeiros! — Claudinha exclamou, recuperando o fôlego no topo da escada, acompanhada por Beto, nosso outro galã.

Como quem é pego no flagra, me levantei no impulso, me afastando de Junior de um jeito nada discreto e totalmente sem sentido.

— E aí, amiga? Beto! — cumprimentei os dois, desajeitado. — Tudo bem?

— Tudo bom, amores? — Claudinha me encarou, desconfiada, alternando seu olhar entre mim e Junior. — Chegaram juntos?

— Não! — respondi mais incisivo do que o esperado. — O Ju chegou primeiro.

Ju?!

— E aí, gente? — Junior se levantou, tranquilo.

— Hoje o ensaio é só nosso. — Beto se aproximou para abraçar seu parceiro de cena. — Esse Bicharaí vai pegar fogo.

— Esse beijo tá vindo aí! — Junior retribuiu o abraço, brincalhão.

— [risos] Começou a putaria. — Claudinha se encaminhou para a sala de ensaio, já com a chave em mãos. — Vamos entrando, casal.

— [risos nervosos] Que casal? — Me assustei.

— O César e o Guto, Patrick. — Claudia me lançou um olhar fulminante, como quem diz "tá maluca, bicha?". — Nosso casal protagonista, né, meninos?

— Vamos nessa. — Beto sorriu, se adiantando para o interior da sala com Junior.

— Vamos, amigo? — Claudinha me perguntou, assim que o "casal" cruzou a porta.

— Claro — respondi, o mais natural possível.

O que eu estava tentando disfarçar mesmo?

Um biscoito na praia, selfies com amigos, registros de peças e muito mais.

Deitado em minha cama depois de mais uma tarde no teatro, finalmente me dediquei a fuxicar o feed de Junior e conhecer, mesmo que superficialmente, seu universo.

Assim como na vida, no mundo virtual Junior também transmitia a mesma energia solar que eu havia encontrado naqueles primeiros dias de trabalho. O mesmo sorriso estampado em várias imagens, das mais recentes no Rio às mais antigas em Niterói.

Não demorou muito e lá estava ele, mais novinho, de braços abertos na praia de Itacoatiara, em frente a uma casa que, provavelmente, pertencia aos seus pais.

Em outra foto, ele dava os parabéns à mãe pelos seus cinquenta anos, enquanto, um pouco mais abaixo, celebrava o Dia dos Pais, com uma foto dele ainda bebê no colo do pai.

Mesmo deixando no ar que aquele era um assunto desconfortável, Junior parecia próximo aos pais em seu Instagram.

De todo jeito, meu foco logo se deslocou para outra imagem, impossível de passar despercebida. Sobre a data do dia 28 de junho de 2020, lá estava Junior, provavelmente em seu quarto, segurando o meu livro e sorrindo para a câmera em pleno Dia do Orgulho.

Patrick, Patrick, como você pôde ter errado tanto a mão justamente com aquele garoto? Dava para ver o quanto aquele menino amava meu livro. Eu não conseguia nem imaginar sua emoção em participar daquele musical, muito menos sua decepção com meu comportamento naquela fatídica madrugada.

Seja como for, Junior não parecia mais carregar nenhum tipo de mágoa com a minha pessoa e se mostrava cada vez mais aberto para me conhecer. Quem sabe nós pudéssemos recomeçar do zero a partir daqueles ensaios?

Era verdade, as lembranças do nosso sexo ainda povoavam as minhas fantasias, e não tinham sido poucas as vezes que me aliviei no banho imaginando aquele garoto me comendo novamente. Eu seguia aproveitando outras pirocas, claro, mas havia algo de diferente naquele menino que me deixava um tanto quanto confuso.

Não era paixão, como minhas amigas temiam, disso eu tinha certeza. Porque não podia ser. Não fazia sentido eu me apaixonar por um garoto que só tinha beijado uma vez. Eu era uma bicha romântica e emocionada, mas não a esse ponto.

Então o que era?

Tesão?

Também não me parecia apenas isso. Se bobear, na próxima transa eu acharia Junior sem graça e já me esqueceria de toda aquela palhaçada que estava sentindo.

Só que... próxima transa?!

Não, não, não, não, não.

Já devia ser o cansaço batendo mais forte.

Não teria próxima transa nenhuma, e eu nem deveria mergulhar mais a fundo na vida daquele menino. Talvez fosse mais prudente ficar somente no raso. Molhando só meu pé. Colocando só a cabecinha.

Patrick!

Era melhor sair daquele aplicativo e dormir.

Desligar o celular e aproveitar a noite no escuro do meu quarto.

Sem mais fotos e pensamentos vulgares e pau duro e mão dentro da cueca e uma aliviada gostosa para relaxar e sonhar acordado.

Logo mais seria um novo dia.

- **Turista Maricá**

Hoje

Peitão gostoso
07:54

quer mamar?
Lida 08:01

quero
08:02

afim.ipa compartilhou sua localização.

— Tem certeza?
— Tenho, vó. [risos] Você nunca me atrapalha. É até bom que eu me distraio. Meu pai tá lá dentro com o elenco, passando as músicas.
— E eles cantam bem? Os artistas?
— Cantam. Eles passaram nos testes.
— Graças a Deus. [risos] Porque os alunos do seu pai aqui em casa… Parece que a gente jogou pedra na cruz.
— Dona Joana… [risos] Eles tão aprendendo.
— E pagando. [gargalhada] Pelo menos o suplício vem com dinheiro.
— [risos] É, a gente não pode reclamar.
— E como tá o seu dindim? Melhorou?
— Ih, vó, aí o papo não vai ser tão bom.
— Se precisar, eu tenho um dinheiro guardado.
— Imagina. Não precisa, não. É só que o mês acabou de virar, eu paguei o aluguel de abril, a equipe da,
— Mas você paga tudo e ninguém te paga nada?
— [risos] Na peça, eu tô investindo pra ganhar depois. Mas tem uma série do Superplay que me indicaram. Eu tô esperando a resposta.
— E eles vão te pagar?
— Se eu entrar pra sala de roteiro, aí eles me pagam, sim.
— Vai entrar. Eu vou até rezar de noite pra você conseguir esse trabalho.
— [risos] Boa, vó, reza pra mim, sim, que eu tô aceitando.
— É série de quê?
— É um suspense erótico, em São Paulo.
— É de sacanagem?
— [risos] Acho que tem uma pegada mais sexual, sim.
— Você vai escrever putaria?
— [gargalhada] Vó!
— [gargalhada] Todo mundo gosta! [gargalhada] Vai ser sucesso!
— [risos] Torce aí por mim, então.
— Já deu certo, meu neto. Você vai ver. Você ainda vai ganhar muito dinheiro.

— Deus te ouça.
— Ele já tá ouvindo. Daqui a pouco, ele te manda os parabéns também.
— Ainda falta. É só dia 18.
— Mas já tá chegando. Quarenta aninhos. Taurino.
— Pra você ver, tô ficando velho.
— Velha sou eu, com noventa.
— Mas tá aí, firme e forte.
— É. [risos] Agora vou desligar pra você voltar pro ensaio.
— Tá bem, vó.
— Quando der, vem visitar a gente.
— Vou sim. Tá corrido aqui, mas eu quero, sim.
— A vovozinha tá com saudades.
— [risos] O netinho também.
— Um beijo.
— Outro, vó.

Claudinha

Amigo, tá por aí? 20:02✓✓

> Oi! Tô! 20:03✓✓

Minha amiga mandou
o desenho do cenário.
A Lili, cenógrafa, lembra? 20:03✓✓

> Ah, me manda? 20:04✓✓

Vou enviar pro seu email 20:05✓✓

> O que é?
> Dá pra adiantar? 20:06✓✓

É um barco! Como se
fosse um daqueles barcos
antigos das equipes de remo 20:08✓✓

> Gosto!! 20:08✓✓

Ela tem uns contatos de cenotécnicos
que conseguiriam fazer por um preço baixo.
Seria mais como um símbolo
do que um barco pra gente
usar e mexer. 20:10✓✓

> É um bom conceito 20:10✓✓

Não é? Pode ficar bonito.
O palco inteiro vazio
e um barco em destaque. 20:12✓✓

Super 20:12✓✓

Super?
Cadê seus áudios animados? rs
Eu quero podcasts! 20:14✓✓

Foi mal, amiga rs
Eu achei foda, msm
Vou super ver o email
É só porque acabou de virar o mês
Meu bolso sentiu rs 20:16✓✓

Nem fala
Quando chegar a fatura
do cartão, então 20:17✓✓

Socorro!
Eu nem uso mais crédito
Senão já tava com nome sujo,
preso, sei lá rs 20:19✓✓

Pelo menos o cenário
vai ser barato! 20:21✓✓

Isso 20:21✓✓

A peça vai estourar e a gente vai
ficar milionário 20:22✓✓

Claro, com teatro! kkkk 20:22✓✓

Com teatro musical, sim!
Até hoje, que é feriado do

Dia do Trabalhador, a gente
tava lá no teatro ralando rs
Eu tô investindo meu tempo
pra virar diretora rica! 20:24✓✓

                                    Eu também! hahaha
Quero acabar essa peça famoso
comprando apartamento próprio
recusando trabalho pq minha
agenda já vai tá lotada kkkk 20:25✓✓

Eu só tô emanando essa vibração!
Que eu tô preparada pro sucesso
e pra riqueza kkkkk 20:26✓✓

                                    Como diria minha avó Joana
Já deu certo! 20:28✓✓

De: marci.nho@yagproducao.com.br		qua 01/05/2024 21:42
Para: patrickrosa.rj@gmail.com

Patrick, meu lindinho, boa noite! Como você está?

    Desculpe pela demora e pelo horário, ainda mais no feriado, mas vim logo te falar até para você não ficar preso e poder seguir adiante. Nós recebemos ontem à noite a resposta do Superplay, só que na correria do fim de expediente esqueci de te escrever.
    Infelizmente, eles não aprovaram seu nome para a sala de roteiro da *Poderosa Consolação*. A Mel está arrasada e nós aqui da produtora também. ☹ Queríamos muito trabalhar contigo, mas eles alegaram que você não estava dentro do perfil que buscavam. Você se enquadraria mais em "humor", "LGBT" e "novela", o que não conversa muito com esse suspense erótico, né?
    Eles disseram que te adoram e esperam ter outras oportunidades no futuro. ☺ Não desiste da gente, lindão! rsrs Logo mais estaremos juntinhos, tenho certeza!

Abracinhos de boa sorte,
Marcinho
Produtor Executivo Sr.

Abracinhos na puta que te pariu, Márcio.

Com o celular em mãos, soquei meu próprio sofá, tamanha minha vontade de mandar todos eles para a casa do caralho e responder aquele e-mail com tudo em caixa alta para eles sentirem que eu estava aos berros, em fúria, e ficarem constrangidos com aquela decisão escrota, patética, ridícula e atroz.

Primeiro, o mercado não abria uma porta sequer para que eu contasse as minhas histórias viadas. Rejeitava qualquer sinopse que eu escrevia com algum protagonista gay e deixava bem claro que, se eu seguisse por aquela estrada de arco-íris, passaria fome. Depois, quando eu deixava aquelas histórias de lado para conseguir pagar as contas, eles diziam que eu só podia ficar dentro das caixinhas em que eles me enfiaram?!

VÃO SE FODER!

Eu me sentia completamente injustiçado. E pior, num beco sem saída. Se a partir de agora eu só pudesse trabalhar em obras com protagonismo queer, por exemplo, minhas oportunidades se reduziriam drasticamente.

No fundo, eu entendia o que eles queriam dizer. Para escrever um suspense erótico, seria melhor que eles contassem com roteiristas já acostumados com o gênero. Tudo bem, se eu fosse o redator-chefe de alguma série de comédia, também pensaria, antes de mais nada, em profissionais que já tivessem escrito humor. A lógica fazia sentido, mas na minha pele não era nada confortável.

Mesmo fervendo de ódio e louco para chutar o balde, eu sabia que o sensato seria não responder, ainda mais naquele estado. Na verdade, o protocolo esperado era que eu respondesse com emojis de carinhas tristes, me mostrando compreensivo e torcendo para que eles se lembrassem de mim em uma oportunidade futura.

Meu cu.

Eu poderia até engolir mais aquele sapo, como tantos outros que aquela indústria homofóbica já tinha me enfiado goela abaixo, mas devolver aquela cagada com uma mensagem fofa estava fora de cogitação.

A realidade era uma só: meu bote salva-vidas chamado *Poderosa Consolação* tinha afundado antes de zarpar e não havia consolação nenhuma para aquela desgraça. Com menos de cinco semanas para a nossa estreia, eu precisaria me contentar com o meu orçamento atual. Dar um jeito. Multiplicar os pães e torcer para tudo dar certo até as cortinas do Dulcina se abrirem.

Se existia alguma lição para ser tirada daquela merda, que alguém me dissesse qual era.

- **Arpoador**

Hoje

E aí cara, tranquilo?
Tenho 31 anos, branco, barba, 1,80, saradinho, boa pinta. Te mandar a real já, to sem foto pq sou casado e um pouquinho famoso haha. To no rio por um tempo e to querendo um lance com um cara, se tiver a fim de algo, chama aí!
22:19

to a fim
Lida 22:21

Vc deve me conhecer já hehe
22:22

Cauã Reymond?
Lida 22:23

Não rs
22:23

tendi
tem local?
Lida 22:24

Tô no Hotel Sheraton
22:25

ok
Lida 22:26

Claudinha

> Amiga, bom dia.
> Então, rolou uma parada ontem que me bateu meio mal.
> Não vou conseguir ir ao ensaio hj, tá?
> Se precisar de qq coisa, pode mandar msg.
> Bjs 06:11 ✓✓

Oi, amigo, bom dia.
Sobre o ensaio, tranquilo.
Mas tá tudo bem?
Fiquei preocupada.
Quer ligar? 07:40 ✓✓

> Precisa não
> Só quero ficar um pouco off
> Talvez amanhã tb 07:43 ✓✓

Não é nada de saúde, né? 07:45 ✓✓

> Não, não
> Eu explico depois 07:46 ✓✓

Tá bem.
Se cuida. ♥ 07:48 ✓✓

> ♥ 07:50 ✓✓

- **Atv Marreta**

Hoje

Bonitão
Gatão
Gostosão
Lindão
Vc tem cara de safado
09:33

sou muito
quer fuder?
Lida 09:35

afim.ipa compartilhou sua localização.

- **Twink Vers**

Hoje

Oi
Deixa eu socar vc?
13:01

que?
Lida 13:04

Deixa eu socar em vc! rs
13:06

local?
Lida 13:09

Twink Vers compartilhou sua localização.

- **C/L**

Hoje

Eaí. Td blza?
poucas vzs na história desse app vi um homem tão lindo quanto vc.
olhos, nariz, boca e corpo impecável
17:24

quer provar?
Lida 17:27

mais psv aqui
17:33

ah
Lida 17:34

posso ser sua putinha?
17:35

tá bem
Lida 17:42

afim.ipa compartilhou sua localização.

- **Sem foto Sem papo**

 Hoje

E ae, a fim de que?
23:30

dinheiro
Lida 23:31

Cinco e meia da manhã.
Claro.

Nem dando até ficar assado para capotar de exaustão tinha funcionado.

Talvez eu estivesse dentro de alguma série distópica em que o personagem acorda para sempre no mesmo horário até o último dia de sua vida. Ou num *Show de Truman* diabólico com a produção sempre a postos para me foder até que eu explodisse com tudo e rendesse um pico de audiência.

A duas semanas de completar quarenta anos, eu mais parecia o protagonista de um filme cult e deprimente sobre a crise da meia-idade, em que o personagem se encara no espelho por duas horas e reflete sobre como sua vida se tornou aquela confusão.

Chegava a ser irônico lembrar de quando eu me reunia com meus colegas na escola para brincar daquele jogo Pobre, Rico ou Milionário, em que você precisava desenhar um quadrado, escrever uma idade dentro dele e depois colocar, do lado de fora de cada borda do quadrado, três opções para quatro categorias: onde gostaria de morar quando tivesse aquela idade, quantos filhos teria, qual carro compraria e o nome do seu grande amor — entre outras variações.

Pois se eu pudesse viajar no tempo e aparecer na frente do Patrick de dez anos de idade, falaria para ele começar uma boa terapia no dia seguinte, já que aos quarenta anos ele não teria carro, não moraria em Paris, não teria filhos e não se casaria com nenhuma Thalita. Sua vida não seria nada como ele tinha imaginado e, infelizmente, ele ainda enfrentaria crises financeiras, existenciais e de ansiedade.

De qualquer modo, eu não podia me deixar levar por aquela onda, ou pior, por aquele tsunami pessimista. Se a idade tinha me ensinado alguma coisa, era que existiam horas para sonhar e horas para ser realista.

Até o fim de maio, não entraria mais nenhum dinheiro no meu bolso, essa era a conjuntura. Na virada daquele mês, meu saldo bancário ficaria zerado de vez.

Ainda que a peça fosse um sucesso e que, ao fim de junho, eu recebesse uma boa quantia da bilheteria, seria improvável que o valor desse conta de tudo o que eu precisaria pagar. Portanto, as soluções eram: conseguir uma nova fonte de renda ou voltar para a casa dos meus pais antes de junho. O que deixava tudo mais "fácil" por um lado, já que eu nem precisava perder tempo refletindo qual era a opção mais viável. Nenhum trabalho cairia do céu no meu colo de um dia para o outro.

Eu ainda tinha aquele mês inteiro pela frente, mas talvez fosse bom já me preparar emocionalmente para pegar minhas coisas e atravessar a poça. Entregar as chaves daquele apartamento e voltar para Niterói. Longe dos amigos e sem privacidade alguma, mas pelo menos com um teto sobre a cabeça e sem contas a pagar.

Não faria sentido continuar em Ipanema só por continuar.

Me atolando em dívidas e pedindo empréstimos, em prol do quê?

Não era possível que minha felicidade e autoestima dependessem tanto daquilo.

— Te juro.
— E o que você respondeu?
— Nada.
— Nada?
— Nada, Clau. Sumi e bloqueei o merda do Marcinho no Instagram, só de raiva.
— Ah, amigo, sinto muito.
— É, eu fiquei bem bolado. Era mais uma grana, né?
— Claro. [tempo] E agora?
— Agora é ficar aqui na praia fingindo que sou herdeiro e que minha vida é perfeita.
— Olha, se você postar foto de sunga no mar, enquanto eu tô aqui no Dulcina ensaiando com essas bichas, sou eu que vou te bloquear e você vai ficar sem diretora.
— Pelo amor da deusa, nem brinca.
— [risos] Então, vamos falar de coisa boa?
— Vamos.
— O ensaio ontem foi ótimo. Peguei com a Ari mais uma coreografia do primeiro ato, das bichas brigando com a equipe rival na Cantareira.
— Ah, vocês levantaram essa parte? Que eles dobram os papéis?
— Só você pra escrever aquela bagunça. [risos] Mas vai ficar divertido. Os meninos arrasaram. E a Ariella é uma gênia.
— Eu sabia que vocês duas juntas ia dar certo.
— A gente também tá com um texto bom nas mãos, né, amigo? [risos] E deixa eu te dizer, antes que a bicharada comece a chegar aqui no teatro. Todo mundo já passou por isso que você tá passando, viu? Eu conheço um monte de amigo que trocou de área no trabalho, voltou pra casa da mãe, pediu empréstimo.
— Tô ligado.
— E, às vezes, não sei. Voltar pra casa dos seus pais não é o fim do mundo.
— Super.

— Você ainda tem aquele casão lá no Ingá, se dá bem com a Miranda e o Zé. Tem sua avó Joana. Vai ser mimado o dia todo. Não vai ter que cozinhar, pagar aluguel. Talvez seja só um passo pra trás pra pegar um fôlego e depois avançar.

— É, talvez.

— Claro que é foda ficar com a grana apertada, mas, amigo, você que decidiu investir nessa peça, lembra?

— [suspiro] Sim.

— Então, tá rolando. [risos] Seu investimento tá rolando. O dinheiro tá virando peça. [risos] Você tem que conseguir comemorar isso também. Hoje a gente termina a primeira semana de ensaio. Do seu musical. Tem noção?

— [risos] Super, amiga, você tá certa. Eu nem acredito que isso tá acontecendo.

— Tá acontecendo demais. E hoje a gente ainda avança mais no ensaio.

— É, eu preciso curtir esse mês pela frente.

— Claro. E foda-se tudo também. [risos] Sei lá. Amanhã tem o show da Madonna, deixa pra sofrer depois do show.

— [gargalhadas]

— Ai, sabe? [risos] Vamos ter show da Madonna na praia. Tem coisa melhor?

— Não tem.

— Eu te pago uma cervejinha, de brinde. [risos] Cortesia da sapatão.

— Eu aceito. [risos] Que aqui em Ipanema o biscoito Globo já foi pra oito reais, tô me sentindo num assalto.

— Pois você compre biscoito Globo, beba seu mate com limão, pegue sol, mergulhe nesse mar e pense nesse projeto foda de lindo que tá nascendo aqui. Comigo, com a Isa, com a Ariella, com o seu pai, a sua mãe, todo mundo que te ama.

— Super, amiga. Vou fazer tudo isso, sim.

— E amanhã a gente se encontra no metrô em Copa pra ir junto pro show, que tal?

— Pode ser. Você fala com a Ari?

— Deixa comigo.

— Mara. Aqui na praia já tá lotado de viado pro show. Parece feriado.

— Relaxa nesse mar aí que amanhã é Madonna! *Come on, vogue!*

Vogue, vogue.

Se na tarde anterior eu já tinha me impressionado com a quantidade de turistas e viados na praia de Ipanema, naquela noite de sábado estava no olho do furacão.

Encostado na parede, ao lado da saída da estação de metrô da Praça Cardeal Arcoverde, eu esperava Isa e Claudia para seguirmos até a praia.

Com as entradas do bairro interditadas para carros, Copacabana vivia um Carnaval fora de época. A cada minuto uma multidão saía do metrô, alvoroçada, enquanto ambulantes lotavam as ruas com camisetas estampadas com o rosto da Madonna, leques de arco-íris, faixas para a cabeça, entre outros acessórios temáticos do show.

Em nosso grupo do Zap do musical, a agitação era a mesma, com uma chuva de gifs interminável. Todos eufóricos com o evento e se organizando para se encontrar.

Felizmente, eu não precisaria fazer o papel de tio da excursão daquela molecada, já que a Claudia tinha inventado uma desculpa qualquer sobre minha ausência nos últimos ensaios e nos deixado de fora de qualquer encontrinho. Eu estava mais do que liberado para cair de bêbado, longe de todos eles e protegido pelas minhas amigas.

Depois daquele e-mail pavoroso do Marcinho, eu queria enfiar o pé na jaca e me esquecer, por uma noite, de qualquer assunto relacionado a trabalho.

Pela primeira vez na vida, eu não reclamaria de passar o domingo inteiro de ressaca, prostrado na cama. Ao contrário, eu queria mais era apagar de vez e só acordar na próxima segunda-feira, pleníssimo e com a bateria recarregada pela rainha do pop.

Beirava o inacreditável saber que em poucos minutos teríamos, de graça, um show daquele porte, a céu aberto, com a *fucking* Madonna encerrando a *The Celebration Tour* na nossa cidade.

Não era como se eu estivesse emocionado a ponto de me debulhar em lágrimas, como duas meninas que tinham passado por mim, tremendo de emoção ou drogadas, ou as duas coisas. Mas eu guardava aquela cantora em um canto especial da memória.

Assim que saí do armário, nos anos 2000, e fui curtir a vida no Galeria Café, em Ipanema, era "Sorry", do seu álbum *Confessions on a Dance Floor*, que agitava a pista.

Eu conseguia me lembrar perfeitamente da sensação de abrir aquela porta e me deparar com uma multidão de homens gays dançando e se beijando. Uma noite em que tudo era novidade para mim. Em que eu, literalmente, entrei em um novo mundo.

Então, sim, eu estava muito empolgado para dançar suas músicas naquelas areias de Copacabana. Pular e celebrar toda a minha viadagem.

Se alguma coisa tinha melhorado em relação ao Patrick de vinte e poucos anos, era o fato de que agora ele era muito mais orgulhoso do viadinho que tinha se tornado.

— Amigo! — Isadora se materializou ao meu lado.

— Chegamos! — Claudinha completou, animada.

Vestidas com bermuda, camisa leve e tênis de academia, minhas lésbicas favoritas estavam prontas para a folia.

— Isso aqui tá uma loucura — anunciei.

— Meu amor, é a Madonna. [risos] Pode vir a loucura que for que eu aguento. — Isa se divertiu. — Eu já quero pegar nossas cervejinhas e partir pra areia.

— Não fica abrindo essa doleira toda hora, hein. — Claudinha se apressou. — Não quero ninguém perdendo celular aqui.

— Sim, senhora — Isadora devolveu, debochada. — Tomarei cuidado.

— [risos] Palhaça. — Claudia revirou os olhos.

— E a Ariella, vocês falaram com ela? — perguntei.

— Ela vai tentar encontrar a gente depois — Clau explicou. — [sorrisinho] Já tinha marcado de vir com a Caetana...

— [risos] E que tonzinho foi esse? — estranhei.

— Porque eu conheço Ariella. — Minha diretora sorriu. — Já sei que ela e Caetana tão se falando todo dia...

— Gente! — Abri a boca, surpreso. — [risos] Vocês me enchendo a paciência pra não misturar trabalho com pegação e agora,

— É diferente! — Claudia se defendeu. — Ariella consegue pegar sem se apegar.

— E eu não?

— Já deu! — Isa interveio. — A gente continua o debate de quem pega quem lá na praia. Que eu não vim até aqui pra perder o começo do show. Partiu!

— Partiu! — concordei, achando graça do descaramento de Ariella. — Bora pra farra!

E que farra.

Depois de atravessarmos a barreira policial que liberava e revistava quem chegava na orla, o sentimento era de que o calendário anual tinha misturado as datas e juntado o Réveillon com o Carnaval.

As pistas próximas ao calçadão já estavam lotadas, mas, felizmente, por muitas bichas e sapatões e travestis e todas as nossas letrinhas da sigla.

Surpreendentemente, o clima de muvuca estava mais amistoso que de costume, sem aquela tensão iminente de que alguém vai aparecer e puxar seu cordão do pescoço ou te assaltar a qualquer instante, como em outras ocasiões na cidade.

Naquela noite, tudo parecia mais tranquilo, como se estivéssemos em um território especial, cercados pela nossa comunidade e prontos para aproveitar em segurança cada segundo daquela turnê comemorativa.

Como os telejornais haviam noticiado, tinha bicha acampada perto da grade que separava a área VIP do resto da praia desde as seis horas da manhã. Ambulante alugando cadeira de praia por cinquenta reais. Coisas que a gente só via no Rio de Janeiro.

Para a nossa sorte, telões gigantes espalhados por toda a extensão de areia nos possibilitariam acompanhar o show de qualquer ponto da praia. Posicionada na frente do tradicional Copacabana Palace, a estrutura montada era de outro mundo. E, ainda que eu quisesse ver a diva de perto, não havia a menor condição de enfrentar aquela multidão para me aproximar do palco.

Assim, como bons millennials cansados, seguimos na direção oposta àquela aglomeração até um ótimo pedacinho de areia, quase no Leme. Cercados de uma galera animada, mas sem aperto. Com ambulantes no calçadão ao lado e um posto de gasolina próximo que serviria de paredão para o xixi.

O fato de ter pensado tão pouco naquele show nas últimas semanas me indicava quão fora da casinha eu estava com a instabilidade que vinha enfrentando. Só que aquela não era a hora de pensar em aluguel ou Superplay nenhum.

Não, não, não, não, não.

Eu só queria curtir.

— Aqui, amores. — Claudinha voltou do calçadão com mais latinhas de cerveja. — Aproveita que ainda tem gelada.

— Boa, amiga — agradeci. — Deixa que a próxima eu pego pra gente.

— Tá certo. — Ela sorriu. — Só presta atenção onde a gente tá pra ninguém se perder.

Antes que eu conseguisse concordar, as luzes do palco se acenderam e a multidão gritou como se o Brasil tivesse sido campeão da Copa do Mundo. Em uma época em que a gente ainda torcia pela seleção, claro, e que vestir uma camisa com as cores verde e amarela não era sinônimo de ser fascista.

De qualquer forma, me virei imediatamente para o palco e me juntei ao coro, gritando e esperando, em êxtase, que Madonna entrasse em cena.

Talvez a garotada mais novinha não tivesse noção do quanto aquela artista já tinha se dedicado em prol da comunidade LGBTQIAP+, mas eu esperava que eles soubessem como aquela mulher tinha sido transgressora em sua jornada artística.

— É agora! — Isa gritou assim que as luzes do palco se apagaram.

— Ai, caralho!!! — Acompanhei a algazarra geral. — É a Madonna!

— É a Madonna!! — um garoto desconhecido berrou ao meu lado.

— [risos] É ela, porra!! — gritei de volta.

— É a Madonna!! — ele gritou ainda mais alto, me encarando com um sorriso que eu sabia muito bem o que indicava. — A Mado,

Sem perder tempo, dei um passo em sua direção e o puxei para um beijo, que ficou mais intenso quando a multidão ao redor urrou, eufórica, nos indicando que a atração mais aguardada da noite tinha acabado de entrar em cena.

Can we get together?
I really, I really wanna be with you.

Eu já não sabia quantas bocas tinha beijado e não estava nem um pouco preocupado com aquela conta.

Entre cervejas e idas ao posto de gasolina para mijar na parede, a pegação rolava solta, em um dos shows mais fodásticos que eu já tinha tido a sorte de ver.

Não só cada número musical era um escândalo em termos de iluminação e movimentação de palco, como a própria Madonna parecia se superar a cada instante.

Foi inevitável me emocionar ao vê-la cantando "Live to Tell" e homenageando as vítimas da epidemia da aids, com o telão no fundo do palco tomado por fotos de personalidades que morreram devido à doença, como Cazuza, Betinho, Renato Russo e Caio Fernando Abreu. Assim como foi impossível não surtar quando Anitta apareceu e se sentou ao lado daquela outra popstar, em pleno "Vogue".

Enquanto um delicioso corpo de baile desfilava e dançava na frente das musas como se estivessem em uma *ball*, Anitta e Madonna levantavam placas com suas notas 10 ou faziam o gesto do *chop*, cortando da "competição" quem não tinha mandado tão bem nas categorias.

Minha excitação era tanta — e a quantidade de álcool no meu sangue também — que bastava alguém sorrir para mim e inclinar a cabeça que eu já corria para o beijo.

Nada como uma boca atrás da outra para melhorar a minha energia.

Depois de mais um beijo triplo com um casal qualquer, avisei Claudia e Isadora que iria buscar mais cervejas para o nosso trio.

Espertamente, eu já tinha feito amizade com uma ambulante maravilhosa perto da nossa área para garantir que ela me atendesse sempre rapidinho e me desse as cervejas mais geladas direto do fundo do isopor.

Para quem estava com a grana curta, eu não estava segurando um centavo. Se eu tivesse que gastar com alguma coisa, que fosse com a minha diversão e saúde mental. Porque, sim, cada latinha daquelas me ajudava a atravessar aquele momento tenebroso em que tudo parecia ruir à minha volta e,

Não, não, não, não, não.
Eu não iria pensar em nada daquilo.
Não.
Não.
E não.
Eu só pegaria mais três latões e voltaria para,
— Para tudo, bicha!! — alguém gritou nas minhas costas.
— Ari!!! — Pulei em seus braços assim que a reconheci.
— Já tá louca, né, gay? — Minha amiga riu da minha cara.
— Tô louca! — Me diverti, percebendo que Caetana estava ao seu lado. — Caetana!
— E aí, Patrick? Tudo bem? — ela me cumprimentou, sorridente.
— Tudo mara — respondi. — Vocês tão juntas, né? [risos] Tô sabendo...
— [risos] Viemos juntas, sim, chefinho — Ariella debochou, pegando na mão de Caetana. — Algum problema?
— Nenhum! — me apressei. — Acho duas lindas. [bambear de pernas] Eu só tava,
— Não cai, não, bicha — Ari brincou, vendo meu leve desequilíbrio.
— Não vou cair, não. [risos descontrolados] Olha como eu consigo fazer o quatro com a perna.
— Não precisa, amigo. — Ela me impediu. — Você tá sozinho? Cadê as meninas?
— Tão ali perto daquela árvore. — Apontei para onde tinha quase certeza de que estávamos reunidos. — Eu só vim pegar bebida, mas já tô voltando.
— Tá bem. — Ari me encarou, preocupada. — Você quer que a gente te espere ou,
— Não! — Tentei soar o mais sóbrio possível. — Eu tô ótimo. Juro. [miniarroto] Podem ir lá que eu já vou.
— Tá bom. Mas volta logo. A gente vai lá atrás delas, tá? — minha amiga repetiu.
— Tô bem, sim — devolvi. — Já vou lá.
Com a música nas alturas e o chão parecendo mais perto do que eu pensava, me apoiei no isopor da querida ambulante, esperando que tudo rodopiasse um pouco menos ao meu redor.
Em seguida, peguei meus três latões, fiz meu milésimo pix da semana e parti.

Tentando equilibrar as três cervejas nas mãos, me assustei quando todos começaram a gritar à minha volta. Até ficar na ponta dos pés e conseguir vê-la no telão.

— É a Pabllo!!! — Me juntei à animação geral. — Caralho, é a Pabllo!!

Eu não queria saber se estava bêbado ou rodopiando ou com o chão torto ou com merda nenhuma. Eu precisava ver a Pabllo Vittar junto com a Madonna no palco de qualquer jeito.

Saindo do calçadão e voltando para a areia, mirei na árvore onde achei que encontraria minhas amigas e avancei o mais rápido possível, desviando das pessoas e me esforçando para acompanhar o show pelos telões.

Ao som de "Music", Pabllo e Madonna dançavam juntas, com a nossa drag empunhando a bandeira do Brasil para delírio de todos. Talvez aquela fosse a noite em que nós conseguiríamos, enfim, resgatar aquele símbolo nacional.

De todo modo, eu só queria reencontrar minhas amigas e cantar junto com elas aquele hino.

Obstinado, apressei o passo, tentando lidar com todas aquelas informações. A árvore certa, os telões, a bandeira do Brasil, a galera gritando, a Madonna, a Pa,

— Ai!

No segundo em que me distraí olhando para baixo, tentando não tropeçar em nada, trombei com mais um desavaido — digo, desavisado — e fui ao chão junto com ele, caindo na areia com cerveja e tudo.

— Foi mal — resmunguei, em cima de quem quer que fosse. — Machucou?

Mas, quando a "vítima" se virou para me responder, só consegui me jogar na areia ao seu lado e cair na gargalhada.

Music makes the people come together, yeah

— Olha quem eu encontrei, Clau!
— EU!!!
— Junior?!
— Eu caí em cima dele, amiga!
— Ele caiu em cima de mim!
— Cadê as meninas?
— Elas foram pegar mais cerveja, mas já voltam.
— Eu também tava voltando da,
— Porque eu tinha encontrado a Ari e a,
— E eu tava com a galera do musical,
— E foi só quando eu olhei pra baixo,
— A galera tá ali atrás, eu vou até chamar eles pra,
— Ele veio do nada e a gente trombou.
— Eu só me virei e ele caiu em cima de mim!
— [risos] Você que apareceu do nada!
— [risos] Eu?! Eu tava na minha,
— Você que esbarrou comigo, confessa que,
— Você que se jogou em cima de,
— Eu que me joguei em cima? [gargalhadas] Cala a boca!
— [risos] Cala a boca você!
— Eu? Cala a bo,
— [beijo]
— [beijaço]
— Ih, gente. [risos] Já era.
— [pegada forte]
— [mão na bunda]
— [ereção a caminho]
— [dedo no cu]
— [gemido] Gostoso.

Aquela era uma noite histórica.
Para quem ainda não era apaixonado pela Madonna, bastava olhar ao redor e sentir a energia que só ela conseguiria gerar para se tornar seu fã.

Segurando sua guitarra, antes de encerrar o show, Madonna não deixou dúvidas de que sempre estaria ao nosso lado. Diante do microfone, agradeceu a todas as pessoas e artistas que se arriscavam e lutavam pelo direito de ser livres e amar quem quisessem amar. E garantiu que lutaria pelas nossas vidas até o dia de sua morte.

Então, antes de finalizar seu discurso, ela disse uma frase que nunca mais sairia da minha cabeça: *No fear, people. No fear.*

Sem medo.

Sem medo.

O mantra perfeito para a minha vida naquele momento.

Um gás de esperança no meio do caos.

Mas, se alguém achava que com o fim do show as coisas se acalmariam, achou errado, porque a festa não só continuou como ganhou ainda mais força.

Do segundo em que eu e Junior começamos a nos beijar na frente das minhas amigas, não paramos mais.

Em um minuto estávamos nos agarrando; no outro, o restante do elenco do Bicharaí aparecia gritando ao nosso redor; no próximo, era Beto quem se agarrava com Thiago, enquanto Claudia dizia no meu ouvido: "Pelo amor de Deus, amigo!"

Meia hora depois, já estávamos quase todos na praia do Leme, pulando ao som do DJ Pedro Sampaio, que continuava botando aquela galera para dançar no segundo palco montado para o evento.

Se Claudia, Isadora, Ariella e Caetana já tinham partido para suas casas, eu não me desgrudaria daquele menino tão cedo. Junto com os outros "meninos de Icaraí", seguíamos curtindo a noite por aquelas areias, dividindo mais latões de cerveja e tirando selfies para nossas redes sociais.

De certa forma, era meu primeiro momento de entrosamento com aqueles garotos. Fora da sala de ensaio e de qualquer necessidade de manter as aparências.

Talvez fosse até melhor que eles me vissem ali, falando torto e contando piadas merdas, do que sempre sério e dedicado, sentado em uma cadeira no canto da sala.

Junior, por outro lado, agia como se nós nunca tivéssemos passado por qualquer situação cagada. Sem soltar minha mão, ele ria e dançava comigo, sempre me puxando para mais um beijo e outro, com aquela cumplicidade gostosa de quando estamos no meio de uma multidão e sentimos que nosso crush não larga nossa mão.

Conforme a madrugada avançava e o resto do elenco desaparecia de vista, eu e Junior intensificávamos a pegação, até ficarmos isolados do show, encostados na pequena mureta em frente ao último quiosque da praia, sem ninguém por perto, no escuro.

Imprudentes e totalmente vulneráveis a assaltos: certamente. Mas, enquanto ninguém aparecia para nos roubar, eu só queria aproveitar aquele beijo e aquele corpo.

Sim, nós poderíamos pedir um Uber e partir para minha casa ou até mesmo cair na casa dele em Botafogo, mas nenhum de nós queria interromper o que estávamos fazendo. Pelo contrário, quanto mais nos pegávamos, mais tesão sentíamos.

— Eu tô com camisinha — ele sussurrou no meu ouvido.

— Beleza.

Eu não estava nem aí se alguém chegaria para nos assaltar ou se eu viraria um meme no dia seguinte — a gay trepadeira da mureta do Leme. Eu só queria terminar aquela noite com aquele garoto me fodendo.

Cuspindo nos dedos, Junior enfiou a mão por dentro da minha bermuda, indo direto ao ponto. O que ele não esperava era que eu também não queria perder mais um segundo.

Encarando aquele rostinho safado, abaixei minha bermuda e me virei de costas para ele, sem cueca, me apoiando no pequeno muro.

Sem hesitar, Junior me abraçou por trás, com o pau latejando encostado na minha bunda.

Agora sim eu poderia matar as saudades daquele garoto e daquela piroca.

Colocando o preservativo, Junior enfiou a cabecinha primeiro, abrindo caminho para o resto, enquanto eu me deliciava com cada centímetro daquela rola entrando no meu rabo.

Quando tudo que eu sentia era prazer, empinei um pouco mais para que ele me comesse com mais vontade.

Aproveitando aquele entra e sai, fechei os olhos e rebolei, puxando sua boca para junto da minha.

Com o barulho das ondas arrebentando ao nosso lado, me entreguei novamente àquele gostoso.

PRA MIM EU DIGO SIM (solo César)

Eu não precisei fazer nada
Não foi pelo português ou pela tabuada
Bastou uma caminhada, uma rebolada
E pronto, eu não valia nada

Como me amar
Se não me deixam voar?
Como ter orgulho
Se até quando eu mergulho
Só querem me afogar?
Todo dia uma barreira
Toda tarde uma trincheira
Toda noite um grande não

Mas pra mim, eu digo sim
Sim, sim
Pra mim, eu digo sim
Sim, sim

Se eles não gostam de mim
Quando eu sou assim
Eu vou subir no trampolim
Me ajeitar bem gostosin
E saltar gritando sim-sirim-sim-sim

(O que em latim significa "fodam-se!")

Quando os rostos virarem
Quando me machucarem
Eu vou seguir, sim
Confiando em mim

Na minha própria viagem
Ter muita coragem
É uma grande vantagem
Que ninguém tira de mim

Pra mim, eu digo sim
Sim, sim
Pra mim, eu digo sim
Sim, sim

Olha como desmunheca
Só olha minha cueca
(*Eu tava olhando mesmo*)
Esse não me enrola
É o maior manja-rola

Sim-sirim-sim-sim!
Sim-sirim-sim-sim!

Eu decidi contar comigo
Ser meu melhor amigo
Já basta o mundo
Como meu inimigo

Pra mim, eu digo sim
Sim, sim
Pra mim, eu digo sim
Sim, sim
Sim, sim, sim
Sim, sim, sim
Pra mim, eu digo sim

4

SEMANAS PARA A ESTREIA

*With a thousand sweet kisses
I'll cover you.**

— *"I'll Cover You"*, Rent

---

* Tradução livre: "Com mil beijos doces/ Eu te cobrirei".

Claudinha

Tá vivo? 10:26 ✓✓

> bom diaaaaaaa
> Tô vivo, amiga rs
> Ontem foi domingo de ressaca
> mas pronto pra mais
> uma semana! 🙂 10:32 ✓✓

Quanta disposição
pra uma segunda, hein 10:33 ✓✓

> Claudiaaaaa 10:34 ✓✓

O que?? Só tô conferindo
se meu amigo tá bem
se lembra de tudo do show 10:35 ✓✓

> Siiiiiim, sonsa rs
> eu me lembro de tudo
> mas calma 10:36 ✓✓

Eu tô calma 10:37 ✓✓

> Para, amigaaaa
> vc fica preocupada 10:38 ✓✓

Ué, se vcs querem se curtir
eu vou fazer o que? 10:38 ✓✓

                                                    Vai torcer pro seu amigo
                                                    ser feliz hahahaha 10:39✓✓

Mas isso sempre, né?
Ele ainda tá aí? 10:40✓✓

                                                              Claro que não rs
                                                 a gente trepou na praia
                                                   e depois cada um foi
                                                        pra sua casa 10:41✓✓

Vcs treparam onde?! 10:41✓✓

                                                  deixa baixo hahahaha 10:42✓✓

Pelamor de deus, não vão ser presos
por atentado ao pudor faltando
tão pouco pra nossa estreia 10:42✓✓

                                         Amiga, ngm tá preso rsrs
                                         tamo se curtindo sem algemas
                                                       ainda hehe 10:44✓✓

Pqp 10:45✓✓

                           se bobear eu me apaixono pelo Junior
                                             só pq vc fica falando 10:46✓✓

Ahhhhhhh, tá! 10:52✓✓

                                                            fica tranquila
                                     a gente nem se falou ontem rs
                                     agora deixa eu me arrumar
                                     que ainda quero passar na
                               academia antes do ensaio 10:57✓✓

Tá bem, senhor Patrick até mais! 10:58✓✓

Beijos, mamãe
obrigado por cuidar
de mim 10:59✓✓

Idiota 10:59✓✓

☺ 11:00✓✓

Junior Vieira

Patrick!! Desculpa não ter dado tchau!
Quando acabou o ensaio
eu corri pro metrô com a galera.
Vc tava conversando com
a Claudia, não quis atrapalhar 18:46 ✓✓

Bloqueado
Imperdoável
Jamais tolerarei 18:51 ✓✓

Hahaha ☹️☹️ 18:51 ✓✓

Tá td certo rs
Foi um bom ensaio, né?
Te achei mais à vontade hj 18:54 ✓✓

Tb achei! 🙂
Me senti mais César hehe
Mas tem horas que dá vontade
de mandar um papo pra essa yag rs
Ele é muito birrento! 18:55 ✓✓

Deixa eleeee! rsrs 18:56 ✓✓

Pô, autor, facilita aí! hahahaha
O Guto tá ali defendendo o Bicharaí
e o César não valoriza
Que ódiooooooo 18:56 ✓✓

Ele não baixa a bola, né? rs 18:57 ✓✓

Mas tô animado pra amanhã
Vamos pegar a festa do Hervé 18:57✓✓

Ah, eu adoro essa música dos dois
a "Dance comigo" em Itacoatiara 18:58✓✓

O amor está no ar hehe 18:58✓✓

Pois é
os dois na praia, apaixonados
curtindo a noite 19:01✓✓

Tá falando de qm agora? 19:01✓✓

HAHAHAHAHAAH
Que boboooooo 19:02✓✓

Só pra saber kkkkk 19:02✓✓

Do César e do Guto 19:02✓✓

Ahhhh, poxaaaaa 19:03✓✓

Mas pode ser da gente rs 19:03✓✓

Pode? Nem mandou msg ☹ 19:03✓✓

Vc tb não mandou nada rs
E meu domingo foi de
ressaca pura 19:04✓✓

Pura não foi
que ngm tava puro
naquele show kkkkk 19:04✓✓

vc entendeeeeu hehe 19:04✓✓

eu quase fui de arrasta tb rs
morguei domingo todo 19:04✓✓

　　　　　　　　　Eu pensei em mandar um oi
　　　　　　　　mas hj em dia se manda msg
　　　　　　　　já paga de emocionado 19:05✓✓

Nada a ver hahahaha
Eu mandei msg agora, então
eu sou EMOCIONADOOOO 19:05✓✓

　　　　　　　　　　　Cala a bocaaaaaa 19:06✓✓

Eu tb fiquei sem graça hehe
Sem saber como chegar no
no ensaio hoje rs 19:07✓✓

　　　　　　　　　　E ainda foi embora sem
　　　　　　　　　　dar tchau, sabe? 19:07✓✓

Eu pedi desculpas kkkkk
Já tô melhor q vc, né?
Que demorou semanas
pra fazer o msm kkkk 19:08✓✓

　　　　　　　　　　Nossaaaaaa, rancoroso! 19:08✓✓

Hablo mesmo hahaha
Mas eu curti nossa noite 19:08✓✓

　　　　　　　　　　　　eu tb curti ☺ 19:08✓✓

Somos malucos de fazer
aquilo na praia? Sim kkkk
Mas foi divertido 19:09✓✓

　　　　　　　　　　A Clau quase me matou rs 19:09✓✓

VC FALOU PRA CLAUDIA?! 19:09✓✓

Ela é minha melhor amiga! 19:10✓✓

Ok ok ok
E foi tranquilo tb
Nem entrou areia 19:10✓✓

É pq não foi no seu cu 19:11✓✓

PATRICK!!!! 19:11✓✓

Tô zuandoooo kkkkk
não entrou nada, não
além do que você já sabe rs 19:11✓✓

Quem diria?
Autor de livro YA
com piadas tão baixas 19:12✓✓

Me deixa rs
E vem cá
Correndo o risco de pagar
de emocionado rs
Eu queria trocar mais contigo
Sóbrio hehe
Um barzinho, não sei 19:13✓✓

Sóbrio no barzinho? rs 19:13✓✓

Sóbrios no sentido de
não tão loucos rs 19:13✓✓

Beleza! 19:13✓✓

Beleza?! rsrs
Vc tá proibido de
me responder assim 19:14✓✓

Que? rs 19:14✓✓

> Quando eu te mandei msg pra falar que vc tinha passado pro último dia de audição vc só respondeu um "Beleza!" 19:15✓✓

Foi? 19:15✓✓

> Foi, super 19:15✓✓

E o que que tem? 19:15✓✓

> Que eu fiquei puto hahahaa 19:16✓✓

Pq eu respondi um beleza?! 19:16✓✓

> Claro! Mandei o maior textão fofo, po rs 19:16✓✓

Para kkkkk
Então foi por isso que vc me respondeu só um "Beleza" qnd eu mandei msg bêbado da praia? 19:16✓✓

> Claro 19:17✓✓

Nãooooo
Vc não fez isso!
hahahahaha 19:17✓✓

> Fiz rsrs 19:17✓✓

Caralho hahahahaha
vc tem qnts anos?
Treze?! 19:18✓✓

Reciprocidade, bebê 19:18✓✓

Eu que sou o bebê? kkkkk
pois se fudeu que agora eu só
respondo com beleza
Beleza? 19:18✓✓

hahahaha que imbecil 19:19✓✓

Beleza 😊 19:19✓✓

Tá bem, ô, chato
Partiu barzinho?
Vamos ali na Arnaldo Quintela
A gente senta no Treme Treme
ou no Calma 19:20✓✓

Beleza 19:20✓✓

Para, garotooo hahaha 19:21✓✓

Hj não consigo ☹
ainda preciso decorar a música
pro ensaio 19:21✓✓

Tá bem rs 19:22✓✓

Mas amanhã a gente podia
pegar uma praia 😊
O ensaio acaba às 17h
Ainda rola um mergulho 19:23✓✓

Eu pilho!
Pode ser aqui
em Ipa 19:23✓✓

Beleza! rs 19:24✓✓

BELEZA, JUNIOR? 19:24✓✓

BELEZA!!!! kkkk
Bora se jogar naquela água 19:24✓✓

— **G**elada!

— Ainda bem. — Levantei as mãos para o céu, sentado em minha canga.

— [risos] Tá congelando! — Junior sacudiu seus cachos enquanto voltava do mar. — Daqui a pouco vai aparecer pinguim e leão-marinho aqui.

— Para, tá uma piscina. [risos] Olha só, dá pra ver até o fundo.

— Isso é verdade. — Ele se voltou para aquele marzão à nossa frente. — E o pôr do sol vai ser foda. Aquela bola vermelha descendo ali perto do Vidigal...

— É por isso que turista fica doido quando vem aqui. Não tem pra ninguém.

— Não tem mesmo — Junior concordou, encarando aquela vista.

Ao fim de mais uma tarde de ensaio com meu pai no Dulcina, lá estávamos os dois. Ainda sem novos beijos, mas claramente no modo flerte. Pela primeira vez a sós depois da nossa aventura sexual no Leme, com aqueles silêncios estranhos e incertezas sobre como puxar um novo assunto ou reiniciar a pegação.

— Quem sempre me mandava vir à praia era minha analista — relembrei.

— Jura? — Junior se virou para mim, surpreso. — O meu também.

— Mentira.

— Juro. — Ele se sentou ao meu lado. — Ele dizia: "Vai dar um mergulho, Junior".

— A minha falava a mesma coisa. [risos] Só não tenho vindo mais pela correria dos ensaios e uns perrengues aí. [risos cabisbaixos] Mas agora eu tô aqui, né?

— Por que você não fica ali na Farme?

— Como assim?

— Quando eu vou pro Leme, eu fico no Ponto G, a parte viada de lá. Mas aqui você sempre fica na Vinicius.

— Sei lá. — Dei de ombros, sem uma resposta exata. — É menos fervo. Dá pra relaxar mais. Mas tem viado aqui também. [risos] Ipanema tem viado em toda esquina.

— Já tava achando que você era um daqueles gays fora do meio.
— [risos altos] Jamais!
— Era só o que faltava. Fica escrevendo sobre as bichas e não quer se misturar com elas na praia. [risos] Tô de olho, Patrick!
— Nada a ver. [risos] Sou zero "discreto fora do meio". É só pela calmaria. Passa na Farme nas férias. É um paredão de gente, um Carnaval. Precisa nem de Grindr.
— Santo Grindr que nos uniu. — Junior uniu as mãos em prece, irônico.
— [gargalhada] Na pior hora, mas foi.
— Era madrugada e você caçando macho no aplicativo — ele debochou.
— Caçando macho? [risos] Eu tava fazendo a mesma coisa que você, querido.
— Claro, eu não tô morto. [risos] Só não sabia que ia achar uma gay maluca que,
— [risos envergonhados] Para!
— Ia me enxotar de casa depois de,
— Fica quieto! — Dei um cutucão na sua barriga, forçando uma cosquinha.
— [risadas histéricas] Para, Patrick! — Junior tentou se defender, se contorcendo.
Só que eu não pretendia parar nem por um caralho, ainda mais depois daquela reação fofa. Quanto mais ele ria, mais eu intensificava as cócegas, a tal ponto que logo estávamos os dois embolados na canga, sem nos preocuparmos com o mico que seguramente estávamos pagando.
— Pronto, parei. — Sorri, vitorioso, apoiado sobre seu peito.
— [risos] Palhaço. — Junior recuperou o fôlego. — Agora tô cheio de areia.
— No cu dos outros é refresco, né?
— [risos] Sai, idiota. — Ele me afastou com os braços, voltando a se sentar. — Senão daqui a pouco vou te comer na praia de novo.
— [gargalhadas] Gente! — Dei um leve empurrão no seu ombro. — Mais respeito!
E, antes que eu pudesse dizer qualquer outra coisa, Junior segurou meu rosto com as mãos sujas de areia e me deu um selinho.
— Viu como eu sou respeitador? — Ele sorriu, safado, ao se afastar.
— Vi como você é piranha — devolvi, na esportiva, limpando o rosto.
— Tá reclamando? — Junior se fez de ofendido. — Eu só tava começando.

— Ah, é? [risos] Então tá liberado mais?
— Por mim. — Junior me beijou novamente, com vontade.

Agora, sim, eu conseguia curtir aquela boca salgada sem música alta nem álcool na cabeça ou alguma amiga me dizendo que tudo daria errado mais uma vez.

— Esquentou? — brinquei.
— Muito. — Junior embarcou. — Vou até me lançar no mar pra apagar esse fogo.
— É muito debochado, né? [risos] E pensar que eu ia te convidar pra cair lá em casa depois daqui. Pra gente ficar mais à vontade.
— Mais à vontade do que na praia?! No nosso ninho de amor?!
— [risos] Para de graça, Ju. Ninguém vai trepar na praia de novo, chega.
— Tô brincando. — Ele tirou com as mãos um pouco de areia em suas pernas.
— É que eu preciso desfazer a má impressão, vai. — Fiz meu charme.
— A gente toma uma ducha, pede uma comida japonesa, liga o ar-condicionado,
— Vamos outro dia? — Junior desviou. — Acho que eu prefiro dormir em casa hoje.
— Tá se fazendo de difícil?
— Eu? [risos] A gente ficou no sábado e tamo na praia na terça. Isso é se fazer de difícil? Tô achando até demais.
— Ah, é? [risos] A gente pode ir embora, então, se estiver demais.
— Nem pensar. [risos] Você acha que eu vou vazar antes do pôr do sol?
— Muito bem. — Reparei no céu, já quase alaranjado. — Vai ser imperdível mesmo.
— Vai. — Junior sorriu, me encarando por alguns segundos.
— Que foi? — perguntei, sem graça.
— Nada — ele disfarçou. — É que eu nunca pensei que fosse te conhecer assim.
— [risos] Assim como?
— Ah, de perto. Você já tá acostumado a conhecer os famosos. Nas novelas. Nas Bienais. Mas pra mim ainda é novidade, sabe? Até pouco tempo atrás você era o Patrick Rosa. — Junior fez como se eu fosse uma grande estrela hollywoodiana. — O escritor, cineasta, roteirista. E agora eu tô aqui contigo. Como ator da sua peça.
— Protagonista — corrigi.

— Isso. [risos acanhados] Do livro que, tipo... É muita loucura.

Era fofo, evidente, escutá-lo falando de mim com admiração. Me emocionava e ainda alimentava meu ego. Mas era impossível não pensar que toda aquela imagem que Junior tinha sobre a minha pessoa e o universo ao meu redor era apenas uma ilusão, fruto de certa ingenuidade.

Eu mesmo já tinha sentido aquele frio na barriga quando comecei a encontrar meus ídolos nos grandes eventos e a trabalhar com artistas famosos na televisão. Aquele deslumbramento quando comecei a ganhar seguidores nas redes sociais e abraços de leitores. Aquela ideia equivocada de que agora eu fazia parte de uma panelinha exclusiva e que todos os meus sonhos seriam realizados.

Só que, talvez por ter caído do cavalo novamente com as últimas rasteiras do mercado, eu agora já conseguia observar aquela fogueira das vaidades com certo distanciamento. Ao mesmo tempo em que me acolhia por ter deixado o sucesso subir à cabeça quando me envolvi em grandes projetos, afinal ninguém tinha me ensinado a lidar com aquela projeção de uma hora para outra.

De todo jeito, eu já estava cansado de me definir apenas pelo meu trabalho. Como se meu valor pessoal dependesse fundamentalmente do meu sucesso profissional. Como se minhas qualidades estivessem atreladas somente à minha capacidade de produção e ao sucesso alcançado pelos meus projetos. Uma linha de raciocínio que jamais me traria felicidade, pois bastava que o mercado me jogasse para fora da roda, ou que uma produtora não validasse meu talento, para minha autoestima ser destroçada e eu me sentir como alguém sem valor algum.

— É, é muita loucura — concordei. — Mas fico feliz que você esteja me conhecendo pra além dessa imagem do Patrick [aspas com as mãos] de sucesso.

— Que tom é esse? [risos] Você é um sucesso.

— [risos] Ai, Ju, se você soubesse.

— O quê? [risos] Você não se acha um sucesso? — Ele me encarou, perplexo.

— É uma pergunta complexa — respondi, sincero. — O que é sucesso, né?

— Peraí, gato. [risos] A gente tá montando o seu musical, que vai estrear no fim do mês. Do seu livro, que já vendeu sei lá quantas cópias.

— Dez mil.

— Dez mil!

— [risos] Você acha muito?

— Claro que acho. Tem gente que nunca nem publicou.
— E tem gente que já vendeu cem mil.
— Sim, e alguém que já vendeu dez milhões. [risos] Mas aí o cara que vendeu cem mil vai ficar triste?
— Não, é só que,
— Você tá doido? [risos] Você já fez novela, lançou livro, escreveu curtas,
— E tô sem dinheiro pra pagar conta. — Não me contive.
— Como assim? — Junior estranhou.
— Deixa pra lá — desconversei.
— Mas você não tá bancando a peça? — ele insistiu.
— Vamos trocar de assunto? [risos desconfortáveis] Tá tão gostoso aqui.
— Tá bem — ele recuou. — Mas que você é um sucesso, é. [risos] Beleza?
— [risos] Beleza!
— E agora vamos mergulhar junto com o sol. — Junior se levantou rapidamente.
— Hã?
— O sol já tá quase na água. — Junior apontou em direção ao horizonte.
— Bora.
— Tá. — Me levantei no impulso. — E as nossas coisas?
— Ah... — Ele olhou ao redor, até se deter no casal de meninas sentado logo atrás da gente. — Oi, lindas, vocês se importam de dar uma olhadinha?
— Tranquilo — uma delas respondeu, como toda boa carioca.
— Resolvido. — Junior me estendeu a mão. — Vamos?
— Vamos. — Segurei sua mão, como um idiota apaixonado. Quer dizer, emocionado. Talvez nem emocionado. Apenas,
— Partiu! — Junior interrompeu meus pensamentos, me puxando com alegria para dentro do mar.
Partiu, Ju.

Se aquela tarde era um sonho, que ninguém me acordasse.

Diante da minha falecida TV, depois de um delicioso banho pós-praia, eu não poderia ter pedido por uma terça-feira melhor. Ainda mais após tantas turbulências e noites maldormidas nas últimas semanas.

Eu já conseguia imaginar Claudia e Ariella me perturbando a paciência, apreensivas pela minha aproximação com Junior, mas eu tinha esperança de que elas entendessem que um mergulho ao entardecer, cheio de beijos, podia ser justamente o remédio necessário para me distrair das incertezas que me cercavam.

Claro que eu tinha medo de me envolver com aquele garoto. Claro que me lembrava da promessa de nunca mais me apaixonar por nenhum novinho. Claro que o musical era infinitamente mais importante que qualquer pegação.

Mas também era claro que eu sentia falta de receber aquele tipo de carinho e que tinha adorado cada segundo do nosso fim de tarde juntos na praia.

Eu poderia me encarar diante de qualquer espelho e mentir na cara dura que nunca mais queria me apaixonar, mas seria pura enganação.

Eu não apenas queria muito um relacionamento amoroso como temia, na mesma proporção, me abrir para uma nova pessoa e nunca mais sair do buraco onde ela me jogaria. Um pensamento injusto, óbvio, mas inevitável depois do Trauma 1, do Trauma 2 e, principalmente, do… Bem, mesmo me esforçando para não deixar que a nossa história me impedisse de viver um novo romance, eu nunca conseguiria apagar da memória o

TRAUMA 0

Conhecido como Denis, meu último namorado e minha relação mais duradoura. Comparativamente aos meus outros Traumas, um *verdadeiro* trauma.

O cara com quem eu tinha sonhado construir uma família, adotar um cachorro e, quem sabe, envelhecer juntos em uma casa na serra.

O homem que tinha me proporcionado as melhores lembranças, as melhores viagens e me ensinado o valor que uma parceria sincera poderia ter.

Denis não só foi meu namorado por sete anos como atravessou comigo os momentos mais marcantes da minha carreira. A estreia da minha primeira novela, o lançamento de *Os meninos de Icaraí*, entre tantas outras ocasiões em que ele não soltou a minha mão e foi sempre o primeiro a me aplaudir e me botar para cima.

Além de meu maior parceiro, Denis também era meu melhor amigo, meu confidente e minha foda preferida. O cara que tinha me conquistado com seu senso de humor e generosidade, simpatia e determinação desde o nosso primeiro encontro, quando ainda tínhamos, os dois, trinta anos.

Até que um belo dia ele acordou e me enviou uma mensagem no WhatsApp informando que algo entre nós havia mudado e que ele precisava viver novas experiências, sem mim.

Sim, depois de tudo o que vivemos, ele terminou comigo por uma mensagem covarde em um aplicativo. Sem coragem de me encarar nos olhos e sem qualquer consideração pela nossa história. E ainda que eu tenha insistido, implorado e praticamente me humilhado para que nos sentássemos cara a cara e conversássemos de forma madura, Denis foi inflexível em sua decisão. Simplesmente sumiu e nunca mais deu notícias.

No ano seguinte, apareceu nas redes sociais ao lado de um modelo do tipo que desfila na São Paulo Fashion Week, sem um grama de gordura corporal, de pele branca como Denis, dois metros de altura e milionário, com direito a fazenda em Visconde de Mauá e mansão em Angra dos Reis. Lanchas e carros conversíveis. Com perfil no Instagram com mais de duzentos mil seguidores e centenas de publiposts apenas por ser rico e sarado.

Corta para 2024, quando me deparei com as fotos de um grande casamento em um castelo — sim, um castelo! — em Lisboa, para onde Denis estava de mudança ao lado de seu Tom Cruise português.

É, a fila para Denis tinha andado, e bem rápido.

Para não dizer que ele nunca tinha me escrito nenhuma mensagem, Denis me enviou um gif medíocre de "Feliz Natal" logo depois que terminamos, dizendo que respeitaria o meu tempo para digerir as coisas.

Minha mágoa, porém, era tanta que eu simplesmente o bloqueei em todas as redes sociais e também o deixei sem respostas. Aquele filho da puta nunca mais saberia nada da minha vida e seguiria bloqueado para toda a eternidade.

Infelizmente, tecnologias como as do filme *Brilho eterno de uma mente sem lembranças* ainda não existiam fora da ficção, e eu jamais poderia apagá-lo por completo da minha memória.

Como alguém era capaz de terminar uma história de sete anos daquele modo?

Como eu conseguiria me abrir para qualquer outra pessoa depois de receber aquele tapa na cara de quem eu menos esperava?

Quem poderia me garantir que eu não sofreria daquele mesmo jeito ou ainda pior?

Alguns dias eu só gostaria de acordar como outra pessoa.

Apertar um botão e despertar como um novo homem, livre, leve e solto para me jogar de cabeça em qualquer nova história. Disposto a escrever um novo capítulo e a descartar os rascunhos anteriores que não serviam mais.

Um homem sem Traumas e sem passado.

Como uma página em branco à espera do próximo poema.

Ou do próximo mergulho.

Claudinha

Amigo, tudo bem?
Você consegue me encontrar
no Amarelinho depois do ensaio?
A Lili conseguiu um orçamento
pro cenotécnico dela fazer o nosso barco.
Queria bater isso contigo.
A gente precisa ver logo também
quem vai assinar a iluminação, até pra
alugar o equipamento, né?
Eu poderia fazer, mas tô com
receio de ser muita coisa pra mim.
Me diz o que acha? 08:01 ✓✓

                    Oi, Clau! Bom dia!
              Claro, sem problemas. Acabando o
              ensaio eu caio no Amarelinho.
                Eu vi o desenho do barco.
                  Tá lindo. Vamos super ver.
                  E sobre a luz, temos que
                  bater esse martelo. Você
            arrasa nisso também, né? 08:28 ✓✓

É, talvez me poupe tempo
dirigir já sabendo que luz
montar em cada cena 08:33 ✓✓

                      Tá bem, amiga
              Senão a gente corre atrás
            de mais alguém ☺ 08:34 ✓✓

E o ensaio ontem com seu pai?
Falei com ele muito rápido depois
Mas o Zé tá empolgado 08:34✓✓

                        Foi ótimo! A "Dance comigo"
                                tá uma graça! 08:35✓✓

É a que a Ariella vai
pegar hoje, certo? 08:35✓✓

                                          Isso
                          Já quero ver Ariella botando
as bichas pra suar de novo rs 08:36✓✓

Sei bem quem você quer
ver suando na sua frente 08:36✓✓

                              Pronto, começou rsrs 08:36✓✓

Novidades? 08:37✓✓

                                        Do Ju? 08:37✓✓

Do JU?! rsrs 08:37✓✓

                              Ai, meu caralho hahahahahha
                                 Não, nada de novo 08:37✓✓

Tão se vendo em todo ensaio
e mais nada? 08:38✓✓

                                  Tudo na paz, Clau rs
                            Dentro da margem de segurança
                                         Confia 08:39✓✓

— Eu confio, baby! — Ariella deu pausa na música. — Só que você precisa dar conta desse giro agora, senão não tem intervalo.
— Calma, Ari! [risos] Não briga comigo! — Gabriel se levantou, pronto para tentar mais uma vez o rodopio que Ariella tinha pedido minutos antes.
— Eu não tô brigando — minha amiga devolveu, bem-humorada. — Mas lembra, é a festa na casa de quem?
— Do Hervé — Gabriel respondeu.
— E quem é o Hervé, baby? Quem tem que arrasar como anfitrião da festa?
— Euzinho.
— Pois vamos de novo, então — Ariella retomou.

Como nos outros ensaios, Ariella não baixava o sarrafo e comandava meus meninos de Icaraí com mãos de ferro e unhas de acrílico. A bola da vez era Gabriel, nossa bicha ruiva de vinte e dois anos que tinha se destacado nas audições com seu rebolado ao som de *Mamma mia*. Enquanto os outros rapazes aproveitavam para beber água, Gabriel passava à exaustão seu pequeno solo criado por Ariella.

Já no segundo ato do espetáculo, a festa na casa de Hervé, na beira da praia de Itacoatiara, era o evento em que César e Guto se mostravam mais entrosados entre si e caíam na dança, rodeados pelos colegas da equipe de remo. Ao som de "Dance comigo", o casal protagonista avançava mais uma casa em sua relação, com Guto finalmente se sentindo parte daquele clube de regatas e César baixando a guarda em relação ao seu novo crush.

Sentado na cadeira ao lado da porta da sala, acompanhei a construção da coreografia, me divertindo e incentivando o elenco ao longo daquela tarde de quarta-feira.

Com a canção se encaminhando para o fim, Ariella deu seu golpe de mestre e costurou, brilhantemente, a dança da festa com os novos treinos para o Campeonato Nacional. O arranjo feito por meu pai para aquela transição tinha funcionado de um jeito tão maravilhoso que eu só conseguia vibrar a cada nova passada.

— E aí, criador da porra toda? — Junior se aproximou com Beto, encharcados de suor, ao fim do ensaio. — Tamo no caminho certo?

— Vocês tão arrasando muito! — Me empolguei. — Beto, seu Guto tá excelente, de verdade. Vocês dois juntos tão uma parada.

— Ah, Patrick, eu tô me divertindo demais — Beto agradeceu. — E com um parceiro de cena desse, né? [risos] Fica tudo mais fácil.

— E não é nada fácil — pontuei. — Por isso que tô elogiando. Porque sei que dona Ariella não pega leve. E vocês tão segurando essa responsa sem medo.

— É sobre! — Beto se divertiu. — Agora vou nessa, que eu ainda tenho que pegar meu trem.

— Claro, querido. — Me despedi de Beto com um abraço. — Boa volta pra casa. E parabéns!

— Tchau, Ju. — Beto abraçou Junior antes de partir.

Com a sala praticamente vazia, sem Ariella e a maior parte do elenco, encarei meu novo... Enfim, Junior.

— Tá ficando foda, né? — Ele sorriu.

— Olha, expectativas estão sendo superadas.

— Que bom! — Junior continuou sorrindo. — Aliás, você tá saindo correndo ou,

— Por quê?

— Eu trouxe uma coisa que queria te mostrar.

— Ah, é? [risos] Temos surpresas, Junior Vieira?

— Temos. [risos] Espera um pouco.

Como quem aguardava por aquele momento mais do que queria demonstrar, Junior correu até sua mochila e tirou de dentro algo que não consegui identificar a distância. Com a mão direita atrás das costas, ele voltou e parou na minha frente.

— O que você tá aprontando? — Me diverti com aquele suspense.

— Eu queria minha dedicatória. — Junior estendeu a mão, revelando seu exemplar de *Os meninos de Icaraí*.

— Junior! — Abri a boca, desprevenido.

Eu sabia que ele tinha um carinho especial pelo meu livro e que tinha ficado particularmente ofendido quando eu disse que todo leitor era louco por uma dedicatória minha. Uma frase tão ridícula que eu tinha vergonha só de lembrar que fui capaz de pronunciar uma asneira daquela.

Felizmente, Junior já tinha chutado de escanteio aquela cena infeliz e levado até o teatro o seu livro repleto de páginas amareladas pelo tempo e de capa amassada, como todo livro que já foi lido e relido diversas vezes.

— Que lindo, Ju. — Olhei para ele, tocado pelo seu gesto. — Claro que eu faço uma dedicatória.

— Ai de você se não fizesse, né? — ele devolveu, sarcástico.

— E eu sou louco de perder meu protagonista? — brinquei, tirando uma caneta do bolso. — Vou caprichar. [risos] Não é todo dia que um autor faz dedicatória pro seu próprio personagem, né?

Então, sem demora, abri o livro na primeira página e escrevi abaixo do título:

Ju!

Muito obrigado pelo carinho comigo e com meus meninos de Icaraí.

Fico muito feliz em saber que esta história fez parte da sua vida e que agora você vai dar vida a este personagem tão especial.

Parabéns pelo seu talento e por você ser essa bicha, bicha, bicha maravilhosa.

O melhor César que poderíamos ter!

Um grande beijo salgado com gosto de praia,
Patrick Rosa

— Pronto. — Estendi o exemplar aberto para ele. — Espero que goste.

— Claro que vou. — Junior recolheu o livro, com os olhos fixos na dedicatória. — Obrigado. Significa muito, mesmo.

— Imagina. [risos emocionados] Você também faz parte dessa história agora. Meu novo líder do Bicharaí.

— Obrigado — ele repetiu, abrindo os braços.

Feliz por finalmente termos superado aquele estranhamento por conta da minha babaquice no nosso primeiro encontro, retribuí seu abraço, juntando meu corpo ao seu.

— Te amo! — Claudinha brincou ao receber seu chope das mãos do nosso garçom preferido. — Só você me traz assim, Chico, trincando e sem colarinho.

— É por isso que a gente não sai daqui — completei, pegando minha tulipa gelada.

— O mal de todo artista. Sem um real pra pagar conta, mas não deixa de tomar seu chope. — Ela levantou seu copo. — Um brinde aos artistas!

— Um brinde! — Encostei meu copo no dela, dando o primeiro gole na sequência.

— Então, vamos aos negócios? — Claudia deixou sua bebida na mesa.

— Vamos, minha querida diretora. Quer começar por onde?

— Luz.

— Chamamos mais alguém ou a senhora vai domar essa fera?

— Considere domada.

— Aleluia! — Respirei aliviado. — Menos uma pessoa pra ficha técnica.

— Eu não quero perder tempo, amigo. Sei que vai pesar no seu bolso ter mais uma pessoa entrando agora, então deixa comigo que eu faço a iluminação.

— Arrasou, Clau. Obrigado.

— Eu vou pedir pra Isa o rider do teatro e já esboço algo amanhã mesmo. Pra pelo menos você já correr atrás do equipamento, orçar quanto vai sair,

— Perfeito. E o cenário?

— Vou te passar o contato do cenotécnico da Lili pra você acertar o valor certinho.

— Tá bem. Me encaminha tudo que eu entendo com ele quanto vai sair esse barco.

— Ótimo. [tempo] A gente também precisa das fotos de divulgação.

— Putz. — Eu tinha me esquecido totalmente daquilo. — Ainda tem isso.

— E o cartaz oficial, né? — ela completou.

— [suspiro preocupado] E mais isso.

A cada segundo, um novo item para minha checklist.

— Que dia é hoje? — Claudia perguntou.

— Oito de maio.
— Então faltam três semanas e meia pra estreia, certo? A gente precisa desse cartaz até o fim da semana que vem, né? Pra não ficar muito apertado.
— Seria o ideal — concordei. — O que significa que a gente tem que tirar as fotos no começo da semana e montar essa arte até, sei lá, sábado?
— No máximo, Pat.
— Eu posso fazer essa arte.
— É?
— Super. Menor condição de contratar um designer em cima da hora.
— Mas não adianta a gente trabalhar feito doido e ter um cartaz cagado, né?
— Amiga, eu não sou designer, mas não vou cagar com meu cartaz. [risos] Eu também quero que fique lindão.
— Tá certo. Vamos só alinhar a data das fotos pra não atrapalhar nenhum ensaio.
— Eu posso ver com a Isa algum horário extra.
— Será que a gente tira as fotos no palco? Pra já aproveitar alguma iluminação?
— Acho bom. Você também pode pedir pra galera vir com o figurino do Bicharaí.
— Com certeza. [tempo] Sua mãe vai assinar os figurinos?
— Minha mãe? [risos] Sei lá, ela doou as roupas, mas será?
— Eu acho fofo. — Minha amiga se animou. — A Miranda vai ficar feliz e a gente já bota outro nome na ficha técnica, pra parecer que somos uma grande equipe. [risos]
— Eu apoio! [risos] Mamãe figurinista, sim.
— Então tá decidido. — Ela ergueu o copo novamente. — Mais um brinde à nossa equipe maravilhosa!
— Um brinde! — Acompanhei Claudinha.
Como previsto, as tarefas de produção só aumentavam quanto mais a estreia se aproximava. E não tinha escapatória. Ou eu dava conta do recado, ou não tinha musical. E eu pretendia estrear meus *Meninos de Icaraí* no fim do mês de qualquer jeito.
— E o ensaio de hoje, amigo? Ariella me mandou um áudio agora há pouco dizendo que praticamente fechou a "Dance comigo".
— Ela é perfeita, né, Clau? Tá tipo musicalzão. [risos] As bichas tão se jogando muito, você vai ver.
— É, dá pra ver pela sua reação. — Claudia se recostou na cadeira, com um sorrisinho debochado. — Tá todo animadinho.

— Ué, claro que tô. [risos] Tá tudo dando certo. Tô feliz, né?
— Claro. [risos sonsos] Mas é só pelo ensaio, ou o efeito Madonna ainda tá reverberando?
— [risos] Caralho, você não desiste, né?
— Patrick, para de enrolação. [risos] Vocês dois se engoliram no show da Madonna, treparam na praia, e você quer que eu acredite que tão sem se pegar ou sem se falar fora do ensaio? Me poupe! [risos] Bota logo na roda, vai.
— Pra você me julgar? [risos] Falar que eu tenho que,
— Eu não vou falar nada! [risos curiosos] Abre a boca logo.
— Tá, a gente foi na praia ontem — soltei, como quem não diz nada de mais.
— Trepar?! — Ela se espantou.
— [risos altos] Não, porra! Mergulhar no mar!
— E eu sei lá! [risos] Vai que virou um fetiche de vocês dois.
— Virou nada. A gente só foi papear com mais calma.
— E como foi? Curtiram?
— Ah, Clau... [risos tímidos] Sim.
— E você me escondendo o jogo. — Claudia balançou a cabeça em reprovação. — [risos] Pegando o boyzinho na praia de novo.
— Não tô escondendo nada. Só tô indo devagar.
— Muito bem. Se ele também te deu abertura, né?
— Super. Hoje ele trouxe o livro dele pra pegar uma dedicatória.
— O Junior é um fofo, a gente não pode negar.
— Demais, Clau! — reagi, mais animado do que gostaria. — Tipo, ele é,
— Uma graça. Um lindo. Um garoto cheio de tesão e carisma.
— É... — concordei, em dúvida se minha amiga estava realmente elogiando o Junior ou se preparando para me dar um corte.
— E protagonista de um musical cheio de outros garotos lindos, novinhos como ele, diante do seu escritor favorito pela primeira vez, né? — ela complementou.
— Sim, amiga. — Eu sabia aonde ela queria chegar. — Eu tô ligado.
— Então tudo certo. — Claudia bebericou seu chope. — Eu não quero ficar azedando o seu flerte. [risos] Só lembra o terreno onde você tá pisando, tá?
— Super.
— Mas, se continuar gostoso e leve, aproveita.
— Sim. — Sorri, disfarçando minha insegurança. — Por enquanto, tá tudo certo.

Melhor impossível.

Dez e vinte da manhã.

Largado na cama, com as cortinas do quarto fechadas e o ventilador no máximo, eu mal podia acreditar que estava acordando naquele horário.

Após semanas girando de um lado para o outro, eu finalmente conseguia acordar com aquela sensação gostosa de quem recarregou as energias.

Claro, o amanhã ainda me parecia incerto e o dinheiro continuava escorrendo para fora do meu bolso. Eu ainda sentia o gosto azedo na boca daquela desculpa ridícula do Superplay para não me contratar e ainda me preocupava com o meu futuro pós-estreia. Mas, mesmo assim, eu tinha conseguido dormir bem. Um detalhe que, para mim, importava e muito. Eu nunca mais queria acordar e me deparar com aquela porcaria de "cinco e meia" na tela do meu celular.

Não, não, não, não, não.

Eu queria mais noites de Madonna, mais mergulhos na praia, mais ensaios incríveis, mais beijos molhados, mais noites bem dormidas e menos preocupações.

Com a cabeça afundada no travesseiro, chegava a ser ridículo como eu não conseguia parar de sorrir.

Que alegria toda era aquela, Patrick?

— Eu ainda não sei.
— Mas já é na semana que vem.
— [risos] Sim, vó, mas eu tô com tanta coisa na cabeça que nem parei pra decidir.
— Eu quero cantar parabéns pro meu neto. Ver ele assoprando as velinhas.
— Vamos ver. [risos] Quem sabe eu não me animo?
— Ou vem só visitar a gente. Tô com saudades daquele filme dos zumbis.
— Era série. [risos] *The Walking Dead*.
— Isso. [risos] Era divertido.
— Pior que já acabou.
— Acabou? O que aconteceu? Morreram todos?
— Não. [risos] Alguns escaparam.
— E os mortos? [risos] Os zumbizinhos que andavam devagar?
— Continuaram ali pelo mundo, vagando, sem rumo.
— Vish, mas então não acabou, né?
— Não. [risos] Mas tem uns spin-offs rolando.
— Uns o quê?
— Deixa pra lá, vó. [risos] Tem umas continuações.
— E aquela série que você ia fazer?
— Qual?
— A que você tava esperando resposta. Já começou?
— Ah. [suspiro] Já deve ter começado, sim. Mas eu não tô dentro.
— Não? Por quê?
— Não me aprovaram.
— Como assim?
— Pois é. [risos tristes] Me disseram que eu não tinha o perfil que eles procuravam.
— Ah. [tempo] Que pena, Patrick.
— Faz parte, né, vó?
— É, mas são eles que tão perdendo.
— Imagina, eu nem sou tão importante assim.

— Não fala isso. Eu me lembro de você pequeno botando a gente sentado na frente da árvore de Natal pra ficar contando historinha. Lembra?
— [risos] Lembro.
— Você é um contador de histórias desde criancinha. Se eles não querem alguém com seu perfil, pior pra eles.
— [risos] Vamos deixar pra lá, né?
— Uma porta se fecha pra outra se abrir, meu neto. Escuta sua avó.
— Ai, dona Joana, espero que você esteja certa. [risos cansados] Porque tem horas que dá vontade de jogar a toalha, né?
— Sua hora vai chegar. Olha o seu musical aí. Deixa estrear pra esse povo ver uma coisa só. Vão sair correndo atrás de você e você que vai dizer que eles não têm o perfil que você quer.
— [risos] É, vó?
— [gargalhadas] Mas claro!
— [risos] Eu vou acreditar nessa profecia.
— Pode acreditar! [risos] Que a vovozinha aqui nunca erra.
— Tá bem. Brigado pela força.
— Sempre. Eu sou a sua fã número,
— Zero.
— Exatamente. [risos] Agora eu vou voltar pras minhas palavras cruzadas e te deixar trabalhando. Bom ensaio, viu? Manda um beijo pro seu pai.
— Mando, sim. Ele já tá quase terminando aqui.
— Tá bom. Um beijo pra vocês!
— Beijo, vó.

— Até amanhã, queridos! — Meu pai acenou para o nosso elenco enquanto todos desciam as escadas rumo ao térreo do teatro.

— Zé! — Junior se aproximou, esbaforido, ainda dentro da sala. — Eu vou treinar aquela parte mais rápida, viu?

— [risos] Tranquilo. — Meu pai o acalmou. — É uma parte acelerada mesmo. Eu só preciso que você ajuste a sua respiração pra ter mais fôlego e sustentar as notas. Lembra de respirar naquele momento que eu indiquei e não esquece do apoio aqui embaixo.

— Total — ele concordou. — Eu vou trabalhar com a base que você passou pra gente agora, lá em casa. Deixa comigo.

— Tô deixando. — Seu Zé deu dois tapinhas em seu ombro, cordial. — Já deu bom.

— É isso. — Junior sorriu, um pouco mais confiante. — Então, eu vou nessa.

Sem saber ao certo como se despedir de mim na frente do meu pai, já que nós tínhamos evitado qualquer carinho na sala de ensaios, Junior não esboçou nenhum abraço ou beijo.

— Tá bem. — Mantive distância, sem graça.

— Beleza. — Ele piscou um olho para mim, cruzando a porta.

— Beleza! — Acenei, me divertindo com a "nossa" palavra. — Até mais!

— Até! — Junior se despediu, sumindo escadaria abaixo.

— Que amor — meu pai sussurrou, observando meu novo crush partir.

— Hã? — Disfarcei meu leve susto, pensando se tinha dado muita pinta do que sentia pelo Ju.

— Esse menino. Você não viu? Prometendo que vai ensaiar em casa. [risos] Quem me dera todos os meus alunos fossem como ele.

— É, ele é um talento mesmo.

— E você também, meu filho. — Seu Zé apoiou a mão no meu ombro. — O que eu já ri dessas letras que você escreveu! [risos] Não sei de onde você tira essas ideias!

— É muita besteira, né, pai?

— É divertido à beça! [risos] O público não sabe o que os aguarda. Eles vão se escangalhar de tanto rir.

— Tomara. [risos] Mas as músicas não seriam nada sem as suas melodias, né?

— Deixa disso.

— É sério. [risos] Eu que tenho sorte de ter um paizão talentoso assim.

— Tá certo. — Ele se fez de humilde. — Mas agora me diga uma coisa, que sua avó não para de me perguntar lá em,

— Meu aniversário? — Nem esperei ele completar a frase.

— Isso. [risos] Ela já falou contigo?

— Agora há pouco, inclusive. [risos] Mas eu não sei ainda o que fazer, de verdade. Vi que vai cair num sábado, então não sei se faço um barzinho e quem for, foi.

— Com essa empolgação, eu marcaria logo no cemitério — meu pai debochou.

— Cruzes, seu Zé! [risos] Também não é pra tanto!

— [risos] Você tá falando do seu aniversário como se estivesse indo pra forca.

— Não é isso. [risos] É que, sei lá. Tá tudo tão incerto que eu fico meio assim de comemorar. Comemorar o que, sabe?

— Patrick, seu aniversário não é pra você comemorar as últimas semanas. É pra comemorar *você*. Sua vida. Seus quarenta anos. Escuta seu pai. Celebra você. Quem você é. Os seus sonhos.

— Pode ser. — Dei de ombros. — Vou pensar. Talvez você tenha razão.

— E quando seu pai não tem?

Miranda

Mãe! Bom dia! 08:00✓✓

Olha, quem é vivo sempre aparece.
Ainda lembra que tem mãe? 08:11✓✓

Para de drama, dona Miranda hehe
Você sabe que eu tô na correria
da peça, vai 08:12✓✓

Só fala agora com o pai nos ensaios
Mas a mãe que emprestou o
figurino jaz esquecida 08:13✓✓

Ai, meu Deus hehe 08:13✓✓

Mas eu vou suportar rs
Como você está? 08:14✓✓

Tá tudo certo, mãe
Tô dormindo melhor
Comendo bem
Tudo nos eixos 08:14✓✓

Isso que importa, saúde em dia
E quando você vem nos visitar?
Sua avó só fala disso rs 08:16✓✓

É sobre isso que eu queria falar
Eu conversei com meu pai ontem
e tô pensando em comemorar
meu aniversário aí! 08:17✓✓

Ah, sua avó vai adorar
A gente pode almoçar aqui perto
Em São Francisco ou Charitas 08:18 ✓✓

Não, eu tava pensando
em comemorar aí em casa 08:18 ✓✓

Ah, pode ser
Eu faço um almoço pra gente 08:19 ✓✓

Não, mãe rs
Eu pensei em fazer uma festinha
Um karaokê com a
galera da peça 08:19 ✓✓

Com todo mundo?! rs 08:20 ✓✓

É hehe
Eu super ajudo a organizar
A galera leva a própria bebida
A gente compra algumas coisas
pra beliscar, tipo isso 08:21 ✓✓

Não tem problema
A gente pode fazer aqui, sim 08:22 ✓✓

Jura?
Eu posso ir na sexta-feira
e ficar até domingo
Passar o fds aí 08:22 ✓✓

Vem sim, filho
Sua avó vai ficar doida 08:23 ✓✓

Isso, avisa pra ela, então
Diz que o netinho vai dormir
lá no nosso quarto rs 08:24 ✓✓

Eu falo aqui pra ela, sim
Vai ser um prazer, Pat
40 anos do filhão
Tem que comemorar 08:24✓✓

                                                              Pois é rs
                                        Quarentando 08:25✓✓

Pode confirmar, filho
Vamos fazer o melhor aniversário
que você já teve ☺ 08:25✓✓

                                      Perfeito, mãe!
                                            Obrigado!
                        Vamos agitar isso aí! 08:26✓✓

Os Meninos de Icaraí

Alô, Bicharaí!!
VAI TER FESTA, SIM!! 😊
O autor e produtor mais amado
da Guanabara decidiu celebrar
os seus 40 anos (eu sei, não parece rs)
com uma festa karaokê no próximo
sábado, dia 18, na casa dos papais
no Ingá, em Nikiti City.
Sim, os meninos e as meninas de Icaraí
vão curtir a vida no cenário da peça! rsrs
Sim, vai ser karaokê pra geral cantar mais
Sim, tem que levar bebida
Sim, é fácil de chegar
E sim, quero geral lá! 12:22 ✓✓

Junior Vieira

Claroooo
Amei! Festinha em Nikiti! 12:26✓✓

Esquina da praia das Flechas hehe 12:28✓✓

Vou c ctza!! 12:28✓✓

Uhuuu! 12:28✓✓

Hj vc não vem pro ensaio, né? 12:29✓✓

Não
Já já saio de casa lá pro Centro
pra ver luz e cenário 12:29✓✓

Ah, boa! Tô curioso pra tudo
ficando pronto 12:30✓✓

Vai demorar, mas já já nasce ☺
Inclusive, se quiser encontrar
depois do ensaio, me diz 12:31✓✓

Putz, já marquei
com a galera da peça
de ir na Pink 12:31✓✓

Pink Flamingo? 12:32✓✓

Isso, em Copa
mas vc tá super
convidado, claro 12:32✓✓

Tá bem
Se eu estiver vivo
eu aviso 12:33✓✓

— Mas nem morta.
— Vamos, amiga, por favor.
— Baby, se você ligou só pra isso, perdeu tempo. Vê se eu vou cair na farra com aquela garotada se posso ficar em casa vendo TV.
— Que horror, Ari, parece até que virou uma velha.
— Velha não, sábia. [risos] Vou aproveitar minha sexta muito bem aqui no meu sofá. Caetana tá chegando logo mais.
— Gente, mas esse lovezinho engatou.
— Estamos apenas nos conhecendo.
— [risos] Deixa de ser falsa!
— Esperta, meu querido. [risos] Que eu não ia deixar passar aquela lindeza.
— Chama ela também.
— Pra Pink?!
— Claro! Pra gente se conhecer mais. Eu só vejo a Caetana nos ensaios.
— Ué, vem aqui pra casa, então. A gente assiste RuPaul, abre um vinho.
— Não, amiga, eu tô solteiro. Preciso sair, conhecer gente.
— Conhecer quem? [risos] Para de ser falso *você*, Patrick.
— [risos sonsos] Ué!
— Você tá indo atrás do seu remador. [risos] Depois da Madonna, os dois não param de trocar sorrisinhos nos ensaios. É Junior pra cá, Patrick pra lá.
— [risos] Eu não posso me divertir?
— Você podia seguir meu exemplo e investir em alguém da nossa idade.
— Quem?!
— O Rafael, por exemplo. Que tá fazendo o treinador do Bicharaí.
— O Rafael tem namorado.
— É relação aberta.
— Piorou. [risos] Não quero mais ser marmita.
— Porque é burro. [risos] Eu me jogava ali no meio, feliz.
— [gargalhada] Então com casal eu posso me divertir, mas com o Junior, não?

— Que se divertir? [risos] Semana que vem a senhora tá pedindo ele em casamento!

— [risos] Para!

— Com o Rafael, pelo menos você sabe que não vai dar em nada. Dá pra brincar tranquilo. É mais seguro.

— [risos] Mas eu não quero sair com alguém que não vai dar em nada. Chega, [risos] tô cansado de não poder sentir nada.

— Não tá mais aqui quem falou. É só,

— Ter cuidado porque eu sou emocionado e não sei bancar o fodão desapegado,

— Calma, baby.

— Ai, é que cansa toda hora essa preocupação. Como se ninguém pudesse só ficar animado por mim, sei lá. Eu também não sou nenhum maluco.

— Que é isso?

— Nada, amiga, desculpa. [suspiro] Eu só tava querendo te chamar pra ir comigo, pra não chegar lá sozinho com a galera. Mas tá de boa.

— Baby, eu já marquei com a,

— Sim, sim, tranquilo. Eu ainda vou ver se vou também.

— Baby, [suspiro] vai. Vai. E se quebrar a cara depois, quebrou.

— Mas não é como se eu estivesse apaixona,

— E se estiver tudo bem. [risos] Você já tem quase quarenta anos, tem mais é que deixar aquele babaca do seu ex pra trás. Bota uma roupa gata, se joga na pista, aproveita. Se diverte. Vê no que vai dar. Se apega, se apaixona, vira a noite trepando. [risos] Foda-se tudo também.

— Tô preferindo esse conselho.

— E se der merda, a gente tá aqui pra te segurar.

— Tá. Então eu vou sozinho mesmo.

— Vai. Se joga.

— Eu vou. [risos] Tá na hora de curtir mais a vida.

We only got four minutes to save the world!

Ao som de "4 Minutes", canção da Madonna com Justin Timberlake e Timbaland, uma multidão dançava na pista daquela boate como se não houvesse amanhã, ainda surfando na passagem da rainha do pop pelo bairro há uma semana.

Com luzes coloridas e luminárias rosa no formato de flamingos espalhadas pelo salão, a Pink Flamingo não era das maiores boates da cidade no que dizia respeito ao tamanho físico. Localizada na rua ao lado do Copacabana Palace, a casa noturna ocupava o espaço de um antigo pub e era um dos points certos da zona sul do Rio de Janeiro para quem gostava de curtir uma noite pop e encontrar drag queens.

À direita de quem entrasse no salão principal, um extenso bar esperava os frequentadores com seus bons drinks, enquanto, no lado esquerdo, um pequeno palco abrigava a mesa do DJ e servia como espaço de show para as drags convidadas da noite.

Independente de encontrar Junior, eu já estava feliz só de ter ido até lá, depois de meses sem curtir uma festa sequer. Mas, claro, eu não tinha saído de casa para dançar sozinho.

Desviando das outras gays que requebravam pelo espaço, avancei pela pista, ficando na ponta dos pés para tentar encontrar Junior e quem mais estivesse com ele.

Teria sido mais prudente mandar uma mensagem avisando que eu estava a caminho? Com certeza. Eu corria o risco de ele ter mudado de ideia e ido para outro lugar? Certamente. Mas era mais divertido aparecer de surpresa? Com certeza também.

De todo jeito, eu não demoraria muito para descobrir se havia me deslocado até Copacabana à toa, já que a Pink não era tão grande.

Pois dito e feito.

Bastou que eu chegasse ao meio da pista e me virasse em direção ao palco para logo avistar Junior, com seus braços levantados, cantando e dançando com Gabriel e Beto.

Era hora de me jogar de cabeça.

No hesitating
We only got four minutes, huh
Four minutes.

— Hello, hello, hello! Patrick! [abraço efusivo] Você veio!
— Vim, Ju! [selinho] E aí, Beto?
— Fala, meu autor! [abraço]
— Tudo bem?
— Tudo na paz!
— E aí, Gabriel? É a festinha do Hervé aqui?
— Gostou da decoração? [risos] Tô investindo numa coisa mais neon! Brilhos, purpurina! [miniarroto] Tô louca.
— [risos] Tá ótimo!
— Você nem avisou que vinha!
— Quê?
— [mais alto] Você nem disse nada!
— Não gostou da surpresa, Ju?
— [risos] Detestei!
— Ah, é? [risos] Tranquilo, eu vou embora, então.
— Vai nada, gostoso! [beijão]
— Vou nada! [beijão]
— Bichas, bichas, bichas!
— Fala, meu Hervé! Tá com o rabo fervendo, né?
— Eu tô fervê! [gargalhadas histéricas] Eu vou pegar meu drink! Alguém quer?
— Ah, eu quero. Não peguei nada ainda.
— Não pegou, não? Beleza!
— Bobo! [selinho] [selinho] [selinho] [selinho]
— Então, vamos logo! Quero pegar meu sex on the beach!
— É o nosso drink!
— Cala a boca, Ju! [risos] Vamos lá, Gabriel!
— Gabi! Me chama de Gabi que eu te chamo de Patty!
— [risos] Tá certo.
— Let's drink, Patty Pink! [grito] Meu Deus, eu achei seu nome drag! Patty Pink!
— [medo]

— **D**ois, por favor! — confirmei ao bartender, apoiado no balcão do bar.

Ainda que Gabriel não parasse de tagarelar do meu lado sobre o quanto ele achava que eu *precisava* entrar no meio da peça como a drag Patty Pink e dividir comigo cada detalhe de seu processo criativo para "montar o Hervé com toda a profundidade que ele merece em respeito à minha obra", eu sabia que aquela noite prometia altas doses de diversão.

Meu boy estava na área, gostoso, dançante e me beijando sem joguinhos. Ou seja, tudo o que eu precisava para fechar aquela semana com chave de ouro.

Se tudo desse certo, eu talvez ainda conseguisse levá-lo novamente para minha casa e virar a noite com ele me comendo daquele jeito que só ele sabia fazer. Minhas amigas podiam me chamar de emocionado o quanto quisessem, mas eu queria, sim, acordar naquele sábado com Junior ao meu lado. Tomar um café na padaria, curtir a tarde na praia ou no cinema e depois seguir para uma pizzaria ou algum barzinho com os amigos.

Não custava sonhar.

— E foi foda porque consegui mergulhar fundo no Hervé! — Gabriel continuou seu monólogo. — Não que você não tenha escrito bem esse personagem, Patty! [risos] Mas no livro ele não tem muita história, sabe? Ele não tem relevância!

— Claro — concordei, tentando ser simpático.

— Só que eu, como ator, *preciso* dar mais camadas, então super inventei um background pra família do Hervé. De onde eles vieram, como eles foram parar em Itacoatiara.

— Que máximo.

— Eu pesquisei tudo, Patty! [risos] Itacoatiara é uma palavra indígena que significa "pedra pintada"! Sabia?

— Não sabia.

— Pois é! É uma pedra pintada e pintosa, né? [risadas histéricas] Mas sério, eu tô a-man-do esse processo de construção do personagem. A-MAN--DO! A-MAN-DO!

— Que bom, Gabriel.

— GABI! [empurrãozinho de leve] A gente já é de casa!

— [risos] Tá bem, Gabi. — Sorri, um pouco constrangido pela bebedeira do rapaz, mas logo fui salvo pelo gongo, ou melhor, pelo barman com nossos drinks. — Ó, ficaram prontos!

— Arrasou!! — Gabriel se animou, pegando seu copo. — Vamos voltar pros meninos?

— Super! — concordei. — Vai na frente abrindo caminho que eu te sigo, Gabi.

— Ahhhhh! — Ele saltitou. — Me chamou certo! *Bicharaí is in the house!!!*

Assim, com nossas bebidas em mãos, seguimos pela pista de dança em direção ao pequeno palco do DJ.

Fazia tanto tempo que eu não saía para dançar que já tinha até me esquecido de como era bom me sentir desejado daquela forma. A cada passo, cabeças se virando para me encarar, sorrisos de quem espera ser correspondido, olhadas de corpo inteiro como quem convida para uma boa pegação.

Eu seria hipócrita se dissesse que não estava adorando aquela secada toda e aquelas encaradas cheias de tesão enquanto caminhava. Mas também não seria maluco de sair para pegar um drink e passar o rodo na festa, justo quando tinha ido encontrar o Junior.

Tudo bem que nós não éramos "nada". Nem ficantes, nem namorados, nem qualquer outro rótulo. Não tínhamos conversado sobre nada nem estabelecido regra nenhuma. Mas, entretanto, todavia, porém... nós já tínhamos ficado duas vezes na última semana e aquela noite já seria nossa terceira vez juntos.

Qual era a medida exata para definir algo? Qual o momento certo para conversar sobre o que cada um estava sentindo? Quando dar o próximo passo?

Seja como for, eu não iria beijar ninguém além dele, mesmo que ele não tivesse me pedido exclusividade alguma. Naquela noite, meu foco era Junior, e era com ele que eu gostaria de curtir cada música daquela festa.

Então, com paciência, fui buscando meu caminho por entre os viados daquela pista, tomando cuidado para não derrubar minha bebida nem perder Gabriel de vista. Passo a passo, nos aproximamos do palco, já vendo o DJ mais de perto, até chegarmos ao canto onde estávamos há pouco. Onde Junior e Beto se beijavam com vontade.

De olhos fechados, cheios de tesão.

Como se fossem, eles próprios, o casal protagonista do Bicharaí, César e Guto.

Apaixonados.

Puta merda.

O susto foi tão grande que eu simplesmente fiquei paralisado, segurando meu copo com mais força para que ele não escapasse da minha mão e se espatifasse no chão, junto com a minha cara.

Num flashback desagradável que eu jamais gostaria de ter, me vi novamente em pleno Aterro do Flamengo com o Trauma 1 se agarrando com aquele outro bofe e me fazendo de otário. Escutei as vozes de Claudinha e Ariella me alertando para não me envolver com aquela molecada de vinte e poucos anos e sugerindo que eu priorizasse alguém mais maduro, com uma idade próxima à minha.

Mas, antes mesmo que eu esboçasse qualquer reação, Gabriel se juntou à dupla, engatando em um beijo triplo mais inesperado ainda.

Como se tudo girasse ao meu redor, senti as pernas tremerem e a cabeça acelerar. Será que eles já estavam se pegando desde as audições? Será que, fora dos ensaios, aquela bicharada toda já estava se comendo e se chupando, como a Ari tinha me dito que aconteceria? Ou será que o problema estava em mim, que, novamente, sentia aquela bagunça toda por dentro, quando deveria estar apenas sorrindo e me juntando àquele beijo sem nem pensar duas vezes?

Seria aquela a oportunidade para virar uma chave na minha cabeça e ser menos careta? Provar que eu não era tão emocionado quanto diziam? Que também sabia entrar naqueles jogos de sedução e sair ileso sem questão nenhuma? Sem me apaixonar?

Ou será que eu deveria apenas partir? Voltar para minha casa e deixar tudo aquilo para trás? Que bem faria me juntar àquele trio e começar a beijar outros garotos do meu elenco? Era aquilo que eu buscava? Não, não era, eu sabia.

Então Junior interrompeu o beijo por um instante e me buscou com o olhar. Nada no seu rosto indicava vergonha ou culpa. Pelo contrário, Junior sorria como se estivesse esperando a minha volta, como se me convidasse a entrar na brincadeira com eles.

Tudo bem, eu tinha ido até lá sem aviso prévio. Nós não éramos nada. Junior não estava fazendo nada de errado ao beijar aqueles garotos. Eu não tinha nada contra Beto e Gabriel e, em outras circunstâncias, com certeza me atracaria com os dois e treparia adoidado com cada um deles. Mas algo no que eu sentia por Junior me bagunçava todo.

Aquele era um vai ou racha.

Se eu estava no play, deveria brincar, certo?

Não era essa toda a ideia daquela noite?

Não era aquilo que eu também queria?

Perder o medo de me envolver?

Me jogar de cabeça?

Seguir adiante?

Me permitir novas experiências?

Pois eu não encontraria melhor oportunidade do que aquela.

Assim, sem tirar os olhos de Junior, forcei um sorriso, dei um gole em meu sex on the beach e me juntei à pegação.

DANCE COMIGO (dueto César e Guto)

Na varanda de Hervé, em Itacoatiara, Guto admira a praia. César se aproxima.

César — Saudades do mar, pequena sereia?
Guto — Saudades de casa. É estranho estar na praia em que eu cresci, tão perto de onde eu morava, e não poder estar lá.
César — Imagino. Mas, se você olhar lá pra dentro agora, vai ver...
Bem, um monte de bicha dançando.
Guto — Animadíssimas!
César — Escandalosíssimas! (os dois riem) Mas uma equipe que também pode ser sua família. E sabe a melhor forma de fazer parte dessa beautiful family?
Guto — Pegando geral?
César — Garoto, me respeita! Agora você já tá com uma bicha fixa! Esquece!
Guto — (acha graça) Ah, é?
César — É, lindinho! O que eu ia sugerir era pra você cair na pista com a gente!
Ou melhor, comigo!
Guto — Mas eu não sei dan/
César — Como cantará Xuxa em algumas décadas: "Quem dança seus males espanta!", ou algo parecido!
Guto — Quem é Xuxa?
César — Uma loira que vai chegar numa nave espacial e brincar
com o mosquito da Dengue! Agora vem!

César puxa Guto para a pista de dança.

(*César*) De noite em Itacoatiara
Na festa do Hervé
Nesta pista, ninguém para
Vamos botar pra ferver

Dançando cara a cara
No ouvidinho, me faz tremer
Você e eu, já tá mara
Coladinho, é só querer

Por isso eu digo: dance comigo
Ninguém dá bola se você rebola
Só venha e dance comigo
É muito lindo ser boiola

Se você me quer contigo
Acelera, desenrola
Eu consigo, eu consigo
Com você, eu sei que rola

Guto — (*se diverte*) César, você é implacável!
César — Insaciável! E eu sei que você quer. Então, bora?

(*Guto*) Eu quero dançar contigo
Tudo que eu quero é me soltar
Esquecer o Guto antigo
E não parar de rebolar

Você é a minha tara
Isso já dava pra prever
Nosso beijo escancara
Essa noite vai render

(*César e Guto*) Por isso eu digo: dance comigo
Ninguém dá bola se você rebola

Só venha e dance comigo
É muito lindo ser boiola

Se você me quer contigo
Acelera, desenrola
Eu consigo, eu consigo
Com você, eu sei que rola

(César) Dance comigo
(Guto) Mais que um amigo
(César) Dance comigo
(Guto) Seus passos, eu sigo
(César) Dance comigo
(Guto) Abaixo do umbigo
(César) Se eu pisar no teu pé...
(Guto) Relaxa, nem ligo

(César e Guto) Só venha e dance comigo
Só venha e dance comigo
Mais que um amigo
Abaixo do umbigo
Dance comigo
Dance comigo
Dance comigo

3

SEMANAS PARA A ESTREIA

Cause without love
Life is like the seasons with no summer
Without love
*Life is rock 'n' roll without a drummer.**

— "Without Love", *Hairspray*

---

* Tradução livre: "Porque sem amor/ A vida é como as estações sem verão/ Sem amor/ A vida é como o rock 'n' roll sem bateria".

Cinco e meia da manhã.

Como quem manda "Oi, sumido" depois de um tempo sem dar sinais de vida, aquele maldito horário me encarou sadicamente pela tela acesa do meu celular.

Após um sábado inteiro de ressaca — existe pós-festa sem ressaca depois dos trinta e cinco anos? —, meu domingo foi tudo menos "um belo dia para descansar".

Com a proximidade da estreia e os ensaios engatando de vez, as transferências bancárias deram o ar da graça novamente durante o fim de semana. Quinhentos reais para o profissional que faria nossas fotos oficiais na próxima terça-feira, além de um caprichado pix ao responsável pela construção do nosso barco cenográfico. A peça tomando corpo e o meu bolso minguando na mesma proporção.

A partir daquela segunda-feira, restariam apenas dezoito dias para lançarmos ao mundo *Os meninos de Icaraí*, portanto era de esperar que eu ponderasse se aquela empreitada toda serviria, de fato, para alavancar minha carreira ou se tudo havia sido um grande e tolo desperdício de dinheiro da minha parte. Ou minha insônia era resultado disso, ou eu teria que admitir de uma vez por todas que minha descida ao play para brincar com Junior na madrugada de sexta não tinha sido tão divertida quanto eu gostaria de acreditar.

De fato, eu não me sentia sacaneado. Durante toda a festa, busquei me divertir ao máximo com aquele trio. Beijei um, beijei outro, beijei Junior, dancei, bebi, dancei mais, bebi mais, beijei mais, até voltar para casa sozinho, enquanto Junior aproveitava uma carona com Beto para Botafogo e Gabriel seguia para a casa de um boy qualquer com quem tinha virado a noite se agarrando.

Lógico, eu gostaria que o Junior tivesse dormido na minha casa, mas, se eu tivesse sido expulso da forma que ele foi quando veio aqui pela primeira vez, talvez também resistisse a voltar para cá. Ou talvez nem fosse o caso e Junior tivesse preferido simplesmente voltar para sua casa e descansar. Ou continuar a pegação na casa de Beto, aproveitando para se divertir um pouco mais. E tudo certo.

Nós não éramos nada além de colegas de trabalho.
Junior não tinha feito nada de errado naquela noite.
Eu não tinha feito nada contra a minha vontade.
Nada de tão incômodo tinha acontecido a ponto de me tirar o sono.
Certo?

— Certíssimo — Claudia confirmou. — Um de camarão e outro de carne-seca, Chico.
— Pra mim, só um suco de laranja, por favor.
— Suco de laranja?! — Minha amiga estranhou. — Cadê meu guerreiro?
— Tá com preguiça de ressaca. — Sorri, sem graça, enquanto seu Chico se afastava com nossos pedidos em mãos. — Bebi demais na sexta.
— E não pode beber na *segunda*? — Claudia debochou.
— Tenho mais idade pra isso, não.
— [risos sonsos] Então a noite de sexta foi boa!
— Ah, foi.
— "Ah, foi"?! — Ela inclinou a cabeça para o lado, me lançando um daqueles seus olhares inquisidores. — Me conta logo que merda deu.
— Que é isso? [risos] Deu merda nenhuma.
— Patrick, não me enrola. Ficou quieto no ensaio de hoje por quê, então? Você sempre fica empolgado, conversando. Hoje não abriu a boca.
— Ah. — Não era como se eu não soubesse do que ela estava falando. — Eu só tô meio aéreo.
— Aham. — Claudinha continuou me encarando como quem espera que eu diga outra coisa.
— É a mesma ladainha, Clau. [risos cansados] Fim de mês chegando, dinheiro saindo. Daqui a pouco eu preciso decidir o que fazer com meu apê. Se dou aviso prévio. Se começo a procurar outro.
— Você tá pensando em sair de lá?
— Não sei — admiti. — Eu tinha esperança de que aparecesse algum trabalho tipo *Poderosa Consolação*, mas olha no que deu. Em nada. Quer dizer, em nada pra mim, né? [risos frustrados] Porque pro Superplay e pros roteiristas do "perfil" que eles queriam, a vida deve tá ótima. Com o dinheirinho entrando na conta que é uma beleza.
— Aquilo foi foda.
— E, mesmo que a nossa peça dê certo e no fim de junho entre uma grana, sei lá, [suspiro] acho meio irresponsável ficar esperando a bomba estourar e não tomar logo uma decisão.

— Bom, isso já era esperado, né? — ela disse sem rodeios. — Foi uma escolha sua pegar seu dinheiro e investir na peça, lembra? A gente tava aqui mesmo no Amarelinho quando você me convidou pra essa loucura. [risos] E eu, mais louca ainda, fui lá e aceitei.

— Eu lembro. [risos] E, por enquanto, não me arrependo. Tá tenso pagar cenotécnico, equipamento de luz, mas pelo menos a peça tá ficando boa, né?

— Tá demais — Claudia reforçou. — A gente acertou muito nesse elenco, na equipe que você juntou. Você tá vendo nos ensaios. A gente não tá fazendo qualquer merda.

— Longe disso. Tá ficando foda.

— Foda! — ela concordou, abrindo espaço na mesa para Chico colocar os pastéis e as bebidas. — E nós vamos ter algum retorno financeiro, sim. Ninguém tá se matando de ensaiar pra ganhar trinta reais no fim.

— Deus me livre. — Dei três batidas na mesa.

— Vamos pensar alto. — Claudia mordiscou seu primeiro pastel. — Quando nosso musical tiver estourado, a gente vai comprar uma cobertura de frente pra praia, cada um.

— [gargalhada]

— Vai rindo. [risos] Vai chover produtora disputando os direitos pra isso aqui virar filme, e a gente vai pra Nova York comemorar. Ou melhor, vamos pra Broadway prestigiar a versão americana da nossa peça! [risos] *The Boys of Icaraí.*

Sem conseguir me conter, dei outra boa risada, daquelas que fazem a barriga se contorcer, enquanto Claudia projetava um futuro de sucesso para todos nós, com glórias e aplausos e turnês internacionais.

— Juro que eu queria ter esse otimismo. [risos] E olha que eu tô me esforçando pra ver o lado bom das coisas. Pra valorizar que a gente avançou. Que eu não tô de braços cruzados esperando um milagre. Que eu tô focado na peça, no que eu preciso fazer pra ela acontecer, pensando no que mais eu posso inventar. Mas agora tá tudo tão,

— Incerto? — ela arriscou.

— É — concordei com a cabeça. — Falta pouco pra nossa estreia. Falta pouco pro meu dinheiro acabar. [suspiro] Acho que só me resta torcer pra tudo dar certo, né?

— Patrick. — Claudia estendeu a mão até mim. — Já deu, amigo. De coração. Eu vejo que você tá aí agoniado com isso do dinheiro, do apartamento, mas é claro que você investiu bem. Se acalma. Tenta pedir um mês pra sua proprietária, pra pagar depois. Pra ganhar tempo.

— Não existe isso, Clau.
— E você vai pra onde?
— Tô mais inclinado a,
— Voltar pra Niterói?
— É. [suspiro] Como eu vou assinar outro contrato de aluguel sem nenhuma previsão de grana? Não faz sentido. É sair de um perrengue pra outro.
— Claro. E Niterói é aqui do lado. Você ainda tem o maior casão.
— Sim. [suspiro] Enfim, vamos em frente que ainda tem muito Junior e Guto pra,
— Junior e Guto? — Claudia me interrompeu, irônica. — Não era César e Guto o nome dos personagens? Mudou?
— Para! [risos envergonhados] Eu me confundi.
— Sei. — Ela deu outro gole em seu chope. — Foi só uma confusão. [risos] Eu nem tô imaginando que você terminou sexta dando na praia de novo.
— Claudia! [gargalhada] Deixa de ser doida. Não teve nada disso. Cada um foi pra sua casa depois da Pink.
— Ah, é? — Ela pareceu desapontada.
— É. — Dei de ombros, resistindo em prosseguir com aquele tópico. — Mas a gente super se divertiu.
— Tô vendo pela sua cara.

Junior não tinha se tornado um assunto sensível entre nós, mas, de um jeito até bem infantil da minha parte, eu me sentia como um adolescente que fez besteira e sabe que vai ser colocado de castigo por sua mãe. Com o detalhe de que Claudia não era minha mãe, eu não era mais um adolescente nem considerava ter feito nenhuma besteira. Não havia motivo, portanto, para guardar as peripécias daquela noitada só para mim.

— Tá, amiga. Eu confesso. [risos inseguros] Aconteceram *coisas*.
— Claro que aconteceram, viado. — Claudia se ajeitou na cadeira, empolgada com a fofoca. — Fala logo.
— Eu cheguei lá e o Junior foi pegando o Beto e o Gabriel.
— Ai, Patrick. [suspiro] Eu avisei que,
— Só que eu me joguei no meio deles e peguei geral — completei, veloz, cortando logo qualquer narrativa de que eu tinha ficado no canto chorando como um pobre coitado.
— Quê?! — Claudia quase caiu para trás. — [risos descrentes] Você não fez isso.

— Fiz. — Sorri, sem jeito, torcendo para que minha amiga começasse a achar graça daquela situação.

— Não. — Ela balançou a cabeça, se recusando a acreditar. — Você não entrou na brincadeira com o elenco de vinte anos e começou a beijar todo mundo.

— É por isso que eu não falo nada — resmunguei, prevendo o sermão que viria pela frente. — Tudo que eu faço tá errado.

— Patrick! [risos putos] Você quer enganar quem? [risos] Você realmente acha que vai segurar o rojão de pegar geral? De ficar vendo o Junior pegando os outros caras? Agora tá explicada a cara de bunda no ensaio. É óbvio que essa palhaçada te bateu mal.

— Gente, perdão, então. — Me irritei. — Eu só tava tentando me divertir.

— Você pegou o outro protagonista, Patrick. — Claudia subiu o tom. — Que vai beijar o seu crush pelas próximas semanas.

— Meu crush? [risos nervosos] Do que você,

— Amigo, pelo amor de Deus. [risos] Você tá encantadinho pelo Junior, admite logo. Para de fingir que nada tá aconte,

— Eu não tô fingindo nada — retruquei no mesmo tom. — É claro que eu tô, sei lá, curtindo um pouco ele.

— Já melhorou. — Ela se recostou na cadeira, impaciente.

— Mas eu sei que ele tá soltinho, né?

— Claro, Pat. É o primeiro musical dele. Cheio dos viados em volta rebolando. Quem é que não ia se jogar na farra?

— Eu sei. — Fui obrigado a concordar. — Eu faria o mesmo.

— Todos nós. [risos] Já fizemos. Com vinte anos. Mas passou, né?

— É. — Dei o braço a torcer.

— Olha. — Minha amiga respirou fundo. — Eu não quero cortar seu barato. [risos fofos] Sério, amigo. Eu torço muito pra você encontrar alguém que te ame do jeito que você merece. Mesmo. Que te faça esquecer do Denis e de todo mundo que já te machucou. Mas você tá apostando todas as suas fichas nesse musical. E, por isso, eu quero que você aproveite cada segundo desse processo. Imagina se dá ruim entre você e o Junior, e você fica com essa energia pra baixo nos próximos ensaios. É isso que você quer?

— Jamais.

— Então. O Junior tá em outro momento, em outra fase. Quem sabe depois da estreia vocês não se jogam de cabeça nessas brincadeiras ou no que vocês quiserem? Você não precisa de mais angústia na cabeça, sabe?

— Super — concordei, mesmo que a contragosto. — Fica tranquila. Foi só uma noite de bagunça. Nada de mais.

Junior Vieira

Oieee!!!
Beleza? rs 20:43 ✓✓

> E aí rs
> Beleza e vc? 20:46 ✓✓

Feliz que hj o ensaio foi bom de novo 😊
Começando a ficar nervoso com a estreia hehe 20:47 ✓✓

> Normal
> Vai dando um frio na barriga, né? 20:47 ✓✓

Nossa, vai 20:48 ✓✓

> Mas vc tá ótimo
> Vai dar td certo 20:49 ✓✓

Tomara! 20:49 ✓✓

> 😊 20:49 ✓✓

E de resto?
Tá td bem? 20:50 ✓✓

> Td certo
> Só cansado com coisas da produção 20:50 ✓✓

Imagino
Amanhã tem as fotos, né?
Tô animado!
Todo mundo com figurino ☺
A Claudia contou que o cenário
vai ser um barco! Vai ficar foda!
Já quero ficar nele posando de líder
do Bicharaí hehe 20:51✓✓

                              Pois é rs
          O barco fica pronto na
                próxima semana
      A Clau ainda teve a ideia
      da gente fazer uns remos
    bem grandes, nada realistas,
              pra usar tb 20:51✓✓

Tudo!!! 20:52✓✓

                    Sim sim ☺ 20:52✓✓

E se liga
O Thiago chamou a galera pra
ir lá na casa dele ver um filme
O Thi disse que era de boa te
chamar tb, se vc pilhar 20:53✓✓

         Ah, agradece ele pelo convite
         Mas vou ficar em casa msm
         Tô mais na vibe coma 20:54✓✓

Que? hahahaha 20:54✓✓

                               Cama!
                        Descansar rs
          Mas aproveitem! 20:55✓✓

Beleza! hehe
Vou me arrumar aqui pra
não chegar mt tarde lá 20:56✓✓

                                                Claro
                                  Bom filme 20:56✓✓

Valeu!
Descansa ☺ 20:57✓✓

                                    Pode deixar ☺ 20:57✓✓

- **Gen Osório**

 Hoje

Ola rapaz gato!
Curte ser chupado no cuzinho?
21:00

pode ser
Lida 21:02

afim.ipa compartilhou sua localização.

— **A**ssim? — perguntou o fotógrafo, mostrando o visor de sua câmera para Claudia.

— Será? — Ela titubeou. — Talvez fique melhor mais como time de futebol, não? Metade agachada na frente e a outra em pé?

— Podemos testar — ele assentiu. — Eu tiro na vertical pra facilitar pro cartaz.

— Isso. — Minha amiga gostou da ideia. — Então, galera, vamos fazer diferente. Em vez de todo mundo lado a lado, deixa Junior e Beto no meio, Thiago e Nicolas podem ficar do lado deles em pé, e o resto vem pra baixo, como naquelas fotos de time.

— Vai ficar parecida com a capa do livro — Junior observou.

— Exatamente. — Claudia se animou, enquanto nosso time de remadores bichas se reorganizava no espaço conforme suas orientações.

Com Isadora na mesa de luz auxiliando os trabalhos e Claudia no palco coordenando a sessão de fotos, nossa manhã de terça-feira já tinha começado a todo vapor no Dulcina. Além da foto oficial com os integrantes do Bicharaí, também faríamos fotos individuais do elenco e de todos que integrassem a ficha técnica até o momento.

Iluminados por refletores nas cores azul e rosa, nosso elenco jovem se divertia em cena, incorporando o espírito daquela equipe de bichas a cada flash. Com a luz de serviço da plateia apagada e apenas o palco em destaque, já era possível ter uma ideia de qual seria o clima das nossas futuras noites de apresentação. O gostinho de estar sentado naquelas poltronas vermelhas, à meia-luz, enquanto um mundo se agitava sobre o palco.

Ainda que eu tivesse minhas inseguranças quanto àquele investimento, era inegável que ver minha história ganhando vida daquela forma me empolgava. Claro que eu preferiria ser herdeiro e não me preocupar com nenhum centavo gasto naquela produção, mas observar aqueles garotos no palco, com seus uniformes do meu clube de regatas, dentro daquele teatro incrível, me deixava em um estado de ânimo tão bom que eu quase esquecia que havia um mundo de preocupações da porta para fora.

Sentado na plateia, acompanhando o ensaio fotográfico de longe, aproveitei para me aproximar do núcleo "mais velho" do espetáculo. Enquanto Michel e Caetana reforçavam como se sentiam sortudos por terem encontrado uma equipe tão afetuosa e um texto capaz de emocionar ao mesmo tempo em que fazia rir, Rafael compartilhava o quanto estava com saudades de participar de uma produção nacional, depois de passar anos pulando de um enlatado americano para outro.

— Eu nem posso cuspir no prato que comi, claro — ele pontuou. — Eu me divertia horrores fazendo outras montagens, mas é diferente. Lá eu tinha que seguir passo a passo do que a produção estrangeira já tinha definido. Aqui, pelo menos, eu posso criar junto com a Claudia, com a Ari, trocar com o autor. Fica tudo mais vivo, sabe?

— Imagino — comentei. — Eles são mais inflexíveis, né?

— É outra parada, Patrick — Rafael prosseguiu. — Eles compram os direitos lá de fora e têm que seguir a montagem original. Até porque a maioria do público daqui quer ver a mesma encenação da gringa, né?

— Eu só tô aliviado que os pais do Guto não têm que se jogar nessas coreografias — Michel comentou. — Eu fico olhando o que a Ariella faz e, socorro, é muito difícil.

— Ah, eu queria uma musiquinha. — Caetana me olhou como quem pede um presente ao Papai Noel depois de um ano se comportando como uma boa moça. — Os pais homofóbicos cantando uma música triste, rejeitando o filho gay. Eu acho que o Patrick podia escrever mais essa pra gente. [risos] Nunca pedi nada.

— Claro! [gargalhada] Eu tô com pouca coisa pra fazer, vou ali no canto escrever só mais essa música pra vocês.

— Ótimo! — ela embarcou. — A gente já decora pra amanhã. É só,

— Patty Pink! — Um grito nos interrompeu. — Ele só responde assim agora, Little Claudia! [risadas histéricas] Né, Patty?

Me virando, sem jeito, para o palco, não demorei para entender de quem se tratava. Gabriel acenava em nossa direção, animadíssimo como sempre e, para o meu azar, se sentindo mais íntimo do que eu gostaria.

— Patrick, vem aqui rapidinho, por favor. — Claudia manteve a discrição, segurando o riso. — Só pra você ver se esse enquadramento ficou bom.

— Claro, amiga. — Me levantei de imediato, pedindo licença ao meu bonde "trinta mais" do elenco. — Patty Pink a caminho.

Já no palco, me concentrei nas imagens que o fotógrafo nos mostrava em sua câmera. Meus meninos de Icaraí eternizados por aquela lente, juntos um ao lado do outro, com César e Guto no centro, em uma pose que remetia, de fato, à capa do meu livro.

— E aí? — Claudinha aguardava ansiosa minha opinião.

— Tá incrível. — Não havia outra resposta. — As fotos de divulgação vão ficar lindas.

— Vão, né? — Ela também se mostrou confiante.

— Super — reforcei. — Eu só faria mais algumas deixando um espaço em cima deles pra eu inserir o nome da peça depois. Só pra me facilitar.

— Maravilha, amigo! — Claudia comemorou. — Então, vamos só tirar mais essas que você pediu e depois a gente vai pras individuais, beleza?

— Beleza! — concordei, animado, sem deixar de reparar que Junior me observava, no meio dos outros rapazes, com um sorriso gigante de satisfação.

Um sorriso que parecia me responder: "Beleza!"

Com a sessão de fotos finalizada e a maior parte do elenco partindo depois do almoço, retornei para a sala de ensaios com Claudia, Beto e meu pai, que tinha chegado ao fim da manhã para garantir sua foto conosco.

Naquela tarde, Beto trabalharia em seu solo "O muro ao meu redor" pela primeira vez. Ele acontecia ainda no primeiro ato da peça, quando Guto lamenta não conseguir se soltar como seus novos colegas de equipe. Enquanto César e os demais remadores do Bicharaí rebolavam, desmunhecavam e se comportavam como bichas orgulhosas de si, Guto não conseguia se desprender dos ensinamentos enfiados goela abaixo desde cedo por seus pais, Fátima e Jorge. De que, para ser "homem", ele precisava ser duro, bruto e hétero, claro.

Esta era justamente a trajetória de Guto no espetáculo: como ele, pouco a pouco, se permitia derrubar aquele "muro" e deixar para trás todas as expectativas errôneas e cruéis depositadas nele por seus pais. A cada cena se enxergando com mais carinho e generosidade, se reinventando a tal ponto que, no final da trama, quando Fátima e Jorge o confrontam no Bicharaí, Guto não recua nem se amedronta. Finalmente mais confiante, o rapaz entende que o problema não está no seu jeito de ser e amar, mas na cabeça preconceituosa de sua família.

Diante do piano, Beto também não decepcionou perante àquele desafio. Concentrado, ele seguia com afinco as indicações de meu pai. Respirando aqui, testando ali, se emocionando e se divertindo na mesma medida. Procurando os sentidos de cada estrofe e se esforçando para dar mais colorido a cada verso.

Sim, tinha sido uma delícia ficar com ele naquela festa, mas talvez fosse mais prudente, de fato, estabelecer limites na minha relação com o elenco. Alinhar qual melodia eu e Beto cantaríamos dali em diante.

—Deixa de besteira, Patrick. [risos] Precisa me agradecer, não.

— É que eu sei que depois do ensaio fica todo mundo cansado. E hoje foi só contigo, né?

— Não tem essa — Beto continuou, em seu bom humor habitual. — Precisando trocar uma ideia eu tô aqui.

— Ótimo. — Sorri, mantendo a pose descontraída.

Em mais um daqueles fins de tarde com a sensação térmica ultrapassando os cinquenta graus, nós bebíamos suco de laranja e beliscávamos gurjão de frango debaixo do toldo amarelo característico do meu point de sempre na Cinelândia.

— Pode mandar na lata, senhor autor — Beto se antecipou. — O que tá pegando?

— [risos nervosos] Dá pra perceber?

— Que você tá sem graça, como se guardasse um grande segredo capaz de destruir a humanidade? [risos] Sim.

— Ai, meu caralho. [risos mais nervosos] E eu pensando que era um bom ator, que conseguia disfarçar.

— Diz aí. [risos] Tá sem graça comigo, né?

— Mas o que é isso? [risos surpresos] Virou Beto Sensitivo agora?

— Zero. — Ele sorriu. — É só porque ontem no ensaio você ficou mais no seu canto. Hoje não puxou assunto. Ou a ressaca pós-Pink ainda tá rolando ou tem mais treta aí.

— Ai, Beto. — Apoiei a cabeça nas mãos. — Tudo o que eu não queria. Criar qualquer climinha.

— [risos] Isso tudo é só porque a gente se pegou?

— Talvez? — respondi, sem jeito.

— Porra, meu beijo é tão ruim assim? — Beto se fez de ofendido.

— [gargalhada] Não, garoto. Pelo amor de Deus.

— Foram poucos os caras que reclamaram, viu?

— Não é nada disso — falei, a cada segundo mais envergonhado. — É só que, enfim, eu não queria que ficasse nenhum climão entre a gente.

— Por mim, não tem climão nenhum. — Ele nem pestanejou. — Foi divertidasso ficar contigo naquela noite, te conhecer um pouco mais solto, se jogando na pista, rindo.

— Sim, eu super me diverti — garanti. — Foi muito gostoso dançar ali. Te beijar.

— Então qual o problema? — Beto seguia achando graça do meu nervosismo.

— É só que... — busquei a melhor forma de dizer aquilo — eu não queria misturar as coisas, criar qualquer expectativa ou,

— [gargalhada] Patrick!

— Que foi? [risos confusos] Falei merda?

— Você não criou expectativa nenhuma. [risos] A gente só se curtiu.

— É, né? — perguntei, inseguro.

— Claro. — Beto me tranquilizou. — A gente só se divertiu juntos numa festa. E eu nem pretendo te beijar de novo.

— Hã? — Me surpreendi com seu papo reto.

— É. [sorrisinho debochado] Por consideração a um certo alguém.

— Como assim?

Além de ter me pegado desprevenido há poucos segundos, me informando que não pretendia me beijar de novo, agora Beto ainda acrescentava outra camada àquela fofoca.

— Como assim que eu já escutei por aí que tem umas pegações deixando de ser só pegações — ele se explicou.

— Como assim, Beto? — repeti, tentando controlar as borboletas que começavam a voar no meu estômago. — Fofoca pela metade quase mata fofoqueiro. É isso que você quer que aconteça comigo?

— Você sabe do que eu tô falando. [risos] Ou melhor, de quem eu tô falando.

Claro que eu sabia. Eu só não podia me entregar logo de cara.

— De quem? Do Ju? — Me fiz de inocente.

— "Do Ju"? — Beto me imitou, acrescentando um tom perdidamente apaixonado na sua fala.

— Beto! [risos envergonhados] Ele falou alguma coisa?

Chegava a ser ridículo o quanto eu estava animado.

— Tá interessado? [risos] Alguém aqui levou uma flechada do Cupido?

— Cala a boca. [risos] Vai, fala logo.

— Eu não sei nada, oficialmente. — Beto se divertiu. — Mas, não oficialmente, tá na cara que tem algo a mais rolando.

— Tipo...

— Tipo algum carinho especial por você, né? — Beto me disse como quem revela a coisa mais óbvia do mundo. — Não deu pra perceber na Madonna e na Pink?

— Não sei — disfarcei. — Foi só uma pegação bêbada num show, né? E na Pink, ele pegou geral também.

— Patrick, deixa eu te mandar a real. — Beto deixou seu suco de lado. — Eu e o Junior somos amigos. A gente se beija na peça, se pegou na Pink, mas foi só de brincadeira. Ele nem faz o meu tipo. [risos] Eu prefiro caras mais velhos.

— Ah — reagi, levemente desconcertado.

— Isso não foi uma cantada. [risos] Eu curto caras, tipo, "cinquenta mais", tá?

— Não, tranquilo. [risos] Eu nem pensei que foi,

— Então relaxa que o Junior é todo seu.

— Imagina. — Tentei esconder minha alegria. — Ninguém é de ninguém.

— Com certeza. — Beto se divertiu com minha cara de pau. — Mas pode dormir em paz que *meu* o Junior não é.

— Tranquilo. [risos esperançosos] Tá tudo certo.

— Ótimo.

— Sem nenhum climão entre a gente, que é o mais importante.

— Claro.

— Tudo em paz. [coração acelerado] Tudo lindo.

Junior sorrindo, Junior na praia, Junior na cachoeira, Junior no teatro, no cinema, no hotel fazenda, no calçadão de Icaraí, nas barcas, no bloco de Carnaval, no show da Madonna, sempre com aquele brilho no olhar que eu já conhecia de perto.

Deitado em minha cama, com o ar-condicionado no máximo e meu celular em mãos, eu me sentia uma adolescente que acaba de ser tirada para dançar valsa com seu príncipe de quinze anos.

Passeando mais uma vez pelo seu feed, eu sorria, abobalhado, a cada foto, me segurando para não sair curtindo tudo e entregando de bandeja que estava ali de olho, completamente... Enfim.

Independente do que Junior sentisse por mim, e vice-versa, era reconfortante saber que, de algum modo, eu era correspondido. Que, pelo menos, havia algum interesse do outro lado e que, talvez, com sorte, eu não quebraria novamente a cara se decidisse me aventurar por aquela estrada.

Se Beto tinha levantado a bola de que minhas pegações com Junior estavam deixando de ser apenas isso para se tornarem algo a mais, não seria, então, o momento de investir um pouco mais? De convidá-lo, outra vez, para sair comigo? Ou seria mais sensato seguir o conselho de Claudia e esperar que nossa temporada acabasse para, só então, mudar o rumo da conversa?

Aquele "ser emocionado ou não ser, eis a questão" poderia me fazer virar a noite colocando na balança todos os prós e contras de me envolver com Junior, não fosse o maldito algoritmo do Instagram me jogar na cara uma foto — esplêndida, eu não podia negar — de Denis e seu marido vestidos de noivos na frente de um castelo, jogando o buquê de flores para o alto, com dezenas de padrinhos e madrinhas atrás com os braços levantados. Todos rindo e felizes e ricos e fofos e filhos da puta.

Eu não sabia mais quem, além do próprio Denis e seu marido, deveria bloquear naquela rede social para não me deparar com aquele tipo de conteúdo, mas, pelo visto, os padrinhos e as madrinhas também precisavam receber meu amado block. O que aconteceu logo na sequência, fazendo com que aquele maldito conto de fadas sumisse da minha frente.

O irônico foi o que apareceu justamente no lugar, comprovando que, além de escutar tudo que falamos, nossos celulares agora captam nossos mais profundos temores e os lançam direto nas nossas timelines.

Feliz e plena, Mel Salomé erguia uma taça de espumante junto com sua equipe, todos em seus respectivos quadradinhos no Zoom, posando para a foto. Na legenda, a seguinte frase: "Celebrando minha linda equipe de roteiro em nosso primeiro dia de trabalho nessa jornada ardente chamada *Poderosa Consolação*! #VemAí #Superplay".

Para arrematar, o primeiro comentário era da produtora do Marcinho, escrito por ele, claro: "Poderosinhos demais!! Equipe dos sonhos!!"

Talvez eu fosse um grande recalcado que não conseguia torcer pela felicidade alheia, independentemente de qualquer coisa. Ou um ser menos evoluído com dificuldade para virar a página e compreender que não existem vilões e mocinhos. Que todos são passíveis de cometer erros. Que o tempo cura tudo. E que o mercado funcionava daquela maneira.

Seja como for, diante daquelas fotos, eu só queria mandar todos para a casa do caralho. Ou do caralhinho, no caso do Marcinho.

Felizmente, meus trinta e nove anos tinham me ensinado a controlar certos impulsos destrutivos e a ter mais cautela na hora de chutar o balde.

No fundo, eu sabia que deveria apenas largar aquele celular e dormir de uma vez, já que, deixando de lado o meu ex-namorado insensível e a hipocrisia daquele produtorzinho de merda, eu já sabia onde depositar a minha energia assim que acordasse.

Junior Vieira

> Toc toc
> A poc poc tá aí? 09:28 ✓✓

Olha ele citando o próprio
musical hahahahahaha
A poc poc tá sempre on!
Bom diaaaaa 09:33 ✓✓

> Bom dia!! rs
> Entãooo, eu vi que hj vai
> ser mais um dia de sol
> e calor infernal 09:37 ✓✓

já deu pra sentir rs
aqui em Botafogo
botaram fogo msm hehe 09:38 ✓✓

> Sendo assim
> Vc pilha outro mergulho
> aqui em Ipa pós-ensaio?
> A gente volta do teatro
> juntos de metrô 09:39 ✓✓

Puuutzzzzz
Hoje?! 09:39 ✓✓

> É rs 09:39 ✓✓

BELEZA!
hahahahaha 09:40 ✓✓

Idiota rs 09:40✓✓

Vamos curtir mais
um pôr do sol ☺ 09:40✓✓

— Claro que eu vou!

— Não precisa, vó. [risos] A gente compra um bolo e tá resolvido.

— Imagina. Aniversário sem meu pavê de manga não é aniversário.

— Tá bem. [risos] Se você insiste.

— Ah, eu insisto. [risos] Você chega aqui na sexta?

— Isso, sexta tô aí. Fico até domingo.

— Só?

— Eu tenho que voltar na segunda pros ensaios, né?

— Você podia ficar mais. Seu pai vai pro ensaio no Rio e volta pra cá toda vez. Vai e volta com ele.

— Não dá, vó. [risos] Já tá muita correria. Vai ser muito cansativo.

— Nosso quarto tá arrumado, só te esperando.

— Você não desiste, né, Joaninha? [risos] Depois de amanhã eu tô aí. Fica tranquila. A gente vai curtir muito o fim de semana. Você vai conhecer a equipe da peça. O elenco. Vai o Bicharaí todo.

— O quê?

— O Bicharaí. [risos] É da peça. Do meu livro, lembra? Você leu.

— Ah, sim. Das bichas.

— Isso. [risos] Que tem o César, o Guto, o treinador Walter,

— Eu lembro. Eu tenho aqui meu livrinho assinado pelo autor. [risos] Com dedicatória e tudo.

— Exatamente. [risos] Só que agora virou musical. A história é a mesma, mas tem umas partes que viraram músicas. Que é o que meu pai tá ensaiando aqui. Hoje ele já pegou a "Além da Guanabara", do treinador, e agora tá com a "Em primeiro lugar", que é a música de abertura, mas que também fecha a peça no final.

— Ele disse que os meninos cantam muito bem. E que as letras são ótimas.

— É, tem umas palhaçadas. [risos] Quando você vier na estreia, vai ver. Vou reservar um lugar bem na frente pra você ver tudo de perto.

— Eu quero meu lugar de honra! [gargalhadas] Que a vovozinha merece.

— Vai ter, vó. Deixa comigo.

— Eu deixo. E você deixa o pavê de manga comigo que eu faço questão.

— Tá certo, dona Joana. [risos] Que venha o pavê!

— É pra comer, Patrick.

— Calma, garoto, tá pelando — retruquei, segurando meu milho que, de tão quente, corria o risco de estourar e virar pipoca bem na minha mão.

Sentados em minha canga, eu e Junior dividíamos aquela espiga enquanto o mar se agitava à nossa frente. Com a bandeira vermelha de "Alto Risco" hasteada ao nosso lado, tudo indicava que nosso mergulho vespertino tinha ido por água abaixo.

Na verdade, com o céu nublado e nuvens carregadas sobre a nossa cabeça, era bem mais provável que o tempo virasse de vez e nós ainda precisássemos sair correndo debaixo de uma chuva torrencial. Seria impossível aplaudir qualquer pôr do sol naquelas condições climáticas.

De todo jeito, eu esperava que aquele fim de tarde conseguisse equilibrar um pouco o pêndulo no qual meu coração tinha se transformado. Ora pesando para o Patrick emocionado, ora para o Patrick traumatizado.

Quem sabe, abrindo o jogo com Junior, nós pudéssemos ter uma conversa franca sobre o que estávamos sentindo um pelo outro e, assim, eu conseguisse seguir em frente mais tranquilo, sabendo se podia mergulhar com segurança naquelas águas ou se deveria levar a sério a bandeira vermelha ao meu lado.

Beto não tinha me garantido que Junior estava apaixonado por mim nem me dado certeza absoluta sobre qualquer sentimento que ele pudesse nutrir pela minha pessoa. Mas suas impressões pessoais corroboravam o que minha intuição também me dizia: que eu não era qualquer um para Junior.

No fim das contas, era melhor tentar logo a sorte do que ficar na dúvida pelas próximas semanas de ensaios e temporada, sem saber como agir ou criando uma distância desnecessária entre nós.

— E aí? — Junior perguntou, finalmente conseguindo morder nosso milho sem queimar a língua.

— O quê? — devolvi, sem graça.

— Não sei. — Ele sorriu, irônico. — Você que me chamou pra praia. [risos] Você que tem que me dizer o que tá pegando.

— Ué, não posso chamar pra praia só por chamar? — disfarcei.

— Pode. [risos] Mas como a gente ficou na sexta e você sumiu no fim de semana, me respondeu sem vontade na segunda e não abriu a boca nos últimos ensaios... [risos] Eu diria que tá rolando alguma coisa, né?

Eu detestava pessoas atentas.

— É. [risos envergonhados] Eu fiquei estranho depois daquela festa.

Se eu queria botar as cartas na mesa, precisava começar de algum lugar.

— Por quê? — Junior se preocupou. — Se eu tiver feito merda, pode falar.

— Não, você não fez nada. — Me apressei. — Fui eu que,

Ai, minha deusa.

— Me emocionei um pouco — admiti, sem graça.

— Ah. — Ele desviou o olhar.

— Eu sei que foi só uma grande brincadeira, né? — completei, sem querer que nenhum silêncio constrangedor se instaurasse entre nós.

— O quê? — Junior se voltou novamente para mim.

— A nossa pegação na Pink.

— A nossa pegação foi uma brincadeira? — Ele sorriu, desconfortável.

— Não a *nossa*, eu e você. [risos nervosos] A nossa com o Gabriel, o Beto.

— Ah. — Junior continuou sem entender para onde eu levava o assunto.

— E quando fica na putaria só pela putaria é uma maravilha. — Tentei seguir minha linha de raciocínio.

— Que putaria? [risos confusos] A gente não chegou nem perto de fazer putaria.

— Não, claro. Não teve putaria nenhuma, foi só forma de dizer. Eu,

— Patrick, respira — ele me interrompeu, fofo. — Eu só não entendi o que te bateu errado na festa. Nem que emocionada foi essa que você falou.

— Claro. — Tentei me recompor. — É que,

Eu invejava como Junior e, aparentemente, todos os outros viados no mundo conseguiam lidar tão bem com aquela flexibilidade afetiva. Curtir com um, depois com outro, e, ainda assim, não se envolver nem "se emocionar". Como eles conseguiam encarar todas aquelas pegações com tanta praticidade?

Cara a cara com aquele garoto, eu não imaginava que seria tão difícil falar sobre o que eu estava sentindo. Muito menos que ainda achava perigoso me mostrar vulnerável para outra pessoa, como se, a partir do momento em que eu demonstrasse gostar dela, tudo que tínhamos construído até então desmoronasse automaticamente.

Imerso em minhas paranoias, parecia que o único desfecho possível para aquela história seria cada um seguindo para o seu canto e Junior me explicando que tudo não havia passado de uma grande confusão da minha parte. Que para ele eram apenas brincadeiras gostosas, que ele me adorava como amigo, me admirava como autor, mas que nada além disso tinha atravessado sua mente e seu coração.

Só que agora eu já tinha dado o primeiro passo. Então, com medo ou sem medo, precisava continuar.

— Primeiro, de verdade, eu achei que a festa foi ótima. Me diverti horrores, já me entendi com o Beto,

— Com o Beto? — Junior se surpreendeu. — Deu problema com vocês?

Patrick do céu, por que você não consegue ir direto ao ponto sem se enrolar tanto?

— Não, zero problema — esclareci. — Eu só conversei com ele que não queria que ficasse nenhum climão entre a gente, e não ficou. Tá tudo certo.

— E com a gente não tá?

— Tá, super. [risos nervosos] É só porque com a gente é um pouco diferente, né?

— Não sei. [risos confusos] É?

— Acho que é. — Sorri, sem jeito. — A gente já ficou algumas vezes, já transou algumas vezes, tamo se falando bastante…

— Sim. Verdade.

— E aí que eu tô um pouco… confuso.

— Confuso?

— É, com medo de… — Junior continuava me encarando, ligado em cada palavra que saía da minha boca. — Sentir alguma coisa a mais. Por você.

— Hum — ele resmungou, sem me indicar o que se passava pela sua cabeça.

— "Hum?" [risos nervosos] É essa sua resposta?

— Ué. — Ele sorriu, acanhado. — Você que é o autor aqui, quem domina as palavras.

— Ah, tá. [risos] Agora não sabe mais falar?

— Para, Pat. — Junior me deu um leve empurrão, seu rosto ruborizado. — Eu só tô sem graça, não tá vendo?

— Ué, você que é a estrela do palco. Quem domina a cena. — Devolvi na mesma moeda. — Tá tímido agora?

— Idiota. — Ele deu outra mordida no milho, provavelmente para ganhar tempo.

Pelo menos estávamos os dois rindo.

Parecendo estar com a mente a mil, Junior continuava mastigando, talvez buscando a melhor resposta para me dar ou apenas enfrentando a mesma dificuldade que eu em expressar seus sentimentos.

— Bom — ele retomou.

— Hum — brinquei.

— Cala a boca. [risos tímidos] Me deixa falar.

— Tá. — Sorri, receoso do que viria.

— Acho que já ficou claro que você é importante pra mim, né, Pat? — Junior me encarou, sincero. — Que eu gosto de ficar com você, que eu te admiro pra caramba.

— Super — assenti.

— E que foi por isso que eu fiquei tão triste quando você me tratou daquela forma lá na sua casa, quando a gente se conheceu.

— Claro.

— Porque eu já te admirava antes mesmo de te conhecer assim, que nem agora — ele reforçou. — Então, é claro que eu também fico confuso e na dúvida se a gente, sei lá, deve se envolver de outra forma.

— Super — repeti, atencioso.

— Não é com medo de você me decepcionar de novo — Junior tentou se justificar. — É só porque essa peça é a coisa mais importante da minha vida. E eu sei que é da sua também. Então, me dá um certo pânico pensar que, se a gente for muito fundo nessa parada que tá rolando e der algum ruim lá na frente, pode,

— Foder com a peça toda — completei, compartilhando do mesmo medo.

— É. [risos tímidos] E, tipo, eu também fico meio, — Junior levantou o rosto para o céu, seus olhos começando a marejar.

— O quê? — Coloquei a mão sobre seu ombro.

— Tá tranquilo — ele disfarçou, enxugando uma lágrima que teimava em escorrer pela sua bochecha. — E só que,

Surpreso com sua emoção, dei espaço para Junior elaborar o que quer que fosse, retirando minha mão de seu ombro e me controlando para não demonstrar o quanto suas palavras já tinham me atravessado.

— Eu gosto de você, Patrick — Junior admitiu, sem graça. — É claro que eu gosto de você. [sorriso lindo] Mas tem tanta coisa passando pela minha cabeça, que eu não sei se agora é a hora de me,

— Jogar de cabeça? — arrisquei.

— É — ele concordou, cabisbaixo. — Mas não é nada com você. Eu que tô passando,

— Não precisa se justificar, Ju. — Disfarcei minha tristeza.

Não era, afinal, como se eu não entendesse de onde seu receio vinha, já que parte das minhas aflições quanto a me envolver com ele tinha a mesma natureza. Nenhum de nós dois queria arriscar nossa boa convivência naquele musical. Transformar aquele divertido ambiente de trabalho em um campo minado de corações partidos.

— Juro, Pat — ele insistiu, me encarando fundo nos olhos. — É só porque... [suspiro] Eu já te disse o quanto seu livro me marcou, não disse?

— Disse.

— Então, talvez eu precise te explicar como. — Junior reuniu forças para ir adiante, enquanto eu me esforçava para que ele não percebesse o aperto que tinha surgido no meu peito a partir do seu quase "fora".

Até porque, se eu tinha me colocado na posição de abrir o jogo de uma vez, também precisava estar preparado para qualquer que fosse o resultado.

— Você lembra que eu te contei que vi seu livro lá em Niterói pela primeira vez? — Junior recordou. — Naquela livraria da Paulo Gustavo?

— Sim — confirmei.

— Então, aquilo foi em 2021. Você já tinha lançado *Os meninos de Icaraí* em 2020. A pandemia tava ficando pra trás, eu já conseguia sair. E naquela tarde eu fui pra Icaraí passear. E acabei comprando seu livro.

— Você contou.

— Pois é. Eu tava com vinte anos. Já estudava teatro na Martins Penna, já tinha saído do armário pros meus amigos, mas ainda morava com meus pais em Itacoatiara.

— Uhum. — Sinalizei que estava prestando atenção, ainda que não fizesse ideia de onde aquela história ia dar nem o que aquilo tinha a ver com nosso flerte.

— Só que lá em casa era diferente. — Junior respirou fundo. — Meus pais não curtiram quando eu disse que queria ser ator pra valer. Enquanto eu fazia teatro na escola, ainda criança, era tudo fofo. Mas, quando eu avisei que ia fazer a prova pra Martins, mudou tudo. Eu tinha que seguir alguma carreira "séria". Ser advogado, engenheiro, médico, arquiteto,

— O clássico — Revirei os olhos.

— Exato. [suspiro] Só que eles não me impediram de fazer nada. Viraram a cara, mas me deixaram lá com o meu "cursinho de teatro". Mesmo eu falando que a Martins era foda, que era a escola de teatro mais antiga da América Latina, pra eles tanto fez, tanto faz.

— Que pena — lamentei.

— Mas eu levantava a cabeça e ia em frente. Só que era uma parte da minha vida que eu queria que eles participassem mais. Quando tinha montagem no colégio, eles não iam. Não perguntavam como tinha sido. Nada. E não só sobre isso. Eu já era bem viado nessa época. Já tinha ficado com vários caras, meus amigos já sabiam que eu era gay. Mas meus pais, nem pensar. Nenhuma pergunta se eu tava a fim de alguém, se eu não tava. Se eu tava apaixonado. Nada. Eu não comentava nada, eles não perguntavam nada e ficava cada um no seu canto. [suspiro] Até o seu livro.

— Meu livro? — estranhei.

— Quando eu li aquela história, a *sua* história, eu não tô exagerando, Pat, a minha cabeça girou. [risos] Porque ali tava o César, aquela bicha afrontosa, liderando uma equipe de bichas, ganhando todos os campeonatos da Guanabara, sem ninguém na equipe com vergonha ou medo, chegando no vestiário cheios de troféus.

— Menos o Guto, né? — sinalizei, impressionado com a paixão com que Junior falava sobre aquela história e aqueles personagens.

— Sim, menos o Guto, no *começo*! — ele frisou. — Porque depois ele vai se soltando, vai ganhando confiança e, [suspiro] enfim, a gente descobre que ele foi expulso de casa pelos pais, né? Que os pais não aceitavam que ele fosse bicha. Mas você foi lá e deu pro Guto um final feliz, quando ele encontra uma nova família no Bicharaí. Quando ele e o César se apaixonam. Quando ele continua fazendo o que ama, que é o remo. Ele não desiste de nada por causa dos pais.

— É — confirmei, perdido na relação de sua história pessoal com a minha ficção.

— Bom, quando eu cheguei no final do livro, com o Bicharaí ganhando o campeonato nacional, com o César e o Guto pulando de mãos dadas do trampolim da praia de Icaraí, vitoriosos e apaixonados, eu fiquei tão inspirado que chamei os meus pais e saí do armário pra eles.

— É o quê?! — Fui pego completamente de surpresa.

— Eu não tava mais nem aí, Pat — ele continuou, emocionado. — Eu queria ser corajoso que nem o César e o Guto. [voz embargada] Porque eu não ia passar a minha vida toda sem poder ser quem eu era dentro de casa. Eu não ia. Não era justo comigo.

— Calma, Ju — falei com delicadeza, vendo novas lágrimas escapulirem de seus olhos.

— Eu tava disposto ao tudo ou nada — Junior complementou, sua mágoa pelos pais aparecendo em cada palavra. — E sabe o que eles fizeram? [risos tristes] Sabe o que os meus pais me disseram?

— O quê? — perguntei, temeroso.

— Eles começaram a chorar. Falaram que eu tava sendo influenciado pela galera do teatro. Que agora eu só andava com viado e maconheiro.

— Pelo amor de Deus... — Balancei a cabeça, desgostoso.

— Só que eu não sou de ferro, né? — Junior se esforçou para prender o choro. — Então é claro que eu fiquei péssimo, que eu também comecei a chorar, a tentar explicar que não era nada daquilo, que eu sentia falta deles na minha vida, nas minhas peças.

— E eles?

— Minha mãe parecia que tava no meu velório. Seria patético se não fosse trágico.

— Imagino.

— Depois meu pai disse que jamais iria me botar pra fora de casa, mas que ele preferia que eu seguisse as minhas escolhas em outro lugar.

— Como é? — Me espantei ainda mais.

— O apartamento que eu moro em Botafogo é alugado por eles, só pra eu não morar mais lá em casa — Junior elucidou. — O que é um horror por um lado e uma hipocrisia da minha parte por outro, né? Quem aceita um negócio desses? Um apartamento dos pais que quase me expulsaram de casa?

— Quase não, eles,

— Me convidaram a se retirar, né? — Junior debochou.

— É. — Minha cabeça ainda girava com aquele tanto de informação. — E, não sei, talvez esse apartamento seja uma forma torta dos seus pais mostrarem que te amam.

— Que me amam, Patrick?! — ele rebateu, irritado. — Eu que sou um bosta por aceitar esse apartamento como prêmio de consolação.

— Não fala isso, Junior, pelo amor de Deus — interrompi. — Você não é bosta nenhuma, tá maluco? O que você passou foi muito pesado.

— Lembra quando você entrou no camarim depois da minha audição? — Junior enxugou as lágrimas. — No Rival?

— Lembro.

— Eu tava querendo ligar pra eles. [sorriso triste] Porque, no fundo, era só o que eu queria. Que eles torcessem por mim. Que eu pudesse comemorar com eles. Que tivesse alguém que se importasse quando eu conquistasse alguma coisa maneira, tá ligado?

Então, como se não tivesse mais forças para continuar revirando aquele baú de memórias, Junior desabou no choro, cobrindo o rosto com as mãos.

— Ô, Ju, não faz isso. — Segurei a emoção enquanto passava o braço ao redor do seu corpo, puxando-o contra mim. — Nem tudo tá perdido. Você ainda vai estrear essa peça agora. A gente pode convidar seus pais para irem lá. Quem sabe eles não abriram um pouco mais a cabeça deles?

— Pode ser — Junior resmungou, aninhado no meu corpo. — É por isso que essa peça é tão importante, sabe? Pra mostrar pra eles que eu escolhi o caminho certo.

— Eu entendo.

— E por isso que eu tenho medo de estragar tudo. — Ele se descolou de mim, gentil. — Que eu não posso estragar isso aqui. [suspiro] Essa peça é tudo pra mim.

— Eu sei — concordei, de coração apertado. — Pra mim também.

— E se der alguma merda entre a gente,

— Complica tudo, né? — completei, prendendo o choro.

— É. E aí,

— Fodeu. [risos tristes]

— É, fodeu — Junior repetiu, melancólico, sustentando seu olhar com o meu.

— [suspiro] Então vamos preservar essa peça, né? [sorriso triste] Que, pelo visto, ela é muito importante pros dois, certo?

— Certo. [risos tristes] Acho que é o melhor, né?

— Super. [risos tristes] Super.

— Mas eu não quero que fique nenhum climão entre a gente, Pat.

— Jamais — garanti. — Tá de boa.

— E tem seu aniversário depois de amanhã. — Ele forçou um sorriso. — Festinha no Ingá. Vamos animar, né?

— Com certeza. [risos forçados] Vamos curtir muito lá. Você vai conhecer minha casa, minha vovó Joana.

— Vai ser ótimo. — Junior tentou dissipar qualquer clima estranho. — Vamos aproveitar esse tempo juntos. Beleza?

Ele continuou me encarando, os olhos vermelhos, tomado por aquele turbilhão de sentimentos.

— Beleza — respondi.

— Tão novinho e tão atrevido.
— Para, mãe, eu era uma criança.
— Sim, mas aprontava cada uma. Eu ficava uma fera. [risos] Você só falava pra me provocar, porque sabia que eu não gostava.
— Eu nem me lembro disso.
— Você devia ter uns cinco anos. Minha mãe adorava! Falava que você chamava ela de mãe porque ela era mãe duas vezes. E eu brigava com ela, falava que ela tinha que te corrigir, que você ia se confundir depois.
— Meu Deus. [risos] Tudo isso porque eu chamava minha avó de mãe?
— Claro. Sua mãe era eu. [risos] Ficavam você e minha mãe rindo da minha cara.
— Pior que eu consigo imaginar minha vó se divertindo horrores com isso.
— Pois era desse jeito. [risos] Vocês sempre foram cúmplices.
— Você tinha que ver a animação dela no telefone comigo ontem. Já querendo que eu fosse praí ontem mesmo com meu pai depois do ensaio.
— Patrick, é que você não tá aqui em casa. Eu acordo, ela tá falando de você. Eu volto da aula de vôlei, ela tá falando de você. [risos] Sua festa virou o assunto do dia.
— É muito fofa, gente.
— Ela é. [risos] E você vem que horas amanhã? Até pra eu avisar minha mãe, porque ela vai ficar na expectativa até você aparecer naquele portão.
— Acho que eu vou no fim da tarde. Acabei de receber as fotos que a gente tirou do elenco no teatro, preciso dar uma trabalhada nesse cartaz. Eu nem vou pro ensaio hoje e amanhã pra ficar adiantando isso.
— Tá. Eu vou falar com ela que você chega só de noite, então, pra garantir.
— Pronto, fala isso que tá ótimo.
— [suspiro] Eu nem acredito que meu filho já vai fazer quarenta anos.
— Nem eu, mãe. [risos] É muita coisa.
— É nada, Patrick. Na sua idade eu achava a mesma coisa, mas agora eu olho pra trás... É o começo ainda.
— Começo do fim, né?
— Para de besteira. [risos] Sua vida mal começou.
— Você acha?
— Se eu acho? [risos] Meu filho, eu tenho certeza.

Claudinha

Morreu, querido??
Cadê esse cartaz??? 17:21 ✓✓

                               Calma, minha linda!
                     Ainda tô trabalhando aqui rs
            Acabou o ensaio mais cedo, foi?
                 Tá com tempo de sobra pra vir
                          me perturbar? rs 17:34 ✓✓

Meu amor, tudo que eu mais queria
nessa quinta-feira era um tempo
de sobra! rsrs
Mas pode ter certeza que
a última coisa que eu faria
era te perturbar 17:35 ✓✓

                             Então relaxa que
                     logo mais eu te envio
                   duas versões do cartaz
             por email, tá bem? 17:35 ✓✓

Tá ótimo!
Vou fingir que não
estou ansiosa, senhor autor,
produtor e designer rs 17:36 ✓✓

                      E como foi o ensaio? 17:36 ✓✓

Patrick, você ia chorar
Juro, foi muito forte 17:36 ✓✓

O que vcs pegaram? 17:36✓✓

Reta final do segundo ato
Os pais do Guto aparecendo
no Bicharaí 17:37✓✓

A Fátima e o Jorge!
Os pais brigando com o Walter
que ele tá levando o Guto pro
mau caminho 17:37✓✓

Exatamente!
E o Michel e a Caetana destruíram
O Rafael também super segurou
a peteca ali com o treinador
defendendo o Guto 17:38✓✓

E o Beto? 17:38✓✓

Amigo, ele ali fazendo o Guto
diante dos pais!!!
A plateia vai cair no choro rs
O próprio Junior fazendo o César,
junto com o resto do Bicharaí,
defendendo o Guto como se eles
fossem a sua nova família. É lindo
demais esse final 17:40✓✓

Ai, caralho, quero muito
assistir essa cena 17:40✓✓

E você vai hehe
Só que não adianta nada
se a gente não tem cartaz
pra divulgar a peça, né? 17:41✓✓

> hahahahahaha pqp
> CALMA, CLAUDIA
> Eu já vou te enviar e você
> me diz se tem algum ajuste
> que eu já faço pra amanhã 17:41✓✓

Tô brincando, amigo rs
Me manda hoje que eu vejo
antes de dormir e te dou um retorno
amanhã cedo antes do ensaio.
O ideal é a gente liberar nas redes
na segunda-feira, né? 17:43✓✓

> Super
> Até pq sem assessoria
> de imprensa, né?
> Vai ser a gente pela
> gente mesmo 17:43✓✓

Tá no esquema rs
A gente mata no peito e
enche aquele Dulcina.
Confia! 17:44✓✓

> Tô confiando
> Piscou, você já tá com
> esse cartaz e eu já tô lá em
> Nikiti amanhã! 17:44✓✓

— A manhã nada. [risos] Já fiz hoje, lógico — minha avó rebateu. — Se eu faço o pavê só amanhã, ele não fica consistente pra festa.

— Ah, é? — Dei corda enquanto tirava minhas roupas da mochila, sentado na beira da minha cama.

— Claro — dona Joana reforçou, orgulhosa do seu saber culinário. — Quando seus amigos provarem, já vai tá no ponto certinho.

— Mas eu vou distribuir pra todo mundo. [risos] Vou entupir geral com seu pavê.

— Que horror! [gargalhada] Não é pra tanto.

— Não, ninguém vai sair daqui sem provar o pavê de manga da dona Joana. [risos] Não sei nem se vai ter bolo! Eu já tô querendo botar as velinhas em cima do pavê.

— Cruzes! — Minha avó se divertia como se eu fosse a pessoa mais engraçada do planeta. — Sua mãe disse que ia comprar o bolo na volta da aula dela lá na praia. Tem o mercadinho aqui na esquina, né? Ainda tá aberto.

— É bom que já adianta, né?

— Claro — ela concordou, levando muito a sério toda a preparação para o meu aniversário. — E agora de noite a gente já bota na geladeira, não derrete nem nada.

— Vocês tão arrasando — elogiei o esforço geral.

Como era de se esperar, no segundo em que abri o portão e apareci em nosso quintal, minha avó saiu em disparada — no seu ritmo, evidente — em minha direção, com os braços abertos e o sorriso de quem parecia não me ver há séculos.

Enquanto meu pai dava a última aula daquela noite em seu quarto, eu e minha avó aproveitávamos para botar o papo em dia no nosso cantinho.

Com tudo mais arrumado que de costume, parecia que eu tinha acabado de fazer check-in em uma pousada cinco estrelas quando entrei em meu antigo quarto. Roupa de cama perfumada, toalha dobrada em cima do travesseiro e até uma caixa de bombons como presente de boas-vindas. Minha avó realmente não tinha poupado esforços para me receber da melhor forma.

Para todos os efeitos, aquele seria um fim de semana de folga e celebração. Antes de atravessar a baía de Guanabara até minha casa em Niterói, eu já tinha adiantado todas as minhas pendências de produção. O barco e os remos cenográficos já estavam a caminho, os refletores já estavam alugados e o cartaz já havia sido exportado em alta resolução com todos os ajustes solicitados por nossa querida diretora.

Naquela sexta-feira, véspera do meu aniversário de quarenta anos, eu só queria deitar na minha antiga cama e descansar até não poder mais. Fechar os olhos e sonhar com um novo ciclo cheio de realizações, amores, saúde, paz e dinheiro. Cercado de amigos, com minha família por perto e muitas portas abertas.

Que a partir daquela nova idade, eu conseguisse jogar fora tudo o que não me servia mais, abrir mão de qualquer relação que ainda me fizesse mal e virar todas as páginas necessárias para escrever tantas novas histórias quanto possível.

Meus trinta anos chegavam ao fim rodeados de incertezas e inseguranças, dúvidas e receios, mas foram eles que moldaram esse Patrick mais consciente de suas bagunças e mais disposto a enfrentar os próprios demônios. Corajoso — ou maluco — o suficiente para apostar nas próprias ideias e mover mundos e fundos para que elas fossem adiante. Com a mesma determinação do início da carreira, só que ainda mais preparado para as rasteiras da vida.

Eu entraria nos quarenta jogando uma nova energia no mundo, lançando meus meninos de Icaraí no mar, resgatando minha paixão pelo teatro e me esforçando ao máximo para voltar a ser um Patrick menos desiludido e mais audacioso.

Faltando exatos quinze dias para nossa estreia e poucas horas para meu aniversário, eu já sabia o que pedir ao universo quando assoprasse as velinhas.

Junior Vieira

Parabéns, Pat!!!!
Já passou de meia-noite, então já é seu aniversário!! 😊😊😊
Não sei se fui o primeiro ou se você já dormiu e só vai ver isso amanhã, mas eu queria muito dizer que você merece tudo de melhor nesse dia e em todos os que virão pela frente!
Papo reto: você é muito foda e eu sou muito seu fã.
Já era antes e agora te conhecendo melhor fiquei mais ainda.
Que os seus sonhos se realizem e que nossa peça vire tudo que você deseja. Feliz niver!!! 00:01 ✓✓

Oi, Juuuu!!!
Primeirão a dar parabéns, sim! hehe
Brigadooo! 00:02 ✓✓

Aaaah, tá acordado!!!
Parabéeeens!!! 00:02 ✓✓

Tô deitado no quarto com a minha vó
Fiquei vendo TV com ela
Aproveitando que aqui tem TV funcionando hehe 00:03 ✓✓

Se sentindo mais velho?
40 anos é idoso já, né? kkkkk 00:03✓✓

>Deixa de ser besta hahahaha
Olha que eu te bloqueio na entrada da festa amanhã
É festa pra adulto, sabe?
Geração Z não entra 00:03✓✓

Palhaço kkkkk
Tá animado? 00:04✓✓

>Pior que me animei rs
Minha família, então!
Parece que é o evento do ano rs
Minha vó fez o pavê dela
Minha mãe comprou o bolo
Amanhã cedo vou decorar a sala com as bolas 00:04✓✓

Tá produzindo a própria festa hahahahaha 00:05✓✓

>Isso kkkkk
nem no meu aniversário eu paro com a produção 00:05✓✓

Vai ser tudo! 00:05✓✓

>Sim sim sim
vai ser um dia lindo rs
Já começou bem, né?
Com sua msg ☺ 00:05✓✓

Imagina que eu ia deixar de vir aqui!
Líder do Bicharaí, né?
Tenho que dar o exemplo 00:06✓✓

Deu direitinho 00:06✓✓

Patriiiiick 00:06✓✓

Ué, que foi? rs
Deu exemplo muito bem,
como líder da equipe rs 00:06✓✓

Seeeei rs
Até pq quem deu direitinho
aqui não fui eu 00:07✓✓

Ainda, né? 00:07✓✓

PATRICK!! Parou!!
hahahahaha 00:07✓✓

☺☺☺ 00:07✓✓

Fez 40 virou versátil?
kkkkk 00:07✓✓

Sempre fui
Só não pratico tanto hahahah
Mas quem sabe?
Vai que vc me dá de presente
de aniversário 00:08✓✓

HAHAHAHAHAHA
Vou pensar se vc merece
essa preciosidade de presente 00:08✓✓

Beleza 00:09✓✓

Beleza 00:09✓✓

Beleza, então 00:09✓✓

Fechou, irmão 00:09✓✓

                                            Valeu, fera 00:10✓✓

Agora dormeeee kkkk
Que daqui a pouco eu já tô
chegando aí 00:10✓✓

                                            Tá certo rsrs
                                       vou dormir mesmo
                                        Quero aproveitar
                                              amanhã 00:10✓✓

Vamos aproveitar muito!
Feliz niver, Pat! 00:11✓✓

                                        Brigado, Ju! ☺ 00:11✓✓

— Não precisa agradecer, baby! Festa sem champanhe não tem graça.
— Eu não tô reclamando. [risos] Por mim, pode trazer até mais!
— A gente finge que cada um daqui do carro tá levando um! Um meu, outro da Cacá,
— Cacá?! [risos] Pra quem não se apegava, né, Ariella?
— Ih, me esquece, garoto. [risos sonsos] Nunca falei nada disso.
— Sei! [gargalhadas] Não tô julgando, não. Mas que tá apaixonada, tá!
— Começou a palhaçada.
— Manda beijo pra Caetana, quer dizer, pra Cacá.
— [risos] Olha que vou pedir pro moço dar meia-volta aqui na ponte, hein.
— Só se vocês pularem do vão central, né? [risos] Que não tem retorno na Ponte Rio-Niterói não, minha querida. Vai ter que vir de qualquer jeito.
— É claro que a gente vai, baby! [risos] E eu sou louca de não celebrar esse meu amigo gostoso?
— Quem tá aí?
— Eu, Cacá, o Rafael e o namorado dele, Fabiano.
— [voz ao fundo] Fabrício!
— [risos] Desculpa, troquei aqui, amigo. Fabrício!
— Já, já vocês tão aqui. Eu mandei o endereço certinho no grupo da peça.
— A galera já chegou?
— Alguns, mas o bonde tá vindo. Claudinha e Isa acabaram de chegar, tão lá na varanda com meus pais ajudando a montar a mesa. Meu pai inventou um churrasco.
— Opa! Esse é o nosso Zé Luís!
— Pois é. [risos] Já que é pra ter festa, vamos com tudo, né?
— Meu amor, você não viu foi nada. A estrela da festa tá chegando! Ai! Depois de você! [risos] Porra, Cacá me deu uma cotovelada aqui.
— [gargalhadas] Vem logo, então! Que a minha festa vai ser uma constelação de estrelas! [risos] Só energia boa!

Marcinho Prod

Patrick, meu lindinho!
Passando aqui pra dar os parabéns
pelo seu aniversário! ☺
Vi no calendário do meu celular
e corri pra cá!
Feliz vida! Que venham mais
projetos incríveis pra você.
E se Deus quiser, com a gente hehe
Senão, podemos marcar algum
barzinho ou um jantar pra papear
sem ser sobre trabalho.
Você é meu convidado rs
Presente de aniversário!
Quero saber o segredo pra continuar
gatinho assim aos 40 hehe
Parabéns!! Beijinhos 14:16✓✓

Obrigado pela lembrança, Márcio. 14:21✓✓

Enquanto meu pai botava mais linguiças no espeto, ao lado de nossa churrasqueira portátil posicionada na ponta da varanda mais próxima ao portão de entrada, dona Miranda ajudava Claudinha e Isa a guardar as bebidas trazidas pelos convidados em nossa geladeira ou na grande tina com gelo que tínhamos alugado para a festa.

Com cadeiras espalhadas pela varanda e pelo jardim, principalmente embaixo da grande sombra que nossa mangueira fazia no centro do terreno, não faltava lugar para receber a equipe da peça.

Dando atenção a cada um que chegava, eu tentava ser o melhor anfitrião possível, contando a história daquela casa, mostrando meu quarto, apresentando minha avó, indicando onde ficava o banheiro e fazendo toda aquela recepção que se espera quando vamos a um evento na casa dos outros.

Sob um sol de matar e um céu limpo de nuvens, não demorou para que alguns integrantes do Bicharaí me perguntassem se poderiam se refrescar na ducha construída em um dos cantos do jardim. Assim, em menos de uma hora de festa, parte daquela bicharada já se divertia em nosso chuveirão, como gogo boys em uma boate gay.

Surpreendendo a todos, Ariella e sua trupe fizeram uma entrada triunfal, estourando um de seus espumantes logo no portão de casa. Improvisando passos de vogue, minha amiga coreógrafa atravessou o jardim até me alcançar na varanda e me abraçar, animando ainda mais a festa.

Mesmo sabendo que Junior viria de todo jeito e que já tinha confirmado mil vezes no grupo da peça no Zap, sempre que a campainha do portão soava, eu me virava naquela direção esperando que fosse ele. Meu coração acelerando sem controle.

Com tudo já conversado e nossos pingos colocados nos is, eu não pretendia avançar mais qualquer sinal, nem embarcar em nenhuma brincadeira com conotações sexuais. Preservando nossa boa convivência e respeitando nosso desejo de manter um ambiente de trabalho livre de questões, eu estava pronto para aproveitar aquela tarde ensolarada com Junior apenas como... bons amigos.

Então, quando finalmente aquele portão se abriu e Junior apareceu com sua sacola de mercado entupida de cervejas, isolei no fundo do peito qualquer resquício de tesão e vontade de beijá-lo e me dirigi até ele de braços abertos.

— Ju!! — Fui logo lhe dando um abraço. — Bem-vindo!

— Parabéns, Pat!! — Ele retribuiu o gesto, apertando seu corpo contra o meu.

— Brigado! — Me desvencilhei rápido. — Me dá as cervejas que eu guardo lá dentro.

— Ah, valeu. — Ele me estendeu a sacola, já acenando para os outros convidados. — Gente, eu amei esse jardim. [risos] Olha essa mangueira, que coisa linda.

— É demais, né? — concordei, avançando para a varanda. — Depois eu faço um tour pra te mostrar o resto.

— Imagina! Vai ficar de guia turístico? [risos] Vamos é encher a cara e ficar dançando aqui na, [gritinho surpreso] Chuveirão! Já quero!

— [gargalhada] Se joga — brinquei, admirado com o fato de Junior não transparecer nenhum desconforto depois da nossa última conversa.

Como se já fosse de casa, naturalmente ele se voltou para os nossos amigos espalhados pelo quintal e foi cumprimentá-los um a um. Seus cachinhos balançando ao vento e sua bunda empinada dentro de um short curto e retrô chamavam a minha atenção.

Não seria fácil, mas eu conseguiria resistir. Agora, com quarenta anos, eu precisava me tornar um homem que respeita os seus limites.

— Pat! — Junior gritou, já sem camisa, diante do chuveiro. — Vem aqui depois!

— Hã? — Me peguei encarando aquele peitoral e aquela barriguinha que eu tanto gostava de morder. — Claro! Só vou guardar essa cerveja! [risos] Mas vai fundo! Não precisa me esperar!

— *Todo mundo espera alguma coisa de um sábado à noite!* — Yuri e Johnny cantavam diante da TV em nosso karaokê improvisado. — *Bem no fundo todo mundo quer zoar!*

Com o sol já quase se pondo, após muito chuveirão e muita bebedeira, meus convidados agora se concentravam na sala, animados para soltar a voz como todo elenco de musical gosta de fazer quando se reúne.

Obtendo êxito em meu esforço para não perder a linha com Junior, me entreguei à cantoria junto aos meus novos amigos, para diversão geral e horror de qualquer um que tivesse apreço pela afinação, já que a cada música eu assassinava um pouco mais todas as notas musicais.

Com Junior em um canto e eu no outro, as horas corriam na velocidade da luz, e nenhum de nós havia permanecido mais de dez segundos abraçado ao outro. Nem mesmo aqueles joelhos encostados por acaso, que costumamos deixar ali quietinhos por alguns minutos como se não significassem nada, eu permiti que acontecessem.

Não, não, não, não, não.

Com aquele tanto de álcool na cabeça, bastaria um sorriso prolongado ou um esbarrão na porta do banheiro para eu cair de boca naquele gostoso. Claro, minha avó Joana estava por ali. Meu pai. Minha mãe. Eu não seria louco, portanto, de começar a foder com ele perto da minha família, correndo o risco de minha avó surgir do nada oferecendo pavê de manga enquanto eu chupava sua rola.

Em poucas horas aquela farra acabaria, ele voltaria para casa e nós só nos encontraríamos nos ensaios no Dulcina, um espaço muito mais controlado e menos propício a qualquer pegação. Quando eu me desse conta, nosso musical já teria estreado, as semanas já teriam passado e todo aquele friozinho no cu, digo, na barriga, seria apenas uma lembrança de uma história que já não existia mais.

— Agora com você, Pat! — Beto me estendeu um microfone.

— Eu?! — devolvi, desprevenido. — Eu vou destruir seu show, Beto!

— Que destruir o quê?! — ele retrucou, divertido. — Eu quero cantar com meu autor, vai! Só mais essa!

— Tá bem, Betinho! Eu canto essa com você! [risos] Qual vai ser?
— Essa aqui. — Beto apontou o controle para a TV e deu play.
Segundos depois, o título da música escolhida surgia na tela: "Não quero dinheiro (Só quero amar)", do Tim Maia.
— Pelo amor de Deus — pensei alto.
— Você não gosta? — Beto estranhou.
— Não, eu adoro! — admiti, já pensando no constrangimento que seria cantar aquela letra diante de um certo alguém. — Mas eu vou mudar a letra, tá? [risos] Porque eu não quero só amar, não, eu quero dinheiro. [risos] Eu quero muito dinheiro!
— [gargalhada] É isso, baby! — Ariella se intrometeu. — Vamos pedir dinheiro nessa nova idade! Que eu quero ficar rica! [risos] Rica! [risos maléficos] Rica!!!
Assim, evitando trocar olhares com Junior, me lancei naquela canção com Beto, torcendo para que ninguém interpretasse nenhuma linha daquela música como qualquer indireta ou declaração de amor.
— *Vou pedir pra você voltar* — começamos, em uníssono. — *Vou pedir pra você ficar.* — Meu pensamento viajou direto para nós dois sentados em minha canga na praia de Ipanema, curtindo um pôr do sol extraordinário. — *Eu te amo...* — Eu e Junior nos beijando ao som da Madonna. — *Eu te quero bem!*
Ai, meu caralho.
Eu mal podia esperar pela próxima música.

— *É parabéns pra você!* — Rafael puxou ao microfone, acompanhado pelo restante da festa. — *Nessa data querida! Muitas felicidades! Muitos anos de vida!*

Segurando o bolo de chocolate com morango, cercado pelos meus pais, minha avó e meus antigos e novos amigos, cantei a tradicional música de aniversário, enquanto todos aplaudiam, animados, ao meu redor.

No meio da sala da casa onde tinha crescido e vivido a maior parte da minha vida, eu celebrava meu novo ciclo com alegria, bolas coloridas, docinhos e muita cantoria.

Com a noite se aproximando, ficava cada vez mais claro que o conselho de seu Zé Luís para celebrar a vida e dar aquela festa tinha se revelado um grande acerto. Quem não se encheria de esperanças diante daquela celebração? Quem não se convenceria de que era amado, cercado de tanta gente? Alguma coisa certa eu devia ter feito na vida.

Levemente emocionado ao fim da música, fechei os olhos e assoprei as velas. Torci para que tudo, dali em diante, fosse mais leve para todos nós.

Com o primeiro pedaço cortado e uma gritaria para saber quem receberia aquela fatia especial do bolo, eu não mantive suspense e fui sem hesitar em direção à minha avó.

— Claro que é pra minha Joaninha! — Entreguei a ela seu merecido pedacinho de bolo. — Mas olha só! É pra geral depois comer o pavê de manga da minha avó, hein!

— Ah, é! — Ela adorou o destaque. — Eu fiz com muito carinho.

— Ouviram? — reforcei. — Ninguém sai daqui sem comer o doce da minha avó!

— *Ahá! Uhu!* — Ariella interrompeu meu doce momento e prosseguiu com a cantoria bêbada. — *Ô, Joaninha, eu vou comer seu bolo!*

— É pavê, Ariella! — corrigi minha amiga, já altinho também.

— *A chuva cai, a rua inunda* — ela continuou, palhaça —, *ô Patrick, o Junior vai comer sua,*

— Ari! — Corri para tapar sua boca. — Fica quieta! [risos] Olha os meus pais aqui.

Era só o que me faltava, no fim da festa, Ariella tirar da cartola aquela piadinha idiota só para tirar uma com a minha cara.

— Deixa, Ari. — Junior se intrometeu, surpreendentemente adorando a brincadeira. — Ele agora é versátil. [risos] Vamos ver quem vai comer quem agora.

Pronto, agora nós íamos debater a minha versatilidade diante dos meus pais e da minha avó.

— Gente!!! — Ariella gritou ainda mais alto, chamando a atenção de todo o elenco. — Então agora vamos de "Com quem será"?!

— Puta merda. — Me virei de costas para ela, retomando meu foco em cortar o bolo.

— *Com quem será que o Patrick vai casar?* — Ari balançava as mãos, como se fosse a maestra de uma orquestra, composta, no caso, pelo restante da nossa equipe. — *Vai depender, vai depender, vai depender se o JUNIOR vai querer!*

Claro, não era somente Ariella quem cantava a plenos pulmões aquela bela canção, mas praticamente todos os meus convidados. E quanto mais constrangido eu ficava, mais eu confirmava para todos que aquela brincadeira tinha um fundo de verdade. Ou seja, me vi encurralado de um jeito ou de outro.

Concentrado no bolo, sequer me virei para espiar como Junior reagia. Eu não tinha puxado musiquinha nenhuma nem tinha dado a ele o primeiro pedaço de bolo, nem me aproximado no jardim e o beijado com desejo, o jogando na grama, tirando sua calça e perguntando se poderia sentar com vontade na sua pica.

— *Ele aceitou! Ele aceitou!* — Ariella não me deu um segundo de folga. — *Tiveram dois filhinhos e depois se separou!*

Junior Vieira

Temos torcidaaaaa!!! 23:15 ✓✓

> Garotooooo
> Não dá cordaaa 23:15 ✓✓

A voz do povo é a voz de Deus, né?
Junick viveeee 23:16 ✓✓

> O que? hahaha 23:16 ✓✓

Nosso ship, pô 23:16 ✓✓

> Somos o casal Junick da novelinha agora? kkkkkk 23:17 ✓✓

Junick! Junick! hahahahaha 23:17 ✓✓

> Vc tá onde?
> Chegou vivo em casa? 23:17 ✓✓

Tô no Rebouças já
Beto e Yuri tão capotados aqui do lado dormindo
mas já já tô em casa 23:18 ✓✓

> Avisa qnd chegar? 23:18 ✓✓

Aviso! 23:18 ✓✓

E vc? Curtiu?? 23:18✓✓

ameeeeei 23:19✓✓

Foi foda, né? hehe
Só a minha cabeça ainda
que tá girando de cerveja
Já tô largado na cama
com minha avó aqui
no quarto 23:19✓✓

Foi mt fofo te ver ali
com o bolo nas mãos
emocionadinho 23:20✓✓

Eu sou mt emocionado
ahaahahaha 23:20✓✓

Muitooooooo hahaha
Mas não tô criticando, não
Eu tb sou kkkkk 23:21✓✓

É? rsrs
Somos dois emocionados
agora, então? 23:21✓✓

Junick é um ship
emocionado 23:21✓✓

E tá decidido rs 23:22✓✓

Vou te deixar aí com
a vovó Joana, então hehe
Que é uma fofaaaaa 23:22✓✓

Ela é, né? hehe 23:22✓✓

Ela é muitooo hahahahaha
Nunca ri tanto 23:23✓✓

Ela é uma figura rsrs
Obrigado por ter vindo!
Amei demais ☺ 23:23✓✓

Tb amei!
Fica bem aí
Quarentão kkkk 23:24✓✓

Vc tb, novinho! hahaha 23:24✓✓

Boa noite! 23:24✓✓

Boa noite!
Bjusss 23:24✓✓

Beijuuus
Te 23:24✓✓

Que? 23:25✓✓

Nada rs
Beijooos 23:25✓✓

— Eu também te amo. — Retribuí seu carinho, recebendo aquele cafuné gostoso de vó.

— Parece que foi ontem que sua mãe te segurava no colo na maternidade, ainda um bebezinho — minha avó se recordou, sentada na beira da minha cama, acariciando meus cabelos. — E agora tá aqui, esse homão.

— Você acha? [risos] Que eu sou um homão? Galã?

— Claro que é — ela confirmou, segura. — Bonito e talentoso, desde pequeno.

— É, dona Joana? — perguntei, deitado na cama, com a cabeça apoiada na sua perna. — Tem horas que eu fico duvidando tanto de tudo.

— Do quê?

— Ah, vó. [suspiro] De mim. Do meu talento.

— Que é isso, Patrick? [risos descrentes] Bebeu demais, foi?

— Bebi. [risos] Mas não é papo de bêbado, não.

— Tá parecendo. [risos] Que história é essa?

— Besteira, né?

— Põe besteira nisso — minha avó retrucou, como se eu tivesse acabado de falar o maior disparate do mundo. — Um homem bonito desse, com uma festa que nem essa de hoje, cheia de gente que te ama.

— É. [suspiro] Foi muito bom.

— Muito. — Ela sorriu, amorosa. — Não é todo mundo que tem um aniversário assim. Eu me lembro de já ter ido numas festinhas que tinha uns três gatos pingados. Era uma tristeza só. [gargalhada] Um horror.

— Que maldade, vó. [risos] Você adora essas histórias, né?

— Eu adoro o meu neto. [risos] Que tem que voltar mais pra visitar a vovozinha.

— Eu vou. [risos] Prometo. Deixa só passar essa estreia, que aí eu decido o que eu faço com a minha vida.

— O que tem pra decidir?

— Ah, muita coisa. [suspiro] Se eu continuo lá em Ipanema, se eu venho pra cá.

— Como assim? — Ela parou por dois segundos meu cafuné, sem disfarçar a alegria com o meu possível retorno ao Ingá.

— Calma, Joaninha. [risos] Eu ainda tô vendo o que eu faço. É só porque não tá entrando dinheiro agora, né? Então, eu só tô esperando o mês virar pra entender melhor como eu não fico mais encalacrado do que já tô.

— Você sabe que esse quarto é seu também, né?

— Super.

— E que a vovó não vai reclamar se o netinho voltar pra cá, né? [gargalhada]

— Sei bem! [risos] Já tá até torcendo pra isso, né?

— Eu? — Ela se fez de sonsa. — Eu não disse nada.

— Aham, dona Joana. [risos] Me engana que eu gosto.

— Agora, mudando de assunto — minha avó disse como quem não quer nada. — E aquele garotinho de cabelos cacheados, bonitinho...?

— Quem? — Era a minha vez de me fazer de sonso. — O Ju?

— Ele mesmo. [risos] O primeiro pedaço veio pra vovozinha, mas podia ter ido pra ele, né?

— [risos altos] Deixa quieto.

— Eu tô deixando. [risos] É só porque, toda hora que ele te olhava, os olhinhos brilhavam.

— É? — Me interessei.

— E os seus também. [risos] Ou você acha que eu nasci ontem?

— Não sei de nada — disfarcei.

— Sabe sim, Patrick. [risos] É ruim de você não saber.

— Tá bem. — Baixei a guarda. — A gente já teve um lance aí.

— Ah, é? — Ela se interessou pela fofoca, como sempre. — E que lance foi esse?

— A gente já ficou algumas vezes, mas... [suspiro] Não sei. Tamo achando melhor não misturar as coisas com o trabalho, sabe?

— Que coisas?

— O que a gente sente um pelo outro.

— E não pode misturar com o trabalho por quê?

— Ah... [risos] Pode atrapalhar tudo, né?

— Mas tá atrapalhando?

— Não.

— Então qual o problema?

— Que se a gente der errado, vai ser ruim pra continuar trabalhando juntos.
— Mas já deu ruim? [risos confusos] Ele não tava aqui hoje, todo feliz?
— Sim. [risos] Não deu ruim nenhum.
— Então pronto.
— Mas e se der, vó? — Me diverti com seu jeito simples de ver as coisas.
— Se der, deu. [risos] Vocês não tão juntos por medo de dar problema lá na frente?
— É um pouco isso — confirmei, sem jeito. — Mas também tenho medo de me machucar de novo.
— Não, mas isso não pode. — Ela balançou a cabeça, reprovando minha postura. — "O que a vida quer da gente é coragem", Patrick. Não tem essa frase daquele livro?
— Tem. Do *Grande sertão: veredas*, do Guimarães Rosa.
— Pois então. Escuta a sua avó, que daqui a pouco vai fazer noventa e um anos. [risos] Aproveita, que a vida passa rápido demais.

Ah, como eu sentia falta de mais conversas assim com minha avó.

— Você tá certa. — Levantei o rosto em sua direção. — Obrigado, viu?
— Imagina. — Ela sorriu, me olhando nos olhos. — E qualquer coisa a vovozinha tá aqui na cama do lado. [risos] É só me chamar que eu venho e resolvo seus problemas.
— Simples assim?
— Mais simples impossível — ela se gabou, divertida.
— Então tá combinado. [risos] Agora vamos dormir que a minha cabeça já tá rodando aqui.
— Tá rodando, mas não é de sono. — Ela parou com o cafuné e se levantou. — Isso é cachaça. [risos] Das fortes!
— É cachaça, é cerveja, é espumante, é tudo, vó — brinquei, me ajeitando no travesseiro.
— Dorme bem. — Minha avó se aproximou para me dar um beijo na minha testa. — Vai dar tudo certo, viu?
— Vai sim, vó — torci, fechando os olhos.
— Já deu, meu netinho — ela finalizou, antes de tudo se apagar e eu cair no sono.

Se eu tinha me esquecido de algo, era do quanto acordar naquele quarto com o canto dos pássaros era uma maravilha dos deuses.

Mesmo com uma leve dor de cabeça, fruto da minha bebedeira, eu me sentia como se tivesse descansado por meses. Com o horário de nove e vinte brilhando na tela do meu celular, me espreguicei na cama com a certeza de que uma boa farra e um bom colo de vó resolviam qualquer insônia.

Ainda sem acreditar que tínhamos dado uma festança daquelas na véspera, reparei no sol brilhando forte do lado de fora do quarto, no que provavelmente seria mais um domingo de calor insuportável.

Sem perder tempo, me levantei da cama, pronto para curtir meu último respiro de folga antes de engatar na penúltima semana de ensaios. Com minha vó dormindo na cama ao lado, me peguei pensando em qual seria a melhor forma de aproveitar aquela solina.

Não seria má ideia se fôssemos para Itacoatiara petiscar uma lula à dorê e tomar umas cervejinhas, desfrutando de mais um programa em família. Pelos meus pais, nós já estaríamos dentro do mar, eu tinha certeza, mas eu não pretendia deixar minha Joaninha sozinha em casa, ainda mais sabendo o quanto ela ansiava pelas minhas visitas.

Se justo agora, quando eu tinha conseguido ficar ali um fim de semana inteiro, resolvesse passar o dia fora, seria um balde de água fria para ela.

Não, não, não, não, não.

Como bom neto, portanto, me aproximei de sua cama para tentar convencê-la com parcimônia e piadinhas infames de que ela também poderia curtir uma praia com a gente, mesmo sabendo que, em dias de sol forte, ela preferia se refrescar na ducha perto da varanda, protegida pela sombra do nosso jardim. Não me custava nada, porém, tentar.

Assim, de cabelos bagunçados e cara de ressaca, parei ao lado de dona Joana, coberta com seu lençol, e a cutuquei com amor.

— Vó? — chamei baixinho, para não acordá-la no susto.

Virada para o lado, com o rosto encarando a parede, minha avó não moveu sequer um músculo. E, ainda que eu soubesse que ela tinha um sono pesado, me recusava a acordá-la de outro jeito. Logo, me apoiei na cama com cuidado, chegando perto de seu rosto.

Como quem sonha o melhor dos sonhos, ela esboçava um pequeno sorriso nos lábios, com os olhinhos fechados, em paz.

No segundo em que toquei sua cabeça, porém, pronto para fazer um carinho em seus cabelos, recuei no mesmo instante, assustado com o frio de sua pele.

Diante de sua imobilidade, perguntei mais uma vez:

— Vó?

O MURO AO MEU REDOR (solo Guto)

Guto — *É, Guto, alguma coisa precisa mudar.*
Por que, quando te estendem a mão,
sua resposta é sempre não?

Eu quero ser como eles
Curtir e beijar muitos deles
O que me impede, então,
De parar de dizer não?

Desde o berço, segure o terço
Seja forte, seja duro
Seja macho, erga um muro
Viver assim, eu não mereço

Eu vou ficar melhor e melhor
Sem este muro ao meu redor
Eu vou ficar melhor e melhor
Meu novo lema eu sei de cor

Ser assim não é fraqueza
Liberdade é a maior riqueza
Agora eu digo com clareza:
As bichas são a realeza

Então vai, Guto, vai!
Tudo está ali, logo mais
Não há mais tempo de ser bruto
Sorry, papai, agora eu luto

Eu vou ficar melhor e melhor
Sem este muro ao meu redor
Eu vou ficar melhor e melhor
Meu novo lema eu sei de cor

Eu vou tomar o que é meu
Encontrar o meu Romeu
E se perguntarem: Quem gemeu?
Eu assumo: Fui eu!

Eu vou ficar melhor e melhor
Sem este muro ao meu redor
Eu vou ficar melhor e melhor
Meu novo lema eu sei de cor

Eu vou ficar melhor e melhor
Sem este muro ao meu redor
Melhor e melhor
Sem este muro ao meu redor

2

SEMANAS PARA A ESTREIA

Any time you feel your skies are falling
Look above, see a bright silver lining
Listen up at your own freedom calling
Calling you to a day where you're shining.*

— "Out of the Darkness", *Everybody's Talking about Jamie*

---

* Tradução livre: "Sempre que você sentir seu céu desabando/ Olhe para cima, veja uma fresta brilhante de esperança/ Ouça seu próprio chamado de liberdade/ Chamando você para um dia em que você estará brilhando".

De tudo que eu precisava dar conta naquele domingo, desde agendar o post com o cartaz do nosso espetáculo até confirmar a entrega do barco cenográfico no Dulcina, produzir o velório da minha avó era a última coisa que eu esperava fazer.

Atordoado com seu corpo gelado na cama, recuei alguns passos, trêmulo. Havia poucas horas, estávamos eu e dona Joana juntos na minha cama, naquele mesmo quarto, conversando sobre a vida; e agora ali estava ela, imóvel, sem mais nada para me dizer.

Com o coração quase saindo pela boca, me reaproximei dela, com os olhos já vermelhos de dor, e me ajoelhei ao lado da cama.

— Não faz isso comigo, vó. — Me entreguei ao desespero. — Não faz isso comigo.

Até que, com tudo girando ao meu redor, me levantei no impulso e saí do quarto como uma criança que acaba de descobrir a morte.

Tentando ao máximo não assustar meus pais, mas precisando urgentemente do colo deles, segui pelo corredor até o quarto onde eles seguiam dormindo naquela manhã.

Depois de uma festa linda celebrando a minha vida, eu seria o portador daquela notícia horrível. Daquele absurdo que jogaria minha mãe em um abismo de tristeza.

— Mãe. — Me controlei para não gritar e acordá-los no susto. — Pai.

Bastou, no entanto, que minha mãe abrisse os olhos e visse meu rosto encharcado de lágrimas para pular da cama, pressentindo o pior.

— O que foi, Patrick? — ela logo disse, sobressaltada.

— O que aconteceu? — Meu pai também se levantou.

— A minha vó — balbuciei. — A minha vó,

Mas antes mesmo que eu conseguisse concluir minha frase, minha mãe disparou quarto afora, alarmada.

— O que aconteceu com a minha mãe? — Eu ainda consegui escutá-la dizer, antes do seu grito lancinante atravessar as paredes daquela casa e me atingir em cheio: — NÃO!

Sem perder tempo, meu pai voou ao seu encontro, perturbado com a cena que encontrou tanto quanto eu.

— Calma, Miranda. — Ele ainda se esforçou para não desabar junto com minha mãe, abraçada à minha avó, completamente em choque.

Entre soluços e lágrimas, ela repetia que até ontem estava tudo bem com sua mãe e, portanto, aquilo não fazia nenhum sentido. O que tinha acontecido? Foi o coração de dona Joana que parou de repente? Por quê?

— Zé! — Minha mãe soluçava, como se implorasse ao meu pai para lhe dar alguma explicação lógica para aquele horror ou revelar que tudo não passava de um grande pesadelo que logo chegaria ao fim. — Pelo amor de Deus, Zé!

Também abalado, meu pai se esforçava para consolá-la, enquanto lidava com a própria tristeza e o susto com aquela partida inesperada. Ainda de pijamas, pegos totalmente de surpresa, meus pais se juntaram ao corpo de minha avó na mais pura vontade de não deixá-la partir.

Diante do estado de nervos em que eles se encontravam, uma pergunta simples me forçou a encarar aquele horror por outro ângulo: "E agora?" Havia uma sequência de burocracias que precisaríamos enfrentar nos próximos minutos.

Quando somos crianças ou adolescentes e perdemos alguém próximo, ninguém espera que resolvamos nada. Pelo contrário, somos os primeiros a receber carinho e acolhimento, enquanto aprendemos a lidar com o luto pela primeira vez. Nem sequer sabemos o que precisa ser feito para organizar um velório ou encomendar uma coroa de flores.

Já na vida adulta, não adianta ficar sentado chorando no canto, pois nada vai se resolver em um passe de mágica. Ao invés disso, precisamos arregaçar as mangas e encarar as demandas práticas que o momento exige, o que fiz assim que pude.

Mesmo que eu só desejasse sentar no chão e me acabar de chorar, percebi que precisava dar os próximos passos e deixar que minha mãe pudesse sentir o que ela precisava sentir. Não se tratava de passar por cima do meu próprio luto, mas de assumir o papel de filho e amparar meus pais o máximo que eu pudesse.

Assim, tremendo da cabeça aos pés, tranquei, sei lá como, tudo que eu estava sentindo no fundo da minha alma e comecei a resolver aquela "situação".

Sem me preocupar com o meu saldo bancário, chamei o médico da família para assinar o atestado de óbito, liguei para uma agência funerária para que buscassem o corpo e escolhi o caixão que não fosse o mais caro, tampouco o mais simples, além da coroa de flores que queríamos ao lado dela no velório. Tudo pela minha vó.

Enquanto meu pai tentava acalmar minha mãe na sala, voltei ao quarto, engoli o choro e cobri minha avó com o lençol mais uma vez. Juntei suas mãozinhas, já um pouco rígidas, sem sentir qualquer asco de ficar junto ao seu corpo sem vida. Acariciei seus cabelos como pretendia fazer ao acordá-la. Sussurrando que estava ao seu lado e que ela podia seguir adiante sem se preocupar conosco, porque ficaríamos bem de alguma forma.

Mesmo sem acreditar em Deus ou seguir alguma religião, agradeci a qualquer energia superior pela sorte de minha avó ter feito sua passagem daquele modo. Dormindo. Sem dor. Com o rosto suave e um sorriso na boca. Como ela merecia.

Em seguida, ainda me controlando para não desabar, beijei sua testa e dei prosseguimento ao inevitável rito fúnebre. Abri o portão da rua para os funcionários da agência funerária, avisei meus pais que o corpo seria retirado, caso eles quisessem se poupar daquela imagem, acompanhei quando levaram minha avó enrolada no lençol até um caixão provisório que a aguardava no jardim, paguei pelo serviço e retornei para junto de dona Miranda e seu Zé.

Se tudo que eu gostaria de fazer, antes daquela tragédia, era liberar nas redes sociais o cartaz da peça, agora eu ainda precisava esboçar o santinho da minha avó. Uma arte informando a hora e o local de seu velório na próxima segunda-feira.

Somente após deixar tudo devidamente encaminhado — parentes e amigos avisados, o velório anunciado em nossos perfis — me permiti voltar ao meu quarto, sentar na cama vazia de dona Joana e desmoronar.

Como o neto que acaba de perder sua última avó, cobri o rosto com as mãos e, aos prantos, pedi:

— Eu quero a minha avó. Eu quero a minha avó.

Deitada com as mãos entrelaçadas sobre o peito, de rosto maquiado e o corpo envolto por flores coloridas, minha Joaninha repousava no caixão dentro de uma capela no Parque da Colina.

Localizado em Pendotiba, no meio do caminho para a Região Oceânica de Niterói, aquele cemitério era o mais bonito que eu já tinha conhecido. No lugar de uma cidade de concreto, com túmulos de cimento um ao lado do outro, o Parque da Colina era um grande jardim, onde cada jazigo tinha sua lápide colocada sobre a terra, cercada de flores e plantas conforme o desejo dos familiares.

Ao pé da montanha, duas capelas serviam como espaço para os velórios, oferecendo cadeiras confortáveis e janelas de vidro fumê que garantiam a privacidade do momento.

De cabeça baixa e óculos escuros para esconder os olhos inchados, minha mãe não saía do lado do caixão. Recebia os cumprimentos, emocionada, e agradecia a cada um pela presença. Em momentos como aquele, todo abraço importava.

Apesar de também querer colo, eu não esperava que nenhum amigo se deslocasse até aquele cemitério em plena manhã de segunda-feira. Não por falta de afeto, mas por entender que, do Rio até ali, eram alguns bons quilômetros de distância. Portanto, minha surpresa foi sincera quando vi uma caravana de carros chegar com todo o nosso elenco e equipe do musical.

Eu me encontrava tão fragilizado que, ao me deparar com Claudia, Isadora e Ariella entrando na capela, não hesitei e me joguei entre seus braços, desafogando aquela tristeza guardada no peito. Desmontando a pose de quem "dá conta" e me permitindo ser um pouco menos forte.

Embora eu jamais fosse exigir que algum deles viesse, nunca me esqueceria daquele gesto de amizade.

Com os olhos marejados, Junior esperou que eu me desgarrasse de minhas amigas e caminhou até mim. Cuidadoso, me deu um abraço apertado, sussurrando que sentia muito pela nossa perda e que estava ali para o que eu precisasse.

Afundando a cabeça em seu ombro, acompanhei o ritmo de sua respiração enquanto deixava o choro sair livremente. Por alguma razão, eu sentia que podia ser tão vulnerável quanto quisesse com ele. E que precisava de seu afago mais do que imaginava.

De olhos fechados, lembrei da última conversa com a minha avó. De como ela tinha reparado que os olhos de Junior brilhavam sempre que ele me observava durante a minha festa de aniversário. E de como a vida passava rápido, literalmente.

Me segurando para não desabar ainda mais no choro, me soltei gentilmente de seus braços, enxuguei o rosto e o agradeci pelas palavras.

Cercado por pessoas que me amavam e também amavam a minha família, respirei fundo e voltei para o lado de meus pais.

Em poucos instantes, o caixão seria fechado e minha avó seguiria para a cremação.

Em poucos minutos, faríamos nossa despedida definitiva.

Daríamos nosso último adeus.

Seguiríamos com nossa família um pouco menor.

Sem nossa grande matriarca.

Sem minha melhor amiga.

Minha fã número zero.

Claudinha

Oi, amigo. Boa noite.
Passando aqui pra saber
como você tá, seus pais 19:02✓✓

>Oi, Clau
>Minha mãe deu uma
>apagada na cama de tarde
>Todo mundo ainda
>zonzo, sabe? 19:03✓✓

Imagino.
E você? 19:03✓✓

>Tentando segurar
>as pontas. 19:04✓✓

Qualquer coisa eu tô aqui
Pode gritar, viu? 19:04✓✓

>Ai, amiga
>Parece que eu tô
>num pesadelo 19:05✓✓

É difícil mesmo, Pat
Não tem muito o que falar.
É duro, mas vai passar. 19:05✓✓

>Super.
>Vamos um dia
>de cada vez. 19:05✓✓

Isso.
E, bom, eu nem vou te encher
com coisas da peça, lógico.
Mas pra você saber e se acalmar
um pouco porque eu sei que você
fica nervoso com as coisas
do musical 19:06✓✓

                        O que houve?
              Eu falei que não precisava
          cancelar o ensaio hj 19:06✓✓

Calma, não houve nada
Eu quero justamente que
você esqueça tudo que você
acha que precisa fazer pra peça
e cuide de você e dos seus pais, ok?
Eu já mandei uma mensagem pro Zé
falando pra ele só vir na sexta-feira.
Ele já levantou todas as músicas, então
é super de boa eu e a Ari seguirmos com
as coreôs e as cenas que faltam 19:07✓✓

           Se precisar que eu faça qualquer
                      coisa, me diz 19:08✓✓

Relaxa.
A gente segura a peteca
essa semana, tá? 19:08✓✓

                              E o barco?
                Chega na quinta, né? 19:08✓✓

Amigo, sim, chega.
Mas eu não quero que você
fique preocupado com isso agora
Você já tá lidando com muita coisa.

Eu juro que eu e a Isa vamos
seguir com tudo certinho. 19:09✓✓

                        Tá bem.
É só pq eu fico meio
preocupado mesmo
Não querendo deixar a
peça na mão. 19:09✓✓

Amigo, sua avó morreu.
Tá tudo certo ficar na sua agora.
Respeitar seu momento. 19:10✓✓

                        É, eu sei. 19:10✓✓

Eu já peguei com a Lili
o contato do cenotécnico, deixa que
eu recebo lá no teatro, de boa.
Já tô vendo com a Isa tb o nosso cronograma
de montagem da semana que vem.
Vai dar pra montar tudo na segunda
Na terça, a gente faz um ensaio de luz
Na quarta, um passadão ajustando o que precisa.
Pra quinta, a gente fechar com um ensaio geral
e arrasar na sexta-feira
Tá tudo encaminhado 19:11✓✓

                        E o cartaz?
Era pra gente divulgar
hoje, né? 19:11✓✓

Vamos segurar até quarta, que tal?
Hoje não tem clima, amigo.
A Isa disse que o link pras vendas já tá ok
É só soltar o cartaz e liberar as vendas 19:12✓✓

Pode ser
Acho que a poeira já baixou
um pouco aqui na quarta
Dá pra eu soltar nas redes. 19:12✓✓

Isso, a gente não precisa se atropelar.
Tudo acabou de acontecer
Nem que você tire essa
semana toda pra você aí 19:12✓✓

Tá bem, vou tentar. 19:13✓✓

Você tá vindo de uma
porrada atrás da outra.
Tá muita coisa pra você elaborar.
De grana, série, apartamento 19:13✓✓

Tá puxado mesmo
Mas se precisar que eu faça qualquer
coisa da peça, eu faço 19:13✓✓

Ai, minha buceta rs
Esquece a peça, amigo.
Só cuida de você e dos seus pais.
Tira esse tempo pra você, tá? 19:14✓✓

Tá 19:14✓✓

Como seria mais fácil se existisse dentro de cada um de nós um botão de "superar".

Um clique e toda a dor estaria superada.

Depois de uma noite me revirando na cama, nem me dei o trabalho de conferir que horas eram na tela do meu celular, pois a angústia seguiria a mesma, independente se fossem cinco da manhã ou meio-dia.

Mesmo com a exaustão acumulada dos últimos dias, não cheguei nem perto de ter uma boa noite de sono. Ao contrário, dormir naquele quarto sem minha avó foi perturbador demais, como se a realidade fizesse questão de se esfregar na minha cara.

Nem sequer o canto dos pássaros conseguiu me alegrar naquela manhã de terça. De que adiantava termos aquele jardim incrível do lado de fora, se a cama ao meu lado seguiria para sempre vazia? Se dali em diante eu nunca mais seria recebido pelos braços abertos de dona Joana quando abrisse o portão da rua? Se nunca mais me divertiria com sua corridinha de tartaruga ao vir em minha direção?

Encarar a dura verdade de que minha avó tinha saído da minha vida para sempre era muito difícil de suportar, ainda mais depois de semanas e semanas acordando com aquele sentimento ruim de que estava sempre perdendo algo. Fosse meu *Verão yag*, minha estabilidade financeira, meu orgulho ou, agora, minha avó. Minha convidada de honra, para quem eu tinha garantido que reservaria o melhor lugar na plateia para que ela não perdesse um só detalhe da nossa estreia.

Deitado na minha cama, eu ainda podia sentir seus dedos fazendo cafuné na minha cabeça, me dizendo que tudo já tinha dado certo.

Se eu soubesse que aquela seria nossa última conversa, jamais teria fechado os meus olhos. Seguiria com o nosso papo por toda a eternidade, aproveitando cada segundo de sua companhia. Só que a gente nunca sabe quando serão os últimos encontros, os últimos momentos com quem a gente ama.

Molhando um pouco mais meu travesseiro com novas lágrimas, reparei no exemplar de *Os meninos de Icaraí* em destaque no meio dos outros livros na estante diante da cama. O exemplar com o qual eu tinha presenteado minha avó logo depois do lançamento.

Já com muitas saudades, enxuguei meu rosto, me levantei e fui até ele. Abri o livro e procurei a dedicatória feita há quatro anos ali mesmo, naquele quarto, quando ainda estávamos em plena pandemia e eu não podia realizar nenhum evento público com meu livro.

Havia vários trechos sublinhados ao longo das páginas, já um pouco gastas pelo tempo. Passei os olhos pelas frases destacadas pela minha avó, imaginando os momentos em que, sentada em algum canto daquela casa, ela ficou viajando naquela história, prestigiando o primeiro livro de seu neto.

Assim como tantos outros objetos naquele quarto, aquele livro seria mais uma recordação de minha avó que eu não gostaria de me desfazer. Um pequeno portal mágico que me ligava a ela para sempre.

Logo na primeira página, acima do título, minhas letras davam o recado. Minha demonstração de amor para aquela mulher que havia me criado com tanto amor.

> *Para minha vovó Joana,*
> *por sempre acreditar em mim! Obrigado!*
> *Receba com muito amor meu primeiro livro*
> *cheio de bichas, bichas e mais bichas!*
> *Seu neto vai continuar se esforçando*
> *pra te encher de orgulho.*
> *Isso tudo é pra você, vó.*
> *Eu te amo.*

Era inconcebível que ela não visse meu livro se transformar em musical. Que eu não pudesse abraçá-la depois dos aplausos e que não celebrasse ao seu lado aquela conquista.

Não que eu achasse que dona Joana fosse imortal e que aquele dia nunca chegaria, mas estava difícil aceitar que eu nunca mais poderia compartilhar com ela as minhas vitórias. Que nunca mais receberia sua ligação no meio dos ensaios e nunca mais cairia no sono com seu cafuné. Justo agora, quando as chances de voltar a morar naquela casa eram altas, eu perdia a minha parceira de quarto?

Eu não queria passar os próximos dias chorando pelos cantos, muito menos desanimar na reta final da peça, mas também sabia que a pior coisa a fazer naquele momento seria ignorar o que eu estava sentindo. Jogar meu luto para escanteio.

Eu não era uma máquina.

Com seu livro em mãos, me lembrei de quando, ainda criança, ela me levava para passear nos shoppings e parava comigo em alguma livraria.

O livro que eu quisesse ler era meu.

Na banca de jornal na esquina de casa, a mesma coisa.

O gibi que eu quisesse era meu.

Ela sempre me estimulou a ler tudo que eu quisesse e a seguir adiante com as minhas primeiras histórias. Fosse na colônia de férias ou nos Natais em família. Se o Patrick tinha uma história para contar, todos tinham que ficar em silêncio para ouvir.

Ela, sempre a minha primeira plateia e o meu primeiro aplauso, mesmo quando o que eu apresentava era uma porcaria. Para minha avó Joana, pouco importava, todo artista começava de algum lugar. O crucial, para ela, era que eu ganhasse confiança e fosse em frente, construindo pouco a pouco minha estrada.

Se alguém não tinha dúvidas do meu talento, era minha avó Joana. Portanto, se algum ensinamento dela não poderia ser esquecido, era o de que não me cabia mais duvidar de mim, independente de Superplay ou Marcinho ou qualquer outra porrada que o mercado me desse. Afinal, quem eram eles para decidir se a minha história era merecedora de espaço ou não? O que eu podia esperar de uma indústria que censurava selinhos entre personagens do mesmo gênero na TV aberta?

Não, não, não, não, não.

Minha avó era capaz de voltar do Além para me assombrar se eu continuasse esperando validação externa para o meu talento. Ou me questionando sobre a minha capacidade de escrever uma boa história só porque algum executivo hétero não se envolveu com a trama ou achou que havia personagens LGBTs demais e que isso poderia assustar a audiência.

Quem precisava validar o meu talento, antes de tudo e de todos, era eu mesmo.

Sim, o Superplay não me considerou o perfil adequado para uma série.

Foda-se.

Sim, ele cancelou nossa série viada porque achou que era "ousada" demais.

Foda-se.

Fodam-se.

Eles que seguissem com aquela hipocrisia de merda, longe de mim, pelo menos por enquanto. Até reunir forças o suficiente para voltar com tudo nesse mercado e enfiar os meus viadinhos goela abaixo daqueles executivos. Arrancar a máscara de "aliados" daquela gente hipócrita e expor quão violentos eles realmente eram.

Por ora, eu tinha o meu livro.

Eu tinha a porra da minha estrada.

Eu tinha o meu musical prestes a estrear, sem qualquer censura ou cortes ou problemas com a quantidade de bichas em cena, dando pinta ou não, se pegando ou não.

Eu tinha uma equipe foda.

Uma família foda.

E uma avó que sempre tinha confiado em mim.

Com apenas dez dias me separando da estreia de *Os meninos de Icaraí*, eu não podia esmorecer. Por mim e pela minha avó.

Aquela peça seria o maior sucesso da minha carreira, e dona Joana estaria aplaudindo de onde quer que fosse.

Mesmo com parte do mercado recusando as minhas histórias, eu iria mostrar a todos eles que elas tinham espaço, sim. Que elas tinham seu público, sim. E que elas seriam produzidas, quisessem eles ou não.

Eu devia aquilo a mim e a ela.

Então, sentindo o gosto salgado da lágrima que alcançava meus lábios, estendi o braço até a caneta que se encontrava acima da mesinha de cabeceira.

Sorrindo, acrescentei ao fim da dedicatória:

Para sempre.

Eu não iria decepcionar minha avó.

Junior Vieira

Oi, Pat. Td bem?
Chegando em casa do ensaio agora
Não quero te perturbar
aí com sua família.
Só pra saber msm de vc 20:08✓✓

>Oi, Ju, tudo indo
>Não tá perturbando não hehe
>É bom falar tb
>pra distrair 20:11✓✓

Ótimo!
Tô aqui pra distrair ☺
Só não mandei msg ontem
pra te dar um espaço.
Vc tá bem? 20:11✓✓

>Altos e baixos, Ju
>Tô mais na função da minha mãe
>Passei a tarde com ela vendo TV na sala
>Ajeitando coisas da minha vó
>E vamos levando 20:12✓✓

É mt triste msm
A sua vó foi mt fofa
comigo no seu niver
Fiquei feliz de conhecer ela 20:13✓✓

>Sim rs
>Ela falou mt bem de
>vc depois 20:13✓✓

De mim?
O que? rs 20:13✓✓

                              Ah, ideias de dona Joana rs
                      Digamos que ela era #TimeJunick 20:14✓✓

Ah, é? haha 20:14✓✓

                                          É rsrs
                      Acho que só a gente que não
                      é Time Junick, né? rs 20:14✓✓

Pois é rs 20:14✓✓

                                Mas enfim rs
                     Deu pra curtir, né? 20:15✓✓

Muito 20:15✓✓

                            A gente conseguiu
              se divertir juntos sem tá, tipo,
                      juntooos, né? 20:15✓✓

Sim sim
Deu pra se divertir 20:15✓✓

                          É, foi um aniversário
                            mt bom msm 20:15✓✓

Foi sim ☺
Sua vó tava animada 20:16✓✓

                              Ela adorou! rs 20:16✓✓

Bom que vc fica com
essa última lembrança
Ela ainda ganhou o primeiro
pedaço de bolo! 20:16✓✓

                                                        Foi rs
                          Mas se eu continuar falando
                          disso vou começar a chorar
                               de novo aqui rs 20:17✓✓

Não, eu mudo de assunto hehe
Quer saber do ensaio hoje?
Adivinha? 20:17✓✓

                                  Deu tudo errado? 20:17✓✓

Não, idiota hahaha
Deu tudo certo rs
A Claudia fechou a última cena e
amanhã a Ariella vai pegar a
coreô final pra gente encerrar.
Aí é ficar passando tudo
até morrer 20:18✓✓

Até morrer não, Pat!
Foi mal 20:18✓✓

                                          Calma hahahaha
                                            Tá de boa rs
                                E vc, mais confiante? 20:19✓✓

Pior que sim hehe
Já quero começar a temporada rs
Pegar meu remo e ficar
dançando na frente da plateia
Cantando pro Dulcina lotado 20:19✓✓

                              Alguém tá animado aqui, né?
                                            hehehe 20:20✓✓

Tô rsrs 20:20✓✓

>   Que bom, Ju
>   Fico feliz que vc esteja
>   curtindo esse processo.
>   Vc merece 🙂 20:20✓✓

Brigado, Pat.
Vc tb merece 🙂 20:21✓✓

>   Sim, eu já já volto pra
>   curtir com vcs 20:21✓✓

Vc sabe que td isso
só tá acontecendo por
sua causa, né? 20:21✓✓

>   Imagina
>   Todo mundo tá
>   criando junto 20:21✓✓

Mas vc que juntou a gente
Vc que deu o primeiro impulso
Chamou a galera
Não é fácil começar uma parada
que nem essa 20:22✓✓

>   Ah, não é mesmo rs
>   Eu sei bem 20:22✓✓

Então, tem que tá curtindo tb
Não é todo mundo que consegue
reunir uma equipe dessa
É mais um talento seu 🙂 20:23✓✓

>   Brigado, Ju, mesmo
>   Mas fica tranquilo que eu
>   vou curtir muito rs 20:23✓✓

Claro que vai rs
Vai pular do trampolim de mãos dadas
comigo, feliz da vida! hehe 20:23✓✓

> Ele tá apegado à última
> cena kkkkkk 20:24✓✓

Eu tôoooo hahahaha
É uma imagem final tão bonita
Eles vencendo o Campeonato
Subindo no trampolim da praia
de Icaraí, dando as mãos e saltando
Eu surtooooooo rs
Final feliz!!!! 20:24✓✓

> Será?
> Eles podem ter caído de mau
> jeito e morrido, né? 20:25✓✓

Calabocaaaa 20:25✓✓

> Agora sou especialista
> em velório 20:25✓✓

Patrick!!! 20:25✓✓

> Tô brincando rsrs
> Eu não vejo a hora de conferir td
> Mas acho que só semana
> que vem msm 20:26✓✓

Já já vc volta 20:26✓✓

> Sim sim
> Agora vou dormir, Ju
> Já tô deitado aqui
> MORTO de sono 20:27✓✓

Cara, vc é muito idiota 20:27 ✓✓

> Ou eu brinco um pouco ou vou MORRER de tédio aqui rs 20:27 ✓✓

Vai dormir, Patrick Rosa rs 20:27 ✓✓

> Eu vou, Junior Vieira rs Dormir cedo pra amanhã acordar em paz 20:28 ✓✓

De: dedenis@giro.com.pt   qua 22/05/2024 07:04
Para: patrickrosa.rj@gmail.com

Oi, Patrick. Bom dia.

    Espero que essa mensagem não te traga nenhum incômodo, de verdade. Escrevo depois desses anos porque acabei vendo pelo Instagram da Claudia sobre o velório da sua avó. Sei que foi anteontem, mas fiquei com medo da minha interação te trazer mais dor.
    De qualquer forma, sinto muito.
    Sei que minhas palavras não devem valer muita coisa hoje em dia, mas quis te escrever mesmo assim. Fiquei muito triste com essa notícia. Sua avó era uma pessoa maravilhosa e me lembro com muito carinho de tudo que vivi ao lado dela quando ainda estávamos juntos. Sempre divertida, dona Joana é uma figura inesquecível. Se puder e quiser, mande meus sentimentos aos seus pais. Imagino a dor que vocês devem estar sentindo.
    Você pode não acreditar, mas eu sinto muita falta da sua família e de você, Patrick. Sei que você já me bloqueou há um tempo e, por mais que me doa, respeito o seu espaço. Então, aproveito esta mensagem (não sei quando e se nos falaremos novamente) para dizer que também sinto muito pelo modo como agi com você no nosso término.
    Você não merecia que tudo acabasse por uma mensagem no WhatsApp e a nossa história não merecia um final como aquele. Eu pisei na bola e pisei feio. Minha cabeça estava confusa, meus sentimentos mais ainda e acho que, naquele momento, eu não teria coragem para terminar tudo se não fosse do jeito que foi. Sim, foi muito egoísta da minha parte e, por isso, peço desculpas. De coração, eu não queria ter te machucado. Eu só queria retomar minha paixão pela vida, meu tesão, mas, de tanto pensar nas minhas questões, deixei você totalmente fora da equação.

De todo jeito, segui em frente. Resolvi minhas angústias. Recomecei. Acolhi minhas inseguranças daquela época e me perdoei por ter agido daquele jeito. Mas não quero chorar as minhas pitangas. Estou aqui para que você saiba que me arrependo e que sei que errei. Talvez isso te dê algum conforto.

Eu torço muito pelo seu sucesso, Patrick. Muito, muito e muito. Sei do seu esforço e do seu talento. Das suas inseguranças, mas também da sua garra e da sua vontade de mudar o mundo com a sua arte. Você é um homem generoso. Um cara que eu vi começar os trinta anos cheio de sonhos e conquistar todos eles.

Que você realize mais e mais nessa nova idade. Eu sei que o seu aniversário foi nesse último fim de semana, então parabéns, de coração.

Eu sempre quis que nós fôssemos felizes, Pat, mas infelizmente a vida me levou para outro caminho. Mesmo assim, espero que você seja o cara mais feliz do mundo e que todos os seus novos sonhos se tornem realidade.

Fique bem. Força. Sinto muito.

E ainda que pareça errado e estranho te dizer isso: eu te amo e te admiro.

Você é foda, Patrick.

Beijos em todos,
Denis

— **N**ão.
— Sim.
— Não, Patrick, ele não mandou esse e-mail.
— Mandou, Clau. Eu li hoje quando acordei. Quis te ligar antes do ensaio.
— Mas, gente,
— É minha vó morrendo, é fantasma do passado reaparecendo, tá foda.
— Amigo, eu tô em choque. Mas e aí?
— E aí o quê?
— Não sei. Foi meio legal da parte dele te,
— Nossa, muito legal. Ele é um anjo.
— Não, Patrick, [risos] é claro que ele cagou no pau contigo, mas,
— Eu que devia ter cagado no pau dele, em vez de ficar fazendo chuca.
— [risos] Patrick!
— Ah, me poupe. Vai vir agora falar que me ama e me admira, pedindo desculpas e falando que conseguiu resolver as questões dele? Vai pra puta que pariu.
— [suspiro] Você vai responder?
— Não sei. E de verdade, o Denis é a última coisa com que eu tô preocupado agora. Talvez seja bom deixar ele também sem resposta. No mesmo silêncio que ele me deixou.
— Isso vai te ajudar? Pergunta sincera.
— Como assim?
— Porque tem gente que realmente não se importa e segue adiante. Mas você não é assim, né? Você fica remoendo. Então, se você nunca responder e vocês nunca conversarem, talvez essa história fique sempre martelando na sua cabeça.
— Pode ser, Clau. [suspiro] Mas hoje tudo que eu não quero é abrir um canal de conversa com o Trauma 0.
— Justo.
— Era só o que me faltava, lidar com esse cara justo essa semana.
— Então esquece, deixa ele lá em Portugal do outro lado do Atlântico.
— Já deixei.

— E falando em oceano, já combinei com a Isa da gente chegar mais cedo amanhã no Dulcina pra receber nosso barco, viu?
— O cenotécnico confirmou?
— Tá tudo certo.
— Que ótimo. E o cartaz? Vamos soltar hoje?
— Tô por você.
— Vamos umas seis da tarde que engaja mais. Pode ser?
— Tranquilo. Eu combino com o elenco pra todo mundo postar e divulgar o link dos ingressos. Vou avisar a Isa pra liberar as vendas também.
— Perfeito. O Junior me disse que o ensaio de ontem foi ótimo.
— Sim. Tá todo mundo preocupado contigo, mas tamo indo.
— Super. Mas vai com tudo. [risos] Quero voltar com a peça pronta.
— E quando a Claudia aqui não entregou tudo com perfeição?
— Nunca. [risos] Pelo contrário, é perfeita e premiada e agora ainda vai virar a diretora queridinha dessa cidade e sair montando um musical atrás do outro.
— Esse é o espírito. [risos] Sucesso, sucesso e sucesso.
— Isso. Tô começando a me apegar no seu otimismo. Falei com o Ju ontem, ele também tava animadíssimo.
— Tava. [risos sonsos] Ele tava sim.
— E que tom foi esse?
— Nada, é só que já é a segunda vez falando do "Ju" agora, né?
— Ih, pronto.
— Não, não tem problema, é fofo. [risos] Eu fiquei até surpresa na sua festa.
— Com o quê?
— Ah, não rolou nada, né? Entre vocês.
— [risos] Era pra rolar?
— Não, não era. [risos nervosos] Ou era, não sei. Vocês que,
— Amiga, tá tudo certo. A gente só preferiu não avançar nenhum sinal.
— Sei.
— A gente teve um papo essa semana e achou melhor cada um ficar no seu canto. Pra não atrapalhar a peça. Evitar qualquer climão se, enfim, se a gente... [risos nervosos] Na real, nem sei mais se isso faz sentido. [risos] Se esse nosso medo de dar merda é,
— O quê?
— Se é só um medo idiota nosso. Porque tá tudo bem com a gente. Comigo e com o Ju.

— Eu vi. [risos sonsos] Na festa.
— Ai, meu Deus. [risos] Viu o quê, Claudia?
— [suspiro] Você sabe que eu não fui a maior incentivadora desse casal, né?
— [risos] Sei.
— Eu até tinha motivos pra me preocupar, porque o garoto tem vinte e poucos anos, foi na Pink e caiu na pegação, e você já teve uns rolos aí cagados com uma molecada,
— Sim.
— Mas, Pat. [risos nervosos] Não dá pra ignorar que ele gosta de você. Eu sei que parece que eu tô jogando gasolina no fogo que eu tava tentando apagar, mas se você visse a cara dele te olhando durante o seu aniversário, o jeito que ele se preocupa contigo. Esse garoto só fala de você no ensaio. "Porque o Patrick isso, o Patrick aquilo."
— [risos emocionados] É?
— E mais, eu também vi o quanto *você* tava curtindo ele na sua festa. O quanto *você* ficou sem graça quando começaram a brincar com vocês dois.
— Não, amiga. [risos envergonhados] Foi de boa.
— Patrick, você só faltou enfiar a cara dentro do bolo quando a Ariella puxou aquele "Com quem será?"! [risos] Tô mentindo?
— Não. [risos] Não tá. Mas só porque eu fiquei sem graça.
— Exatamente. [risos] Mas eu acho que agora você pode baixar sua guarda um pouco.
— Como assim?
— Relaxar. Curtir. Embarcar. Se abrir. Esquecer os Traumas. Deixar rolar.
— Gente, mas o que aconteceu? [risos] É trote? É outra Claudia?
— É a mesma Claudia, buceta. [risos] Só que essa amiga aqui, de fato, já te viu muito na merda por causa de macho escroto. Já te vi sofrer por muito boy que não te merecia.
— Um deles acabou de me mandar e-mail, inclusive.
— Pois é. [suspiro] Mas talvez esse garoto, o Junior, te mereça, amigo.
— ...
— Se ele tá se mostrando um cara legal... por que não?
— É. [suspiro] Por que não?

— "Porque não" não é resposta, Zé — minha mãe resmungou, largada no sofá, quando meu pai se recusou a ver o filme que ela tinha sugerido.

— Meu amor, eu vejo qualquer comédia boba com você, mas essa é muito ruim — meu pai se justificou. — Tem tantas opções.

— Sim, mas eu não quero ver nada maravilhoso — dona Miranda insistiu, com o controle da TV em mãos. — Pra mim, uma comédia horrorosa tá ótima. [risos cansados] A gente dá play, fica falando mal de tudo e se distrai um pouco.

— É uma ótima estratégia — comentei, achando graça naquela disputa por filmes ruins.

— É ótima, não é, Pat? — Minha mãe se divertiu. — Vê se eu quero agora assistir uma obra-prima? [risos] Vamos ver filme ruim, sim.

Sentado na poltrona ao lado do sofá da sala, eu acompanhava meus pais tentando encontrar o melhor jeito de atravessar aquela tarde sem tanto sofrimento.

— Minha mãe já teria concordado — dona Miranda pontuou. — Já estaria sentada nessa poltrona do Pat, com as pernas esticadas, falando que o que eu escolhesse tava bom.

— Claro, amor, sua mãe chegava no meio do filme e já tava cochilando — meu pai devolveu, bem-humorado. — Pra ela tava tudo ótimo. [risos] Ela não via nada.

— Via sim — defendi dona Joana. — Comigo ela assistia *The Walking Dead* inteiro. Não deixava passar um zumbi.

— Ah, mas com você era diferente — dona Miranda ponderou. — O que você botasse, ela assistia sem desgrudar o olho. [risos] O netinho preferido.

— O único, né? — brinquei.

— Você me entendeu. — Ela esboçou um sorriso. — [suspiro] É impressionante como, pra cada canto que eu me viro nessa casa, eu vejo minha mãe. Parada no corredor me perguntando se eu já vou dormir. No quintal, varrendo as folhas da mangueira. Sentada aqui com a gente vendo um filme.

— Eu também tô assim — admiti. — Lá no quarto, é impossível olhar pro lado e não lembrar dela na beira da cama, sentadinha, fazendo suas palavras cruzadas.

— Ou reclamando das minhas alunas — meu pai completou.

— Pelo amor de Deus! — Minha mãe quase caiu na gargalhada. — Pelo menos disso ela se livrou.

— Mãe! [gargalhada] — Não me segurei. — Que horror.

— Deixa, Pat. — Seu Zé balançou a cabeça, levando na esportiva. — Sua mãe acha que as alunas dela de vôlei são atletas olímpicas, sabe? Que todas são ótimas.

— Pelo menos nenhuma delas está errando o saque aqui dentro de casa, né? — dona Miranda se defendeu, debochada.

— Sabe do que eu me lembrei? — comentei.

— O quê? — minha mãe perguntou.

— Não é nada de mais. Foi quando eu me mudei pra Ipanema, há muitos anos. O frete tava pronto lá na rua, eu já ia pegar carona com eles pro meu apartamento. Mas quando voltei aqui pra casa pra buscar minha mochila, minha vó tava parada ali na porta, de pé, com a cabeça baixa, emocionada. E eu logo falei: "Vó, não faz isso comigo". [risos emocionados] Porque eu já tava mexido, né? De ir embora. [suspiro] Eu me lembro que ela se virou pra mim e disse: "Eu sei que você tem que ir, meu neto. É a vida". [risos tristes] Eu fiquei tão balançado que registrei aquele momento. Essa mania ridícula de fazer selfie chorando. [risos] Mas enquadrei nossos rostos e fiz. E aquela virou a foto do perfil dela no meu celular. Pra eu nunca me esquecer daquele dia.

— É, meu filho. — Minha mãe tentou conter o choro. — O bom é que todos nós temos muitas memórias com a mamãe.

— Super — confirmei.

— Como ela diria — meu pai completou —, "É a vida".

Era surreal que aquele momento tivesse, finalmente, chegado.

Poucos minutos depois de postarmos o cartaz do espetáculo no perfil criado para a peça, nosso engajamento estava nas alturas.

A euforia nos comentários não se dava apenas pela proximidade da estreia, mas com o próprio layout do cartaz, com a foto de nossos remadores do Bicharaí em destaque e, acima de suas cabeças, o título da peça na fonte mais bonita que encontrei.

A semelhança com a capa do livro era nítida, e meus leitores logo pescaram a referência, entupindo o post de comentários e enchendo meu direct de mensagens. Aparentemente empolgados, todos me diziam que estariam lá para prestigiar nossa temporada.

Sem qualquer assessoria de imprensa, eu tinha plena consciência de que precisaríamos batalhar muito para levar o público até o Teatro Dulcina, ainda mais levando em conta que nosso primeiro fim de semana em cartaz cairia no meio do feriado de Corpus Christi. Mas, se a fé movia montanhas, ela também moveria espectadores.

Pelo grupo do Zap, Isadora já tinha nos avisado que poderíamos fazer uma estreia para convidados. Ou seja, aquele era o momento de acionar todos os nossos contatos e convidar amigos, familiares, jurados de prêmios, críticos de teatro, influenciadores e famosos. Afinal, se eu quisesse que aquele musical virasse alguma chave na minha carreira e que todo aquele investimento não tivesse sido em vão, o Dulcina precisaria ficar entupido de gente, com filas dando volta no quarteirão em todas as sessões, com as bichas se engalfinhando para assistir à nossa peça, com o boca a boca tomando conta das ruas do Rio até nosso musical virar o novo hit da cidade, o programa imperdível do Mês do Orgulho e o espetáculo mais premiado da temporada.

Se havia alguma hora para sonhar alto, era agora.

Assim, encostado no parapeito da janela, olhei para a cama de minha avó ao meu lado e prometi:

— Deixa comigo, dona Joana. [sorriso] Eu vou botar pra foder.

— **A**i, que delícia, baby!
— Tá bizarro, Ari. Eu acordei, já tinha mais de cinquenta reposts. Vai dar bom.
— Ai, Pat, tô tão feliz com esse processo. Fazia muito tempo que eu não pegava um projeto com pouca grana, mas valeu a pena cada centavo que eu não ganhei.
— [risos] Que morte horrível.
— Sério, baby. [risos] Você pode ficar bem orgulhoso. O cartaz ficou lindo, mas a peça tá melhor ainda.
— Eu tô orgulhoso, sim, amiga.
— Ótimo. [suspiro] Porque eu te liguei pra falar sobre outra coisa.
— O quê?
— Nada de mais. [risos nervosos] Pelo menos eu espero que não seja.
— Fala logo, desgraça. [risos] Para de suspense.
— É que no seu aniversário, eu já tava mais pra lá do que pra cá, né?
— Todos, todas e todes.
— É sério. [risos] Eu fiquei muito sem graça depois que cheguei em casa com a Cacá, porque eu fui muito sem noção.
— Hã? [risos confusos] Do que você tá falando?
— Puxando aquele "Com quem será?", deixando vocês dois constrangidos,
— Ari! [risos] Você acha que depois de tudo que aconteceu comigo essa semana eu tô preocupado com isso? Eu nem me lembrava disso.
— Jura?
— Óbvio.
— Porque eu sei que você fica nervoso com esse tipo de brincadeira e o Junior é,
— Ari, deixa eu te falar. Eu e o Ju já tínhamos conversado antes da festa. E a gente tá, ou tava, preferindo ficar cada um mais na sua,
— Piorou! [risos nervosos] Aí eu fui lá e,
— Calma, mulher! [risos] Eu só quis dizer que, quando rolou essa musiquinha, eu deixei passar, ele também, e vida que segue.
— Mas peraí. [risos] Vocês pararam de vez? Acabou o drama?

— É justamente drama o que a gente tava evitando. [risos] Mas agora, depois que a vovó morreu, já tô achando que eu tinha mais é que ter cantando junto esse "Com quem será?" e tacado um beijão nele na frente de todo mundo.

— Gente, mas que relação foi essa que você fez? [risos] "A vida é um sopro"?

— É só que a minha avó me disse umas coisas naquela noite que,

— Já sei. [risos] Ela também viu o que todo mundo viu?

— O quê?

— Que tá um querendo quicar na rola do outro.

— [gargalhada]

— É a mais pura verdade, baby. [risos] Ficou cada um na festa pra lá e pra cá, sorrindo, brincando, mas doidos pra se pegarem.

— Não, a gente tava de boa, vai?

— Patrick! [risos] Foi por isso que eu puxei aquela musiquinha. Pra ver se vocês paravam de merda e se pegavam logo.

— Calma, vamos ver o que acontece.

— Se ninguém se mexer não vai acontecer nada.

— Mas quem disse que eu não vou me mexer? [risos] Ou você se esqueceu do Patrick pegador, que chegava junto quando precisava?

— Olha ele! [risos] Vai bancar a piranha agora?! Ouvindo assim, parece até aquele Patrick que ia comigo em bloco de Carnaval e beijava mais de cinquenta.

— Meu Deus! [risos] Abafa!

— Abafa nada, baby! [risos] Ressuscita esse Patrick!

— Era tão mais leve, né? A gente saía pegando geral, dividindo boy,

— Uma dupla de sucesso desde cedo, né, meu amor?

— Nem fala. O Patrick piranha era tão mais divertido! [risos cansados] Tem horas que dá vontade de rebobinar a fita.

— Nem pensar! Tô muito melhor agora. [risos] Você quer voltar pros seus vinte anos? Com aquele corte de cabelo horrível, caindo bêbado na porta de boate,

— Não, não quero. [risos] Lembra de quando eu fui expulso do Cine Ideal? Porque tava mijando na caixa de som e o segurança me viu?

— Claro. [risos] A bicha na vala, chorando na calçada, pedindo pra voltar pra dentro, humilhada.

— Meu Deus, eu era muito baixo nível. [suspiro] Aquela época foi boa, a gente não pode negar.

— Mas agora vai ficar muito melhor, baby. Sabe por quê? Porque só faltam oito dias pra nossa estreia.

— Ai, meu coração.

— Você não queria ver suas bichas ganhando o mundo? Pois tá chegando a hora do parto.

— Eu já tô sentindo as contrações.

— Sei, você tá sentindo o remo do líder do Bicharaí chegando perto, isso sim.

— Pronto, recomeçou. [risos] Deixa o Ju comigo, Ariella.

— Tá deixado, baby.

— Até porque, pelo visto, todo mundo concorda com a resposta do "Com quem será?", né?

— Com certeza. [cantarola] *Vai depender, vai depender se o Junior vai querer!*

— Agora não? — Me detive diante da mesa, surpreso. Com os pratos e talheres dispostos e a sala tomada pelo cheiro irresistível do salmão que só minha mãe sabia fazer, não entendi por que meus pais pediram para esperar antes de almoçarmos.

Sentados em suas cadeiras, eles trocavam olhares suspeitos, como se buscassem o melhor jeito de iniciar uma conversa desconfortável.

— O que tá acontecendo? — perguntei, ainda de pé. — Vocês tão me deixando nervoso.

— Não, filho — minha mãe se adiantou. — Não aconteceu nada. A gente só queria,

— Conversar um pouco com você — seu Zé completou.

— Sobre o quê? — insisti.

Que eu soubesse, nada de extraordinário tinha acontecido desde o velório de minha avó para que os dois estivessem com aquele melindre todo.

— Puxa uma cadeira, Pat — meu pai me indicou. — Senta aqui com a gente.

— O que houve? — repeti, ansioso, puxando a primeira cadeira que vi pela frente e me sentando na ponta oposta à deles na mesa. — Que cerimônia toda é essa?

— Bem... — minha mãe começou, buscando a aprovação de meu pai com os olhos. — A gente não quer invadir seu espaço nem nada disso, mas como você já abriu o jogo com a gente lá atrás, né? Antes da peça começar,

— Que jogo, mãe? — perguntei, ainda perdido.

— Sobre dinheiro — ela esclareceu. — Você contou pra mim e pro seu pai que você tava apertado, que o dinheiro tava no fim,

— E agora nós estamos vendo você investindo na peça — meu pai complementou. — Então, a gente imagina que você deve tá mais apertado ainda, certo?

— Bem, sim — respondi, sem graça. — Mas tô tentando não surtar muito com isso, né? [risos nervosos] Mais focado na estreia.

— Claro. — Minha mãe se mostrou compreensiva. — E você tá indo muito bem. Seu pai sempre fala como os ensaios tão fluindo,

— E tão mesmo — ele reforçou.

— Sim, e vocês querem...? — Levantei a bola, esperando que algum deles fosse direto ao ponto.

— Você sabe que eu cuidava das coisas da minha mãe, né? — dona Miranda me perguntou de forma retórica. — Sempre acompanhei as coisas do plano de saúde, a conta bancária que ela tinha com a aposentadoria dela e [suspiro] uma reserva.

— Aham — assenti com a cabeça.

— Muito bem. — Ela tomou fôlego. — Quando eu conversava com sua avó, nós sempre falávamos que aquele dinheiro era para quando houvesse alguma emergência. Com ela, principalmente. Pra gente usar caso ela tivesse algum problema de saúde mais grave, algo que o plano não cobrisse.

— Uhum — resmunguei, atento.

— Só que, bom, quis a vida que ela não precisasse usar esse dinheiro pra emergência nenhuma — minha mãe constatou. — Ela partiu sem complicações, ainda bem.

— Sim — concordei, alternando o olhar entre meus pais, suspeitando do rumo que a conversa tomaria.

— Pois bem — meu pai tomou a palavra. — Nós queremos te dar uma parte desse dinheiro.

— Não é muito — minha mãe se antecipou. — Mas pode te ajudar.

— Que é isso, gente? — Eu não poderia aceitar aquilo.

— Nós não vamos te dar tudo — meu pai tentou se explicar. — Seria só uma ajuda. Pra você pagar seus próximos aluguéis, ganhar um tempo.

— Não, pai, que é isso... — Eu não podia acreditar que eles estavam fazendo aquilo. — Esse dinheiro é pra vocês, pro futuro de vocês dois.

— Você é o nosso futuro, Patrick. — Dona Miranda não titubeou. — Eu sei que você é cabeça-dura pra receber ajuda, mas esse dinheiro é da sua avó. Eu tenho certeza que ela ia querer que a gente fizesse isso.

— Ai, mãe. — Tentei disfarçar a emoção. — Não sei.

Eu não podia acreditar que eles estavam me oferecendo aquele auxílio. Depois de tanto tempo torcendo para que algum dinheiro caísse no meu colo, ele finalmente havia chegado — da forma mais inusitada possível —, e eu estava seriamente pensando em recusá-lo.

Ainda que aquele gesto fosse repleto de amor e cuidado, eu não estava nem um pouco confortável em "resolver" meu aluguel com o dinheiro proveniente da morte da pessoa que eu mais amava neste mundo. Eu preferia mil vezes ter minha avó viva a usar um centavo daquela reserva.

Além do mais, de que adiantaria pagar os próximos aluguéis em Ipanema se eu ainda não tinha qualquer previsão de novos trabalhos para além do musical? Por que torrar uma reserva tão importante para minha família apenas para adiar, por mais alguns meses, a mesma questão? A troco de quê? De continuar morando em Ipanema? Podendo simplesmente entregar as chaves daquele apartamento e voltar para Niterói?

Claro que era tentador simplesmente dizer "sim" e voltar para o meu canto, mas, no fundo, eu sabia que aquele não era o melhor passo a ser dado. Ou melhor, não fazia mais sentido.

Mesmo que a ideia de me despedir do meu apartamento me deixasse de coração partido, algo me dizia que o caminho a ser tomado era outro. Que era o momento de dar um passo para trás, me reestruturar e avançar novamente.

Seria muito mais inteligente da minha parte pagar apenas um frete de Ipanema para o Ingá e passar os próximos meses economizando, do que continuar com aquela pressão de pagar aluguel todo mês e aquele peso nas costas de não estar dando conta do recado. No fim das contas, eu tinha o privilégio de ter um teto para voltar e uma família disposta a me acolher.

Eu não iria desperdiçar a reserva da minha avó enchendo o bolso do proprietário do meu apê em Ipanema. Tendo uma casa para voltar, por que raios eu não me aproveitaria daquilo? Por medo de ficar longe dos meus amigos? Eu já tinha passado anos da minha vida indo ao Rio e voltando para Niterói todos os dias e não morreria se precisasse retomar aquela rotina. Além do que, Niterói era uma cidade linda. Repleta de praias paradisíacas, com uma vida cultural efervescente e uma qualidade de vida incrível.

Talvez aquele fosse o momento certo para voltar ao ninho, arejar a cabeça e colocar minha vida em ordem. Aproveitando a comidinha da mamãe, o conforto do meu antigo quarto e a calmaria do nosso jardim.

— Eu não quero esse dinheiro pra pagar aluguel — falei, encarando meus pais.

— Patrick,

— Eu quero voltar pra cá — anunciei, interrompendo a réplica da minha mãe e verbalizando, pela primeira vez, o que temi por tanto tempo. — Posso? [suspiro] Por um tempo, claro.

Então, como se uma bomba tivesse sido jogada no meio de nossa sala, foi a vez de meus pais ficarem sem palavras, surpresos com o que tinham acabado de ouvir.

— Como assim, Patrick? — meu pai questionou, aéreo. — Você não quer,

— Não faz sentido ficar lá torrando essa grana — eu disse, já sentindo um peso monumental saindo das minhas costas. — É claro que eu amo o meu cantinho e vou morrer de saudades, mas aqui também é minha casa. Eu prefiro usar essa reserva de outra forma.

— Como assim? — minha mãe indagou, impressionada com minha decisão.

— De quanto a gente tá falando? — perguntei. — De valores?

— Ah. — Meu pai refletiu por um momento. — Uns vinte mil, né, amor?

— Vinte mil?! — Não consegui disfarçar o espanto. — No total?

— Não, vinte mil pra você — minha mãe respondeu.

— Mas é muita grana. — afirmei, em choque.

— A sua vó guardou uma vida toda — minha mãe justificou. — E nós vamos ficar com uma boa parte pra qualquer emergência. Mas calma. [suspiro] Primeiro, é claro que você pode voltar a morar aqui, meu amor. Mas a gente tá te dando uma oportunidade de,

Eu sabia exatamente o que se passava na cabeça dos meus pais. Até pouco tempo atrás, eu também acharia uma loucura sair de onde eu morava para voltar para a casa dos meus pais. Encararia aquele retorno como um atestado de fracasso.

Um homem com quarenta anos na cara voltando a morar sob a asa da mamãe e do papai. Incapaz de pagar o próprio aluguel. Sem perspectivas na carreira. Sem carteira assinada. Sem convites para trabalhos. Sendo obrigado a deixar a zona sul da Cidade Maravilhosa para atravessar a ponte. Uma vergonha completa, certo?

Não. Definitivamente, não.

Enquanto nossos pais bradavam que, com a nossa idade, já tinham saído de casa, formado família e comprado imóveis, com a minha galera o papo era outro. Eu era da geração do aluguel e dos preços altos. Da carteira assinada cada vez mais rara, cujo combo de "benefícios" incluía um belo burnout. Não era vergonha nenhuma recuar um pouco e me aproveitar da estrutura familiar que eu tinha a sorte de ter.

Era cafona me sentir "superior" só por morar perto da praia em Ipanema. Era ridículo, era elitista e um lindo atestado de porra nenhuma, na verdade.

Claro, eu entendia perfeitamente o Patrick de décadas atrás, olhando para aquele bairro como símbolo de status, como seu certificado de Venceu Na Vida. Feliz e orgulhoso de conseguir morar perto da sua praia dos sonhos, pertinho do metrô, no cartão-postal daquela cidade. Só que eu não era mais aquele Patrick, não me sentia o fodão só por morar perto do Posto 9, muito menos um fracassado porque voltaria para Niterói.

A reserva da minha avó poderia, sim, me ajudar. Mas de outro modo.

— Calma, mãe. Eu quero esse dinheiro, sim. [suspiro] Só que eu não vou usar pra pagar aluguel.

Eu não acreditava que estava prestes a dizer aquilo. Que poderia dar o próximo passo com ainda mais firmeza. Que estava partindo, de vez, para o tudo ou nada.

— Eu quero investir esse dinheiro na peça — declarei.

— Na peça? — Minha mãe se surpreendeu. — Mas não é muito dinheiro?

Era.

Era muito dinheiro.

Justamente por isso, aquela era a melhor decisão que eu poderia tomar.

Dobrar a aposta.

Investir ainda mais naquele sonho.

Porque, se alguma coisa poderia me gerar novos frutos em um futuro não tão distante, era aquele musical.

O que nós estávamos conseguindo fazer com pouca grana era inacreditável. Então, se nos quarenta e cinco minutos do segundo tempo eu ainda conseguisse impulsionar aquele projeto como ele merecia, o céu seria o limite.

Uma grana como aquela me permitiria contratar, por exemplo, uma boa assessoria de imprensa, o que já facilitaria — e muito — a presença de críticos e jurados, além de matérias em jornais e blogs que poderiam alavancar nossa temporada.

Indo além, eu poderia pagar por uma produtora para filmar nosso espetáculo, o que tornaria mais fácil nossa inscrição em festivais e editais públicos. Poderia alugar lapelas para os atores, em vez de depender de microfones direcionais no palco. Conseguiria impulsionar as postagens nas redes sociais e talvez até deixar um dinheiro guardado para garantir uma segunda temporada no próximo semestre.

Aquela sim era uma decisão que fazia sentido na minha cabeça.

Um gás que minha avó ficaria orgulhosa de me dar.

— Sim, mãe, é muita grana — assenti. — Mas é o que vai mudar a minha vida. É o que vai garantir que esse musical tenha o alcance que eu preciso que ele tenha. E que pode me abrir todas as portas que eu também preciso que ele abra.

Como se minha energia tivesse se transformado por inteiro de um minuto para o outro, olhei firme para os meus pais, certo de que aquele era o melhor destino que eu poderia dar àquele dinheiro.

— Meu filho, a decisão é sua — meu pai se limitou a dizer. — Se você acha que é o melhor a ser feito.

— Eu tenho certeza, pai — reforcei, as lágrimas ameaçando sair. — Eu posso usar um pouco pra pagar o frete da minha mudança pra cá, pra pintar o apartamento de Ipanema antes de entregar as chaves, aquelas burocracias finais.

— Claro. — Minha mãe me apoiou. — Você pode vir pra cá a hora que quiser, Patrick. E, se quiser passar mais um mês lá e só vir em julho, tudo bem.

— Não, eu venho depois da estreia. — Me decidi. — Prefiro dar logo esse passo.

— Como você quiser — ela reafirmou. — Então, estamos decididos?

— Sim — confirmei. — Tá decidido.

Claudinha

Agora vaiiiiiii!!!
Quando sair do ensaio me liga!
Tenho novidades e decisões rs
Esquece microfone direcionado pro palco
Nós vamos alugar lapela pros nossos atores.
Vamos ver se precisa de mais refletor
ou mais algum equipamento pra nossa iluminação.
Vou mandar msg pra Isa perguntando se
ela conhece alguma boa assessoria
de imprensa que trabalhe com teatro.
Falta pouco pra estreia, mas acho que dá
pra levantar um bom release e tentar umas
matérias em jornais e blogs.
Eles devem ter um bom mailing tb
pra chamar os críticos e os jurados de prêmios.
Vamos fazer nossa estreia bombar!
Eu já vou impulsionar o post com o nosso cartaz
e talvez começar a sondar outros teatros pra
uma segunda temporada ainda esse ano! 15:20 ✓✓

É o que, amigo?
Tô no meio do ensaio
Não entendi nada 15:23 ✓✓

Depois eu te explico tudo
Só agradece minha avó!
Nosso musical vai estourar! 15:26 ✓✓

De: valen_tim@rvs.com   qui 23/05/2024 15:33
Para: patrickrosa.rj@gmail.com

Patrick, querido!! Tudo bem?

    Quanto tempo! Como você está?
    Vi ontem de noite no seu perfil o cartaz da sua nova peça que vai estrear na semana que vem. Estreia na sexta-feira do feriado mesmo? Eu queria te prestigiar se ainda tiver ingresso. É uma adaptação musical do seu livro que você tinha mencionado na nossa sala de roteiro, né? Muito legal. Me diz como eu faço? 🙂
    Aproveitando pra te atualizar um pouco sobre o nosso *Verão yag*. Rapaz, que porrada na nossa cara rs. Meu planejamento anual foi pro espaço com aquele cancelamento, mas eu tenho uma boa notícia no meio do caos. Samuca, meu marido, conseguiu garantir que os direitos da obra continuassem comigo, pelo menos. Nada como ser casado com o melhor advogado da cidade. Então, nem tudo está perdido. Nada garantido, mas já comecei a conversar com outros players para ver se alguém se interessa em levar adiante nossa série e também estou, com muita calma, estudando os próximos editais, tanto de desenvolvimento de roteiro como de produção, pra ver se a gente consegue levantar uma grana pra continuar o projeto. Era tão legal, né?
    Inclusive, me diz se eu posso colocar seu nome na hora de preencher os editais. Ainda quero você na minha equipe, viu?

Beijo grande,
Valentim Andrade

De: patrickrosa.rj@gmail.com qui 23/05/2024 16:18
Para: valen_tim@rvs.com

Tim!! Quanto tempo!

    Que bom ouvir de você novamente. Bateu uma saudade da nossa sala de roteiro! Nós éramos felizes e sabíamos, né?

    Realmente, minha vida também virou de cabeça para baixo depois do nosso cancelamento. Eu confesso que me segurei para não mandar o Superplay e aquela produtora para o quinto dos infernos, de tanto ódio que senti. Eles produzem uma comédia romântica hétero atrás da outra, cada uma pior que a anterior, e a nossa não pode porque é muito "ousada"? O resto eu só falo ao vivo para não deixar provas que me incriminem rsrs.

    Maaaas que notícia boa essa do *Verão yag*. Então o projeto segue contigo, que maravilha. Nesse mercado louco, já é uma vitória.

    Claro que pode colocar meu nome nos editais. O que precisar de documentação é só pedir. Vai ser um sonho retomar esse projeto. Vou ficar na torcida, com certeza.

    E sobre a estreia, sim, cai no meio do feriado rsrs.

    Não me faça mais perguntas! rs

    Só pense que se trata de uma estreia abençoada! hehe

    É uma adaptação de *Os meninos de Icaraí*, sim, meu livro. É só me dizer quantos convites você quer que eu já deixo separado na bilheteria com os nomes.

    Vamos celebrar mais uma história viada ganhando os palcos, né?

    Fico no aguardo!

Beijos,
Patrick

De: valen_tim@rvs.com qui 23/05/2024 17:09
Para: patrickrosa.rj@gmail.com

Patrick!

    Eu também morro de saudades da nossa sala de roteiro, mas fé em Cher que ela vai voltar rs
    Sobre sua estreia: maravilha! Nós vamos com certeza. Não vamos viajar no feriado, então estamos mais do que certos no Dulcina na próxima sexta-feira.
    Coloca o meu nome e o do Samuca, mais o Romeu, nosso filho, e o namorado dele, Aquiles. Pode ser?
    Eu vou tomar vergonha na cara e comprar seu livro pra ler antes da peça rs
    De todo jeito, MERDA!!
    Tenho certeza de que será um sucesso!

Beijos,
Tim

De: patrickrosa.rj@gmail.com qui 23/05/2024 17:37
Para: valen_tim@rvs.com

Combinado!!
   Os nomes já estão na lista da produção. Só chegar e pegar na bilheteria do Dulcina. Vou adorar te rever e conhecer sua família! ☺
   Até mais e obrigado pelas notícias!!

Beijos,
Pat

Junior Vieira

Tá preparado? 20:06✓✓

> Ai, mel dels
> O que foi? rs 20:09✓✓

NOSSO BARCO CHEGOU!!! 20:10✓✓

> Eu seeeeeei hehe
> A Claudinha me mandou
> algumas fotos quando acabou
> o ensaio rs 20:10✓✓

Ah, sem graça
Então vou me retirar 20:11✓✓

> Para rs
> Tá lindo, né? 20:11✓✓

Tá foda demais
A gente botou no palco
com uma luz ali improvisada
Já deu o maior efeito 20:12✓✓

> É o Bicharaí vindo aíiii hehe
> Ai, eu já quero voltar
> pro Dulcina 20:12✓✓

Vc tá fazendo falta
nos ensaios 20:13✓✓

Ah, é? hehe 20:13✓✓

É, chato
Vc fica ali no canto vendo,
mas vc torce, comenta
É tipo nossa primeira plateia
Quando vc tá com uma cara de cu
a gente já sabe que tá ruim
hahahahaha 20:13✓✓

Que horror! kkkkk
Eu tento disfarçar
hahahahahah 20:14✓✓

Muito mal kkkkk 20:14✓✓

Melhor eu nem voltar, então
Já que eu deixo todo mundo
pra baixo, né? 20:14✓✓

Olha ela, nossa drama queen rsrs
E vem cá, tava pensando em te visitar
amanhã aí em Nikiti
O que vc acha? 20:15✓✓

Me visitar? 20:15✓✓

É, vc disse que só volta
pros ensaios na semana que vem
Eu queria te ver antes ☺ 20:16✓✓

Mas eu tô bem, Ju
Não se preocupa, não 20:16✓✓

Eu não tô preocupado
Só queria te ver, senhor Patrick
Pode ser? rs 20:17✓✓

Pode rsrs 20:17✓✓

Opa!
Eu saio do ensaio e chego aí
Fim de tarde eu tô batendo
na sua porta hehe 20:18✓✓

Ah, eu vou amar, Ju
É bom que já vai se
acostumando rs 20:18✓✓

Como assim? rs 20:18✓✓

Amanhã eu explico rs
A gente pega um pôr do sol
aqui na praia de Icaraí
Ou na praia das Flechas
ali perto do MAC 20:19✓✓

Tá ótimo
O que vc quiser 20:19✓✓

Beleza, então
Combinado! ☺ 20:19✓✓

Beleza! ☺ 20:19✓✓

Estava feito.

Sem perder tempo, enviei uma mensagem para a minha locatária em Ipanema avisando que iria deixar o imóvel no início de junho.

Tomando café da manhã na sala de casa, era impossível não me impressionar com a velocidade com que tudo tinha acontecido.

Há exatos sete dias, eu chegava no Ingá, animado para comemorar meu aniversário de quarenta anos, abraçando minha avó e trazendo minha mochila com algumas roupas para ficar somente o fim de semana. No entanto, ali estava eu, uma semana depois, sem minha avó e me organizando para voltar de vez à minha casa da infância.

Por maior que fosse o aperto no peito em deixar para trás meu cantinho de tantos anos, minha vontade de seguir em frente era ainda maior.

Eu tinha noção de que, no segundo em que eu pisasse novamente no meu apartamento em Ipanema, seria impossível segurar a emoção. A próxima semana seria minha última morando no espaço onde eu tinha construído as melhores lembranças dos últimos anos.

Não seria simples, evidentemente, empacotar tudo e dizer adeus ao que eu tinha vivido lá. Mas tudo bem. Todo ciclo chegava ao fim. E aquele era o momento de construir novas memórias em outro lugar. Até mesmo porque, se eu tinha decidido, no início de abril, investir no musical em vez de ficar segurando dinheiro para pagar mais aluguéis, era porque já sabia, na verdade, qual era o meu propósito.

Eu já queria e continuava querendo avançar.

Girar a roda.

Seguir em movimento.

Criar novas possibilidades.

Eu queria e iria seguir em frente.

Encarando o que precisasse encarar.

De: patrickrosa.rj@gmail.com   sex 24/05/2024 09:01
Para: dedenis@giro.com.pt

Oi, Denis, bom dia.

    Obrigado pela sua mensagem sobre a minha vó. De fato, foi uma semana muito atípica por aqui, e a morte dela nos deixou muito mexidos, como era de imaginar. Eu ainda não repassei sua mensagem aos meus pais porque, sinceramente, não quero trazer o seu nome para nenhuma roda de conversa.
    É verdade, nós vivemos muitas boas lembranças. Aqui em casa, com os meus pais, com a minha avó. Eu sei que ela te adorava, assim como seu Zé e dona Miranda. Pelo menos até o momento em que você desapareceu do mapa e me deixou com crises de ansiedade, me sentindo uma grande merda, sem entender o que tinha acontecido e por que raios você não queria nem sentar e conversar mais comigo.
    Eu não vou mentir, Denis, só de escrever essas palavras, meu corpo treme como se estivesse lidando com aquela rejeição mais uma vez. E não, eu não gostaria de sentir isso nunca mais na vida. Por isso estou aqui. Para tentar virar essa página.
    Apesar de tudo, você esteve do meu lado em momentos muito importantes da minha vida. Eu sei o quanto fez a diferença ter o seu apoio em muitas horas, o quanto suas palavras me encorajavam a seguir com meus planos, a me arriscar e a acreditar que o que eu queria era possível. Você foi esse cara comigo, eu preciso admitir. Mas você também foi quem me disse que a gente só conversa com quem a gente se importa, me agradecendo por ter te dito o que me incomodava em algum momento da nossa relação. Essa frase, Denis... Essa frase me marcou muito quando, anos depois, você se recusou a conversar comigo e, simplesmente, virou a cara.

A gente só conversa com quem a gente se importa, certo?

Sendo assim, que bom que você se perdoou e seguiu em frente. Eu estou tentando fazer o mesmo por aqui, ainda que sem casamento na Europa nem uma vida de conto de fadas.

Nos últimos meses, minha vida não se pareceu nem um pouco com o que eu tinha sonhado. Mas eu torço para que, a partir da semana que vem, ela dê uma nova guinada. É esse o meu objetivo. Realizar meus novos sonhos. Me esforçando ainda mais por mim mesmo. Porque, sim, Denis, eu também mereço ser feliz. Ah, eu mereço muito ser feliz e ser amado pelo cara que eu sou.

Eu espero um dia guardar só nossas melhores histórias e nossos melhores momentos. Então, quero te deixar ir. Você já foi, na verdade. Eu que preciso seguir também.

Então sigamos, Denis.

E que a gente consiga ser feliz nessa nova estrada.

Abraços,
Patrick

— Caralho.
— É muito lindo, né? — Só reforcei o óbvio.

Sentados na areia da praia das Flechas, eu e Junior admirávamos o sol se pôr atrás do MAC, deixando o céu, já sem nuvens, a cada minuto mais alaranjado.

Com o Pão de Açúcar ao fundo, do outro lado da baía de Guanabara e o Cristo Redentor acima daquele museu em forma de disco voador, nós aproveitávamos a calmaria daquela praia para botar o papo em dia.

— É lindo demais — Junior concordou. — É que eu ficava mais lá por Itacoatiara mesmo, né? Com meus pais. Não tinha muito por que vir pra cá pra ver pôr do sol.

— Faz sentido. Lá também é lindo, né?

— Muito — ele afirmou com certo pesar.

— Eu vivia por aqui desde criança. Claro, eu ia lá pras praias, mas a maior parte do tempo eu ficava pelo Ingá, Icaraí. Não sei se você pegou ainda, mas ali na praia tinha o Cinema Icaraí, enorme. Você conheceu?

— Não. — Ele sorriu, sem jeito. — Ou era muito pequeno e não lembro.

— Tá em obra agora, eles vão reabrir.

— Jura?

— Era incrível, Ju — me animei. — Um cinema de rua, gigante. Com dois andares. A fila pra ver os filmes dava volta no quarteirão. Era muito bonito. Quando reabrir a gente pode ir um dia. [risos] Já que você tá nessa pilha de me visitar em Niterói.

— Tá reclamando? — ele se divertiu. — Eu posso ir pra casa.

— Vai nada. [risos] Fica quieto.

— Aliás, você disse que eu podia ir me acostumando a te visitar aqui. [risos confusos] Que papo foi esse?

— Ah, isso. [risos] Bom, é que eu meio que decidi voltar pra cá.

— Como assim?

— Eu vou me mudar de novo pra essa casa. Entregar o apê de Ipanema.

— Sério? — ele estranhou. — Mas por quê?

— Ah, Ju. [suspiro] Muitos motivos. Dinheiro, economia, praticidade, ansiedade, insônia, estratégia, foi um combo.

— Caramba. — Junior seguiu com seu olhar perdido. — É uma mudança, né?

— Super. Mas eu tô de boa. Vai ser pra melhor, na real. Vou poder me organizar com calma, aproveitar mais a peça, pensar nos próximos passos. E aí depois eu vejo pra onde a vida me leva, né?

— Claro. — Ele me apoiou. — Se precisar de alguma ajuda, me diz. Eu não sei quando você tá querendo sair de lá, mas,

— Depois da estreia.

— Quê?! [risos incrédulos] Cara, você é maluco.

— Sou prático. [risos] Já que é pra sair, deixa passar a estreia e, pronto, frete na veia.

— Puta que pariu. — Junior balançou a cabeça. — O cara já tá exausto com uma estreia, aí na semana que ele pode relaxar, ele inventa uma mudança.

— Nossa, mas veio aqui pra me criticar, então? — Fiz meu charme. — Quis tanto me visitar e agora tá me esculachando.

— Tô zoando. — Ele me deu um esbarrão de leve, jogando seu corpo contra o meu. — Eu ajudo na mudança, claro. [suspiro] Só queria te ver. Saber como você tava. [risos tímidos] A gente só se encontrou no seu aniversário e no velório. Foi tudo caótico, né?

— Sim — concordei, encantado com seu jeito simples e objetivo de dizer as coisas, sem medo de demonstrar o que sentia. — Foram dias bem delicados.

— Foram. [suspiro] E antes disso a gente tinha conversado sobre,

— A gente — completei.

— É. — Junior me encarou, inseguro. — Cada um no seu quadrado, certo?

— Certo. [risos] Eu me lembro bem.

— É. — Ele sustentou meu olhar, como se vasculhasse minha mente à procura de algum sinal de que algo entre nós havia mudado.

O que Junior não imaginava era que sim. Algo havia mudado desde nossa última conversa. Ou melhor, tudo havia se transformado.

Depois da última conversa com a minha avó, eu já não estava mais tão preocupado se a nossa pegação, ou o que quer que a gente desenvolvesse, daria certo ou não. Era o clichê do clichê do clichê, mas sim: a vida passava rápido demais para desperdiçá-la com meus medos.

Até mesmo minha melhor amiga, a mais protetora de todas, já tinha voltado atrás e botado pilha para que eu me deixasse levar por Junior. O que mais eu estava esperando, então, para dar o próximo passo?

— Você quer dormir lá em casa hoje? — perguntei, sem rodeios.

— Hã? — Ele não entendeu.

— Tô perguntando se você quer dormir lá em casa hoje. [risos] Comigo.

— Lá em Ipanema? — Junior ainda parecia perdido.

— Não, idiota. [risos] Aqui. Pra você não perder a viagem.

— Ah. — Ele ficou ainda mais bonito, envergonhado. — Mas eu não quero atrapalhar seus pais.

— Imagina, eles vão amar te receber — garanti. — Amanhã tem a missa de sétimo dia da vovó aqui na Paróquia do Ingá. Eu ia gostar de ter uma companhia.

— É? — Junior perguntou novamente, como se checasse se eu tinha mesmo certeza do convite que estava sendo feito. — Quer mesmo que eu fique aqui? Com você?

— Quero — respondi, entrelaçando meus dedos nos seus. — Quero, sim, Ju. Quero muito.

ALÉM DA GUANABARA (solo treinador Walter)

No vestiário do Bicharaí, Walter está cercado por seus atletas do clube de regatas.

César — *Finalmente, férias!*
Walter — *Nem pensar, César. O Carioca ficou pra trás, mas nós temos outra piroca pela frente! Digo, outro campeonato.*
César — *Outro?*
Walter — *Chegou a hora de disputar o Nacional!*
Lindo — *Legal!*
Hervé — *Astral!*
Renan — *Anal!*
César — *Mas, Walter, a gente tá exausto.*
Walter — *Vocês não gostam de tudo grande?*
Todos — *Gostamos.*
Walter — *Então pensem grande também. Há um mundo inteiro pra conquistar. Eu prometi a vocês que o Bicharaí seria o maior clube de regatas desse país e vou cumprir a minha promessa.*

Dar a volta ao mundo eu vou
Sem medo ou *fear, no no*
No mano a mano, na mona a mona
De Icaraí a Barcelona

Sempre em frente, nunca sozinho
De mãos dadas, abrindo caminho
Despertando bem cedinho
Navegando esse azul-marinho

Para, para, para
Para, para, para

Para, para, para
Ir muito além da Guanabara

Conquistar esse país
Ganhar, ganhar até Paris
De norte a sul, de leste a oeste
De Icaraí até o Nordeste

Desbravar o Brasil, sim
Cruzar o Atlântico até Berlim
Nunca deixar de lado a sorte
Para brilhar até no Norte

Para, para, para
Para, para, para
Para, para, para
Ir muito além da Guanabara

No início, não tinha "sim"
Ninguém, ninguém apostava em mim
Sem uma gay me dando a mão
Meu mundo era um grande "não"

Mas vejam só como ele gira
Uma hora embaixo, na outra em cima
O *little* gay acreditou
Tomou seu remo e disparou

Para, para, para
Para, para, para
Para, para, para
Ir muito além da Guanabara

Na nossa equipe, ninguém está só
Quem quer ser macho? A nota é dó!
De manhã cedo, um bom leitinho
Olha que lindo, outro golfinho

Fred — *Tá morto!*
Vitor — *Shiu!*

É hora de levantar o astral
Ganhar moral no Nacional
Entrar no mar e dar a cara
Sem ninguém dizendo "para!"

Para, para, para
Para, para, para
Para, para, para
Ir muito além da Guanabara

Para, para, para
Para, para, para
Para, para, para
Ir muito além da Guanabara

A SEMANA DA ESTREIA

Somewhere over the rainbow
Skies are blue
And the dreams that you dare to dream
Really do come true.*

— "Over the Rainbow", *O mágico de Oz*

---

* Tradução livre: "Além do arco-íris/ Os céus são azuis/ E os sonhos que você se atreve a sonhar/ Se tornam reais".

A SEMANA DA ESTREIA

Somewhere over the rainbow
Skies are blue
And the dreams that you dare to dream
Really do come true

— "Over the Rainbow", Harold Arlen *

---
* Tradução do livro: "Além do arco-íris / Os céus são azuis / E os sonhos que você se atreve a sonhar / Se tornam reais".

Finalmente.
Depois de uma maratona intensa de ensaios e noites maldormidas, no que eu poderia definir como os dois meses mais desafiadores da minha vida, lá estava eu, a somente quatro dias da estreia, auxiliando Claudia na montagem do nosso rider de luz.

Para além dos refletores já pendurados nas varas do urdimento do Dulcina, nós agora acrescentávamos movings, elipsoidais e gelatinas de todas as cores.

O que antes até poderia ser considerado uma luz "básica" agora ganhava um conceito para lá de grandioso. Com o empurrãozinho de minha avó e sua reserva, nós conseguiríamos dar à nossa peça o tom de show de que tanto precisávamos.

Coordenando os técnicos do teatro, Claudia caminhava pelo palco, indicando onde cada item deveria ser posicionado, enquanto Isadora e eu descarregávamos o restante do equipamento de iluminação na calçada.

Minha ansiedade para ver tudo pronto era tanta que, assim que pisei naquela plateia carregando o primeiro refletor e avistei nosso barco cenográfico no fundo do palco, quase urrei de alegria. Surpreendentemente leve, ele tinha o tamanho ideal para se destacar em cena e ainda assim não atrapalhar a movimentação do elenco. Mais um acerto de Claudia e sua amiga cenógrafa, Lili.

Eu sabia que aquela tarde seria cansativa até dizer chega, afinal era produção em cima de produção. Logo, não adiantava queimar a largada bem no início da maratona. Nós teríamos a tarde inteira pela frente para deixar tudo pronto para o resto da semana.

Com tudo encaminhado, me sentei na plateia para agilizar outras demandas daquela reta final. A assessoria de imprensa indicada por Isa era, de fato, incrível e levantou um ótimo press release, mesmo de última hora. Se até uma semana atrás todo o trabalho de divulgação seria por nossa conta, agora contávamos com um suporte que faria toda a diferença para lotar aquele teatro durante a temporada.

— Passeando no Grindr? — Claudia sentou-se ao meu lado.
— Porra, Clau! — Levei as mãos ao peito, quase morrendo de susto.

— Pensou que fosse assombração? — Ela se divertiu. — Isadora que vive falando que as plateias nunca tão vazias.

— É, eu sei. — Me recompus. — Ainda tô esperando me virar pro lado e ver a Dulcina por aqui. [risos] Mas não tô em Grindr, não. Tava só aprovando o release que a assessoria mandou. A gente tem que liberar isso logo.

— Ótimo — Claudia assentiu, voltando sua atenção novamente para o palco. — Quanto antes melhor. [suspiro] Ai, amigo, é claro que eu jamais queria que esse dinheiro tivesse vindo dessa forma, mas já que ele veio, tá fazendo toda diferença, viu?

— Tá, né? — Desliguei o celular.

— Essa iluminação vai ficar de cair o queixo. — Claudia olhava para o palco como se já conseguisse vislumbrar o efeito de cada luz no seu lugar. — Sem falar nas lapelas. Você já confirmou isso?

— Super. O rapaz ficou de me entregar amanhã aqui, um pouco antes do ensaio. A gente testa com calma em cada um, mas é uma empresa bem indicada. A Ari disse que eles já trabalharam com vários musicais.

— Boa. Até porque isso é caro, né?

— Nossa. [risos desesperados] É uma facada. Mas vai ser muito melhor do que botar os microfones direcionais.

— Vai. Vai dar outro impacto.

— A assessoria também já tá tentando alguns jurados de prêmios, críticos, essas paradas pra nossa estreia. De qualquer forma, a lista pra sexta já tá enorme. Só com a galera que o elenco chamou mais os nomes que a assessoria tá botando, vai dar uma estreia com casa cheia.

— Deus te ouça.

— Me ouça e encha esse teatro — torci, me recostando na cadeira. — Eu nem acredito que a gente chegou até aqui.

— Pois chegamos. — Minha amiga também se ajeitou na poltrona. — Claro, ainda não acabou. [risos] Tem essa semana inteira de montagem, ensaio geral. [suspiro] Mas falta pouco.

— Valeu a pena, né? — Me virei em sua direção, vibrando por estarmos tão perto daquela linha de chegada.

— Claro que sim. — Claudia não hesitou. — Meu primeiro musical, Patrick. Comercialzão. Eu nem imaginava que ia me divertir tanto. Quer dizer, imaginava, sim. Eu já conhecia o seu livro o suficiente pra saber que era impossível não me divertir com essas bichas.

— É muita palhaçada, né?

— A sua cabeça é perturbada, sabe?

— [risos] Sei, super. — Embarquei, aproveitando aquele momento a sós com minha amiga no meio do caos de produção. — Inclusive, eu queria te agradecer, Clau.

— Me agradecer? — Ela sorriu, sem jeito.

— É, pela parceria. [suspiro] Depois do meu pai, você foi a primeira amiga a dizer sim pra essa aventura. E... [suspiro] Às vezes, tudo que a gente precisa é de um amigo que acredite na nossa loucura.

— Ô, amigo. — Claudia estendeu a mão até a minha. — Eu acreditaria mil vezes de novo. [sorriso] É muito bom sonhar junto com quem a gente ama. Mais que isso, eu tenho fé que essa peça vai trazer pra gente tudo que a gente espera e até o que a gente nem sabe que espera.

— Amém! [risos] Depois de toda energia que a gente depositou nisso aqui,

— Não tem como dar ruim — Claudia completou. — Eu sei que os próximos dias vão ser cansativos, mas assim que essas cortinas se abrirem e nossa temporada começar, é diversão até o último dia, tá certo?

— Com certeza.

— Você ralou muito pra botar isso aqui de pé também, então vai curtir cada apresentação, cada espectador, post no Instagram e o que for.

— Pode deixar. [risos] Claro que ainda tem aquele frio na barriga disso tudo não dar em nada,

— Pois saia do teatro. [risos] Porque essa energia é tudo que a gente não quer.

— Calma, mulher, me deixa terminar a frase. [risos] Claro que ainda tem aquele frio na barriga de não dar em nada, maaaaas já deu, né?

— Ah, melhor assim.

Eu não sabia como detalhar para minha amiga o misto de sentimentos que me atravessava naquele instante. Havia uma esperança quase delirante de que tudo saísse ainda melhor do que a encomenda e, ao mesmo tempo, um resquício de pânico de que aquele musical não me levasse a lugar nenhum. Felizmente, naquele ringue de batalha, meu lado otimista estava levando a melhor.

— Eu vou curtir, sim — prometi. — Depois de tanta merda com trabalho, eu tava sentindo falta disso. De tá feliz com um projeto. Numa peça que faz sentido. Que a equipe é legal. Que tá todo mundo no mesmo barco cenográfico, sabe?

— Sei bem — ela concordou, com um sorriso sarcástico. — E esse barco tá ótimo.

— Hã? — Não entendi sua ironia.
— Tá indo até Itacoatiara, né? — Claudia provocou, divertida.
— Ah, pronto. [gargalhada] Tava demorando.
— Pra quê? — Minha amiga se fez de sonsa. — Que eu saiba não era nenhum segredo. Quando eu vi, domingo de tarde, nos seus stories um certo Junior posando feliz na prainha de Itacoatiara... eu só me perguntei o que tava rolando. [risos] Era pesquisa de campo? Laboratório pra coreografia da "Dance comigo"?
— Não — respondi, sem graça. — Era só uma tarde na praia, algum problema? [risos]
— Nenhum. — Ela sorriu. — Eu quero mais é me atualizar do status dessa relação.
— Que relação? [risos envergonhados] Muita calma nessa hora.
— Muita calma, não. [risos] Não me venha, a essa altura do campeonato, me dizer que não tá rolando nada. [risos] Se tá postando foto juntos é porque avançou mais uma casa nesse jogo da vida.
— Sim, Clau. [risos] Tá rolando, tá avançando, tá tudo isso — admiti. — O Ju,
— "O Ju"... — Pelo visto, todos adoravam me imitar falando isso.
— [risos] O Ju foi me visitar na sexta, acabou ficando pra missa de sétimo dia da vovó e depois a gente pegou uma praia. Até pra mudar um pouco a energia e não ficar tão pesado lá em casa.
— Claro. [sorriso] Então, estamos num bom caminho.
— Vamos ver até onde isso vai durar, né? — brinquei.
— Para! — Ela me deu um tapa no ombro. — Vai durar até onde tiver que durar.
— Eu sei. Tô brincando — disfarcei minha insegurança. — Tá tudo ótimo, na real. Tudo parece mais simples quando eu tô com ele. Ou pelo menos mais simples do que os cenários apocalípticos que eu criava na minha cabeça. [risos] Acho muito difícil que o Ju se torne meu próximo Trauma.
— Ah, também acho — Claudia concordou. — Na verdade, acho bem mais provável que você vire.
— Eu? [risos confusos] Vire o quê?
— O seu rabo pra ele — ela arrematou.
— Caralho, Claudia. — Joguei a cabeça para trás antes de cair na gargalhada.

Minha amiga, como sempre, estava certa.
E eu não poderia ter escolhido uma parceira melhor para aquela jornada.

— Tem certeza?

— Absoluta, mãe. Pode falar pro papai levar na quarta até o teatro.

— Combinado. [suspiro] São aquelas coisas que a gente não quer lidar, mas precisa.

— Eu nem tinha pensado sobre isso, mas agora até já sei onde jogar a minha parte.

— Que bom. [suspiro] Eu e seu pai vamos amanhã até o Parque da Colina pra buscar as cinzas, aí eu já separo um pouco pra você. E o Zé te entrega no Dulcina, então.

— Tá bem.

— E você? Voltou bem pra casa? O Junior também voltou bem?

— Super. Eu fui direto lá pro teatro ajudar a Clau na montagem e o Ju foi pra casa dele. Mas voltamos bem, sim. Já tô aqui em casa até, largado no sofá.

— Que bom, meu filho. Inclusive, eu sei que você já se decidiu, mas se você mudar de ideia e usar esse dinheiro pro seu aluguel, fica à vontade, tá? Eu e seu pai,

— Relaxa, mãe. [risos cansados] Eu juro que tô tranquilo com isso. E vamos parar de remoer essa história, senão daqui a pouco vou achar que vocês não querem que eu me mude praí. [risos] É isso?

— Para de ser bobo, Patrick. [suspiro] É que me parte o coração você sair daí. Eu me lembro o quanto você ficou feliz quando se mudou pra Ipanema. Decorando tudo. Fazendo open house.

— Ai, ai, vai me fazer chorar? [risos] Eu já tô numa semana emotiva, dona Miranda.

— Jamais. [risos] Eu só quero que você tenha certeza do que tá fazendo com esse dinheiro.

— Eu tenho. Esse investimento na peça vai me trazer muitas alegrias no futuro, você vai ver. [risos emocionados] E quem sabe novos apartamentos? Novos bairros?

— Tá certo. [suspiro] Então logo mais você já está aqui de volta, é isso?

— É isso. [risos cansados] Aquele quarto não vai ficar muito tempo vazio, não.

— Aliás, meu filho, obrigada por ter ficado aqui semana passada. Eu sei que você tem suas coisas pra fazer,

— Imagina, mãe, não tem que agradecer nada.

— Tenho sim, meu amor. E agradece o Junior também. Foi uma graça ele aqui com a gente no fim de semana.

— Eu falo com ele, sim, pode deixar.

— O seu pai já tinha comentado comigo depois do seu aniversário sobre,

— [risos envergonhados] O quê?

— Sobre você e esse menino.

— Ah, é? Já tão fofocando sobre a gente?

— Fofocando, não. Se você traz um garoto pra dormir aqui em casa, eu já entendo que ele tá a um passo de virar meu genro.

— Que é isso? [risos] Calma.

— Eu tô calma. Você que ficou nervoso.

— Tá tudo certo. O Ju é um cara legal mesmo. A gente tá "se conhecendo".

— Que bom. Vocês parecem se dar tão bem.

— A gente se dá mesmo. Tamo deixando rolar.

— Eu diria que já tão rolando.

— [risos] É, eu também diria.

— Bom, eu não vou jogar arroz antes de vocês entrarem na Igreja, né?

— Hã?

— Não vou me antecipar. [risos] Só vou continuar aqui torcendo pela sua felicidade, como sempre. Você merece que tudo dê certo, meu filho. E vai dar.

— Obrigado, mãe. [suspiro] Vai sim.

Junior Vieira

Pat!!
Capotado de sono
ou ainda por aqui? 22:14 ✓✓

Oi, Ju!
Capotado na cama
Mas ainda acordado rs 22:17 ✓✓

Como foi a montagem?
Viu o barco? 22:17 ✓✓

Vi!!
Pqp, vc tava certo
O barco tá lindo 22:17 ✓✓

Não tá?!
Eu sabia que vc ia
surtar qnd visse 22:18 ✓✓

Surtei rs
Mas vc não tem ideia
de como vai ficar a luz rs
Se prepara!!! hehe 22:18 ✓✓

Eu já nasci pronto, meu bem 22:19 ✓✓

Ai, o ego dos atores...
hehehe 22:19 ✓✓

Mas vem cá
Eu queria te contar
uma parada 22:19 ✓✓

                            Não me mata de susto agora
                                 na semana da estreia rs
                                         O que houve? 22:19 ✓✓

Calma, é uma coisa boa
Eu acho 22:20 ✓✓

                                               O que? 22:20 ✓✓

Eu convidei meus pais
pra estreia 22:20 ✓✓

                                                     Eita!
                                            E aí? 22:20 ✓✓

Nada, ainda
Minha mãe visualizou, mas
não disse nada 22:21 ✓✓

                                                    Hum...
                                   E vc? Como tá? 22:21 ✓✓

Inseguro, né?
Foi bom passar o fds com sua família
Ficar lá com sua mãe e seu pai
Jogando conversa fora, passando tempo
Acho que me bateu sdds
Quis dar mais uma chance 22:21 ✓✓

                                          Claro, normal 22:21 ✓✓

Eu queria que eles dessem
o próximo passo, sabe?

Mas se eu não mostrar pra
eles que eu ainda quero isso,
eles nunca vão se mexer ☹ 22:22

                Vc mandou super bem
        Tá tudo certo tentar retomar essa
                    ponte com eles 22:22

Sim sim
Só não quero estragar minha semana de
estreia se eles não falarem nada, saca?
Até pq, se eles forem, ótimo
Senão, vida que segue 22:23

             Bom, Ju, eu sei que é um
            assunto delicado, mas vou
           torcer pra acontecer o que
              for melhor pra vc, viu?
                  E qq coisa tô aqui ☺
                          Beleza? 22:23

Beleza rs 22:24

             Até pq eu preciso do meu
       protagonista feliz nessa estreia! rs
              O que eu tiver que fazer
              pra ele ficar feliz, eu
                 faço hehe 22:24

Já tô tendo várias ideias
hahahahaha 22:24

            Ah, é, safado? kkkkk 22:25

É! hahaha
Só não sei se vai dar tempo
de botar elas em prática
com essa semana corrida 22:25

> Ah, mas a gente dá um jeito! 22:25 ✓✓

Damos? 22:25 ✓✓

> Eu dou com certeza! rs 22:26 ✓✓

Palhaço kkkk
Mas agora quem vai
te dar sou eu 22:26 ✓✓

> Opa rsrs 22:26 ✓✓

Vou te dar boa noite, Pat rsrs
Que eu tb preciso dormir aqui
Amanhã é aquele ensaio gostosoooo
de afinação de luz 22:26 ✓✓

> Socorrooooo
> Naquele ritmo lentooooo 22:27 ✓✓

Cena a cena
Afinando cada refletor
Uma delícia 22:27 ✓✓

> Delíciaaaaa 22:27 ✓✓

Uma gostosura 22:27 ✓✓

> Muito gostoso 22:27 ✓✓

É, né?
Fala mais 22:27 ✓✓

> Hahahahah palhaço!
> Dá corda, dá 22:28 ✓✓

Boa noite, Pat!! hehe
Dorme bem ☺ 22:28 ✓✓

> Boa noite, Ju rs
> Vc tbm! ☺ 22:28 ✓✓

Eu havia tirado a sorte grande.

Além do céu limpo, sem nuvens, e um calor suportável, o mar de Ipanema estava em mais um de seus dias de Caribe naquela manhã de terça. Cristalino e com poucas ondas, ele parecia já saber que na próxima semana eu estaria de mudança e estava tentando, a todo custo, me convencer a ficar por ali.

Com a água lambendo meus pés, encarei aquela imensidão após mais um mergulho. O coração mais calmo, a cabeça mais leve e o corpo menos ansioso depois de uma boa noite de sono. Como se a proximidade da estreia e a minha decisão de voltar para Niterói me confortassem de algum modo.

Eu sabia que assim que entregasse as chaves do meu apartamento e fosse, em definitivo, para a casa dos meus pais, desabaria no choro. Seria inevitável sentir saudades daquele "quintal" de casa. Daquela praia de um lado e da Lagoa Rodrigo de Freitas de outro. Das tardes com os amigos no Posto 9, quando aplaudíamos o pôr do sol, e das minhas manhãs, deitado na canga, lendo um livro. Pedindo Mate com limão, seguido de um biscoito Globo doce, ou tomando conta da bolsa de alguém que também tinha ido à praia sozinho. Mas nada daquilo, agora, me entristecia. Até porque não era como se eu não pudesse pegar as barcas, atravessar a baía de Guanabara, entrar no metrô e curtir uma praia por ali. Ou, simplesmente, passar a frequentar mais as praias de Nikiti — acordando cedo, pegando um ônibus e torrando sob o sol na Prainha de Itacoatiara, com peixinhos nos meus pés.

Agora era a hora de recriar. Tudo.

No fundo, eu já conseguia me imaginar passeando pelo calçadão de Icaraí, tomando uma água de coco e curtindo o pôr do sol com aquele visual estonteante do Rio à minha frente. Frequentando a academia do bairro, ajudando nas compras da casa no mercado mais próximo e aproveitando as tardes papeando com meus pais na nossa varanda.

Entre erros e acertos, eu tinha uma estrada da qual me orgulhar. E daria, sim, uma nova guinada rumo ao desconhecido. Só podia torcer para que, do outro lado daquela arrebatação, o mar estivesse tão calmo como o que estava à minha frente. Ou que eu estivesse mais preparado para os tsunamis que, inevitavelmente, chegariam em algum momento.

Eu não era mais, afinal de contas, o Patrick de vinte anos, aspirando a mil sonhos que pareciam impossíveis. Não, eu era o Patrick de quarenta anos, que já tinha realizado muitos deles e agora, com toda aquela bagagem, se preparava para novos saltos.

Talvez minha vida tivesse sido completamente diferente se o mercado não tivesse sido tão homofóbico comigo quando comecei a atuar e a escrever? Sim, talvez. Mas não adiantava chorar pelo leite derramado.

De um jeito ou de outro, eu segui em frente, acreditei nas minhas histórias e encontrei brechas para levá-las adiante. Dando uns chiliques aqui, engolindo sapos ali, mas sempre me esforçando para me cercar de pessoas que acreditavam na mesma luta. Sem medo de ser taxado de militante ou acusado de ser o chato que "levantava bandeira".

No meu coração, eu sabia que não poderia ter feito nada de diferente. Ou melhor, talvez pudesse ter sido mais corajoso e confiado mais no meu taco. Sem tanto medo de desagradar, buscando uma eterna "validação" do mercado.

Agora, porém, com apenas três dias me separando de um novo capítulo da minha vida, eu não iria me boicotar.

De cabeça em pé, eu entraria no Teatro Dulcina sem nenhuma vergonha e celebraria mais uma história bicha que eu colocava no mundo.

Para alguém, eu tinha certeza, ela faria a diferença.

— **E**xatamente — Claudia confirmou, de pé, em meio às primeiras fileiras da plateia. — Deixa esse contra azul e dá um pouco mais de frente, pros meninos não ficarem no escuro.

Afundados em nossas poltronas, algumas fileiras atrás, eu e Ariella acompanhávamos nossa diretora bater o martelo, junto ao técnico do teatro, sobre a iluminação de cada cena. Uma a uma, em uma lentidão que só Jesus na causa.

Se para mim e, certamente, para todo o elenco, aquele lento "avança e para", cena por cena, era um martírio, para Claudia era ainda pior, já que ela precisava manter a atenção redobrada, conferindo se tudo estava afinado com o seu planejamento. Assim, mesmo querendo me esquecer de tudo e ficar só na fofoca com Ari, eu tentava, sempre que possível, mostrar para Claudia que estava ali para dar minha opinião quando preciso. Ainda mais levando em consideração que minha amiga só tinha aceitado assinar a luz da peça para que eu economizasse no orçamento e não contratasse mais ninguém.

— Seria tão mais simples com poucos refletores — Ariella resmungou, irônica. — Mas vocês foram inventar de alugar mais coisa. A Claudia agora fica pirando a cada cena.

— Cala a boca — me diverti, mantendo o tom de voz baixo para não atrapalhar o ensaio. — É só porque demora, mas tá ficando foda, vai. Você não viu aqueles movings light na "Em primeiro lugar"? Que abertura é aquela, Ari? A plateia vai ficar louca.

— Gostou da coreô, né, baby? — ela se gabou.

— Claro — assenti. — Abrir a peça com aquele número já é botar o sarrafo lá no alto. Ninguém vai tá esperando aquilo.

— Ah, vão, sim — Ariella brincou. — Quando eles virem meu nomezinho na ficha técnica, já vão saber que vai ser babado.

— Me esqueci. [risos debochados] A senhora é famosa!

— Celebridade que fala, tá? [risos] Fica tranquilo que hoje você vai se sentir na Broadway.

— Já tô — admiti, impressionado com o pouco que tinha visto das cenas naquela tarde. — Eu fiquei de fora semana passada, mas agora tô aqui babando com cada pedaço.

— Melhor pedir um avental, então, pra não sujar a roupa. [risos] Ainda tem muita coisa pra você babar pela frente, baby. Confia na sua amiga.

— Eu confio. Cegamente.

Naquela empreitada, eu jamais me esqueceria da honra que era ter Ariella ao meu lado, doando seu tempo e seu enorme talento para comandar aquelas bichas e alçar nosso espetáculo a outro nível.

Além de uma excepcional coreógrafa, Ariella era uma amiga de milhões. Um exemplo de garra e determinação, de quem conseguiu furar inúmeras bolhas e derrubar sei lá quantas barreiras para conquistar tudo na vida, abrindo espaço para si e para outras manas subirem com ela.

— Inclusive, não esqueci do nosso combinado, viu? — sinalizei. — Da peça que eu te prometi depois da nossa temporada.

— Nem eu, baby — Ari me devolveu, divertida. — Tá tudo cravado aqui na minha memória, registrado em cartório. [risos] Eu quero minha peça cheia das travestis. E de boy trans também, que eu vou juntar o bonde todo.

— Vamos nessa. Passando a estreia e a minha mudança, eu sou todo seu.

— Fala assim não que a Cacá fica com ciúmes. [risos safados] E o Junior também.

— Ah, claro! [risos envergonhados]

— Tá tudo certo. A gente marca um jantarzinho lá em casa, eu chamo a Cacá e a gente troca essa ideia. Quero ela junto no processo também.

— Claro. Quero vocês juntas comigo.

— Já é, baby. — Ela estalou os dedos. — Vamos só parir essa peça primeiro, né?

— Sim. — Sorri, espiando se tudo seguia nos conformes com a gravação de luz. — E vocês? Esse romance já tá oficial ou você ainda tá naquilo de pega, mas não se apega?

— Não, já tá oficial. [risos] Já fui fisgada por aquela sereia.

— Que lindo, amiga. [suspiro] Vocês são um casal muito bonito.

— Claro que somos — minha amiga concordou. — Vê se eu vou me juntar com alguém que não vai me acompanhar na beleza? [risos] Cacá é gata, meu amor. Gostosa. Modelo. Cantora. Atriz de sucesso. Minha musa.

— Ai, meu Deus. [risos] Você não existe.

— Existo. Tô aqui em carne e osso. Bem apaixonadinha.

— [gargalhada]

— Patrick! — Claudia me repreendeu, em alto e bom som, diante de todos. — Tem alguma coisa engraçada nessa luz?

— Não, não, Clau — respondi, roxo de vergonha. — Perdão. Vou ficar aqui,

— Cala a boca logo — Ariella sussurrou, abaixando a cabeça ao meu lado, enquanto Claudia se virava novamente para o palco.

O clássico "se não for ajudar, não atrapalha".

— Já calei. — Me afundei ainda mais na poltrona, sumindo da vista do elenco. — Só não vou me calar sobre o "apaixonadinha".

— Pois se prepare que até o fim do ano vai ter casal de travesti se casando, sim.

— Ariella! — Segurei o riso, surpreso. — Depois o emocionado sou eu.

— E é mesmo — ela rebateu. — Ou você acha que não tá apaixonadinho pelo Junior? Até passar o fim de semana na casa da sogra ele já foi.

— Quem diria, né? Do Grindr pra uma noite cagada lá em casa, pra protagonista da minha peça, pra sei lá o que somos agora. [risos] Puta que pariu.

— O Cupido acertou a flecha, foi? — ela zombou. — Sei bem onde ele acertou.

— [risos contidos] Ai, meu cu.

— Exatamente aí. [risos histéricos]

— Ariella! — Claudia se virou mais uma vez em nossa direção, estressada. — Porra, parecem crianças!

— Sorry, baby! — Ari se desculpou, prendendo o riso. — Sorry!

— A gente não presta — cochichei.

— Fale por você e seu boy. Eu presto e muito.

— Então vamos ficar quietos antes que a Claudia expulse a gente daqui e eu não veja mais nenhuma cena.

— Tá bom, senhor produtor. — Ela fingiu fechar os lábios como um zíper. — Não está mais aqui quem falou.

— Não quero problema pro meu lado. [risos] Pelo contrário, daqui pra frente, é só alegria.

De: marci.nho@yagproducao.com.br ter 28/05/2024 21:44
Para: patrickrosa.rj@gmail.com

Patrick, meu lindo! Boa noite!

    Tentei te enviar uma mensagem no Instagram, mas não achei mais seu perfil. Fui no Zap, mas as mensagens também não chegam. Fiquei preocupado se tinha acontecido alguma coisa contigo. Tá tudo bem?
    De todo jeito, estou aqui para te dar uma boa notícia. Ou melhor, te fazer um convite especial. 🙂 Você sabe que está sempre nos meus pensamentos, né? rs Pois bem, participei hoje cedo de uma reunião com o Superplay (sempre ele!) e eles estão com ideias muito bacanas para celebrar o Mês do Orgulho LGBTQIAP+ a partir da semana que vem.
    A princípio, eles querem dar alguma palestra interna para os funcionários sobre a história do movimento, o significado das letrinhas da sigla, referências de livros e filmes etc. Eles querem incentivar uma reflexão interna, e você, claro, foi o nome que me veio à cabeça.
    Eles não têm verba para essa ação, mas seria uma ótima oportunidade para você se aproximar da equipe do Superplay. Até para, no futuro, apresentar um projeto seu com essa temática, quem sabe? Só quem é visto é lembrado, né?
    Eles oferecem o transporte de ida e volta para São Paulo e deve ter algum lanche por lá, claro. Sem contar que eles sempre dão uns kits bacanas nesses eventos, com umas collabs chiques. O que me diz? Sim? 🙂

Beijinhos orgulhosos,
Marcinho
Produtor Executivo Sr.

PS: O convite pra gente se encontrar fora do trabalho segue de pé, viu? 🙂

Não.

Não, não, não, não, não.

Não era possível que aquele homem tivesse a audácia de me fazer uma proposta como aquela. Que cogitasse que, depois de tudo que eu já tinha passado com a produtora e o Superplay, enfiasse o meu orgulho no rabo e fosse lá para São Paulo dar uma consultoria de graça para a caralha de um player que tinha cancelado, poucos meses atrás, a minha série viada.

Já deitado na cama, agora eu compreendia por que os especialistas recomendavam que não ficássemos no celular antes de dormir. Era para nos poupar de ler e-mails ridículos como aquele antes de fechar os olhos. Com que cabeça eu dormiria sabendo que aquele cara me enviaria convites estapafúrdios com cantadas de mau gosto para sempre?

Não, Márcio.

Não na minha semana de estreia.

Não quando eu já estava conseguindo retomar minhas oito horas de sono diárias.

Não, não, não, não, não.

Se ele tinha a cara de pau de me fazer aquela proposta, eu também teria a cara de pau de responder do meu jeitinho.

De: patrickrosa.rj@gmail.com   ter 28/05/2024 22:20
Para: marci.nho@yagproducao.com.br

Oi, Márcio.

    Já está tarde, mas fiz questão de responder o mais rápido possível. Pode dormir em paz, viu? Estou bem e ficando cada vez melhor. Você não conseguiu me encontrar no Instagram e falar comigo no WhatsApp por motivos de bloqueio. Ranço. Preguiça. Pavor. Desejo genuíno de que você se mantenha a distância para todo o sempre.

    Mas por que isso, Patrick? Eu respondo: porque é um desrespeito gigante vocês me pedirem para trabalhar DE GRAÇA para um player BILIONÁRIO e, ainda por cima, para dar uma consultoria sobre orgulho LGBT para quem não produz uma obra nacional sequer com esse protagonismo.

    NÃOOOOOOO!!!!!!

    A primeira coisa que eles têm que fazer se querem mesmo promover qualquer reflexão interna sobre diversidade é investir em projetos com autores LGBTQIAP+ contando as histórias que eles quiserem. Claro, com o rigor de um bom roteiro. Com uma equipe talentosa e tudo o mais. Mas que eles botem grana na mesa antes de me perguntarem o que significa cada letrinha da sigla.

    Eu me RECUSO a aparecer na fotinho do evento hipócrita deles segurando uma bandeirinha de arco-íris. Antes de prestar qualquer consultoria, eu quero é ver série e filme LGBT nacionais quando abrir o aplicativo deles. Então, se o papo não for esse, não me procurem nunca mais.

    Aliás, esse recado também serve para você: NÃO ME PROCURE NUNCA MAIS. PAROU DE MERDA PRA CIMA DE MIM, DESGRAÇA. NÃO VAI ROLAR.

    Não tem mais "você está nos meus pensamentos", nem convite pra jantar, nem outra cantada qualquer. É inapropriado, deselegante e constrangedor, no mínimo.

Sim, meu cuzinho é de ouro, mas você não chegará nem perto dele.
Tá entendidinho?
Combinadinho?

Então, tchauzinho para todo o semprinho e até nunca maisinho, Patrickzinho

Dez da manhã.
　　Nada como dormir de alma lavada.
　Com a consciência tranquila de que, às vezes, a diplomacia é o melhor caminho, mas em certas ocasiões largar um belo foda-se é tudo o que precisamos fazer.

— Você não fez isso, pai. — Fui pego totalmente de surpresa.

— Não fiz mesmo. — Seu Zé sorriu, sem jeito. — Foi sua mãe. [risos] Ela achou que não ia conseguir, mas seguiu a receita da sua avó e até que deu certo.

— Vocês não existem. — Aceitei de bom grado aquele pequeno pote de plástico com o famoso pavê de manga de dona Joana. — Vou mandar uma mensagem pra mamãe agradecendo. Foi muito fofo ela fazer isso.

— Você conhece sua mãe, né? [suspiro] E agora, aqui. Sua parte. — Ele me estendeu o outro recipiente que carregava. Desta vez, uma pequena urna com parte das cinzas de minha avó.

— Obrigado — agradeci, ainda sem acreditar que tudo aquilo tinha mesmo acontecido com nossa família. — Depois do ensaio eu vou pra casa, então eu passo na praia antes e jogo lá, no mar. [suspiro] Minha avó gostava de praia, né?

— Gostava — meu pai concordou, saudoso.

Recostados na parede, mais para o fim da plateia do primeiro piso do Dulcina, eu e seu Zé aguardávamos o início da passada técnica, quando, já com o mapa de luz gravado, o elenco faria a peça do início ao fim para Claudia ajustar os últimos detalhes antes do ensaio geral.

Faltando apenas dois dias para nossa estreia, eu finalmente consegui assistir àquela encenação como um mero espectador, sem receios de que o elenco não fosse dar conta do recado.

Se, mesmo com interrupções e nenhum público, eles já conseguiam brilhar em cena, eu mal podia esperar pelo momento em que a plateia estaria entupida de gente, e todos sentiriam aquele calor humano, se jogando de vez naquela história e aproveitando cada música, cada aplauso em cena aberta e cada gargalhada.

Ao lado de um de meus maiores incentivadores e o grande responsável por aquela galera cantar maravilhosamente bem, respirei aliviado. O caminho havia sido longo, mas o pote de ouro no fim do arco-íris estava mais perto do que nunca.

Passando o braço pela cintura de meu pai e encostando a cabeça em seu ombro, observei nosso elenco se alongando em cima do palco.

Faltava pouco, mas tão pouco, que era difícil de acreditar.

Eu estava prestes a realizar um novo sonho.

Junior Vieira

> Ju, disfarça aí pra ler essa mensagem
> Senão a Clau me mata rs 15:08 ✓✓

O que foi? rs
Tô aqui na coxia 15:09 ✓✓

> É que meu pai me entregou parte das cinzas da vovó aqui ☹
> Aí, enfim
> Eu vou depois do ensaio lá na praia jogar no mar
> Vc pode ir comigo? 15:10 ✓✓

Caramba, Pat
Não sabia disso
Claro que eu vou 15:10 ✓✓

> É? Msm?
> Se precisar ir pra casa descansar ou decorar mais seu texto, tá de boa 15:11 ✓✓

Não, eu vou contigo lá
Depois eu já estendo
e durmo na sua casa
Pode ser? 15:11 ✓✓

Que? rs 15:12✓✓

Ué, vc já me chamou tantas vezes pra voltar lá, pensei que o convite ainda tava de pé rs 15:12✓✓

Não, tá sim rs
Vou amar hehe
Só fui pego de
surpresa 15:12✓✓

Então, pronto
Não vou te deixar sozinho hj
Tamo junto ☺ 15:13✓✓

Ai, Ju... Brigado!
Tamo junto, sim ☺
Agora larga o cel e
foca no ensaio rs 15:13✓✓

Sim, senhor rs
E vamos de Bicharaí hehe 15:13✓✓

Só vai! ☺ 15:13✓✓

— **N**ossa, eu vou mesmo — Junior se decidiu. — Até porque ninguém vai notar se eu tô de cueca ou de sunga, né?

— Acho difícil — brinquei, sentado ao seu lado na canga. — Não dá pra ignorar um gostoso de cueca na praia, sabe?

— Besta — ele se divertiu, envergonhado. — Você também vai comigo depois. Olha essa água! O sol ali já perto do morro. A gente vai cair nesse mar no pôr do sol, sim.

— Tá bem. — Dei o braço a torcer. — Vamos de mergulho de cueca branca.

— Branca?! — Junior se espantou. — Você não contou esse detalhe. [risos] Então, nem pensar. Meu boy não vai cair de cueca branca no mar, não.

— Seu boy? [risos] Ficou possessivo agora?

— Fiquei — ele debochou. — Eu tô de cueca preta, então não vai aparecer nada. [risos] Mas o senhor quer pagar bundinha pra geral?

— Olha ele, ciumentinho.

— Bom, se você tá de boa, então acho até que vou pular pelado no mar.

— Ah, é? [gargalhada] Pra ser preso e perder sua estreia?

— Ok. — Junior voltou atrás, charmoso. — Faz o que você quiser.

— Deixa de ser bobo — me diverti. — Claro que eu não vou pular de cueca branca, que eu não sou doido. Acho que eu nem vou mergulhar hoje, na real. [riso triste] Só queria mesmo jogar as cinzas aqui. [suspiro] Pelo menos tá esse visual perfeito.

— Tá sim. A gente ainda teve sorte de vir hoje, porque amanhã já vai tá um inferno por causa do feriado.

— Verdade — concordei. — Mas vamos torcer pra essa cidade ficar um inferno mesmo, né? Cheia de gente aqui e lá no nosso teatro.

— Relaxa que vai tá tudo cheio — Junior me garantiu, como se tivesse uma bola de cristal à sua frente.

— Espero que sim — torci, encarando aquela pequena urna com os restos mortais de minha avó. — Eu só queria que ela estivesse lá comigo. [suspiro] Que ela pudesse ver que eu consegui. Que visse o neto dela ser aplaudido, feliz.

— Ô, Pat. — Junior fez um carinho em minha nuca. — Ela vai tá te acompanhando de algum lugar.

— Sim, sim, eu sei. — Sorri, observando o céu ganhar tons alaranjados. — [risos tristes] Sabia que ela me ligava quase todo ensaio?

— É?

— Super. Me perguntando se tava atrapalhando, se eu preferia que ela ligasse depois. [suspiro] Na real, minha avó sempre esteve presente em tudo que eu fiz. Até quando eu atuava em peças infantis, sem dinheiro nenhum, ela tava lá na plateia com meu avô me prestigiando.

— Irado. [sorriso emocionado] Se meus pais fossem assim, nossa relação seria tão diferente...

— Imagino. Vamos ver o que eles respondem, né?

— É. — Junior tentou disfarçar o nervosismo. — Ainda tem dois dias pela frente.

— Sim.

— E esse passado de ator? — Ele mudou de assunto. — Você nunca fala nada dele. [risos] Quer dizer que você já foi o rei do teatro infantil?

— Rei? [risos] Eu fui é o caçador da Branca de Neve.

— Mentira.

— Meu primeiro papel. Aí depois vieram o Capitão Gancho, a Fera,

— Toda a carreira Disney. — Junior se divertiu.

— Claro. A Fera, inclusive, foi a única vez que eu fiz um príncipe. [risos] Quando, no fim da peça, eu tirava a cabeça de pelúcia e virava o príncipe encantado.

— Caralho. [gargalhada] Eu adoro esses perrengues.

— Ih, o que eu mais tenho é história dessa época — garanti. — Comecei ralando muito, meu querido. [risos] Nada caiu no meu colo, não.

— É bom escutar isso.

— O quê? [risos confusos] Que foi tudo um perrengue?

— Não. [risos] Que todo mundo começa de algum lugar — ele se explicou. — Dá esperança de que eu possa ter uma carreira maneira também.

— Você já tá tendo — sinalizei. — Vai estrear essa semana como protagonista de um musical.

— É, né? — Ele me encarou, inseguro.

— Claro — reforcei. — A gente não é nenhuma produção hollywoodiana, mas também não tamo fazendo pouca merda, não. Vai que algum produtor de elenco assiste à peça? Você tá se destacando. O elenco todo, na real.

— Tem razão. [suspiro animado] Eu também vou chamar tudo que é produtor de elenco pra me assistir durante a temporada. Fazer esse lobby.

— Isso, tem que chamar mesmo — concordei. — Tirar foto nova de trabalho, postar vídeo cantando música da peça. Vender seu peixe.

— E você? — Junior se ajeitou na canga para me encarar de frente. — Não tem vontade de voltar a atuar?

— Eu? — Me surpreendi com a pergunta. — Nossa, Ju, acho que nunca nem parei mais pra pensar nisso. [risos] E se você tivesse me perguntado isso há algumas semanas, era capaz de eu responder que nem mais escrever eu queria.

— Que horror. Vira essa boca pra lá.

— É sério. [risos] Eu tava nesse nível de descrença, mas já passou. Só de tá vivendo esses dias no teatro, vendo minha peça nascer, já me deu uma animada. Então, quem sabe? [risos] Não vou mentir que não dá vontade de subir no palco com vocês.

— Olha o *comeback* do gato vindo aí — ele me encorajou, na brincadeira.

— Creia. [risos] Não sei se tenho mais essa paixão pra recomeçar uma carreira.

— Para com isso. — Junior revirou os olhos. — Você também escreve! Se eu tivesse esse talento, já tava escrevendo um monólogo pra mim.

— Ah, é? — Me diverti com a ingenuidade dele, achando que tudo era tão simples.

— Claro. Já era meio caminho andado.

— Bom, quem sabe no futuro? — desconversei. — Por enquanto, tá tudo certo assim. Já fico feliz de conseguir levantar essa adaptação do meu livro, ver um ator como você, de uma geração mais nova do que a minha, com uma dramaturgia viada pra trabalhar. Vamos curtir um passo de cada vez.

— Com certeza. — Ele sorriu. — Aliás, acho melhor você se apressar, Pat. O sol já vai se pôr.

— Hã? — Me virei em direção ao morro Dois Irmãos, atestando o que Junior tinha acabado de dizer. — Verdade. Melhor eu ir logo.

— Vai lá. — Junior me deu forças. — Tá tão bonito agora.

— Tá mesmo — concordei, ainda sentado. — Chegou a hora, né?

— Quer que eu vá contigo? — Ele percebeu minha hesitação.

— Não, Ju, brigado — recusei. — Eu só preferia não estar vivendo isso, sabe?
— Claro.
— Mas vai ser bom. — Respirei fundo. — Esses rituais são importantes pra gente lidar com essas situações. [risos tristes] E minha avó adorava me levar na praia, quando eu era criança. Então, nada mais justo do que dar pra ela esse último mergulho.
— Ainda mais nesse paraíso — ele complementou. — Ela vai amar.
— Vai, vai sim — concordei, me levantando com cuidado para não derrubar a urna. — Eu já volto, tá?
— Beleza. — Ele sorriu. — Só tenta jogar mais pro fundo pra eu não mergulhar daqui a pouco e dar de cara com sua vó, tá?
— É o quê? — Encarei Junior, sem acreditar que ele realmente tivesse feito aquela gracinha.
— Tô aprendendo a fazer piada merda com você — ele brincou.
— Puta que pariu. — Não consegui segurar o riso. — Eu mereço. [risos] Só vou aceitar porque sei que minha avó também acharia engraçado.
— Eu sei. [risos fofos] Ela é a capitã do Time Junick, lembra?
— Pois é. [risos tristes] Pior que ela era.

Assim, deixando aquelas piadas infames para trás, me dirigi até a beira do mar e, com o sol se pondo ao longe, encarei a imensidão.

De olhos fechados, me lembrei do sorriso de minha Joaninha. Do seu cafuné, dos seus braços abertos me recebendo em casa e de todas as vezes que estivemos juntos.

Que ela soubesse que eu a amaria para sempre e jamais me esqueceria de todo amor que sentíamos um pelo outro.

Então, aproveitando a leve brisa que acariciava meu rosto, abri os olhos novamente, destampei a pequena urna e despejei suas cinzas na água, tão salgada quanto a que escorria dos meus olhos.

— Adeus, vó — me despedi, sorrindo como ela gostaria. — Obrigado por tudo.

— **D**e nada, Junior Vieira. — Me curvei como um membro da realeza, dando passagem para minha "alteza". — A casa é toda sua.

— Tem certeza? — Junior se deteve diante da porta aberta, irônico. — Porque se for pra me expulsar daqui a pouco, eu dou meia-volta logo.

— Ai, meu Deus! — Desmontei a pose, levantando as mãos para os céus. — [risos desesperados] Ele jamais me perdoará por essa falha grave!

— Já perdoei — Junior me corrigiu, deixando os sapatos ao lado da porta e entrando de vez em meu apartamento. — Só nunca vou esquecer.

— Tô vendo — me diverti, fechando a porta.

— Vou contar essa história todo domingo pros nossos netos, quando a gente tiver lá no Ingá fazendo churrasco com seus pais.

— Ah, é? [risos] Já tá pensando em netos? Não tem nem filho na história ainda.

— Ainda — ele reforçou, se sentando no sofá. — Mas me dá uns anos pra ver se essa casa não tá cheia de criança.

— Jesus. — Achei graça de suas projeções. — O gay não tem nem mais dinheiro pra morar sozinho e o outro já tá falando de criança e neto.

— Claro, tô jogando pro universo! — Junior seguiu na pilha. — Esse musical vai estourar, espera só. Vai dar pra comprar dois apês só com as publis que eu vou fazer.

— Não duvido. — Aproveitei para avançar para cima dele. — Gato e gostoso assim.

— Pois não duvide mesmo. — Ele se deixou agarrar, esparramado entre as almofadas. — Inclusive, acho que a gente vai precisar até colocar seguranças na saída do teatro pra controlar os meus fãs, de tanto sucesso que eu vou fazer.

— É mesmo? — Embarquei na brincadeira, me ajeitando em cima dele para que nossos paus se encostassem. — Vou ter que disputar sua atenção com uma multidão querendo te agarrar?

— Tá com medinho? — Junior inclinou a cabeça para o lado, sarcástico.

— Jamais. — Pressionei um pouco mais minha cintura contra a sua. — Eu sempre vou ter preferência, não vou?

— Pior que vai. — Junior se divertiu, e uma ereção começou a surgir por debaixo de sua bermuda. — Inclusive agora, que eu sou todinho seu.

— Com certeza — sussurrei em seu ouvido, já de pau duro. — Hoje eu quero foder até não aguentar mais, meu...

Eita.

— Meu...? — Junior interrompeu o fluxo, surpreso. — Meu o quê?

Sério. A facilidade que eu tinha para me meter em situações embaraçosas era surpreendente.

— Hã? — Me fiz de desentendido. — "Meu" nada.

— Ah, "meu nada"? — ele rebateu, sonso. — Então nem sei o que eu tô fazendo aqui.

— Para, Ju. [socorro!!] Você me entendeu.

— Entendi? — Junior me encarou, deixando de lado a brincadeira por um momento. — O que foi que eu entendi? [risos] Que a gente não é nada?

— Não. — Me esforcei para sair daquela sinuca de bico. — Que a gente, sei lá, tá se conhecendo, né?

— Ah, tamo? — Ele retomou o deboche. — Puxa, prazer, Patrick. Eu sou o Junior. Queria uma dedicatória.

— Cala a boca. [risos em pânico] É claro que a gente é alguma coisa.

— "Alguma coisa"?

— Não, calma. — Eu não podia ser tão atrapalhado assim. — Sei lá como vocês falam,

— Vocês quem? — Junior retrucou, se deliciando com meu nervosismo. — Os gen Z? Fãs da Taylor? Seus fãs?

— Para! — Pressionei sua barriga, desconcertado. — A gente tá ficando, né? [risos] Não sei, é um... pré-namoro?

— Pré-namoro? — ele repetiu, descrente. — É essa a sua definição? [risos] Acho que vou botar no Grindr até. Solteiro?   , "pré-namorando".

— Ué, tá pensando   Grindr? — Aproveitei a deixa para tentar reverter a situação.

— Claro. — Junior bancou a provocação. — Já que eu sou um pré-nada, tenho que tentar a sorte em algum lugar, né?

— Puta merda. [risos apaixonados] Pois saiba que eu devo até apagar o meu perfil.

— É? — Ele pareceu gostar do meu anúncio. — Por causa do nosso pré--namoro?

— É — admiti. — A não ser que,

— Eu queira brincar junto? — Junior completou.

— Sim — confirmei. — Quem sabe a gente não faz um perfil de casal?

— Casal? [risos] Tamo evoluindo, hein. [risos] Mas não seria um pré--casal?

— Ai, Ju, chega desse papo. — Afundei o rosto em seu pescoço, sentindo mais tesão a cada minuto. — Vamos pular pra nossa pré-foda, vamos?

— Vamos — Junior sussurrou no meu ouvido. — Até porque eu mereço ser muito bem recompensado depois do seu vexame da última vez aqui, né?

— Muito bem recompensado — concordei, beijando sua boca com vontade.

— Vai dar pra mim gostoso de novo, vai? — Ele embarcou na onda.

— Não. — Encarei Junior com o meu sorriso mais safado.

— Não? — Ele se mostrou surpreso.

— Não — repeti, aproveitando para virá-lo de bruços no sofá. — Hoje a gente vai começar de outra forma. Meu gostoso.

Oito e meia da manhã.

Deitado na cama, com as cortinas fechadas e o ar-condicionado na temperatura ideal, eu me sentia como se tivesse acabado de ganhar na loteria.

Eu não estava apenas a um dia da nossa estreia, mas também, pela primeira vez em muito tempo, não acordava sozinho naquele quarto.

Ao meu lado, Junior. Dormindo um sono profundo. Os cachos afundados no travesseiro, o rosto relaxado, como quem sonha os melhores sonhos.

Podia ser clichê.

Bobo.

Ou apenas romântico da minha parte.

Mas, naquele instante, nada me deixaria mais feliz do que aquilo. Que, depois de tantos encontros e desencontros, estivéssemos os dois de volta àquele apartamento, completamente diferentes de quando nos vimos pela primeira vez e muito mais abertos a essa nova jornada juntos.

Acompanhando o ritmo de sua respiração e me esforçando para não acordá-lo, suspirei, animado com tudo o que ainda estava por vir.

Quem poderia dizer que a minha tão esperada história de amor já não havia começado?

Sentado na melhor poltrona que encontrei, na terceira fileira e bem no centro da plateia, eu aguardava o início do nosso ensaio geral. Aquele era o teste final antes de receber o público e jogar para o mundo tudo o que tínhamos criado nas últimas semanas. A contagem regressiva chegava ao fim e minha adrenalina aumentava cada vez mais.

Com meu celular em mãos, eu conferia as notas que nossa assessoria de imprensa tinha conseguido emplacar em sites especializados. Com a lista de convidados para a estreia praticamente esgotada, tínhamos que pisar fundo no acelerador e garantir que a peça chamasse a atenção do maior número possível de pessoas. Era a hora de impulsionar posts nas redes sociais, mandar direct para os amigos, criar listas de transmissão no WhatsApp e usar toda a criatividade que tivéssemos.

Já com a luz da plateia apagada e o elenco nos bastidores se arrumando para o corridão, eu me sentia como um criador prestes a ver sua criatura ganhar vida.

Sim, eu já conhecia todas as coreografias, já tinha escutado todas as músicas e já tinha visto todas as cenas. Mas nunca sem interrupções, com a iluminação afinada e o elenco microfonado. Como se já estivéssemos em cartaz.

Com as pernas tremendo de empolgação, eu parecia uma criança pronta para gritar: "Começa! Começa!"

Enquanto Claudia conversava com nossos operadores de som e luz, acompanhada por Isadora, meu pai conferia, na beira do palco, se os microfones de cada artista estavam recarregados.

Com sua prancheta em mãos, Ariella já estava a postos, sentada algumas fileiras atrás da minha, pronta para tomar nota de qualquer detalhe que precisasse ser corrigido antes da estreia.

A minutos de testemunhar, em primeira mão, meu musical brilhar naquele palco, só me restava curtir. Independente do meu saldo bancário, eu faria tudo de novo.

Aquela produção era minha maior aposta. Imprudente de certo modo. Arriscada até dizer chega. Mas eu não me arrependia de ter seguido naquela direção. De ter confiado na minha intuição e tirado aquele texto da gaveta. Sentado com meus pais e pedido ajuda. Chamado Claudinha e Ariella para o bar e convidado as duas para se juntarem a mim.

Não, nada tinha sido em vão. E, ainda que na próxima semana eu caísse de cama, de exaustão completa, ainda escolheria refazer todo aquele percurso.

Quando Claudia, portanto, anunciou que estava tudo pronto para começar e meu pai desceu do palco dando seu ok para os microfones, me ajeitei na cadeira, desliguei o celular e esperei, atento, que a peça começasse.

Com as luzes de cena apagadas e o terceiro sinal ecoando por aquele espaço, apertei os braços da minha poltrona, sem desviar os olhos do palco.

Bastou a primeira música começar a tocar e os refletores iluminarem nosso barco para que meus batimentos cardíacos explodissem, como se eu tivesse acabado de embarcar em uma montanha-russa.

Ao som de "Em primeiro lugar", os remadores do Bicharaí entraram em cena, cantando e dançando como os talentosos profissionais que eram.

Então, a magia se fez.

Com os olhos vermelhos de emoção e o coração na boca, eu me preparava para o *grand finale* quando Junior e Beto surgiram no fundo do palco e correram até o proscênio, passando pelo corredor formado pelo resto do Bicharaí.

Após a vitória da equipe no Campeonato Nacional, com a reprise de "Em primeiro lugar" nas alturas, nossos protagonistas se juntavam para celebrar aquela conquista e o amor que sentiam um pelo outro.

— E aí, Guto? — Junior olhou por cima da plateia como se avistasse toda a praia de Icaraí.

— Esse trampolim é muito alto — Beto hesitou.

— A gente pula junto. — Junior estendeu a mão. — Vamos?

— Com você? — Beto sorriu, segurando a mão de seu par romântico.

— Sempre, César.

Então, com aquela cafonice gostosa que amamos ver em todos os musicais, os dois meninos se beijaram, enquanto o restante do elenco cantava a plenos pulmões:

Na Guanabara
Em todo o mar
Nosso amor
Em primeiro lugar.

Até que na nota final, sustentada pelas vozes de todos aqueles artistas, Junior e Beto deram mais um passo até a beira do palco e se prepararam para o salto.

Quando, de mãos dadas, o casal pulou, as luzes se apagaram e a peça chegou ao fim.

— BRAVO!!! — Escutei Claudinha gritar do fundo da plateia.

Completamente impactado, me levantei, ainda aos prantos, para aplaudir aquele milagre. Batendo as palmas mais firmes e efusivas que consegui, até que todas as luzes se reacenderam e nosso elenco, de mãos dadas, se curvou em agradecimento.

Sem conseguir balbuciar uma só palavra, me virei para trás e observei minhas amigas, que continuavam a gritar, orgulhosas e tomadas pela emoção.

Sorrindo com todo o meu coração e esperando que elas soubessem o quanto tinham mudado a minha vida com aquele projeto, direcionei meus aplausos a todas elas também.

Na sequência, voltei a atenção para o palco e reforcei minhas palmas para cada uma daquelas pessoas. Para aquela maravilha que tinha acabado de acontecer.

Eu tinha apostado certo.

Ou melhor, eu nunca tinha apostado tão certo na minha vida.

Junior Vieira

Tá preparado??? 19:42 ✓✓

> Ai, meu deus, Ju
> Vai com calma que eu já tô com
> o coração saindo pela boca depois
> desse ensaio geral rs 19:44 ✓✓

Meus pais vão na estreia!!!!! 19:44 ✓✓

> Aaaaaaahhhhh
> Jura?? 19:45 ✓✓

Juro!!!
Acabei de receber a
resposta da minha mãe
Ela não falou mt na real
Só perguntou quanto tempo tinha,
se eu tava me alimentando bem,
esses papos 19:45 ✓✓

> Sim, papo de mãe.
> Mas só dela se abrir pra ir
> te ver já é muito, né? 19:46 ✓✓

Claro!!
Ela confirmou que meu pai
vai tb. Que eles
esperam que dê tudo certo e tal
Pqp, Patrick!!!!!!
Eu tô mt nervoso 19:46 ✓✓

Calma rs
É uma ótima notícia 19:47 ✓✓

Sim, eu sei!
É a melhor notícia do mundo!
Msm que eles não gostem
da peça, pelo menos eles já
tão indo, né? 19:48 ✓✓

É impossível eles não gostarem
Olha o que vc fez hj
no ensaio geral, Ju!
Amanhã vai ser
melhor ainda! 19:48 ✓✓

Eu tô mt feliz
Mas tô tremendo rs 19:49 ✓✓

Eu tb tô mt feliz por vc
De verdade! 19:49 ✓✓

Será que eles vão achar que os
pais do Guto são uma indireta?
Que eu chamei eles lá pra
eles ficarem mal 19:49 ✓✓

Nem entra nessa
Quem sabe eles vendo os pais do Guto
deixando o filho pra trás
eles não repensem tudo? 19:50 ✓✓

Ai, meu deus, Pat
Será que eu invento uma desculpa?
Falo pra eles não irem? 19:50 ✓✓

Junior! Calma rs 19:51 ✓✓

Eu já tô até com dor de barriga
imaginando que eles vão me ver
beijando o Beto em cena
Eles nunca me viram beijar
cara nenhum 19:51✓✓

                              Deixa eles verem rsrs
                      É bom que eles já vão se
                      acostumando hehe 19:52✓✓

Para, Pat rs
Eu tô falando sério 19:52✓✓

                                     Eu tb tô rsrsr
                  Até pq eu vou te beijar mt ainda
                      e não pretendo me esconder
                              de ngm rs 19:52✓✓

Tá, seu chato
Não é hora pra ser romântico
porra hahahaha 19:53✓✓

                  Eu vou até me arrumar mais
                          pra essa estreia
                  Já vou conhecer minha sogra
                       e meu sogro rs 19:53✓✓

Patrick!!!
Cala a boca, caralho kkkk 19:53✓✓

                  Só calo se for com um beijo
                      desse meu galã 19:53✓✓

Mt bobo, cara rs
Vc bota os nomes na lista, então?
Eu te mando já 19:54✓✓

                                              Claro
                         Mas fica tranquilo, real
                            Seus pais vão ficar mt
orgulhosos de vc, tenho certeza
                     Um filho talentoso e gato
                  É impossível não te amar 19:54✓✓

Ah, é? rs 19:54✓✓

                                              Ué rs
                               Claro que é
                       Seus pais te amam
                         com certeza 19:55✓✓

Aham
E vc? rs 19:55✓✓

                               Ai, pronto hehe
                     Olha ele me botando
            contra a parede rsrs 19:55✓✓

Ficou sem graça?
hahahaha 19:55✓✓

                              Fica quieto rs 19:56✓✓

Fico, não
Até pq se vc não tem coragem
eu tenho 19:56✓✓

                         Coragem de que? rs 19:56✓✓

Já te digo
Mas só se for no lugar
onde a gente se conheceu 19:56✓✓

> Ué?
> Vc tá vindo pra cá?
> Junior, pelo amor de Deus
> Não precisa se despencar
> até aqui pra fazer
> uma piada 19:57 ✓✓

Não tem piada nenhuma, Patrick
Eu tô falando bem sério rs
E não foi aí que a gente se conheceu
Já esqueceu? 19:57 ✓✓

> Como não foi aqui?
> Foi onde? 19:57 ✓✓

- **J.23** 😈

Hoje

Foi aqui, minha putinha
20:00

Caralho
hahahahaha
O comeback do J.23
Lida 20:00

Tava com saudades, né?
confessa hahahaha
20:01

Nossa, morrendo rs
Só vc pra me fazer entrar aqui
justo qnd eu tava crente que
ia tirar férias disso rs
Lida 20:01

tem local?
20:02

Sim, mas tenho fetiche
em expulsar
Lida 20:02

IMBECIL!!!!
Sério, vou bloquear
20:02

> Vai nada
> Vai perder meus nudes?
> Lida 20:03

Pior que nem adianta bloquear o afim.ipa
Vai virar afim.ingá, né?
20:03

> Olha eleeeeeee revidandooo kkkkk
> Lida 20:03

Brinca comigo, brinca rs
20:04

> Mas sério, me fez entrar aqui pra...
> Lida 20:04

Pra dizer que eu te amo
20:04

> Junior!
> Lida 20:04

Não me importo de dizer primeiro, não rs
Eu te amo, Pat
20:05

> Vc vai me fazer chorar hj, né?
> Lida 20:05

Por onde?
20:05

Hahahaha cala a boca
Idiota
Eu também te amo, Ju
Lida 20:06

Ama?
20:06

Amo
Lida 20:06

E mama?
20:07

Hahahahaha
Mamo tb
Lida 20:07

Então tá tudo certo rs
20:07

Como vc diria
Junick vive! rs
Lida 20:07

Simmmmm
20:07

E agora chega de Grindr
Por favor
Lida 20:08

Por um tempo
20:08

Pqp, já começou a
palhaçada kkkk
Lida 20:08

**Relaxa hahaha
Eu apago o meu tb
Piranha**
20:08

                                                                          Safado
                                                                         Lida 20:09

Gostoso
20:09

                                                                         Mozão
                                                                        Lida 20:09

Os Meninos de Icaraí

Meus amoreeeeeeeees!
Sextoooouuuuu!!!!!
É HOJE, BICHARAÍ!! 09:03✓✓

— Não tô nem aí. [risos] Pode falar pra sua assessoria botar o nome delas na lista de hoje.

— Mas, mãe,

— Imagina se minhas alunas não vão assistir sua peça, Patrick! [risos] Eu sou a figurinista, não sou? Então quero minha cota de ingressos pra hoje.

— Tá bem, dona Miranda, me manda os nomes. [risos] Mas diz que é pra chegar cedo lá, porque é sujeito a lotação.

— Eu aviso.

— Mara.

— E você precisa de alguma coisa? Quer que eu chegue antes? Seu pai vai mais cedo pra aquecer a voz dos atores, né?

— Precisa, não. Pode ir com calma pra curtir a peça.

— Certeza?

— Absoluta. Você é minha convidada de honra.

— Então tá. Mas qualquer coisa, me diz.

— Deixa comigo. Eu também vou chegar cedo no Dulcina. Só tô indo na praia dar meu último mergulho antes do almoço, mas depois é teatro na veia.

— Muito bem, meu filho. Dá um tchibum na praia mesmo. Pra limpar as energias.

— Exatamente. [risos] Limpa, limpa, limpa.

Zé Luís

Tá aí? 13:15✓✓

> Entrando no banho, pai
> Mas pode falar 13:15✓✓

Eu vou ser breve
Combinei com a Clau de
chegar às 14h30 lá no teatro
pra conferir as lapelas e aquecer
a voz do elenco antes da peça
Dá tempo, certo? 13:16✓✓

> Super
> A peça começa às 19h
> A Isa só deve liberar a plateia
> umas 18h30 pro público
> Até esse horário
> o palco é nosso 13:17✓✓

PERFEITO, ENTÃO
MEU DEUS, DE NOVO ESSA
MENSAGEM COM LETRA GRANDE RS
DE TODO JEITO, SÓ FALTA CONFIRMAR
SE A ARIELLA PODE AQUECER O ELENCO
DEPOIS DE MIM.
A CLAUDIA ESTAVA TENTANDO FALAR
COM ELA TAMBÉM. 13:17✓✓

> Deixa comigo, pai 13:17✓✓

— Já estamos saindo de casa, baby.
— Ótimo, amiga. Tô almoçando aqui em casa, mas a Isa já tá lá no Dulcina.
— Tá bem. Eu e Cacá chegamos até às três da tarde e eu boto essas bichas pra suarem.
— Aquece essa galera pra gente, Ari, por favor.
— Claro! Eu e Cacá já demos uma aquecida aqui em casa agora. [risos] Deixa que eu vou chegar com tudo naquele teatro. *No fucking shay!*

Isadora Magal

Isso mesmo, gay!
Três críticos confirmaram
presença pra hoje!
Pode comemorar rs 14:48✓✓

> Foda, Isa!!
> Já vamos separar os ingressos
> lá na bilheteria, então
> Eu já tô entrando
> no metrô 14:49✓✓

Relaxa, amigo
Eu cuido disso
Fica tranquilo que hoje
de noite isso aqui vai
bombar! 14:49✓✓

— Já tô quase saltando aqui no Catete e indo correndo, de tanta ansiedade, Clau.
— Relaxa que vai ser um arraso. Eu acabei de descer do Uber aqui na porta do teatro. Já tem umas bichas aqui no foyer que eu tô vendo.
— Meu pai já tá aí. E a Ari já deve tá chegando também. Ou tá lá dentro.
— Tranquilo. A gente tá com tempo. Vem com calma.
— Que calma? [risos nervosos] Eu tô que não me aguento! [risos] É hoje, porra.
— É hoje, amigo. Chegou nossa hora, né?
— Chegou.
— Você não inventou essa loucura? [risos] Agora aguenta.
— É tudo que eu quero. [risos] Chegar logo nesse teatro.
— Então deixa eu me adiantar que eu já cheguei, no caso.
— Vai lá, amiga. Piscou, eu tô aí.

V*oilà*, Teatro Dulcina.
De todos os teatros daquela cidade, quis o destino que fosse aquele o palco para a minha história. Diante do letreiro, já conseguindo ver seu Moacir sentado em sua mesa ao lado da porta de entrada, me segurei para não chorar quando vi o cartaz do nosso musical ao lado da bilheteria. Meu design, feito na maior cara de pau do mundo, em destaque para qualquer um que passasse por aquela rua.

No coração da Cinelândia, eu me lembrei de quando havia ligado, desesperado, para Claudinha e desabafado sobre o cancelamento do *Verão yag*. Para, segundos depois, Isadora interromper nosso papo me perguntando se eu não tinha nenhum projeto para tapar seu furo de pauta. Se a vida era feita de acasos, aquele era um exemplo dos grandes.

E se minha amiga não estivesse trabalhando no Dulcina? E se a montagem já programada para estrear naquele feriado não tivesse sido cancelada? Pior, e se eu não tivesse entrado no Grindr naquela noite e conhecido o Junior? Se ele não tivesse lido meu livro? Se ele não tivesse falado sobre aquela história naquele momento? Eu teria resgatado minha adaptação musical de *Os meninos de Icaraí* do fundo de uma gaveta aleatória do meu armário? Teria aquela ideia? Aquela coragem? Eu jamais saberia, mas, sinceramente, era muito improvável.

De todo modo, os caminhos tinham me levado até aquela sexta-feira. Em pleno feriado de Corpus Christi, a poucas horas da nossa estreia.

Ansioso e emocionado como era de se esperar, dei alguns passos em direção à esquina até avistar, à minha direita, o letreiro neon com o nome do Teatro Rival. O espaço das nossas audições, em meados de abril.

Do outro lado, na direção do Theatro Municipal, estava o enorme toldo amarelo do bar que tinha sido meu companheiro nas últimas semanas, o Amarelinho. O ponto de encontro para desabafos, brindes e convites para trabalhos mal remunerados.

Os cenários daquela jornada.

Então, sem adiar mais aquele momento, dei meia-volta e me dirigi ao Dulcina. Passando pela bilheteria, abri a porta do foyer, cumprimentei seu

Moacir e avancei pela escada, acenando mais uma vez para o enorme retrato de Dulcina de Moraes e me perguntando se, em algum momento, nos encontraríamos por ali.

Com o coração acelerado e o peito prestes a explodir, subi os degraus rumo ao salão principal. Preparadíssimo para o que o futuro me reservava.

— **A**trapalho? — perguntei, abrindo a porta do camarim. Sentados diante dos espelhos, iluminados pelas ribaltas que cercavam seus reflexos, Junior e Beto terminavam de se maquiar, já com seus figurinos do Clube de Regatas Bicharaí.

— Imagina, amor. — Junior sorriu ao me ver.

— Amor? — Beto não deixou passar. — Vamos ter que reescrever essa peça, então. [risos] Guto já perdeu seu César?

— Relaxa que ele não tem ciúme. — Junior se levantou, vindo em minha direção. — Né, Pat?

— Deixa de besteira — rebati, divertido, dando um selinho em Junior. — Eu só vim pra dar os parabéns pra vocês dois antes de começar o caos.

— Ai, como ele é fofo — Junior brincou.

— É sério. — Entrei de vez no camarim. — Eu sei que agora tá todo mundo se concentrando, já se aqueceram, é a hora daquele frio na barriga, né?

— Pior que é — Beto confirmou.

— Então, eu só queria dar aquele último incentivo — repeti. — Dizer que eu não poderia ter protagonistas melhores do que vocês para dar vida a essa história. [sorriso] De verdade.

— E ele tá elogiando mesmo, viu, Beto? Não é porque a gente tá trepando, não. — Junior não se aguentou. — Que a gente já trepava antes de eu ser protagonista.

— Como é? — Beto estranhou.

— Hã? — Junior perdeu a cor no mesmo instante, ciente de que tinha falado demais. — Não, é só que, quando a gente, no,

— Longa história, Beto — me diverti com a situação. — Papo pro Amarelinho depois, tá?

— Isso. — Junior aproveitou a deixa. — Nada de mais. Foi só uma trepada solta.

— Foi? — Beto parecia se divertir com o nervosismo do parceiro de cena. — Tá nervosinho por que, então?

— Não tô nervoso — Junior tentou disfarçar. — É só que, [suspiro irritado] Gente, vocês tão me desconcentrando.

— "Só uma trepada solta?" — Abracei Junior por trás, me fazendo de ofendido. — É assim que você se lembra da nossa primeira noite de amor?

— De amor? — Junior se esquivou, gargalhando. — Você realmente quer entrar nessa, Pat? Olha que sua reputação vai pro ralo se eu contar o que aconteceu naquela noite.

— Viu como ele me trata, Beto? — brinquei. — Eu só dou amor e ainda recebo ameaças.

— Coitadinho — Junior debochou. — Agora para de drama que os atores aqui somos nós. [risos] Vai, sai, vaza.

— Tá me expulsando? — rebati, irônico. — Relaxa que eu vou deixar vocês à vontade. [risos apaixonados] Daqui a pouco a gente se vê na roda, tá?

— Peraí, Patrick. — Beto me alcançou antes que eu saísse. — Eu também quero te agradecer, cara. Sério, tô muito feliz de tá contando essa história. Não vejo a hora de entrar em cena e deixar o Guto menos bruto.

— Ah, Beto, que bom. — Sorri. — Fico feliz de ouvir isso. Vocês vão arrebentar.

— Vamos, total — Beto confirmou, empolgado.

Parecia que tinha sido ontem que aqueles dois garotos subiram no palco do Rival e nos arrebataram com suas audições. Saber que havíamos dito "sim" para as pessoas certas era genuinamente emocionante.

— Agora se agilizem aí que já tem gente lá embaixo — anunciei.

— O quê? — Junior se surpreendeu. — Já tem muita gente?

— Calma. — Achei graça. — Tá começando a chegar público. Mas vai lotar. [risos confiantes] Se preparem porque vai lotar.

Valentim Andrade

Patrick, querido!
Chegamos 😊
Tá uma fila enorme aqui na calçada, dobrando a esquina.
Mas já peguei os nossos convites com a Isadora na bilheteria.
Muito obrigado, viu? 18:23 ✓✓

Tim! Perfeito!
Eu tô na correria aqui dentro, mas quando acabar a peça eu te acho pra dar um abraço!
Amei que vocês vieram! 18:26 ✓✓

Imagina, nem se preocupa.
O Samuca e os meninos já tão aqui comprando pipoca.
Foca aí na estreia. 18:27 ✓✓

Pode deixar! 18:27 ✓✓

Inclusive, terminei de ler seu livro ontem. 18:27 ✓✓

Pô, Tim!
Que honra! 18:28 ✓✓

Amei! É maravilhoso!
Fiquei mais animado ainda pra peça hehe 18:28 ✓✓

Puxa, fico muito feliz! 18:28✓✓

Quem sabe ele não vira um
projeto pro audiovisual também?
Ou a própria peça! 18:29✓✓

Por mim, só marcar a reunião
que eu já tô lá heheh 18:29✓✓

Considere marcada rs
Vamos trocar essa ideia 18:29✓✓

Vamos!! 18:30✓✓

Mas agora é noite de teatro! rs
Merda, querido! 18:30✓✓

Merda!
Bom espetáculo! 18:30✓✓

C inco minutos.

Aquele era o tempo que Isa tinha nos concedido antes de abrir a plateia para o público entrar.

Com as cortinas ainda abertas, o elenco e toda a equipe se apressavam para formar a tradicional roda do nosso "Merda" de estreia.

De mãos dadas com Claudia e Ariella, esperei que Isadora subisse ao palco e se posicionasse entre minha mãe e meu pai, para indicar à Claudia que ela fosse adiante.

A literalmente menos de trinta minutos para que *Os meninos de Icaraí* tomassem conta daquele teatro, minha amiga e diretora daquela empreitada deu início aos trabalhos.

— Muito bem, querida equipe. — Clau sorriu, emocionada. — Depois de muita ralação, estamos aqui. Nesse palco. Nesse teatro. Com uma multidão lá embaixo doida pra conferir o que nós preparamos com tanto amor. Eu sei que dá aquele nervoso e é pra dar mesmo. — Ela passeava o olhar por todos nós. — Teatro é isso. É vivo. É na hora. É a cada dia diferente. Mas nós estamos num território seguro. Grande parte dessa plateia são os nossos amigos, familiares,

— Críticos — sussurrei.

— Críticos! — Claudia não deixou passar. — Que vão sair daqui babando nosso ovo e elogiando todo mundo, certo?

— *No shay!* — Ariella concordou.

— Então, como nós não temos muito tempo, já que a minha senhora disse que tem que abrir a plateia... — Claudinha brincou. — Eu só queria agradecer a todos por essa aventura. Por terem confiado na minha direção e terem permitido que eu contribuísse com o trabalho de vocês.

— Você arrasou, Clau! — Beto a parabenizou, puxando aplausos para nossa diretora.

— Obrigada, gente. — Minha amiga sorriu, grata. — Mas foi um trabalho de equipe. Então, a gente precisa aplaudir também a Isadora, o Zé, a Miranda, a Ariella e o Patrick.

— Viva Patty Pink! — Gabriel gritou no meio dos novos aplausos.

— Algumas palavras, meu amigo? — Claudinha me passou a vez.

— Poucas palavras — Isadora se intrometeu, divertida. — Senão não tem estreia.

— Vai ter estreia, sim! — me apressei, embarcando na onda. — Eu vou ser rápido! Até porque, se eu falar muito, vou começar a chorar. [risos nervosos] Primeiro é que, meu Deus, eu esperei tanto por esse dia. Na real, nunca cheguei a pensar que esse musical sairia do papel. Ele tava lá numa gaveta, esquecido, e agora ele tá aqui, vivo, na minha frente. E essa é a beleza do teatro, como minha amiga acabou de dizer. Nós realizamos tudo juntos. [suspiro] Tudo. [risos emocionados] Na vida, a gente vai tentando criar parcerias, grupos, projetos. Alguns dão certo, outros não. Algumas pessoas seguram as nossas mãos e dizem: "Vamos lá!" Outras não. Mas aqui... — Eu não conseguia segurar as lágrimas. — Aqui eu tive muita sorte. Aqui eu consegui juntar um combo muito especial. Não só de artistas incríveis, mas de pessoas que amo ou passei a amar. [suspiro] Então, hoje, o nosso Bicharaí ganha o mundo. E eu desejo, do fundo do meu coração, que essa temporada seja ainda mais linda do que cada um de nós sonhou. Podem ter certeza, eu vou fazer de tudo pra que isso aqui tenha uma vida muito longa. E terá.

— Terá! — Junior foi o primeiro a gritar, acompanhado de novos aplausos.

Sem perder tempo, mas me lançando o olhar mais generoso e orgulhoso que podia, Claudia retomou a palavra e puxou a costumeira oração de início de peças. Cada frase proferida por ela era repetida por todos, cada vez mais alto. Apertando ainda mais nossas mãos, olhávamos fundo nos olhos uns dos outros, até que o grito final de "MERDA!" preencheu todo aquele teatro, abençoando todos nós.

— E, quando acabar, é todo mundo no Amarelinho pra gente brindar e encher a cara, ouviram? — Claudinha deu seu último recado.

— Agora todos pra dentro, que a gente precisa fechar essa cortina. — Isadora tocou o bonde, indicando que meus pais ocupassem seus lugares na plateia e que o elenco ocupasse suas posições iniciais.

Entre abraços apressados e desejos de boa sorte, me vi de pé, encarando a beleza daquele teatro ainda vazio.

A próxima vez que eu ficaria frente a frente com aquelas cadeiras seria ao final do espetáculo, junto do nosso elenco, recebendo os devidos aplausos e celebrando a noite mais linda de nossas vidas.

Então, pronto para me virar em direção ao fundo do palco e me posicionar em alguma coxia, reparei que já havia alguém na primeira fila. Sorrindo, com os cabelos brancos curtos, vestindo um paletó lilás elegante e uma calça de seda.

Com os pelos do braço arrepiados, dei um passo à frente, escapando do refletor que batia diretamente no meu rosto para tentar enxergá-la melhor.

Não era possível.

Ela não,

— Vamos, Pat. — Isa apareceu na minha frente, prática. — Lá pra dentro do palco, vamos. Ou você vai assistir da plateia?

— Hã? — Olhei para ela, confuso. — Não, eu vou assistir daqui de dentro, da coxia.

— Ótimo, então pode ir pra lá que eu preciso fechar a cortina — ela ordenou.

— É só que, — Cheguei um pouco para o lado, desviando da minha amiga e voltando o olhar para a poltrona onde há pouco eu achava ter visto,

— O quê? — Isa continuou me encarando, perdida.

— Não sei — disse, ainda olhando fixamente a mesma poltrona de antes, agora vazia. — Eu jurei que tinha uma senhora sentada ali na primeira fileira.

— Para de palhaçada! — Ela me deu um tapinha no braço, espantada. — Não vai me dizer que era a Dulcina! Que eu sei que você não acredita em nada disso.

— Não — afirmei, as lágrimas vindo com força. — Não era a Dulcina.

Então, com a alegria e a certeza de que ela nunca deixaria de me prestigiar, sorri, emocionado. E repeti:

— Não era a Dulcina.

Não era nenhuma alucinação.

O burburinho ensurdecedor do outro lado da cortina confirmava o que já tinham me dito: aquele teatro estava lotado até a última galeria no terceiro piso.

Sem saber muito mais o que fazer, além de torcer e rezar para que o espetáculo acontecesse da melhor forma, eu andava de um lado para o outro por entre as coxias, tomando cuidado para não desconcentrar nenhum ator.

Com a luz de serviço apagada e um contraluz azul deixando o palco minimamente iluminado para que ninguém tropeçasse em algum refletor ou em qualquer outro adereço, vi Junior, com seu remo em mãos, concentrado do lado oposto ao meu do palco.

Nosso César.

Nosso protagonista.

Nossa bicha líder da equipe.

Prestes a comandar aquele clube de regatas repleto de bichas, bichas e bichas na maior aventura de suas vidas. Sem fazer ideia, porém, de que no caminho encontraria o seu grande amor. E de que, junto a Guto, conquistaria o mundo para além da Guanabara.

Então, como um estalo que acontece de repente, me vi como César.

Diante do que não acreditava mais ser possível.

Daquela fagulha.

Daquela certeza.

Daquele fogo impossível de controlar.

Assim, quando o primeiro sinal do teatro tocou, me voltei para dentro da coxia e disparei.

Eu não podia deixar para depois, deixar no ar ou deixar o dito pelo não dito.

Nós já tínhamos falado que nos amávamos.

Nós trepávamos que era uma delícia.

E estávamos a dois sinais de mudar nossas vidas para sempre.

Se havia algum momento para deixar tudo às claras e pular daquele trampolim de uma vez por todas, era aquele.

Caminhando o mais rápido que consegui, avancei por trás do pano de fundo, pedindo licença a quem se concentrava por ali e me esforçando para não dar com a cara no chão.

Quando o segundo sinal do teatro tocou, apressei o passo e torci para que não,

— Ai, porra! — gritei ao tropeçar em algo e me estabacar no chão. Puta que pariu.

Era só o que me faltava, me quebrar todo justo no dia da estreia. Torcer o pulso ou quebrar a canela ou,

— Pat? — escutei, me virando para o "objeto" no qual eu tinha tropeçado. Obrigado, Dionísio.

— Ju! — exclamei, me sentindo o cara mais sortudo do mundo.

— O terceiro sinal já vai tocar — ele sussurrou. — O que você tava fazendo, correndo aqui atrás no escuro?

— O que *você* tava fazendo agachado aqui atrás? — rebati, ainda caído no chão. — Você não tava lá no palco com seu remo?

— Eu vim amarrar meu sapato. — Junior me encarou, sem entender o que estava se passando. — Tá tudo bem?

— Foda-se — falei, tomando coragem para ir adiante e me botando de pé.

— Quê? — Ele também se levantou, estranhando tudo ainda mais.

— Namora comigo? — Fui direto ao assunto.

— Hã? — Junior soltou um riso abafado, surpreso.

— Eu sei que a peça já vai começar, que você precisa se concentrar — desembestei a falar. — Mas eu não queria ficar nessa de pré-casal, pré-namoro, pré-nada. [risos nervosos] Eu te amo, Ju. Mesmo. Muito.

— Patrick,

— Eu sei que vai dar tudo certo — continuei. — Que seus pais vão morrer de orgulho de você. Que você vai estourar com essa peça. E que eu tive muita sorte do meu caminho ter cruzado com o seu. Então eu só,

— Patrick, calma — Junior me interrompeu, rindo da minha cara. — É claro que eu aceito namorar contigo.

— Aceita? — Não contive meu sorrisão.

— Claro que sim, seu idiota. — Ele sorriu, bobo, segundos antes do terceiro sinal do teatro tocar. — Eu só preciso agora entrar em cena, pode ser?

— Claro que sim, seu idiota! — Imitei sua fala, completamente gamado por aquele garoto. — Eu vou ficar aqui assistindo da coxia.

— Ótimo. — Junior me deu um rápido selinho. — Vamos arrasar com essas bichas. [risos] Meu namorado.

Então, como quem sabe que está pronto para conquistar todo aquele teatro e brilhar como nunca, Junior me deu uma última piscada e seguiu para a coxia mais próxima com o remo em mãos.

Escutando o leve abrir das cortinas, cobri meu rosto com as mãos, ainda sem acreditar que nossa peça iria, finalmente, acontecer.

Com um discreto passo adiante, espiei a plateia, ainda no escuro, mas visivelmente cheia, enquanto, ao meu lado, todo o elenco aguardava a deixa para entrar em cena.

Então, sem mais demora e sem qualquer aviso, os refletores se acenderam, as luzes se agitaram e a trilha instrumental da primeira música ecoou no volume mais alto por todo aquele teatro, nos dando uma injeção de adrenalina que deixava bem claro que não tinha mais volta.

Quando Junior, Beto e os demais remadores do Bicharaí entraram em cena e soltaram suas vozes, abri a boca, impressionado, no sorriso mais sincero e esperançoso que já tinha dado em toda a minha vida.

Eu sabia

Eu sentia.

Eu tinha certeza.

Nós tínhamos vencido.

EM PRIMEIRO LUGAR (REPRISE)

César e Guto estão com o troféu do Campeonato Nacional, carregados pelo restante do Bicharaí, incluindo o treinador Walter.

César — *O Nacional é nosso!*
Guto — *É das bichas do Bicharaí!*
Walter — *Alô, Guanabara!*

(*Todos*) Abram as águas
Que as bichas chegaram
Mara, mara, mara!
Elas tudo ganharam

Caindo de boca
Partindo pra ação
Gongando, xoxando
Aqui é tiro e montação

Mário — *Tá passada?*

O maior clube de toda a baía
Aqui só tem lôca
Mona uó nunca se cria
Sabe os gostosos que tu ouviu por aí?
Chega mais perto
É o campeão Bicharaí!

Na Guanabara
Em todo o mar
Nossa equipe
Em primeiro lugar

Ei, ei, ei
Mais respeito com as gays
Ó, ó, ó
Sai daqui, bicha uó
Ai, ai, ai
Aqui tu não se faz
Ão, Ão, Ão
Nem fazendo carão

Sem medo e sem vergonha
Pegando na vara, elas são destruidoras
No auge sempre, no primeiro lugar
As bichas chegaram para tudo conquistar

Ei, ei, ei
Mais respeito com as gays
Ó, ó, ó
Sai daqui, bicha uó
Ai, ai, ai
Aqui tu não se faz
Ão, Ão, Ão
Nem fazendo carão

Walter — *É Bicharaí campeão!*

Na Guanabara
Em todo o mar
Nossa equipe
Em primeiro lugar

Na Guanabara
Em todo o mar
Nossa equipe
Em primeiro lugar

César — *Vem comigo!*

Guto — *Pra onde? A gente não vai comemorar com o pessoal?*
César — *Depois! Agora a gente precisa chegar no topo, pra todo mundo ver que nós vencemos!*
Guto — *Que topo? A gente já subiu no pódio!*
César — *Só vem!*

César, então, puxa Guto pelas mãos, levando seu novo amor para fora da cena.

Ei, ei, ei
Mais respeito com as gays
Ó, ó, ó
Sai daqui, bicha uó
Ai, ai, ai
Aqui tu não se faz
Ão, Ão, Ão
Nem fazendo carão

César e Guto voltam para a cena pelo fundo do palco, já no alto do trampolim da praia de Icaraí.

César — *E aí, Guto?*
Guto — *Esse trampolim é muito alto.*
César — *A gente pula junto. Vamos?*
Guto — *Com você? Sempre, César.*

César e Guto se beijam.

Na Guanabara
Em todo o mar
Nosso amor
Em primeiro lugar

César e Guto vão até a beira do trampolim e, de mãos dadas, encaram a praia de Icaraí. Orgulhosos e apaixonados, saltam para as águas da baía de Guanabara.

As luzes do teatro se apagam.

FIM

1 ANO APÓS A ESTREIA

Nós somos bichas, e aí?
As bichas de Icaraí
Nós somos bichas, e aí?
As bichas do Bicharaí.

— "As bichas do Bicharaí", *Os meninos de Icaraí*

LISBOA CULTURAL

Sucesso no Brasil, o musical *Os meninos de Icaraí* ganha estreia em Portugal.

Em entrevista exclusiva ao LC, o autor Patrick Rosa (41), natural da cidade do Rio de Janeiro, fala sobre a trajetória do espetáculo e conta, em primeira mão, o que está por vir.

LC: Quando começou a dedicar-se às temporadas no Brasil, esperava que o musical alcançasse tamanha dimensão? Com prêmios e plateias sempre lotadas?

PATRICK ROSA: Sinceramente, eu torci muito por isso. Mas, claro, começando como uma produção independente, tudo fica mais difícil, né? De todo jeito, ver a resposta do público e como as plateias abraçaram a nossa história por todas as temporadas, onde quer que a gente fosse, foi surpreendente. Eu sempre digo que o teatro se faz com o boca a boca, então, quando nossa primeira temporada, ainda no Teatro Dulcina, em junho do ano passado, começou a tomar fôlego, eu vislumbrei um futuro ainda melhor do que eu esperava. Vale dizer que os prêmios só vieram este ano. Logo, as premiações foram importantes, claro, mas para consolidar uma trajetória que já estava em ascensão.

LC: Como surgiu o convite para estrear em Lisboa? Quais são as suas expectativas?

PATRICK ROSA: As expectativas são as maiores. Nós estávamos no meio da temporada de São Paulo quando minha editora me enviou uma mensagem falando dessa possibilidade. Ela já tinha uma parceria com outra editora daqui e nós tínhamos acabado de receber o convite para publicar meu livro em Portugal. Acabou que uma conversa levou a outra, até a equipe dessa editora portuguesa fazer a ponte com uma produtora daqui e a gente oficializar tudo.

LC: Já conhecia Lisboa? Está a conseguir aproveitar a cidade para além do trabalho?

PATRICK ROSA: Vou confessar que Lisboa era a última cidade que eu pretendia visitar na vida. Eu sei, quem diz isso numa entrevista? [risos] Mas eram apenas questões pessoais que já ficaram lá no passado. Eu estou amando a cidade! A vida cultural e noturna daqui é maravilhosa. O elenco todo está se divertindo muito e estamos ansiosos para receber nosso público português no teatro.

LC: Pretendem participar na Marcha do Orgulho LGBTQIAP+ no próximo fim de semana?

PATRICK ROSA: Claro! Vocês não tenham dúvidas de que estaremos lá, bem bichas, com nossas bandeirinhas do arco-íris e nossos uniformes do Bicharaí. Antes da peça e depois da peça. O meu namorado, inclusive, só fala disso.

LC: Já que tocámos no assunto, assim como no musical, também viveu uma história de amor dentro da peça, certo? Como é namorar Junior Vieira, um dos protagonistas do seu próprio espetáculo?

PATRICK ROSA: E eu pensando que ia escapar da fofoca. O que eu posso dizer? O Junior é aquela maravilha toda mesmo. Não à toa já está aí, cheio de convites para séries e filmes, estreando em uma novela no segundo semestre. É um garoto apaixonante e eu não consegui resistir. Mas quem consegue? Ele é uma estrela e eu sigo completamente apaixonado por ele. Demorou, mas eu encontrei meu amor. Junick vive, beleza?

LC: Muito bem. Vamos em frente. Para além da temporada em Lisboa, o livro que inspirou essa adaptação foi lançado aqui. Como foi essa experiência?

PATRICK ROSA: Incrível. Eu posso ficar aqui te falando, pela tarde inteira, como sou grato por tudo que tem acontecido, de verdade. Evidente que eu esperava que a peça impulsionasse as vendas do meu livro, mas no Brasil. Eu não imaginava que chegaríamos até aqui. Então, é uma alegria imensa ser publicado em Portugal, de coração. Fico muito emocionado, orgulhoso e grato pelo espaço. Aliás, temos fofocas em primeira mão: são grandes as chances de lançarmos o livro no Reino Unido e nos Estados Unidos também.

LC: Já a pensar na Broadway?

PATRICK ROSA: Quem sabe? De fato, Londres e Nova York são cidades com uma forte cultura de musicais, então eu não descarto *The Boys of Icaraí* acontecer mais pra frente, não. Vamos *one step at a time*. Por enquanto, podem torcer pela tradução inglesa vindo aí e por uma nova estreia no Rio de Janeiro, de outro espetáculo, que escrevi em parceria com Ariella, minha amiga e coreógrafa de *Os meninos de Icaraí*. É um novo musical, com o elenco formado integralmente por pessoas trans, com direção da própria Ari. Vem mais babado pela frente, *no shay*.

LC: A sua carreira no audiovisual tem sido marcante e, recentemente, foi anunciado que o musical será adaptado para cinema. Pode adiantar-nos algo sobre isso?

PATRICK ROSA: Vejamos. O que eu posso dizer que não quebre meu contrato? [risos] O filme vem aí, de fato. Eu vou assinar o roteiro junto com o Valentim Andrade, meu amigo e escritor que admiro há anos. Então, podem ficar calmos que o filme vem aí. Mas, antes disso, nós estamos adiantando os roteiros da nossa série, *Verão yag*. Que era um projeto que o Tim estava tentando levantar há algum tempo e agora vai sair.

LC: Pode revelar em que plataforma de streaming será exibido ou alguma previsão de estreia?

PATRICK ROSA: O que eu posso dizer, por ora, é que a série foi abraçada por um player verdadeiramente interessado em conteúdos LGBTs brasileiros. Uma equipe superprofissional, que nos abraçou do começo ao fim do processo criativo. Sobre datas, tanto a série quanto o filme devem sair ainda em 2026. *Os meninos de Icaraí* nos cinemas e a série no streaming.

LC: Algum último recado para o nosso público português e para os seus leitores?

PATRICK ROSA: Venham nos assistir! De verdade, nós estamos sendo muito bem recebidos por aqui e estamos muito felizes de conquistar o mundo com essa história de bichas, bichas e bichas. Então, muito obrigado pelo apoio e pelo carinho. E, para os meus leitores, em especial, só quero dizer que vocês mudaram a minha vida. Lendo o meu livro, fazendo caravana para prestigiar a peça e fazendo aquele barulho que só vocês são capazes de fazer. Vem muito mais pela frente. Deu tudo certo. Podem confiar.

Agradecimentos

Depois de tantas páginas escritas, ainda me vejo buscando palavras para explicar o que este livro significa para mim. Uma jornada que começa no fim de 2023, atravessa 2024 e nasce agora, em junho de 2025. Uma história que surge a partir dos meus medos e amores, e que me obrigou a elaborar inúmeras questões ao lado de Patrick e Junior.

Como já disse algumas vezes, diferente de projetos no audiovisual ou no teatro, onde me vejo criando coletivamente, ao escrever um livro me sinto muito só. Sentado por meses no meu quarto, mergulhado na escrita. Felizmente, este livro me mostrou que o caminho não precisa ser tão solitário, e é com muito amor que agradeço às seguintes pessoas por terem me acompanhado nesse período tão intenso. A todos e a todas, meu muito obrigado.

À Rafaella Machado, editora e amiga, que me deu a primeira entrada na literatura, em 2021, com *O primeiro beijo de Romeu* e que, novamente, confiou nesta comédia romântica para a Verus. Como alguém que já passou por muitas batalhas para emplacar personagens LGBTs no audiovisual, é inspirador ver uma editora que me dá total liberdade para contar minhas histórias e abraça os amores e afetos que coloco na narrativa. Minha experiência na Galera Record já tinha sido linda, e agora só reforço minha alegria de fazer parte dos autores do Grupo Editorial Record.

Assim, agradeço à minha editora, Ana Paula Gomes, por trabalhar com tanto carinho nesta história; à Sara Ramos, pela preciosa revisão; e a Raquel, Mallu, Ana e todo o time Verus pela dedicação a este livro.

Aproveito para deixar meu abraço apertado em toda a equipe Record, aqui lembrada por Everson, Lucas, Débora, Dan e Rô, que sempre me tratam com amor quando nos vemos em Bienais do Livro, na Casa Record em Paraty ou em qualquer outro evento. Vocês são muito incríveis, sério.

À Guta Bauer, minha agente literária na Increasy, por embarcar nesta aventura e não soltar minha mão durante esta maratona de escrita, revisão, noites viradas e podcasts no WhatsApp. Você foi essencial para que este livro chegasse ao seu formato final.

Aos meus amigos que, ainda no início deste processo, me ajudaram de alguma forma, lendo a estrutura ou os primeiros capítulos, ouvindo meus desabafos e dando seus pareceres: Giu Domingues, Pedro Rhuas, Alfredo Neto, Nino e Rodrigo Batista.

Ao amigo Thiago Marinho, por me ajudar com sua experiência em musicais na estrutura de *Os meninos de Icaraí*; e à amiga Carolina Oliveira, pelo auxílio na entrevista final da história, direto de Portugal.

E aos mais maravilhosos leitores beta que eu poderia ter, que conseguiram acompanhar meu ritmo frenético de escrita, lendo todos os capítulos e me dando os melhores feedbacks que eu poderia sonhar: Hugo Mafra, Felipe Fagundes, Bruna Diacoyannis e Paula Haefeli. Foi lindo demais poder contar com seus olhares generosos e sentir o primeiro gostinho de como esta história seria recebida. Eu nunca vou me esquecer de como eu me enchia de gás a cada arquivo que vocês me devolviam com suas notes e a cada áudio no Zap com seus comentários. Obrigado, de coração.

Por fim, aos meus amigos — que não vou me arriscar a citar e esquecer alguém —, que sempre me incentivaram e me apoiaram quando tudo parecia ruir ao meu redor; e à minha família, que construiu comigo esta jornada chamada Vida que me trouxe até aqui.

À minha mãe, Myrian, meu irmão, Gustavo, meu pai, Júlio César, meus avós Walter e Jerusa, meus bisavós Joaquim e Josefina, meu tio Paulo César, minha tia Ester, meus avós Dartagnan e Joana e meu filhão de quatro patas, Romeu, muito obrigado. Eu amo vocês.

Este livro agora é do mundo, logo eu não poderia concluir os agradecimentos sem falar de vocês, meus leitores. Os responsáveis por me relembrarem, sempre, da força das minhas histórias e por me permitirem seguir sendo publicado. Que lindo contar com vocês nesta estrada. Que venham muitos outros livros para celebrarmos juntos. Beleza?

OS MENINOS DE ICARAÍ_ESTRUTURA

PRIMEIRO ATO

- O Clube de Regatas Bicharaí conquista o Campeonato Carioca.

MÚSICA "EM PRIMEIRO LUGAR"

- De volta à sede do clube, o treinador Walter introduz seu afilhado e novo integrante do Bicharaí ao resto da equipe: Guto.
- César convida Guto para celebrar com a equipe na Cantareira, mas Guto prefere descansar.
- César estranha o jeito reservado de Guto, mas Walter desconversa. Seu afilhado vai morar com ele e treinar junto com a equipe.
- Walter não quer nenhum deles perdendo a linha na celebração pelo Carioca. Tem treino na manhã seguinte e eles precisam se preparar para o Campeonato Nacional.
- César e o restante do Bicharaí (Renan, Vitor, Mário, Hervé, Fred e Lindo) curtem e flertam na Cantareira.

MÚSICA "A CANTAREIRA CANTA"

- No dia seguinte, é hora do treino. A equipe está de ressaca e Guto não gosta da falta de compromisso. César rebate que Guto acabou de chegar, as bichas ali sabem se cuidar e dar conta do treino.
- Walter reforça que eles venceram o Carioca, mas precisam se preparar para o Campeonato

Nacional, é a chance de botar o Bicharaí no mapa do país.

MÚSICA "ALÉM DA GUANABARA"
(solo treinador Walter)

- Walter anuncia que eles vão disputar nas categorias Oito Com e Double Skiff. Na divisão das duplas, ele decide: uma dupla será César e Guto!
- César não gosta: Guto não sabe remar com malemolência, é a primeira bicha que não é *bicha* na equipe. Walter dá uma chamada em César, Guto será bem acolhido.
- No treino, Guto segue resistente com o resto da equipe. César se irrita e resolve situar Guto de uma vez por todas.

MÚSICA "AS BICHAS DO BICHARAÍ"

- De noite, César convida Guto para sair na Cantareira com eles, mas Guto recusa mais uma vez.
- Sozinho, Guto admira a liberdade dos seus colegas de equipe e lamenta não conseguir se soltar. Talvez ele precise se dar uma chance.

MÚSICA "O MURO AO MEU REDOR"
(solo Guto)

- Na Cantareira, César e o resto do Bicharaí encontram seus rivais do Clube de Regatas Guarativa (Edu, Jaime, Bruno, Paulo, Igor, Caio, Kiko e Tom).
- Os gays do Guarativa e as bichas do Bicharaí se enfrentam, disputando território.

MÚSICA "VOU TE BOTAR PRA CORRER"
(equipes rivais)

- Guto aparece na Cantareira e põe os gays do Guarativa para correr.
- Guto, sem graça, diz que veio beber um pouco. O resto do Bicharaí parte (já foi muita emoção para uma noite), mas César fica mais um pouco com Guto.
- Guto admira a coragem de César de ser quem é, sem medo do que os outros acham.
- César admite que nem sempre foi assim, mas que ele resolveu se amar.

MÚSICA "PRA MIM EU DIGO SIM"
(solo César)

- Um pouco altinhos, César e Guto quase se beijam, mas Guto diz que precisa dormir pro treino, já perdeu a linha. César suspira, sozinho.
- PASSAGEM DE TEMPO: maratona de treinos. Guto está mais fechado. Se sentindo rejeitado, César diz para Guto que não tem tempo para quem está começando (a ser bicha).
- É chegado o dia das Eliminatórias do Campeonato Nacional.
- César e Guto mal se falam. Walter sinaliza, carinhoso, que Guto pode se soltar mais, ele já viu seu potencial antes.
- A equipe do Guarativa debocha das pintosas do Bicharaí, desconcentrando Guto. Preocupado que alguém o veja naquela equipe, Guto fica nervoso.
- No Double Skiff e no Oito Com, o Bicharaí perde.

MÚSICA "AS BICHAS DO BICHARAÍ" REPRISE

- César desabafa: colocar Guto na equipe foi um erro, eles ganharam o Carioca e agora perderam na Eliminatória! Walter repreende César, se ele não mudar seu espírito de equipe, todos serão perdedores de qualquer jeito. Guto também rebate César. Na briga dos dois e na derrota do Bicharaí,

– INTERVALO –

SEGUNDO ATO

- Walter repreende César por sua postura: o clube ainda tem a Repescagem pela frente. O treinador dispensa a equipe, mas pede que César fique mais um pouco.
- Walter explica que Guto saiu de casa porque seus pais não o aceitaram como gay e que, por isso, o garoto está ansioso e fechado. Guto está se sentindo só e a implicância de César não está ajudando em nada.
- César se envergonha, não imagina o que Guto passou. Walter pontua que, mesmo assim, Guto aceitou competir pelo Bicharaí, o que seria um pesadelo para seus pais. César precisa apoiar o garoto.
- César vai até a praia das Flechas e se desculpa com Guto, assumindo ter sido um completo idiota. Na aproximação, rola o primeiro beijo.
- Nervoso em beijar no meio da praia, Guto volta, apressado, para o vestiário do clube, mas César vai atrás.

MÚSICA "NA PRAIA DAS FLECHAS"
(dueto César e Guto)

- Guto e César se beijam novamente ao final da música, orgulhosos.
- PASSAGEM DE TEMPO: Chega a hora da Repescagem e o Bicharaí esbarra com outro time rival, o Clube Mito de Regatas, também tentando uma vaga para as Quartas de Final.

MÚSICA "HOMEM COM O"
(tema do Clube Mito)

- Guto defende o Bicharaí e os "mitos" calam a boca.
- César agradece Guto, mas avisa que as bichas ali sabem se defender: é fight de bumbum! Guto não duvida disso, mas, como parte do time, se sente na obrigação de se defender também. É a primeira vez que Guto se mostra parte da equipe.
- As equipes competem na Repescagem: tanto o Bicharaí como o Clube Mito se classificam para as Quartas de Final.
- De volta à sede do clube, Hervé anuncia uma festinha em sua casa em Itacoatiara.
- Guto fica receoso, é onde sua família mora. César diz que vai ser ótimo curtir com a galera, Hervé mora de frente para a praia, eles podem subir na pedra e repetir uns beijinhos. Guto sorri.
- Na festa de Hervé, César e Guto arrasam na pista de dança, com uma química que ninguém viu César ter com nenhum bofe. Guto se solta na pista como nunca também. Os dois se completam.

MÚSICA "DANCE COMIGO"
(dueto César e Guto)

- A dança na festa se mescla com os novos treinos para o Campeonato Nacional.
- A equipe do Bicharaí está mais entrosada do que nunca!
- Nos treinos do Double Skiff, Guto e César se divertem e mandam bem, para orgulho de Walter, que sempre soube que eles formariam uma boa dupla.
- PASSAGEM DE TEMPO: os treinos se intensificam, assim como a paixão de César e Guto.
- A confiança e excitação dos treinos levam o grupo até as Quartas de Final do Nacional, quando a equipe se classifica no Oito Com e no Double Skiff!
- A celebração pelas Quartas de Final já emenda com a competição pelas Semifinais, quando eles novamente enfrentam o Clube de Regatas Guarativa e o Clube Mito de Regatas.

NÚMERO DANÇA QUARTAS DE FINAL E SEMIFINAIS

- A adrenalina é máxima e o Bicharaí perde no Oito Com para o Guarativa. Resta agora o Double Skiff. Com pressão, mas afinados, César e Guto se classificam para a Final do Double Skiff!
- Walter celebra com o time as conquistas. O Bicharaí vai enfrentar o Clube Mito de Regatas para a disputa do bronze no Oito Com, e o Guarativa para o ouro no Double Skiff.
- Guto aproveita a confraternização para agradecer o acolhimento da equipe. Ele já se sente parte da família.

- Guto agradece Walter e, surpreendendo a todos, também agradece César lhe dando um beijão na frente da equipe. Todos gritam, eufóricos!
- De volta à praia das Flechas, Guto e César vivem sua primeira noite de amor.

MÚSICA "BELEZA?"
(dueto César e Guto)

- Na manhã seguinte, Guto e César são surpreendidos ao chegarem no vestiário: os pais de Guto, Fátima e Jorge, estão ali, revoltados com toda aquela palhaçada.
- Guto defende Walter e sua equipe, quem está errado ali são seus pais e não ele.

MÚSICA "PRA MIM EU DIGO SIM" REPRISE
(versão Guto)

- Os pais de Guto vão embora decepcionados com o filho, avisando que logo mais ele vai se arrepender, quebrar a cara e voltar pedindo abrigo.
- César tenta consolar Guto, mas ele precisa ficar sozinho um pouco.
- Walter avisa o resto do Bicharaí que Guto está de folga naquele dia, mas que eles precisam se concentrar para a Final do dia seguinte.

MÚSICA "O MURO AO MEU REDOR" REPRISE
(solo Guto)

- É chegada a Final do Campeonato Nacional! A primeira prova é o Oito Com, pelo bronze. Guto ainda está com as duras palavras

dos pais na cabeça, mas tenta focar na sua equipe.
- O Bicharaí vence o Clube Mito de Regatas e garante o bronze no Oito Com.
- Agora é a vez do Double Skiff, com César e Guto contra Edu e Kiko, do Clube de Regatas Guarativa.
- César e Guto, confiantes, ganham a Final e garantem o ouro para o Bicharaí!
- Guto sobe no pódio e beija César, para aplausos gerais da equipe.
- A equipe do Bicharaí celebra a vitória no Campeonato Nacional e o orgulho de serem as bichas mais poderosas da Guanabara.

MÚSICA "EM PRIMEIRO LUGAR" REPRISE

- Ao final, César e Guto sobem no trampolim da praia de Icaraí, dão as mãos e saltam rumo a um futuro emocionante e cheio de orgulho.

FIM

Impresso no Brasil pelo Sistema Cameron da Divisão Gráfica da
DISTRIBUIDORA RECORD DE SERVIÇOS DE IMPRENSA S.A.